항전별곡

김학철 문학 전집 제4권

항전별곡

보리

일러두기

1. '김학철 문학 전집'은 김학철이 남과 북, 그리고 중국에서 쓴 글을 모두 모아 보리출판사에서 전집으로 다시 펴내는 것입니다.

2. 작가가 살았던 광복 초기 서울, 북녘과 중국에서 쓰이던 말, 비표준어들을 원전에 따라 그대로 표기했습니다. 현행 한글 맞춤법과 다른 부분이 있지만 우리말이 지역과 시대에 따라 다양하게 쓰이는 모습을 볼 수 있도록 했습니다.

   예) 고르롭다, 낙자없다, 내리꼰지다, 때벗이, 말째다, 맥살, 생일빠낙, 권연(궐련), 말라깽이(말라갱이), 안해(아내), 엉뎅이(엉덩이), 우습강스럽다(우스꽝스럽다), 장졸임(장조림), 쪼각(조각), 녜(네), 반가와서(반가워서)

3. 독자들이 읽기 쉽도록 한글 맞춤법에 따라 고친 것도 있습니다.

   ㉠ 한자말은 두음법칙을 적용했습니다.

   예) 란리→난리, 래일→내일, 력사→역사

   단, 인명 표기와 고유명사는 두음법칙을 적용하지 않고 원전을 따랐습니다.

   예) 이—리, 유—류, 임—림, 인—린

   ㉡ 사이시옷, 된소리 따위도 적용했습니다.

   예) 바줄→밧줄, 혼자말→혼잣말, 배군→배꾼, 잠간→잠깐, 되였다→되었다

   ㉢ 외국에서 들어온 말은 외래어 표기법을 따랐습니다.

   예) 그로뽀뜨낀→크로폿킨, 뽀트→보트, 라지오→라디오, 뻐스→버스, 샴팡→샴페인, 씨비리→시베리아,

   단, 중국 고유 인명과 지명은 외래어 표기법을 따르지 않고 원전에 나오는 대로 표기했습니다.

   예) 모택동(마오쩌둥), 장개석(장제스), 북경(베이징), 연안(옌안), 태항산(타이항산)

1938년 10월 10일, 중국 무한에서 창립된 조선의용대는 일본이 투항하는 마지막 날까지 피 흘리며 싸웠다. 뒷줄에 동그라미로 표시된 군관이 김학철.

황포군관학교 개학식. 송경령, 손중산, 장개석, 료중개가 나란히 서 있다.

상해 반일테러 아지트 애인리42호를 반세기 만에 찾은 김학철과 그의 아들 김해양. 이곳에서 항전별곡 주인공들의 이야기가 시작된다.

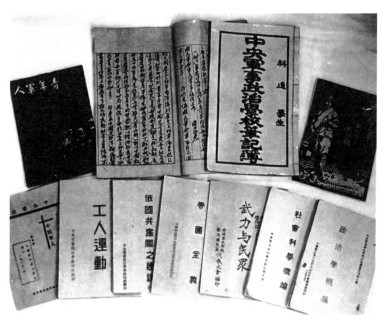

황포군관학교에서 발행한 교재와 간행물.

김학철과 의열단 대원들이 사용했던 남경 화로강(花露岡) 우물. 이곳은 조선민족혁명당 본거지이다.

김학철이 나가사키형무소 시내 분소에서 이감된 이사하야시 본소. 이곳 담장 밖 무연고묘지에 김학철의 다리 하나가 묻혀 있다.

항일 전장에서 피 흘려 싸운 동지들이 역사에서 잊히지 않기 위해 창작을 다그치는 김학철.

호가장 전투에서 희생된 네 명의 조선의용대 전사가 묻힌 초기 묘지. 그 전투에서 김학철은 다리에 총탄을 맞고 일본으로 압송된다.

(사진 제공 ⓒ 김해양)

추천사

혁명적 낙관주의자 김학철

신경림 시인

김학철 선생은 정통 사회주의자이고 인류가 가야 할 길은 사회주의라는 생각을 한 번도 버린 적 없다. 끝내 권력과 타협하지 않고 자신의 길을 꿋꿋이 걸어간 사람이다.

내가 이런 김학철 선생의 작품을 처음 읽은 것은 1948년 〈담뱃국〉이라는 소설이었다. 김학철 선생은 사회주의자이지만 그가 쓴 소설에서는 인간의 여러 가지 모습, 사람 사는 기쁨이 고스란히 담겨 있었다. 그 뒤 그 작품에 대해 서평을 쓴 인연으로 연변에서 김학철 선생을 여러 차례 만나게 되었다. 내가 본 김학철은 정직하고 겸손한 사람이었다. 또 소설 쓰는 것을 매우 즐겨했다.

김학철 선생의 글은 한국 문학을 매우 풍부하게 만드는 중요한 한국 문학의 한 갈래라고 본다. 그가 쓴 글들이 〈김학철 문학 전집〉으로 나온다니 참으로 기쁘다. 혁명적 낙관주의자 김학철 선생을 다시 만나게 되었다.

〈김학철 문학 전집〉 발간을 축하하며

오무라 마스오 와세다 대학 명예교수

한국의 보리출판사에서 〈김학철 문학 전집〉 전 12권이 출판된다고 합니다. 정말 반갑습니다.

김학철은 불요불굴의 사회주의자였습니다. 그가 평생 지향한 것은, 그의 말을 빌리면 '인간의 얼굴을 한 사회주의'였습니다. 그것은 어려움 속에서도 마음은 넉넉했던 팔로군 생활에서 나온 것입니다. 그에게는 인간의 얼굴을 하지 않은 사회주의는 있을 수 없고, 사회주의가 되려면 인간적이어야만 하는 것이었지요.

2001년, 김학철의 유해는 태어난 고향인 원산에 닿도록 두만강에 띄워 보내졌습니다. 원산에 닿은 유해는 한국에 와서 〈김학철 문학 전집〉으로 태어났고, 동해를 건너 일본으로 가서 〈김학철 선집〉이 되었습니다. 이제 더 나아가 태평양, 대서양, 인도양을 건너 전 세계로 퍼져 나갈 것입니다.

김학철 선생을 기리며

이종찬 우당교육문화재단 이사장

김학철 선생이란 어른의 성함을 처음 들은 것은 1980년대이다. 내가 국회에서 선배로 모신 송지영 선생이 "김학철이란 분이 계시는데 그분이야말로 진정한 휴머니스트이고 오염되지 않은 순수한 공산주의자이시지. 그분은 한 번도 지조를 꺾지 않으셨고 올곧은 그대로 삶을 사셨다."고 소개했다.

최후의 독립군 분대장 김학철 선생은 일찍부터 독립운동에 가담해 태항산에서 일본군과 전투 중 총격을 당해 다리를 다치고 일본군에 붙잡혔다. 일본에 협조했다면 치료라도 제대로 받았을 테지만, 그것도 거부하여 평생 다리 하나가 없는 불구가 된 채 일본 감옥에서 해방을 맞이했다.

김학철 선생은 전 생애를 레지스탕스로 일관하셨다. 그분이 누리고 바라는 삶은 간단하다. 필수품으로 원고지와 펜, 그리고 간단한 옷가지, 누울 자리만 있으면 그것으로 족했을 것이다. 왜 우리는 마하트마 간디를 찾아야 하나? 우리의 스승은 바로 김학철 선생인데!

이제라도 김학철 선생의 작품을 모아 전집을 낸다고 하니 매우 반갑다. 김학철 선생의 해학과 유머가 있는 여유로운 필체를 독자들도 함께 느끼길 바란다.

혁혁한 투사, 진솔한 문인 김학철

조정래 소설가

김학철이 없었다면 우리의 굴욕적인 식민지사의 한 부분은 어찌 되었을까. 그 굴욕이 한결 비참하고 수치스럽지 않았을까. 우리의 독립투쟁사 말기에 '조선의용대(군)'라는 다섯 글자가 박혀 있다. 그런데 그 독립군이 어떻게 결성되고, 어디서, 어떻게 싸웠는지 실체적인 명확한 기록이 없었다. 그 역사 망실의 위기를 막아낸 사람이 바로 김학철이다.

김학철은 바로 조선의용군의 《최후의 분대장》으로 싸우다가 왼쪽 다리에 총상을 입었고, 치료를 받지 못해 상처가 썩어 들어가다가, 일본의 나가사키형무소까지 끌려가 결국 절단당하고 말았다.

그 후 그는 불편하기 짝이 없는 '외다리 인생'을 살아 내면서 총 대신 펜을 들고 문인의 삶을 개척했다. 그리고 소설을 창작하기 시작했다. 그의 고결한 영혼 속에서 탄생한 진솔한 작품이 바로 《격정시대》이다. 그는 그 소설을 통해 작가의 진정한 소임이 무엇인지를 보여 주었다. 작가는 민족사에 기여하고, 인류사를 보존해 가는 존재다.

이제 그분의 모든 작품들이 전집으로 묶여 우리 문학사에 크게 자리 잡으며 많은 독자들을 만나게 되었다. 기쁘고 보람스러운 일이다. 선생께서도 특유의 잔잔한 미소를 지으실 것이다.

한국판에 부쳐

〈김학철 문학 전집〉이 드디어 고국에서 출판된다. 김학철은 이 땅의 자유와 독립을 위하여 피 흘리며 싸웠고 다리 한쪽을 이국땅인 일본의 나가사키형무소 무연고 묘지에 파묻었다. 그리고 평생을 쌍지팡이(목발)에 의지해 살아야 했다. 그러나 그는 행복했다. 그의 피 흘림이 고국의 독립과 자유를, 동아시아의 평화를 가져왔고 고국의 번영과 민주주의 실현을 보았다. 그러나 아픔도 안고 갔다. 고국의 분단이, 고향 동포의 배고픔과 신음 소리가 그를 평생 괴롭혔다. 그 땅에도 자유와 민주를 실현하기 위하여, 권력에 아부하는 타락한 좌익 위선자들과는 달리 일생을 몸과 붓으로 독재 권력과 싸우며 고군분투했다. 그의 호소와 날카로운 비판이 이 〈김학철 문학 전집〉에 고스란히 스며 있다.

김학철은 《격정시대》에서 어린 시절 본 충격적인 사건을 신나게 서술하였다. 20세기 초 고향 원산대파업이다. 그 당시 어린 김학철이 이해할 수 없는 것은 조선 부두 노동자들의 대파업에, 원산항에 정박한 일본 선박들이 일제히 고동을 울리며 성원을 하는 것이다. 이것이 인류의 공동체 의식이, 세계 각국의 노동자들이 같은 정의의 가치를 공유함을 어린 김학철은 알 리가 없었다.

그러나 훗날 김학철은 평생을 이 공통된 정의의 가치관을 위하여 피 흘려 싸웠다. 그 흔적은 중국 대륙의 치열한 항일 전장에, 일본 감옥에, 조선 반도 남과 북에 어려 있다. 그것은 조선 민족의, 일본 민족의, 중국 민족의, 동아시아 모든 민족의 자유와 독립과 민주주의 권리를 위하여, 모든 피압박 민중과 약자의 권리를 위하여, 정의와 자유를 갈망하는 투사들과 함께 파쇼와 전제주의를 향해 싸우고 피 흘리며 돌진하였다. 그의 사상과 작품은 그 어느 한 민족의 것이 아니고 자유와 정의를 위한 모든 분들께 속한다. 이것이 한국에서 〈김학철 문학 전집〉 출판이 가지는 의미라고 본다.

이번 출판을 위하여 여러 한국 학자, 지성인들이 심혈을 경주하였다. 보리출판사와 유문숙 대표님, 윤구병, 신경림, 김경택, 김영현 등 선생님들과 편집인 여러분께, 또한 수년간 지원을 아끼지 않은 한국문화예술위원회에 감사드린다. 그리고 그동안 김학철 작품을 한국에서 출판한 창작과비평사, 실천문학사, 문학과지성사, 풀빛출판사 등 출판 부문 여러 선생님들께 다시 한번 충심으로 감사드린다.

우리 세대가 만든 분열과 아픔의 벽을 넘어 동아시아 여러 민족의 정상적인 교류와 공동 번영을 위하여 〈김학철 문학 전집〉 한국판 출판이 기여하기 바란다.

마지막으로 이 〈김학철 문학 전집〉 한국판을 치열한 항일 전장에서 희생된 김학철의 친근한 전우들인 석정, 김학무, 마덕산 등 수십 명 전사자들께 삼가 드린다.

김해양

2022년 8월 중국 연길에서

차례

읽기에 앞서

1. 《항전별곡》 원본에는 작품 속 인물 이름이 일부 한 글자씩 유사음으로 바뀌어 있었다. 초판 출판 당시, 지금으로 서는 이해하기 힘든 정치적 이유 때문이었다. 전집을 새롭게 펴내면서 오늘날 읽는 독자들을 위해 본디 이름을 되 살려 괄호로 함께 썼다..

2. 책에 실린 삽화와 미주는 독자들과 학자들의 연구를 위해 광서사범대학교 최봉춘 교수의 한어 번역본 자료를 옮 겨 왔다.

3. 미주 가운데 한글 미주는 《항전별곡》 원본에 실린 각주를 그대로 실었다.

무명용사

1

1930년대에 내가 다닌 그 군관학교에서는 각 중대의 자명종들이 밤 중만 되면 도보경주를 하였다. 하룻밤 사이에 한 시간이나 시간 반쯤 빨리 가는 것은 예사로서 조금도 신기할 것이 없는 일이었다. 그 학교를 꾸리는 것으로 출세를 한 모질기로 이름이 난 딱장대 교장 — 장개 석으로서도 그것만은 어찌할 도리가 없었다. 자다가 밤중에 자리에서 일어나서 군복을 주워 입고 두 시간 동안 보초를 선다는 것은 그러잖아도 잠이 늘 부족한 장래 군관들에게 있어서는 고역이나 진배없었다. 하여 그들은 지구의 자전 법칙을 무시하고 시곗바늘을 마구 앞당겨 돌려놓고는 부랴부랴 달려가서 교대할 사람을 두드려 깨우는 것이다.

하지만 낮에 보초를 서는 것은 이와 사정이 전연 달랐다. 특히 사람의 출입이 잦지 않은 뒷문에서 혼자 보초를 서는 것은 누구나 즐겨 하는 일이었다. 모두들 그 번이 제게 돌아오지 않을까 봐 왼새끼를 꼬는 판이었다. 낮에 거기서 보초를 서게 되면 그 딱 하기 싫은 교련을 면할

김학철

김학무

뿐 아니라 가외로 생기는 덤이 있었다. 교칙을 위반하고 수업 시간에 학교를 빠져나갔던 동창생들이 몰래 돌아올 때는 다들 자진하여 '통행세'를 바치는 것이다. 즉 가치담배 한 갑 또는 땅콩사탕 한 봉지를 코 아래 진상하는 것이다.

어느 날 내가 몰래 빠져나가 거리를 돌아다니며 해찰을 하다가 돌아온즉 그 행운의 자리에 마침 낯선 보초 하나가 서 있었다. 그리 크지 않은 키와 면도질을 하지 않은 여윌사한 얼굴. 그가 몸차림에 유의하지 않는다는 것은 한눈에 알 수 있었다. 해도 그 채양 밑의 속눈섭이 긴 까만 눈은 유난히 침착하고도 안상하였다. 거기에 소박하고도 멋진 자태가 서로 어울려서 그는 나로 하여금 미켈란젤로[1]의 준수한 조각상을 연상케 하였다. 나와 눈길이 마주치자 그의 얼굴에는 부끄럼 타는 어린아이 같은 수줍은 미소가 어리었다. 나는 아까와하는 마음에서 혼자 속으로 탄식했다.

'가엾게도 저 친구 제가 지닌 매력을 조금도 자각하지 못하는군. 시골내기인 모양이지…….'

나는 가치담배 한 갑을 꺼내어 슬그머니 그에게 넘겨주면서 넌지시 그 가슴에 달린 이름표를 곁눈질해 보았다. 거기에 적힌 것은 '제2중대 김학무[2]'라는 몇 글자였다.

'김가? ― 조선 사람이 아닌가?'

나는 속으로 은근히 놀라며 이렇게 생각하였다.

어찌 알았으리, 바로 그 김학무가 후일 나의 지기로, 가장 가까운 전우로 될 줄을. 더군다나 그때 나는 8년 항전의 승리를 한 해 앞두고 그가 죽을 줄은 꿈에도 몰랐었다. 소박하고도 강의한 나의 전우 김학무가 서른네 살 아까운 나이에 항일의 봉화 타오르는 태항산에서 전사할 줄은 꿈에도 몰랐다.

"노형, 혹시 조선 사람이 아니요?" 하고 나는 중국말로 그에게 물어보았다.

그는 웃는 낯으로 말없이 고개를 끄덕였다. 그러고는 눈짓으로 나더러 "노형은?" 하고 되묻는 것이었다. 나는 너무도 반가와서 "나도!" 하고 조선말로 외치듯이 대답하였다.

그는 제가 알아맞춘 것이 마음에 흡족한 듯 입을 벌리고 웃는데 입술 사이로 드러나는 이들이 모두 담배 연기에 그을려서 가무스름한 것을 보아 애연가가 틀림이 없었다. 그 후 한두 해가 지나서야 나는 비로소 그의 지나온 소경력을 알게 되었는데 — 전에 그는 제남 시내에서 대낮에 유명한 일본 특무 한 놈을 처단한 일이 있었다. 이렇게 안존한 사람이 그런 모험을? 나로서는 상상이 잘 가지 않는 일이었다. 나는 지금도 어떻거다 그하고 처음 만나던 때의 일을 생각하면 쓴웃음이 절로 나곤 한다. — 정말 하룻강아지 범 무서운 줄 몰랐지, 숫제 남더러 시골내기인 모양이라고!

2

'1·28'의 은은한 포성이 멎었다. 영웅적인 19로군[3]이 상급인 장개석의 명령을 거역할 수 없어서 눈물을 뿌리며 전장에서 물러난 것이다.

안중근

김학무와 윤봉길[4] 두 조선 청년 망명가는 프랑스 조계의 한 자그마한 아파트 뒷방에서 비분강개한 나머지에 부아통들이 터질 지경이었다. 그들은 북간도와 조선에서 각각 일본 놈의 등쌀에 못 이겨서 상해까지 밀려왔다. 한데 그 원쑤인 일본 놈들이 인제 또 예까지 따라온 것이다.

윤봉길은 김학무보다 네 살이 위인데 그야말로 철두철미한 민족주의자였다. 그가 숭배하는 인물은 오직 하얼빈 역두에서 일본 수상 이토 히로부미[5]를 쏴 제낀 조선의 민족 영웅 안중근[6] 하나밖에 없었다. 이와는 달리 김학무는 이미 마르크스-레닌주의를 상당히 접수한 사람이었다. 하여 두 사람은 친동기같이 가까운 사이이면서도 정견 문제로 이따금 논쟁을 벌리곤 하였다.

"그래 어떻게 적의 요인만 처단하면 민족의 독립을 되찾을 수 있단 말인가? 안중근이 이토를 해치운 지도 인젠 20년이나 되는데 어째 일본제국주의는 아직도 망하잖고 점점 더 기승을 부리는지? 어디 수긍이 되게 말을 좀 해 보라구."

"하나만 해치워 가지고야 어떻게 되는가? 우두머리들을 깡그리 요정 내야지. 한 첩 약에 병이 뿌리 빠지는 걸 본 적 있나? 그러니까 죽음을 무릅쓰고 자꾸 제껴야 한단 말일세. 적들이 공포의 도가니 속에서 부들부들 떨게끔."

"소수 사람의 용기만 가지고는 민중의 해방을 쟁취 못 하네. 개별적

일본 침략자 열병식

홍구공원에서 울린 폭파 소리

인 테러만 가지고는 낡은 세력을 뿌리 뽑지 못한단 말이야. 민중의 해방은 오직 민중을 동원해야만……."

"그건 비겁쟁이들의 평계에 지나지 않아."

"천만에, 사회과학을 무시하는 정치 열병에 걸려서는 아무것도 못 해."

"맘대로 해석하라구. 나는 그래두 내 갈 길을 갈 테니까."

김학무가 낮은 목소리로 장엄한 '인터내셔널'을 부를 때면 윤봉길은 격앙하게 '애국가'를 부르곤 하였다. 그들은 이와 같이 각기 다른 곡조를 부르면서 영웅적인 상해 시민들과 함께 19로군을 지원하였다.

그 후 운명의 물결은 김학무를 북평으로 밀고 갔다. 어느 날 무심코 〈마이니치신문〉을 펼쳐 본 그는 심장이 금시로 얼어드는 것 같은 충격을 받았다…….

1932년 4월 29일 오전, 상해 홍구공원은 일요일도 아닌데 장날처럼 사람들이 웅성웅성하였다. 수난과 환락은 배다른 자매이다. 한 가지 일이라도 어떤 사람에게는 굴욕과 재난을 갖다 안기고 또 어떤 사람에게는 야수적인 쾌감을 갖다준다. 적들은 상해를 점령한 뒤 지금 여기서 경축 대회를 열고 전파를 통하여 전 세계에 그들 상승군의 무적함을 대대적으로 선양할 작정이었다.

침략군의 총사령관 시라카와[7] 대장, 노무라[8] 연합함대 사령관 등 일군의 고급 장령들이 기고만장해서 주석대 위에 버티고 앉은 꼴은 과연 장관이었다.

이때다. 일본 전공 차림의 젊은이 하나가 손에다 밥곽을 들고 어깨에는 보온병을 엇메고 경계 삼엄한 공원 문 앞으로 걸어와서 흘러 들어가는 인총 중에 슬그머니 끼어들었다. 입장하는 사람은 피부색이 다른 서양인 기자들을 제외하고는 몽땅 다 일본인들이었다. 그 젊은이는

시라카와 대장이 군함을 타고 왔다가 관에 누워 나간다.

노무라

시게미쓰

모자채양에 가볍게 손을 갖다 대며 빈틈없는 일본말로 문지기 헌병에게 인사를 하였다.

"고쿠로산데스(수고하십니다)."

퉁방울눈 헌병 녀석은 한 번 쳐다보고 "흥." 콧소리를 내었다. 통과.

젊은이는 곧장 이틀 전에 임시로 지은 주석대 뒤로 향하였다. 그는 밥곽과 보온병을 나뭇가지에 걸어 놓은 다음 가장 직책에 열중하듯이 꽁무니에서 펜치를 빼어 들고 땅바닥에 늘어진 여러 갈래의 전선과 전홧줄을 하나하나 살펴보았다. 한데 그러면서도 그는 무엇인가를 은근히 기다리는 눈치였다. 이윽고 대화가 정식으로 시작이 되어서 점령군 '영웅'들이 전 세계를 향하여 황군의 '위대한' 전과를 소리 높이 선양할 때 젊은이는 조금도 서두르는 기색이 없이 나뭇가지에서 보온병을 떼어 내려서 물을 마시려 하였다. 그는 뚜껑을 틀어 열자 잽싸게 그 보온병형 폭탄의 도화 장치를 잡아 뽑았다. 그러고는 침착하고도 정확하게 그것을 장군들의 등덜미 너머로 주석대 복판에다 뿌렸다. 다음 순간, 주석대는 전 세계의 면전에서 박산이 났다. 시라카와 대장 각하가 즉사를 하였고 노무라 연합함대 사령관 각하의 눈깔 하나가 달아났다. 후에 외무대신이 된 시게미쓰 마모루[9] 각하의 다리 한 짝도 그 통에 떨어져 나갔다. 이 밖에도 또 숱한 침략자들의 살과 피와 사지가 점령당한 원한의 땅 위에 어지러이 흩어졌다[10].

젊은이는 그 자리에서 피눈이 되어 덤비는 사무라이들에게 뭇매를 맞아 피투성이가 되고 반죽음이 되었다.

그로부터 몇 달이 지나서다. 일본 전국 각지의 신문들이 일제히 그 젊은이 — 윤봉길이 오사카 감옥에서 처형당했다는 소식을 실었다. '범인은 태연자약', '싱긋 웃고 교수대에 오르다' 등등 표제로.

김학무는 윤봉길의 최후를 보도한 그 〈마이니치신문〉을 펼쳐 든 채 사나이울음을 울었다.

3

김학무는 오랜 옛날의 '바람 소리 쓸쓸하고 역수(易水)는 찬데, 한번 떠난 장사(壯士)는 영영 돌아오지 않아라'라는 시의 구절이 생각났다. 그리고 윤봉길이 항시 염려하던 례산 고향의 그 연로하신 조부모님네와 부모님네의 본 적 없는 모습도 머리에 떠올랐다. 그는 윤봉길을 사랑하였다. 허나 그가 걸은 그 길로는 가지 않았다.

김학무는 북평에서 백방으로 수소문해 보았으나 종시 공산당의 지하조직을 찾아내지 못하였다. 당 조직을 찾지 않고 단창필마로서야 어떻게 큰일을 성사할 수 있을 것인가. 그러나 현실은 무정하였다. 김학무가 찾아 들어간 골목들은 예외 없이 다 막다른 골목이었다. 속을 끓일수록 당 조직의 자취는 점점 더 묘연하기만 하였다. 몇 달 동안 헛물만 켜고 돌아다니다가 할 수 없이 그는 처량한 심정으로 북평을 떠났다.

한데 천만뜻밖에도 그는 제남에서 구인 하나를 만나게 되었다. 당 조직의 연락원이라고 자칭하는, 김학무보다 나이가 팔구 세가량 위인 그 조선 사람의 이름은 리웅[11]이라고 하였다. 리웅의 인품은 사람들에게 호감을 주었다. 그리고 부처님처럼 어깨에 드리울 만큼 큰 귀도 인상적이었다. 김학무는 갈증 난 사람이 물을 만난 것처럼 전심을 쏟으며 그의 감동적인 설교에 귀를 기울였다.

"지금 장개석이 극악무도하게도 도처에서 공산당원들을 검거, 투옥, 학살하고 있소. 혁명 근거지를 포위하고 토벌을 들이대고 있소. 이놈의 야만적 행패를 이 이상 어떻게 더 참는단 말이요? 피 끓는 프롤레타리아 전사가 어떻게 이에 대해서 외면을 할 수 있겠소? 이 반혁명의 우두머리를 잡아치우지 않고서야 우리가 어떻게 혁명을 이 끌어 나갈 수 있겠소? 내 생각엔 장개석이란 놈을 해치우는 것이 동무가 입당을 하는 데 가장 좋은 선물로 될 것 같소……"

이 망망한 대국의 땅 위에서 곤궁에 시달리며 향방 없이 당 조직을 찾아 헤매던 김학무가 어떻게 감동되지 않을 수 있을 것인가. 끓는 피가 정수리까지 치미는 바람에 그는 상해에서 윤봉길에게 제 입으로 한 말들을 까맣게 잊어버렸다.

리웅은 열성적으로 김학무의 행장을 꾸려 주었다. 무기로는 미국제 브라우닝 권총 한 자루와 이탈리아제 난형 수류탄 두 개를 그리고 활동비로는 중앙은행권 200원을 마련해 주었다. 떠나보낼 때 그는 다시 한번 김학무의 손을 굳게 잡고 당부하였다.

"공산주의 사업의 승리를 위해서 매사에 조심하시오. 그리고 용감하시오."

이튿날 김학무는 남경 하관역에서 차를 내렸다. 그리고 이틀이 채 못 되어 아는 사람 하나를 찾아내었다. 그 김원보(김원봉, 일명 최림)[12]라는 사람은 당시 남경에 있는 조선 혁명 단체의 영도자로서 황포군관학교 제6기 졸업생이었다.

윤봉길의 폭탄 사건이 발생한 뒤 격노한 일본제국주의는 프랑스 식민주의 당국에 중압을 가해서

김원보(김원봉, 일명 최림)

그로 하여금 긴급 조치를 취하지 않을 수 없게 하였다. 이때부터 상해 프랑스 조계도 다시는 조선 반일 세력의 비교적 안전한 피난처로는 되지 못하였다. 이러한 시기에 장개석은 생각하는 바가 따로 있어서 슬그머니 조선 망명가들의 편의를 보아주었다. 이것을 눈치챈 일본제국주의는 즉시 중국 정부에다도 또 엄중히 항의하였다. 그중에서 특히 중앙육군군관학교(즉 원래의 황포군관학교)에 재학 중인 조선 학생들의 문제를 크게 다루었다. 하여 장개석은 부득이 연극을 놀지 않을 수 없었다. 그는 하루 사이에 조선 학생 전부를 출학 처분 하라고 명령을 내렸다. 그리고 다음 날로 다 뒷문으로 불러들여서는 다시 등록을 시키는데 이름은 모두 중국식으로 갈게 하고 또 원적은 일률로 료녕, 길림, 흑룡강으로 고치게 하였다.

남경 시내 화로강[13]에 절간 하나가 있다. 그 뒤채 2층 조용한 방에서 김학무는 서로 믿는 사이인 김원보에게 툭 털어놓고 다 이야기하였다. 연후에 김원보더러 장개석을 암살하는 데 협조를 해 달라고 청을 들었다. 김원보는 귀를 기울이고 전후수말을 여겨듣고 나더니 머리를 설레설레 저었다.

"장개석이를 해치우는 건 우리의 급선무가 아니요, 비록 그자가 백 번 죽어 마땅할 죄를 짓기는 했지만서도. 지금 그자의 속심은 우리를 이용해 보자는 거요. 그렇다면 우리도 그자하고 맞장기를 두어서 안 될 게 뭐 있소? 염불에는 맘이 없고 젯밥에만 맘이 있어서 안 될 게 뭐란 말이요. 우리는 일본제국주의를 타도하기 위해서는 조금이라도 유리한 조건이면 어떤 거나 다 이용해야 하지 않겠소? 한데 그건 그렇구, 내가 보기엔 동무의 그 황당한 계획은 아무래도 동무 자신이 생각해 낸 것 같지를 않소. 동무는 종래로 그런 주장을 한 적이 없다고 나는 기억하고 있는데. 혹시 누가 뒤에 있는 거나 아니요? 아무튼지 떡국을 더 먹은 만큼 사회 경험은 내가 동무보다 좀 더 쌓았을 거요……."

김학무는 제남에서의 소경력을 하나도 빼지 않고 솔직히 다 피력하였다. 그러자 김원보는 "그 사람이 나이는 얼마쯤 돼 보입디까?" 하고 물었다.

"서르나문 살 됐을까요."

"어디 사람 같습디까? 남도, 북도?"

"함경도 사투리가 약간 알리는 것 같습디다."

"생김생김에 무슨 유표한 건 없습디까?"

"글쎄요……. 오 참, 귀가 유난히 큽디다, 부처님처럼."

"어, 알 만하오. 더 말 안 해도 인제 다 알았소. 동무가 꾐수에 넘어가서 큰코를 다칠 뻔했소."

"뭐라구요?!"

"동무가 말하는 그 리웅이란 자는 벌써부터 이름이 난 일본 놈의 특무요. 그자는 북평 중국 대학 졸업생으로서 원래는 중공 당원이었는데 적에게 체포된 뒤 변절을 해서 개가 돼 버렸소. 간도 태생으로 별명을 '부채귀'라고 하오. 그자가 우리 민족해방 사업에 끼친 해독은 이루 다 헤아릴 수 없소. 그 음흉하고도 교활하기 짝이 없는 특무 놈은 일본 상전의 뜻을 받들고 우리의 손을 빌려 내란의 불을 지름으로써 항일운동을 파탄시키자는 속심이요. 지금 국민당 내부에서는 왕정위, 하응흠 따위 친일파들이 그런 기회만 노리고 있는 판이요."

김원보는 여기서 잠시 말을 끊었다가 감회 깊게 한마디를 덧붙였다.

"리웅이가 물어넣어서 목숨을 잃은 우리 동지들의 피의 빚을 우리는 아직 받아 내지 못하고 있소……."

김학무는 모든 것을 깨달았다. 어이가 없었다. 그는 자기의 세계관의 믿음성을 다시 한번 가늠해 보았다. 쓴웃음이 절로 나왔다. 생활 자체가 곧 산 교과서였다.

몇 해 후에 그는 비록 김원보와 갈라지기는 했지만서도 목숨이 다하는 그날까지 김원보에 대하여 고마와하는 마음은 끈히 간직하고 있었다. 만약 그때 그가 김원보를 만나지 못하고 암살에 성공을 하였다면 그 후의 중국 역사는 혹여 다른 양상을 드러냈을는지도 모를 일이다. 김원보는 항일 전쟁 시기에 조선의용군의 창건자의 하나로 되었으며 또 살아서 일본제국주의의 패망을 보았다.

김학무는 두말없이 행장을 수습해 가지고 불과 두어 주일 전에 떠나온 제남으로 되돌아갔다.

4

김학무는 제남에 돌아오는 길로 우선 한겻진 골목 안에다 자그마한 단층집 한 채를 세 얻었다. 그 집은 사위가 높은 토벽돌담으로 둘렸는데 드나드는 문이라고는 널쪽문 하나가 있을 뿐이었다. 연후에 그는 리웅을 찾아갔는데 마침 리웅은 어디 나가고 집에 없었다. 다행히도 안주인 ─ 작은댁네가 그를 알아보고 다정히 맞아들이며 주인이 곧 돌아올 것이니 조금만 앉아 기다리라고 하였다.

안주인의 말대로 김학무가 원탁 위에 놓인 주간잡지 〈주간아사히〉를 몇 페이지 뒤적거리며 기다리고 있는데 주인 리웅이 활개를 휘저으며 돌아왔다. 그는 방 안에 김학무가 앉아 있는 것을 보고 저으기 놀라는 기색으로 "어?" 하고는 미처 자리에 앉기도 전에 성급하게 묻는 것이었다.

"어째 돌아왔소?"

"제 말씀을 좀 들어 주십시오." 하고 김학무는 찬찬히 말머리를 떼기 시작하였다.

"남경에 도착해서 얼마 안 되어 제 아는 사람 몇 사람을 만났습니다. 그들도 윤봉길 사건의 얼을 입어 남경으로 도망쳐 왔습니다. 이 근래 상해는 바람이 어찌나 센지 견뎌 배길 재간이 없답니다."

리웅이 귀찮아하는 눈치를 보이자 김학무는 얼른 다시 말머리를 돌렸다.

"한데 제가 거기서 여러 날 두고 정찰을 해 봤는데 그자 신변의 경계가 어찌나 삼엄한지 도저히 혼자서는 손을 쓰기가 어렵겠습디다. 선생님도 아시다싶이 저는 제 한 몸의 안위를 염두에 두지는 않습니다. 오직 문제는 성사를 하느냐 못 하느냐 하는 겁니다."

"그렇다면 전연 가망이 없다는 말 아니요?"

리웅은 실망으로 하여 낯색이 어두워졌다. 그 유난히 큰 귀까지 맥이 빠져서 더 늘어지는 것 같았다.

"아닙니다. 저는 어떠한 난관에 봉착하더라도 초지는 꼭 관철하고야 말겠습니다. 그래서 생사를 같이할 수 있는 동지 둘을 구해서 데리고 왔습니다. 그들도 저와 마찬가지로 나랏일에 기꺼이 목숨을 바칠 각오들이 돼 있습니다."

"훌륭하오. 잘했소, 아주 잘했소. 한데 어디 있소, 그 사람들이?"

"제가 임시로 세 얻은 처소에 들어 있습니다. 선생님의 지시를 받아야 하겠기에……."

"암 그래야지, 잘했소. 지체 말고 우리 그럼 가 볼까?"

리웅은 신이 나서 벌떡 일어나며 벗어 놓았던 모자를 다시 집어 쓰는데 그 유난히 큰 귀까지 신바람이 나서 우쭐우쭐하는 것 같았다.

"여관은 이목이 번나해서 예서 멀잖은 곳에다 외딴집 한 채를 구했습니다."

"잘했소. 우리는 매사에 조심을 해야 할 처지니깐. 생각을 아주 주도하게 잘했소."

두 사람이 실골목에 잡아들어 얼마 안 가서 세를 얻은 그 집이 나섰다. 김학무는 널쪽문을 밀어 열고 한옆으로 비켜서며 공손히 리웅을 안으로 청해 들였다. 리웅은 마당 안에 들어서자 곧 성큼성큼 앞서 걸어 들어가며 기분이 좋아서 집 안에다 대고 소리치는 것이었다.

"환영하오. 동무들, 환영하오!"

김학무는 얼른 널쪽문을 닫아건 뒤 잽싸게 허리춤에서 권총을 빼 들고는 일변 안전기를 열며 일변 부지런히 앞사람을 따라섰다. 한편 앞서 들어온 리웅이 지도자연한 자태로 방문을 툭 밀어 연즉 어, 이게 웬일이냐! 사람의 그림자는 고사하고 걸상 하나 보이지 않는 네 벽 ─ 알뜰한 빈방이었다.

'아차, 속았구나!'

리웅은 홱 돌아서며 재빨리 호주머니 속의 권총 자루를 거머쥐었으나 그보다 먼저 김학무의 브라우닝이 날카롭게 혀 차는 소리를 내었다. 리웅의 몸뚱이는 시위 끊긴 활 모양으로 퉁겨지며 천천히 넘어가는데 그 입에서는 악에 받친 최후의 욕설이 게질게질 쏟아져 나왔다.

"너 이 개새끼…… 감히…… 감히…… 나를."

김학무는 어느 사이에 탄창 안의 탄알을 전부 '부채귀' 놈의 죄악의 몸뚱이에다 쏘아 박았는지 자신도 알지 못하였다. 방아쇠를 당겨도 총소리가 나지 않아서야 비로소 그것을 깨달았다. 그는 가슴에서 두방망이질을 하는 바람에 손에 든 권총을 어디다 치웠으면 좋을지 몰라 망설이다가 지붕 위에다 홀쩍 올려뜨렸다. 그러고는 뒤도 돌아보지 않고 달려 나와서 널쪽문을 꼭 닫은 뒤 길게 숨을 몰아쉬고 나서 그 자리를 떴다.

김학무가 어떻거다 얼굴을 들어 보니 골목 어귀에 홀제 순경 하나가 나타나서 곧추 자기 쪽을 향해 걸어 들어왔다. 김학무의 가슴에서는 또다시 두방망이질이 시작되었다. '인제 끝장이로구나!' 하는 생각이 피뜩 머릿속을 스쳐 지나갔다. 그러나 그는 곧 다시 마음을 다잡고 천천히 순경한테로 마주 다가갔다. 맨주먹으로라도 들이덮쳐서 요정을 낼 작정이었다. 그런데 그는 그 순경이 자기에게 전혀 무관심하다는 것을 얼핏 눈치채었다. 순경의 무표정한 얼굴에는 경계하는 빛이라고는 그림자조차 없었다. 김학무는 손에 땀을 쥐며 순경의 곁을 조심스레 스쳐 지났다. 기실 그 순경은 총소리를 듣고 쫓아온 것이 아니라 평상시와 마찬가지로 제 담당 구역을 순찰하는 중이었다.

"하마트면 긁어 부스럼을 만들 뻔했군!"

김학무는 안도의 숨을 내쉬며 이렇게 속으로 중얼거렸다.

김학무가 남경으로 도망쳐 온 지 사흘이 채 못 되어서 각 신문지상에 제남발 보도들이 실리었다.

'정치적인 암살 사건.'

그 후 몇 해가 지나서다. 한번은 김학무와 내가 로하구(현재의 호북 광화) 중산공원 노천 다점에서 차를 마신 일이 있었는데 그때 그는 웃으며 나보고 이렇게 말하였다.

"윤봉길이한테 비하면 어림도 없어, 난 담이 너무 작아서……. 김학무가 열이라도 윤봉길이 하나를 당하지 못해. 정말이야."

5

1938년 가을 한구에서 우리 조선 혁명 청년들에 의하여 조선의용대가 건립되었다(후에 해방구로 진출하여 조선의용군으로 확대되었다). 그 골간은 중앙군관학교 졸업생들과 연해안 일대 각 대도시의 대학생들로 이루어졌다. 의용대가 건립된 후 한 달이 채 못 되어서 운명은 우리로 하여금 무한에서 다시 철퇴를 하게 하였다.

철퇴를 하기 전에 우리 전체 대원들은 총동원하여 두 낮 두 밤에 걸친 돌격으로 온 한구 시내를 거대한 정신의 보루로 만들어 놓았다. 우리는 매 거리의 담벼락과 대문짝들에, 시계탑과 저수탑들에 그리고 지어는 아스팔트 길바닥에까지 뺑끼와 콜타르로 일본 병사들의 계급의식을 불러일으키고 반전사상을 고취하는 표어들을 썼다. 그것들은 모두 귀알 따위 특대 붓으로 문짝만큼씩 크게 쓴 일본 글로서 그 내용인즉 '일본 형제들이여, 착취자를 위해서 목숨을 바치지 말라!', '총구를 상관에게 돌리라!' 따위였다.

한구에서 여러 번 우리 의용대를 방문한 바 있는 곽말약 선생은 후에 회상기《홍파곡》의 한 절에서 당시의 정경을 매우 생동하게 묘사하였다.

우리는 두 부분으로 나뉘어 무한을 뜨게 되었다. 제1지대는 지대장

방효삼(박효삼)

리익선(리익성)

김탁(일명 왕통)

방효상(박효삼)[14]과 정치위원 김탁(일명 왕통)[15]의 인솔하에 강남 전선으로, 제2지대는 리익선(리익성)[16] 지대장과 김학무 정치위원이 이끌고 화중 전선으로 떠나게 되었는데 나는 제1지대에 속하였으므로 부득이 '고성낙일'의 양자강반에서 김학무와 손을 나누어야 하였다. 우리 제1지대는 기선을 타고 양자강을 거슬러 올라가 악양에서 내려 다시 호남, 호북 두 성의 경계인 막부산 전선으로 급행군하였다. 우리는 거기서 옹근 한 해 동안 침략군과 마주 싸웠다.

이듬해 늦은 가을, 계림에 설치되어 있는 총지휘부에서 소환장이 왔는데 거기 적힌 이름들로는 나 외에 심운(심성운)[17], 조소경[18], 윤치평[19], 황재연(일명 관건)[20], 리동삼(리동림, 일명 풍중천)[21] 그리고 또 한 사람이 있었는데 그 일곱 번째 사람의 이름은 생각이 나지 않는다. 우리는 계림에 도착해서야 비로소 총지휘부에서 우리 일곱 사람을 제2지대에 조동하기로 결정했다는 것을 알게 되었다. 며칠 후에 김학무가 전위하여 호북에서 우리를 데리러 와서 우리 일행 여덟 사람은 곧 계림을 출발하여 북상의 길에 올랐다. 당시 우리의 행선지인 로하구는 제5전구 사령장관 리종인의 사령부 소재지였다.

전해 가을에 장개석은 쿠투조프[22]의 모스크바 초토화 작전을 모방

하느라고 호남성의 수부 장사시를 불살라 버렸는데 그러고도 또 마음이 놓이지 않아 장사-록구 간의 철길까지 몽땅 걷어 버렸다(그러나 유감스럽게도 일본인들은 장개석의 대본대로 행동하지 않고 200리 밖에서 멎어 버렸다).

하여 우리는 부득이 육로를 버리고 수로를 취하여 주주에서 발동기선을 타고 흐름을 따라 내려갔다. 소상강의 가을 경치는 나그네의 간장을 녹였다. 세상에 널리 알려진 부춘강의 아름다움과도 비길 만하였다. 비록 나는 그 선경을 가 본 적은 없지만서도 나와 김학무 — 두 젊은 군관은 뱃전 난간에 기대서서 황홀한 눈으로 주위를 바라보았다. 추풍이 소슬한 강색은 길손에게 전쟁의 소란한 세월을 잊게 하였다.

우리는 전객들 중에서 몸매가 날씬한 월나라의 서시[23] 아닌 초나라의 서시 하나를 발견하였다. 그 단발머리의 젊은 여인은 검박하면서도 시체에 맞는 옷차림을 하였는데 역시 뱃전 난간에 홀로 기대서서 맑은 물결이 수려한 강기슭의 거꾸로 비친 그림자를 휘저어 흩어뜨리는 것을 물끄러미 바라보고 있었다. 바람에 머리카락이 흩어져도 쓰다듬을 생각을 않고 바람이 하는 대로 내버려 두었다. 그 시름없는 눈초리에는 망국의 비운을 우려하는 빛이 우린 듯하였다. 나는 불현듯 생각이 나서 벌써 언제부터 물어보자 하면서도 못 물어본 말을 소곤소곤 김학무에게 물어보았다.

"전에 더러 여자 친구를 사귄 일이 있지?"

"어디 그런 게…… 없어, 없어."

김학무는 쑥스러운 듯이 얼굴을 붉히며 웃었다.

"정말?"

나는 반신반의하는 눈으로 그의 기색을 살폈다.

"실없이 누가 거짓말을 할라구."

"그래?"

"사실 말이지 난…… 여자들하고 맞서기만 하면 왜 그런지…… 주눅이 들어서 당초에."

"흠, 그렇게 주눅이 잘 드는 사람이 제남에서는 어떻게 백주에 그런……."

"제발 그 이야긴 인제 더 꺼내지 말라구. 그 일하고 이 일이 어떻게 같아? 공사하고 사사가 같아? 다른 이야기나 하자구, 음?"

단촉한 일성 기적이 배가 이미 장사강변 부두에 와 닿았음을 알리었다. 한데 뜻밖에도 선창에는 국민당의 헌병들이 웅긋쭝긋 서 있었다. 이런 일이 있을 것쯤은 응당 예측을 했어야 할 것인데 나는 데면데면하게도 그만 금서목록에 들어 있는 좌익 서적 몇 권을 휴대하고 있었다. 그래 어찌할 바를 몰라 혼자 왼새끼를 꼬다가 조선말로 나직이 김학무와 의논하였다(그때 그는 이미 중국공산당 당원이었다. 물론 지하당원이다. 그는 그해 이른 봄 2월 달에 호북에서 입당하였다).

"어떻건다?"

"생활서점[24] 거야?"

"신지서점[25] 것도 있어."

"또 다른 건?"

"외국어판이 한 권 있는데."

"일없어, 그럼. 저것들은 다 까막눈이나 다름없는 반병신들이야. 못 들춰내."

아니나 다를까 김학무가 요량한 대로 그 얼간이들 중의 하나가 다가와서 내 들가방 속의 책들을 집어 들고 한동안 뒤적뒤적해 보더니 무슨 탈을 잡지 못하겠던지 입속으로 웅얼웅얼하더니만 내키지 않는 듯이 경례를 붙이고 시들해서 저쪽으로 가 버렸다.

워낙 신중하고 경험 있는 출판업자인 추도분[26] 선생과 그 동료들은 미리미리 마르크스, 엥겔스, 레닌 등의 글자를 모두 칼, 프리드리히 또는 일리치로 고쳐 놓았던 것이다. 그리고 또 책뚜껑은 모두 내 손으로 리하르트[27], 애덤 스미스[28], 헤겔[29] 등으로 고쳐 놓았던 것이다. 출판자의 주도한 용의에 심심한 감사를 드리지 않을 수 없다.

6

한겨울이 지나서이다. 내가 혹시 잘못 기억을 하고 있지 않았다면 장극가[30] 씨가 한수강반에서 그의 공력 들인 작품 '꽃피는 봄날'을 발표할 때 우리는 수현 전선에서 활약하고 있었다. 당시 황기상[31]의 집단군 사령부가 대추 고장인 조양에 설치되어 있었다. 우리는 ─ 나와 김학무와 또 다른 몇 사람은 ─ 전호에서 두어 마장가량 떨어진 광서 부대의 대대부에 머무르며 대적군 선전 공작을 하고 있었다. 한데 그들 광서군 장병들의 입버릇 ─ '뜌나마'란 게 도대체 무슨 말인지 나는 아직까지 모르고 있다. 내 짐작에는 아마 매우 고상한 단어나 어휘인 것 같다. 그렇지 않고서야 그렇게 노상 입에 달고 있을 리 없으니까.

당시 남북으로 100여 리에 걸친 전선은 총포성이 잠잠하였다. 적아 양군의 구불구불한 전호는 상거가 불과 수백 미터. 매개 중대마다 저격수 몇 명씩을 포치해서 주야로 적의 동정을 감시하는 외에는 다들 평상시나 거의 다름없는 생활을 영위하고 있었다. 우리는 때로 광서군 병사들과 하사관들에게 일본말도 가르쳤다. '총을 바치면 살려 준다',

집단군 총사령 황기상 심운(심성운) 조소경

윤치평 황재연(일명 관건) 리동삼(리동림. 일명 풍중천)

조선의용대 대부 옛 거처

'우리는 포로를 우대한다', '일본 형제들 총구를 그대네 지휘관들에게 돌려 대라' 따위를 가르쳐 주었다. 한데 괴이한 것은 그들이 정당한 말을 배우는 데는 혀가 제대로 돌아 주지 않아서 애를 먹으면서도 '바카야로' 따위 욕설은 아주 수월히 배울 뿐 아니라 또 금시 써먹기까지 하는 것이었다. 그들은 참호 속에서 일본군 진지에다 대고 목청이 아프도록 그 아름답지 못한 단어들을 외치는 것이었다. 그러면 맞은편에서도 지지 않으려는 일본 병사들의 똑같은 큰 목소리가 메아리치듯 들려오는 것이었다.

"왕―바―단―!"

어느 날 나는 볼일이 있어서 방어선의 좌익을 담당하는 중대를 다녀와야 하였다. 대대부에서 그 중대부까지는 너덧 마장밖에 안 되는 거리였지만 마음씨 좋은 광서 대대장은 한사코 나더러 제 밤빛 거세마를 타고 가라는 것이었다. 내 말 타는 솜씨가 워낙 오죽잖아서 그렇긴 하겠지만 어찌 된 셈판인지 내가 타 본 군마들은 예외 없이 다 내 솜씨를 꿰뚫어 보기라도 하는 듯이 내가 가까이 가기만 하면 으레 마뜩잖은 눈으로 나를 흘겨보았다. 광서 대대장의 그 밤빛 짐승도 역시 그런 태도로 나를 대하였다. 즉 마지못해 태운다는 것 같은 그런 시들한 태도로 나를 대한 것이다.

내가 말을 타고 가는 길은 전호 턱밑에 펼쳐진 과수원 사이로 나 있었다. 그 과수들이 배나무였던지 복숭아나무였던지 인제는 기억이 삭막하다. 아무튼지 볕은 따사롭고 바람은 살랑살랑 극상 좋은 날씨였다. 슬렁슬렁 걸어가는 말 잔등에 호사스럽게 걸터타고 봄빛을 만끽하는 것은 일종의 향락이었다. 해도 그렇게 안락한 시간은 그리 길지가 못하였다. 일수가 사나와서 나는 얼마 오래지 않아 매우 난처한 지경에 빠지게 되었다.

내 그 향락 기분에 잠겨 있는 머리 위에 삐딱하게 씌어 있던 군모가 철딱서니 없이 그만 과수나무 가지에 걸려서 땅바닥에 떨어진 것이다. 사달은 여기서 났다. 나는 휘파람을 휘 불고 말 잔등에서 미끄러져 내려와 네댓 걸음 되돌아가서 모자를 집었다. 한데 내가 다시 돌아와 한 발을 등자에 걸고 올라타려 한즉 그 망할 놈의 거세마가 되지못하게 옆 걸음을 치며 나를 근접을 못 하게 하였다. 그러다가 나중에는 숫제 외면을 하고 제 가고 싶은 데로 갈 차비를 하였다. 나는 슬그머니 화가 나서 쫓아가 땅바닥에 질질 끌리는 고삐를 잡으려 하였으나 좀체 따라잡을 수가 없었다. 내가 걸음을 재게 떼면 그놈도 재게 떼고 내가 달으면 그놈도 달았다. 그러다가 마사람 사이의 거리가 갑자기 벌어지면서 그놈의 유다[32]는 눈 깜짝할 사이에 참호를 홀쩍 건너뛰어 적아 진지 사이의 개미 새끼 한 마리 얼씬거리지 않는 공한지에 들어섰다. 그놈이 숱한 사람의 눈이 지켜보는 가운데 고삐를 질질 끌며 버젓이 적진으로 달려갈 때, 일이 너무나도 돌발적이라서 내나 저격수들이나 다 눈이 멀뚱멀뚱해서 바라보기만 했을 뿐 아무도 그놈을 쏴 죽일 궁리를 내지 못하였다.

투항하는 군마가 적의 진지로 달려 올라가자 호박이 떨어진 적병들은 웬 떡이냐 하고 저마다 손을 내밀어 고삐를 휘어잡았다. 이어 광명을 버리고 암흑을 따르는 유다는 우리 시야에서 꺼진 듯이 사라져 버렸다.

나는 파김치가 되어 가지고 터덕터덕 걸어서 대대부로 돌아왔다. 우리는 상부에서 파견되어 내려온 사람이므로 대대장이 비록 아무 말도 하지는 않았지만 그 애석해하는 눈치는 역연하였다. 사랑하는 말을 어

조선의용대가 계림에서

계림 시가원 53호 앞 ①약산 김원봉 ②마덕산 ③황민

전한과 부인 안아(앞줄 왼쪽 두 번째, 세 번째)

처구니없이 잃어버린 사람의 심정을 내 어찌 헤아리지 못하랴. 나는 집 안에 들어앉아 있기가 괴로와서 홀쩍 밖으로 나와 버렸다. 개울가 잔디밭에 가 드러누워서 제가 저지른 일을 되새겨 보았다. 이윽고 김학무가 뒤따라 나오더니 내 옆에 와 퍼더버리고 앉으며 "그게 무슨 큰일이라고 그래. 대대장이 벌써 그 말이 지뢰에 걸려서 폭사했다고 보고를 냈는데. 사내대장부란 게 고만한 일에 한숨은 다 뭐고 눈물 콧물은 다 뭐야." 하고 엉너리를 부리며 내 목을 그러안았다.

이때 대대장의 근무병이 한 손으로 궁둥이 위에 매달린 모제르 권총을 누르며 달아오더니 대대장이 우리를 곧 청해 들이란다고 전갈하였다. 대대장은 우리를 보자 상냥한 말씨로 알려 주는 것이었다.

"방금 연대장께서 친히 전화를 걸어오셨는데 연대부에 손님이 오셨다고 여러분더러 오셔서 자리를 좀 같이해 주십시다는 취지였습니다."

"어떤 손님인데요?"

김학무가 물은즉 "전한[33] 선생의 부인 안아[34] 여사께서 〈진중일보〉의 여기자[35]분과 함께 시찰을 오셨는데…… 장관 사령부에서 내려오셨답니다."라고 알려 주었다.

나는 경황이 없어서 살 생각이 꼬물도 없었으나 김학무가 한사코 잡아끄는 바람에 마지못해 따라나섰다.

"한 번 실수는 병가의 상사란 걸 그래 몰라서 그러나? 사람의 속이 왜 그렇게 옹졸해? 대대장은 벌써 그 일을 다 잊어버린 지가 옛날인데……." 하고 김학무는 너름새를 놓는 것이었다.

"임자 같은 옹생원을 안 모시고 가서야 우리가 어떻게 손님 접대를 제대로 하겠나, 안 그래?"

환영 연회에는 여자 손님 두 분 외에도 또 여자가 한 분이 있었는데 그가 곧 김위[36]라는 조선 여성으로서 우리와 함께 와서 참석한 조선의용대 대원이었다. 김위는 영화배우 출신인데 저명한 영화배우 김염[37]의 여동생이다. 당시 그녀는 스물다섯 살이었으며 후에 태항산에서 다섯 해 동안 전투의 세례를 받음으로써 우리의 미더운 전우로 되었다. 한데 그때 연회석상에서 무슨 이야기들을 주고받았는지는 전연 기억이 나지 않는다. 기억이 아니 난대도 무방하겠지, 본문하고 별 상관없는 내용을 서술하느라고 골머리를 앓지 않아도 되니까.

연회를 마치고 대대부로 돌아오는 길은 으스름 달밤에 철머구리 우는 소리까지 야단스럽고 구슬퍼서 마치 우련한 꿈속을 가는 것만 같았다. 김학무는 술이 거나하게 취해서 나더러 부축을 하라고서는

김염

대고 나를 놀려 주는 것이었다.

"네 그 트로이 목마[38] 배 속에는 복병이 하나도 안 들었지? 그럼 그게 무슨 소용 있어? 예끼 순 얼간이 같으니라구!"

김학무는 또 잡힌 팔을 뿌리치는 시늉을 하며 뇌까렸다.

"이제 그 안아 여사가 '어광곡(漁光曲)'의 작자인 건 너도 알지? 내 내일 만나면 '목마곡'을 쓰랄 테다. ……예끼 순 반병신 같으니라구."

나는 묵묵히 발걸음만 옮겼다.

"하지만 상관없어……. 새옹화복 어찌 알리. 화에는 복이 기대 있다잖는가……. 안 그래? 이 대역무도한 불령선인 같으니라구!"

그는 이 마지막 한마디는 일본말로 하였다. 그것은 일본인들이 조선 혁명자들을 욕할 때 쓰는 관청어였다.

나는 기분이 한결 거뜬해졌다. 달빛은 여전히 우련하였다.

7

전선에서의 태평한 나날이란 결국 살육과 살육 사이의 덧없는 쉴 참이었다. 어느 날 오전, 적의 진지 뒤쪽 그리 멀지 않은 곳에서 커다란 기구 하나가 서서히 떠오르는 것이 눈에 띄었다. 그것은 적군의 포병 관측소였다. 미구에 하늘땅을 뒤흔드는 듯한 무더기 포성과 함께 무수한 포탄들이 날카롭게 공기를 헤가르며 날아와서 태평한 나날 ― 덧없는 쉴 참은 박산이 나 버렸다.

일찌기 태아장 회전에서 적의 정예부대인 이타가키[39], 이소가이[40] 두 사단에 괴멸적인 타격을 줌으로써 명성을 떨친 바 있는 광서 부대의 통수 리 장군이 이번에는 어쩐 일로 지휘가 신통치를 못해서 그만 망신스러운 패전을 하고 말았다.

사령부 군사 회의에서 참모부 성원들과 소련 고문들이 작전지도를 앞에 놓고 한동안 분주하였다. 당시 각 전구에는 대개 다 외국인 고문들이 있었다. 한데 그 고문들이 회의실 문밖으로 사라지기가 무섭게 리 장군은 너희가 군사는 알아도 정치는 모른다고 뇌까리며 작전지도 위에다 고문들이 방금 꽂아 놓은 몇몇 부대 번호기들을 제 맘대로 이리저리 바꿔 꽂아 놓았다.

그 결과 적군의 주공 지점에서 멀리 떨어져 있는 방계 부대들이 곤두박질쳐 와서 터진 구멍을 막아야만 하였다. 그와 반대로 리 장군의 직계 부대들은 험한 모퉁이에서 멀리 빼돌린 까닭에 불벼락을 안 맞게 되었다.

이러한 내막은 당시 장관 사령부에서 〈참고소식〉을 맡아서 편집하던 심운이 나에게 알려 주었다. 심운은 상해무선전신학교 졸업생이다.

정치와 군사가 모순이 생기는 통에 방어선의 중앙은 돌파를 당하고 좌우 양익도 따라서 붕괴될 지경에 이르렀다. 한데 어찌 된 셈판인지 적은 얼마 아니 하여 곧 출격했던 부대들을 도로 다 걷어 들였다. 하여 전선은 다시금 원래의 대치 상태로 되돌아갔다.

처음에 우리가 적에게 밀려서 퇴각을 할 때 패군의 정형은 뒤죽박죽으로 혼란하였다. 기동성이 강한 적 기병대한테 퇴로를 차단당할 염려가 있는 데다가 밤만 되면 지방 무장들이 자위를 하느라고 불문곡직하고 함부로 총질을 하는 통에 하룻밤 사이에도 몇 차례씩 놀라나서 거의 초목이 다 적병으로 보일 지경에 이르렀다. 우리 일행도 지칠 대로 지쳐서 어느 길가 자그마한 잡목림 속에서 밤을 지내게 되었다. 김학무는 맨

항일 명장 손련중

호유백

먼저 군복 외투의 깃을 단단히 여미고 잔디밭에 드러누워 잘 차비를 하며 농담조로 말하는 것이었다.

"눕는 길로 곧 잠이 드는 것 바보가 아니면 영웅이야."

나는 비록 극도로 지치기는 했지만 그래도 누워서 한동안은 좀체로 잠을 이루지 못하였다. 한데 정말 아닌 게 아니라 내 곁에 누운 김학무는 숨결도 고르롭게 이미 꿈나라 여행을 하고 있었다. 이튿날 꼭두새벽 날도 채 밝기 전에 우리는 일어나 부지런히 길 떠날 차비들을 하였다. 한데 그때에야 비로소 우리는 일행 중의 한 친구 — 호유백[41]이가 손련중[42] 부대 병사의 시체하고 하룻밤을 같이 잔 것을 알게 되었다. 우리는 중구난방으로 재수가 있겠다느니, 상대자를 잘 골랐다느니, 백 살 사는 건 인제 떼어 놓은 당상이라느니 하고 그를 놀려 주었다(해도 그 경상도 친구 호유백은 몇 해 후 태항산에서 전투 중 적의 포위망을 뚫고 나올 수 없게 되었을 때, 적들이 여라문 발자국 앞에까지 와서 항복을 권유하자 픽 웃고 마지막 한 방의 권총 탄알로 제 관자놀이를 쏴 뚫고 자결해 버렸다).

한 주일이 지나서 생각지 않은 경사가 벌어졌다. 전구 사령부 소재지에 가지각색의 꽃들로 장식을 한 아치들이 세워지고 잇달아 승전을 경축하는 등불놀이가 성대하게 벌어진 것이다. 우리는 눈만 끔벅끔벅하며 그 장관인 공연을 구경하였다. 그리고 우롱당하는 호북 백성들을 마음속으로 동정하였다. 그들은 압박과 착취를 받는 것만으로는 부족하여 또 능욕을 당하고 기만을 당해야 하였다. 하건만 그 사령장관 각하께서는 매 월요일 오전에 거행되는 손중산 기념회에서 불쌍한 당지의 백성들을 분기가 충천해 꾸짖었다.

"이건 갈데없는 유태 구역[43]이야! 구두쇠들 같으
니라구……."

우리는 이번 패전을 몸소 겪었으므로 그 속내평
을 너무나 잘 알고 있었다. 경축 대회가 끝난 뒤 장
관 사령부에서는 그래도 좀 창피했던지 대성 한 알
짜리 정치부 주임을 우리 단위에 파견하여 사연의
자초지종을 설명하였다. 더 말할 것 없이 양해를 얻
을 목적에서였다. 그 소장 주임이 강화를 할 때 우리
는 관례대로 회의 기록원 두 사람을 배치하였다. 그

리달

들 — 리달[44]과 강진세[45]는 처음부터 끝까지 기록원
석에 단정히 앉아서 직책을 가장 충실히 수행하려는
듯이 펜을 달리고 있었다. 모임이 끝나서 예절 바르

강진세

게 손님을 바랜 뒤에 두 기록원더러 여태 적은 것들을 한번 읽어 드리
라고 한즉 그들은 기꺼이 우리의 요청에 응하였다. 우리는 그들이 읽는
것을 듣고는 다들 허리를 잡고 웃다가 나중에는 눈물까지 내었다. 그들
의 그 엉터리 기록은 내용이 완전히 서로 다른 것으로서 하나는 처음부
터 끝까지가 다 욕설인데 그 어휘의 풍부함과 다채로움은 가히 욕설 사
전이라 할 만하였다. 그리고 다른 하나는 리백, 두보로부터 하이네[46],
마야콥스키[47]에 이르는 동서고금의 이름난 시인들의 가지각색의 시구
들을 모은 것인데 동아에서 서구라파로 가로 뛰는가 하면 또 오늘에
서 천년 전으로 세로 뛰어서 엉망진창 볼썽 모양의 잡동사니였다. 허
나 애석하게도 그 두 편의 기록 문서는 벌써 오래전에 인멸되어 그 집
필자들이 이미 대지 어머니의 품속으로 돌아가 한 줌의 흙으로 변한

것처럼 그 형적조차 찾을 길 없다.

그날 밤 당 회의에서 김학무는 전원 북상해서 해방구로 들어갈 것을 강렬히 주장하였다.

"이런 가짜 항일 전선에 계속 머물러서 우리의 아까운 청춘을 허송한다는 것은 수치스러운 일입니다!" 하고 김학무는 동지들에게 호소하듯 한 손을 앞으로 내밀고 엄숙한 얼굴들을 둘러보며 격앙해서 부르짖는 것이었다.

군관학교에서 서로 사귄 뒤 그가 그렇게 격동하는 것을 나는 이날 처음 보았다. 그의 평소의 상냥한 성품은 간데온데없어지고 그 대신 드러난 것은 마파람에 갈기를 휘날리며 버티고 선 수사자의 기백이었다.

"그래 이것도 항전입니까? 그래 이것도 혁명입니까? 우리는 팔짱을 끼고 앉아서 적이 제물로 거꾸러지기를 기다릴 수는 없습니다. 우리는 우리의 손으로 적들을 쓸어 내뜨려야 합니다. 동지들, 나는 내일 당장 대홍산에다 사람을 보내서 요청할 것을 주장합니다. 견결히 주장합니다!"

당시 우리의 지하당 조직은 신사군 대홍산 정진종대 사령부 당위원회[48] 소속으로서 서기는 호철명[49]이었다. 호철명은 그 후 태항산에서 부상을 당하였는데 야전병원에 약이 없어서 그만 파상풍으로 목숨을 잃었다.

호철명

이듬해 봄, 우리 전체 대원들은 세 부분으로 나뉘어 육속 태항산 항일 근거지로 들어갔다. 김학무와 나는 제2진에 속해서 림현, 평순 등지를 거쳐 마침내 몽매지간에도 그리던 적후의 연안 ─ 동욕(桐峪)[50] 의 땅을 밟게 되었다.

8

1941년 6월 초순의 어느 맑게 갠 날 오전의 일이다. 태항산[51]의 팔로군 총사령부 소재지인 동욕 거리의 자그마한 광장에서는 심상치 않은 집회 — 조선 동지 환영 대회가 열리었다. 대회에 참가한 것은 팔로군 총사령부 직속의 각 기관 일꾼들 외에도 일본인, 베트남인, 필리핀인 등이 있어서 마치 무슨 국제 성질의 대회와도 같았다. 그 집회를 가진 목적은 우리를 즉 국민당 통치 구역에서 봉쇄선을 돌파하고 해방구로 들어온 조선 청년들을 환영하기 위한 것이었다.

대회에서 환영사를 한 분은 팽덕회 동지였다. 체구가 우람스러운 라서경 동지는 당시 정치부 주임이었으므로 대회에 참가한 것은 더 말할 것도 없는 일이다. 비록 40년 전 아득한 옛날의 일이기는 하지만 검박한 옷차림에 용모가 강의한 팽덕회 동지의 호매하고도 힘진 말소리는 아직도 내 귓전을 감돌고 있다.

팽덕회 장군   라서경 장군

"나는 18집단군 70만 장병을 대표해서 여러분을 열렬히 환영합니다."

"우리 무기고의 문은 여러분 앞에 활짝 열릴 것입니다. 맘대로 고르고 맘대로 가져가십시오⋯⋯."

나는 팽덕회 동지의 환영사를 듣는 중에 불현듯 다른 또 하나의 격동적인 회장의 정경이 머릿속에 떠올랐다. 1938년 가을, 우리가 한구에서 조선의용대를 건립할 때 중공 대표 주은래 동지를 특별히 초청해서 정치 보고를 들은 일이 있었다. 지금도 역력히 기억하고 있지만 그 연설 제목은 '동방 각 민족의 해방을 위하여 분투하자'였다. 망국노가 되기를 원치 않는 우리들 — 젊은 조선 혁명자들은 비길 데 없이 격동된 심정으로 그 절주가 분명한 쳇소리 나는 음성에 귀들을 기울였다. 진리를 갈망하는 우리들은 마치 메마른 사막이 봄날의 빗물을 빨아들이듯이 단 한마디도 놓칠세라 하였다. 주은래 동지는 강의한 의지와 슬기에 찬 그 형형한 눈으로 우리를 유심히 둘러보았다.

그리고 우리가 한어를 못 알아들을까 봐, 더욱이는 자신의 강소 북부 사투리가 좀 남아 있는 한어를 못 알아들을까 봐, 다들 내 말을 알아들을 만한가고 두 번씩이나 물어보는 것이었다. 우리가 두 번 다 알아듣는다고 일제히 소리쳐 대답하자 주은래 동지는 비로소 안심하고 보고를 계속하는 것이었다.

그 후 무한이 함락되어 우리는 호남, 호북, 하남 각 전장을 전전하였다. 이태 남짓한 동안 전쟁을 해 본 결과로 우리는 항전에는 맘이 없고 실력 보존에만 맘이 있는 장개석의 속심사를 속속들이 꿰뚫어 보게 되었다. 하여 우리 전원은 인민의 대오 — 팔로군 해방구로 넘어 들어갈 것을 결심하게들 되었다. 당시 무정[52] 동지가 팔로군의 포병연대 연대장으로 해방구에서 활약하고 있었다. 무정 동지는 2만 5천 리 장정

무정

에 참가한 조선 혁명자들 중에서 살아서 연안 땅을 밟은 두 사람 중의 하나였다. 우리가 해방구로 들어갈 때의 길잡이도 다름 아닌 그가 팽덕회 동지와 의논하고 지하 연락망을 통하여 비밀리에 파견해 왔다.

환영 대회가 끝이 나자 우리는 예정대로 팔로군 총사령부의 무기고로 가서 신입대원들에게 노나줄 무기를 골랐다. 내가 고른 새 총은 아주 맘에 들었다. 그 무기고의 바로 이웃은 문틀만 있고 문짝이 없는 군량 창고였다. 그 안에 통옥수수가 산더미처럼 쌓였는데 중간을 널빤지 두어 쪽으로 칸막이를 건너질렀다. 그 상징적인 칸막이의 양쪽이 다 매한가지 통옥수수인데도 거기에 세워진 팻말들은 각기 달라서 하나에는 '군량', 다른 하나에는 '사료'라고 뚜렷이 씌어 있었다. 우리들 — 해방구의 신입생들은 제각기 두석 자루씩의 총을 메고 그 앞에 서서 서로 돌아보며 벌린 입을 다물지 못하였다. 놀랍기도 하고 또 우습기도 해서였다. 해도 우리는 곧 거기서 감동적인 친절감을 느끼게 되었다. 과연 팔로군이 다르긴 하구나. 오직 고매한 품격을 지닌 인민의 군대만이 간고한 생활을 달게 받을 수 있다.

같은 날 오후에 팽덕회 장군은 우리를 환영하는 '연회'를 베풀었다.

네 사람 앞에 고기반찬 한 양푼씩, 그리고 밥은 강조밥이고 술은 없었다. 그러나 우리를 정말 놀라게 한 것은 '연회'에서 사용하는 식기와 수저 따위를, 간략히 말해서 밥공기와 젓가락을, 상하급을 막론하고 각자가 지참해야 하는 것이었다. 국민당 군대에서는 사단 사령부나 여단 본부 같은 데는 말할 것도 없고 적과의 상거가 불과 몇 마장밖에 안 되는 전선의 대대부와 연대부에서도 군관들이 술과 고기에 묻혀 사는 것을 우리는 싫증이 나도록 보아 왔다. 하여 다시 한번 이것이야말로 진정으로 혁명을 하는 군대로구나 하고 가슴속 깊이 느꼈다.

우리 부대는 동욕 거리에서 예닐곱 마장가량 떨어진 상무촌이라는 큰 부락에 자리 잡게 되었는데 그 같은 부락에 또 다른 단위 하나가 있었으니 그것은 곧 태항산 로신예술학교였다.

우리는 다 연해안 일대의 대도시들에서 왔으며 그 대부분이 지식인들이었다. 한데 그날 환영 대회에 나랑 함께 참가했던 그 국제주의 전사들 중의 일부분은 그 후 태항산에서 원쑤들과 마주 싸우다가 목숨을 바쳤다. 그리고 해방전쟁 과정에서도 적지 않은 사람이 희생되었다. 조선 전쟁에서 피 흘리고 쓰러진 사람은 더욱이 많다. 나도 그 후 간난신고를 무수히 겪기는 했지만 그래도 아무튼 목숨만은 여전히 붙어서 이렇게 안연히 살아 있다. 한데 어쩐지 이렇게 살아 있는 것이 총 들고 싸우다 죽어 간 소박하고도 용감한 전우들에 대해서 미안한 느낌이 있다. 빚을 지고도 갚지 않은 것 같은 그런 자기 가책을 느끼는 것이다. 나는 아직까지 그들의 무덤을 찾아서 풀 한번 깎아 본 적이 없다. 하긴 그들은 대개 다 죽은 뒤에 무덤도 안 남겼다. 하기에 나는 그들을 기념하는 글을 써서 가슴속 깊이 그들에 대한 아름다운 추억을 간직하면서 이 목숨이 다하는 날까지 살아갈 수밖에 없을 것 같다. 그들의 본명과 고향에 대해서도 우리들 요행으로 살아남은 사람들은 아는 바가 극히 적다. 그래도 우리는 반세기 전에 로신이 그의 젊은 벗들의 죽음을 애도해 쓴 〈망각을 위한 기념〉 같은 것을 써야 할 것이 아닌가?

그날 저녁 무렵 날씨가 여간만 시원하지 않았다. 우리는 서넛이서 시냇가를 거닐었다. 한데 마침 중도에서 역시 시냇가를 산책하는 로신예술학교의 몇몇 여학생들과 마주치게 되었다. 그녀들도 거지반 다 대도시에서 온 것을 알고 있었으므로 우리는 일부러 짓궂게 당시 널리 불리던 선성해[53]의 가곡 중에서 한 대목을 골라서 먼 산을 바라보며 불렀다. — "안해는 남편을 전선으로 떠나보내네……." 한데 어찌 알았으리, 그 몇몇 고대의 여걸 아닌 20세기의 화목란(花木蘭)[54]들이 꼬물도 수줍어하는 티가 없이 서로 눈짓을 하더니 아주 당당하게 "어머니는 아들더러 일본 놈을 물리치라시네……." 하고 맞불러 댈 줄을. 우리는 손을 바짝 들었다. 과시 그녀들은 우리 '신입생'들의 선배임이 틀림없었다. 허나 지금 그녀들 또한 어디 있는지 찾을 길 묘연하구나.

우리의 태항산에서의 생활은 이렇게 시작되었다.

9

그해 초여름에 히틀러가 돌연 배신적인 반소 전쟁을 발동하였다. 최초에 소련 군대는 구풍같이 맹렬한 전격적의 예봉을 막아 내기 어려워서 부득이 자꾸만 뒤로 물러나지 않을 수 없었다. 나치스의 탱크들은 소련 국토 깊숙이 밀고 들어왔다. 그때 일본제국주의 강도는 아직 그 광망한 태평양전쟁을 발동하지 않았다. 우리는 비록 태항산에서 긴

허정순(허정숙, 일명 정문주 1930
년 3월 24일 경성 서대문감옥에서)

장한 전투의 나날을 보내고 있었으나 초조한 마음
은 밤낮없이 머나먼 소독 전쟁 제일선에 날아가 있
었다. 왜냐하면 그것은 위대한 레닌이 창건한 최초
의 사회주의 공화국 하나만의 운명에 관한 일이 아
니었기 때문이다.

우리는 정치 공세의 한 부분으로 '일본군 병사들
에게 고함', '조선 동포들에게 고함' 등의 일본 글과
조선글로 된 삐라를 대량으로 찍어 내었다. 연후에
그것들을 지하 연락망을 통하여 적 점령 구역에 갖다 살포하였다. 한
데 당시 근거지 안에는 인쇄 설비라는 게 마련이 없어서 우리는 부득
이 원시적인 석판인쇄에 매달려야만 하였다. 허나 인쇄는 비록 그렇게
어설퍼도 그것이 거두는 효과는 매우 신통하였다. 양제(양계)[55], 심청[56]
등 많은 지식인들과 고철[57], 김동구[58] 등 많은 학도병들은 우리의 그 원
시적인 방법으로 찍어 낸 삐라에 끌려서 죽음을 무릅쓰고 우리의 팔
로군으로 넘어왔다. 그러한 삐라들의 기초 공작은 당시 김학무가 총적
인 책임을 졌는데 그것은 그가 일어, 영어, 한어에 다 능통하였기 때문
이다. 하긴 그의 영어 수준이 우리의 여대원 허정순(허정숙, 일명 정문주)
에 비하면 다소 손색이 있기는 하였다. 하지만 허정순은 미국 유학생
이 아닌가!

나는 '일본군 병사들에게 고함'의 초안을 잡을 때 의식적으로 독일
군 사상자의 수를 10퍼센트가량 불려 놓았다. 그것은 소독 양군 사이
의 공방전의 격렬함과 우리의 낙후한 석판인쇄, 그리고 그것이 살포될
때까지의 속도의 비례를 감안해서 한 노릇이었다. 하긴 보다 결정적인
동기로 된 것은 내 가슴속에서 불타는 사랑과 믿음이었다. 허나 심사

때 김학무는 고개를 가로 흔들었다. 내가 맞갖잖은 어투로 "어째?" 하고 물은즉 "공보의 숫자대로 하지." 하고 그는 미소를 머금고 대꾸하였다.

"이 맹추야, 석판인쇄가 굼벵이 천장하듯 하는 데다가 찍어 낸 걸 아지트까지 날라 가재도 두 주일은 좋이 걸려. 그동안에도 독일 놈들은 계속 무리죽음을 할 테지…… 안 그래? 그렇다면 삐라가 적의 손에 쥐어질 때는 이미 역사적 문헌으로 돼 버리잖고 뭐야!"

나는 기가 나서 제 주장을 내세웠다.

"이봐, 내 말을 좀 들어. 임자도 괴벨스[59]가 천하에 황당한 놈이라고 웃은 적이 한두 번 아니지? 그런데 아직 멀쩡히 살아 있는 놈들을 억지로 저승 장부에 올리면 그게 뭐가 돼? 우리도 괴벨스 제2세가 돼 버리잖는가! 하물며 —" 하고 김학무는 웃으며 초고의 마지막 줄을 가리켜 보였다.

"이게 있잖는가!"

거기에는 또렷이 '1941년 8월 30일'이라고 적혀 있었다.

비록 40여 년이란 긴 세월이 흐르기는 했지만 우리 당내에 나타났던 그 중산복 입은 괴벨스의 망령들 — 요문원[60] 따위를 생각하면 김학무의 질박한 모습이 눈앞에 떠올라서 나를 지켜보는 것만 같다.

만산편곡에 감이 거의 익어 갈 무렵에 김학무는 잠시 하산하여 적 점령구 — 북평으로 숨어 들어갔다. 거기서는 뜻있는 조선 청년들이 혁명 대오의 부름을 애타게 기다리고 있었다. 그들은 강력히 끌어 잡아당기는 자석에 끌리듯이 김학무에게 끌려서 근거지로 들어왔다. 그리하여 우리 조선의용군의 왕성한 생명력을 가진 새 혈액으로 되었다. 경성제국대학 교수 김태준[61] 선생, 여혁명가 박진홍[62] 여사 그리고 저

명한 프로 작가 김사량[63] 동지 등도 다 당시 유사한 지하 연락망을 통하여 팔로군으로 넘어 들어왔다 (일제가 패망한 뒤 기막히게도 김태준은 서울에서 리승만[64]에게 빨갱이라고 교수형을 당하였다. 그리고 김사량은 조선의 항미 전쟁 시기 종군기자의 신분으로 전장에서 순직하였다).

김학무가 떠나간 뒤 내 신상에는 불행한 일이 생겼다. 그것은 항일의 전국에는 별 영향을 끼치는 것이 아니었지만 내 그 한창 젊은 심장에는 강력한 폭탄이나 진배없는 것이었다. ― 내가 어떻거다 김위 여사에게 반해 버린 것이다. 허나 유감스럽게도 김위 여사는 그 마음에 난 두 겹의 문중에서 바깥문만을 열어 주고 정작 들어가야 할 안문은 꼭 닫아걸고 열어 주지를 않은 것이다. 그것은 외국 군함더러 다르다넬스해협은 통과하라 해 놓고 보스포루스해협의 통과는 허가하지 않는 거나 마찬가지로서 사달이 아니 날래야 아니 날 수가 없었다. 허나 제아무리 달을 쳐다보고 한숨짓고 나뭇잎 흔드는 바람 소리 듣고 눈물을 뿌린들 무슨 소용 있으랴. 어리석지!

봄바람이 장하 기슭의 마른 풀들에 생명을 불어넣어 또다시 온통 푸르러질 때 김학무가 태항산으로 돌아왔다. 황혼이 깃들 무렵에 나는 김학무를 끌고 호젓한 시냇가로 나왔다. 그리고 떠듬거리며 마음속의 고통을 털어놓았다. 김학무는 잠자코 축이 몹시 간 내 얼굴만 뜯어보았다. 그 눈에는 갈피를 잡지 못하고 헤매는 것 같은 황홀한 빛이 떠돌았다. 아무리 정치위원이라도 이런 일에 들어서는 어떻게 도와줄 묘리가 없었던 것이다. 하지만 자기의 벗으로서는 나의 고뇌와 비애를 저도 함께하지 않을 수 없었다. 그는 묵묵히 내 손을 잡았다. 그가 말이 없는 것은 안위할 말을 찾아내지 못해서였으리라. 해도 나는 그 말 없는 동정에서 크나큰 따사로움을 느꼈다.

나는 마침내 마음속의 동란을 이겨 내었다. 생나뭇가지를 꺾듯이 꺾어 내었다. 그리고 잊어버렸다.

나는 입만 열면 설교가 쏟아서 나오고 예언과 장담이 쏟아져 나오는 그런 정치가는 질색이다. 내가 좋아하는 것은 김학무 같은 사람이다. 나는 그를 존경하고 사랑한다. 기꺼이 그에게 복종하고 기꺼이 그의 지도를 받는다. 그 후 언젠가 한번 조용한 틈에 김학무는 나를 보고 우스갯소리를 하였다.

"그래도 임자도 운수가 좋은 셈이야. 실연의 고배를 다 마셔 보고. 나는 고만한 복도 아직 못 누려 봤어."

그해 여름의 어느 날 밤, 우리는 하늘을 찌를 듯이 우뚝 솟은 해묵은 느릅나무 밑에서 대낮같이 밝은 가스등을 켜 달아 놓고 신입 대원들을 환영하는 모임을 가졌다. 전사들의 웃음소리와 흥겨운 노랫소리가 서로 어울려서 들썩한 중에 새 전우들은 황홀한 눈으로 주위를 바라보았다.

마지막 무렵에 흥이 난 장난꾼들이 달려들어서 김학무 — 우리의 서른이 넘어서 구둣솔 같은 수염이 자란 정치위원을 마구 잡아 끌어내왔다. 끌려 나온 김학무는 재촉하는 박수 소리 속에 몹시 수집어하며 우리들이 누구나 익히 아는 동요를 나직이 불렀다.

착한 애기 잠 잘 자는 베갯머리에
어머님이 홀로 앉아 꿰매는 바지
꿰매어도 꿰매어도 밤은 안 깊어…….

우리들의 마음은 고요히 나래 치고 삭막한 기억 속에 아득한 어린 시절의 정경이 떠올랐다. 이 일 년 열두 달 밤낮없이 싸움터를 짓달려 다니는 항쟁 용사들에게도 그리운 고향은 있었다. 잊지 못할 혈육과 친지들도 있었다. 하여 고향에서는 지금도 그들을 못내 그리고 있을 것이다. 또한 그 항쟁 용사들의 이름은 ― 땅속에서 영영 깨지 못할 잠이 든 나의 전우들의 이름은 영원히 우리의 깃발에 아로새겨져 있을 것이다.

10

1944년 초겨울의 일이다. 그날 동틀 무렵에 하늘은 온통 이상야릇한 모양의 짙은 회색 구름들로 뒤덮였다. 허나 헤아리기 어려운 것은 하늘 일. 얼마 아니 하여 그 많은 구름이 바람에 반반히 걷히었는지 가이없이 푸른 하늘이 시원하게 드러나서 흡사 기분 좋은 하루를 축복해 주는 것 같았다.

적 ― 멸망의 운명에 덜미를 잡힌 낡은 세력 ― 은 그래도 그 더러운 숨통을 유지해 보려고 최후 발악을 하고 있었다. 죽음의 씨 뿌리기를 일삼는 무리들이 다시금 해방구를 침노하자 혁명의 태항산은 온통 화약내에 휩감겼다. 굴할 줄 모르는 영광스러운 인민의 아들딸들은 다시한번 새로운 시련을 겪어 내야 하였다.

"파쇼의 패망은 인제 외통장군 받은 거나 다름이 없는데도 놈들은 그걸 달가와하지 않거던. 그러니 우리가 무덤을 파 주는밖에."

김학무는 아름드리 노목 밑에 앉아서 일변 각반을 고쳐 치며 일변

나를 보고 말하는 것이었다.

"하지만 누구의 말마따나 정화를 1분 앞두고 마지막 총알에 맞아 죽는다면 그거야말로 불행이지."

나는 지금도 그때 그가 하던 말이 속에 걸려서 내려가지 않는다. 무슨 예감이라도 있었던가? 느닷없이 그런 불길한 말은 왜 꺼낸담!

"우리가 명월관에 가서 신선로를 먹어 볼 날도 인제 멀지 않았네."

각반을 탄탄히 고쳐 치고 나서 김학무는 나를 보고 웃으며 이렇게 말하였다.

"전에 더러 명월관 출입을 해 본 적이 있는가?" 하고 내가 물은즉 "웃기지 말아. 나 같은 빈털터리야 언감생심 그 문 앞을 얼씬거릴 수나 있나." 하고 김학무는 싱글싱글 웃었다.

"체, 난 또 먹어나 보고 하는 소리라구. 두 거지가 다리 밑에 누워서 큰상 받는 꿈을 꾸는 격 아니야?"

명월관은 서울에서 첫손에 꼽히는 요정이다. 전하는 바에 의하면 명월관의 신선로는 맛이 좋기로 소문이 난 요리라 한다. 허나 유감스럽게도 나는 아직까지 먹어 보지를 못하였다. 그러니 김학무야 더 말할 것도 없는 일이다. 왜냐하면 그가 나하고 그 이야기를 주고받을 때 그의 남은 생명은 이미 햇수나 달수가 아니라 시간으로 따져야만 했기 때문이다.

한낮이 좀 기울어서 강냉이쌀 미시와 냉수로 점심의 끼니들을 에우고 우리 조 몇 사람은 산등성이 잠풍한 비탈에서 계속 적의 동향을 감시하였다. 그때까지 김학무는 여름에 쓰던 초록색 홑군모를 그냥 쓰고 있었다. 우리 전체 대원들 중에서 핫군모를 못 얻어 쓴 것은 그와 작곡가 류신[65] 두 사람뿐이었다. 얼마 전에 동복들을 갈아입을 때 어찌 된

정률성

류문화(일명 정원형)

리극(일명 주운룡)

영문인지 핫군모 두 사람분이 모자랐다. 군수처에서 보충을 해 주겠다고 하였으나 불시로 격렬한 '반토벌'이 들이닥치는 바람에 그만 아무도 거기다 머리를 쓸 겨를이 없었다(그후 류신은 전사하였고 정률성[66]도 이 근년에 타계의 객으로 되었다. 당년의 우리 대오에 단둘밖에 없었던 작곡가는 인제 다 우리와 유명을 달리하였다).

그날 김학무는 배낭 속에 영문판《마르크스, 엥겔스 서한집》한 권을 휴대하고 있었다. 그는 우리 대오에서 가장 근학하는 사람들 중의 하나로서 류문화(일명 정원형)[67], 강진세 같은 소문난 독서인과 맞먹었다. 김학무는 단 1분의 시간도 아끼는 사람이라 어느새 책을 꺼내서 뒤적거리다가 홀지에 내게로 윗몸을 기울이며 그중의 한 단락을 가리켜 보였다. 내가 얼굴을 가까이 갖다 대고 들여다보니 거기에는 '오직 금수들만이 인류의 고난에 외면을 하고 저만을 돌본다'고 씌어 있었다.

김학무는 평소의 버릇으로 이내 필기장과 만년필을 꺼내 들었다. 그러나 미처 한 글자도 적기 전에 저쪽에서 망을 서던 리극(일명 주운룡)[68]이 나직이 소리쳤다.

"적군!"

'적군' 소리에 우리는 모두 긴장해나서 안전기를 연다, 장탄을 한다 일시에 부산하였다.

누런 군복을 입은 일렬종대의 야수들은 백 년 묵은 이무기처럼 꿈틀

거리며 우리의 산골짜기로 기어들었다.

"본대에 연락을 누가 가겠소?"

김학무가 좌우를 둘러보며 물었다.

"동무 가겠소?"

그 짚인 동무 — 머나먼 하와이 태생의 미술가 장지광(장진광)[69]은 두 말없이 일어나 비탈길을 미끄러져 내려가더니 눈 깜작할 사이에 깎아 지른 듯한 석벽 뒤로 사라져 버렸다.

한데 바로 이날 오후의 간난한 고전 중에 한 발의 적의 포탄이 우리 김학무의 생명을 앗아 갔다. 그 포탄은 그에게서 불과 한 발자국밖에 안 되는 곳에 떨어져 터졌다. 이틀 후에야 우리는 되돌아와 전장을 정리했는데 그의 시체는 찾지 못하였다. 나는 속이 타서 눈이 화등잔이 되어 가지고 온갖 군데를 다 찾아보았으나 허사였다. 그의 유표한 초록색 군모에서 떨어져 나온 헝겊 쪼각 하나도 찾아내지 못하였다. 거기에는 휘발유를 뿌리고 태워 버린 흔적만이 황락하고도 생생하게 남아 있을 뿐이었다. 안날 우리에게 몹시 휘두들겨 맞아서 사기가 저상한 적들은 퇴각하기 전에 날라 가기 불편한 저들의 시체를 거기에 끌어다 가려 놓고 휘발유를 끼얹어 소각해 버렸던 것이다.

일찌기 계림에서 그하고 둘이 찍은 단 한 장의 사진마저 행군과 습격과 풍찬노숙으로 점철된 가열한 전투 생활 중에서 잃어서 남은 것이라고는 아무것도 없다.

우리의 김학무는 죽은 뒤에 한자리의 무덤조차 남기지 않았다. 묘비 같은 것은 더 말할 것도 없는 일이다. 하지만 아아하고 엄준한 태항산이 바로 그의 불후의 묘비가 아닐 건가? 나는 심심한 애도의 정으로 이 서투른 만가를 그 태항산에다 적으련다.

두름길

1

1933년 4월, 상해 프랑스 조계.

리경산[70]은 조선 청년 망명가로서 테러분자였다. 이날 그는 자기 방 침대식 등의자에 비스듬히 누워서 《동주열국지》를 읽는 데 재미를 붙여 다른 생각은 할 겨를이 없었다. 홀제 아래층에서 누가 문을 두드리는 소리가 났다. 리경산은 경각성 높게 잠시 귀를 기울인 뒤 얼른 손에 든 책을 내려놓고 검은색 안경을 집어 썼다. 그러고는 습관적으로 잽싸게 침대머리에서 권총을 집어 양복바지 뒷주머니에 쑤셔 넣었다. 연후에 살금살금 층계를 내려와 문 뒤에 가 찰싹 달라붙었다. 문짝에다 귀를 대다싶이 하고 바깥 동정을 살폈다. 또다시 노크하는 소리가 났다. 그것은 몹시 어려워하고 자신 없어 하는 것 같으면서도 또 찰거마리처럼 검질긴 노크 소리였다.

리경산은 직감적으로 그 내방자가 경찰 나부랭이가 아니라는 판단을 내렸다. 그러나 혹시를 몰라서 문을 열기 전에 먼저 "사닝아(누구시오)?" 하고 상해말로 물었다.

한데 의외롭게도 밖에서 들려오는 소리는 분명 조선말이었다.

"문 좀 열어 주세요."

여물지 못한 아이의 목소리다.

리경산은 적잖이 놀랐다.

'야, 이게 도대체 웬 놈이야?'

이 아파트 단지 안에 자기가 조선 사람이라는 것을 아는 사람은 하나도 없다. 상해 사람인 아파트 관리인마저 그것을 모르는 형편이다. 그는 종래로 아무에게도 자기의 주소를 알리는 일이 없었다. 그는 자기가 숱한 특무와 반역자들을 처단했다는 사실을 잊어 본 적이 없으며 또 경찰에 잡히어 가기만 하면 모가지가 열이라도 그 숱한 피의 빚을 다 갚지 못한다는 것도 잘 알고 있었다. 하여 그는 대답도 안 하고 또 문도 열지 않았다. 어떻게 할지 질정을 못 해서 잠시 망설였다. 그러는 동안에도 문밖의 목소리는 애걸하다싶이 사정사정을 하는 것이었다.

"아저씨, 이 문 좀 열어 주세요. 예 아저씨, 이 문 좀 열어 주세요."

리경산은 급기야 마음을 질정하고 문을 열었다. 아니나 다를까 거기서 있는 것은 십칠팔 세가량 나는 사내아이이다. 리경산은 검은색 안경알을 통하여 그 불청객을 머리 꼭대기부터 발끝까지 한 번 죽 훑어보았다. 어리숙해 보이는 얼굴은 서양 놈의 튀기같이 생겼고 머리는 함부로 헝클어져서 쑥바구니 같은데 키는 그리 크지 않으나 어깨가 제법 떡 벌어진 녀석이다. 몸에 걸친 것은 기계기름이 묻어서 땟국이 흐르는 작업복이고 발에 꿴 것은 헌 구두짝이다.

그 숙맥 같은 총각 녀석은 문을 열어 주는 사람의 나이가 한 서른도 되나 마나 한 데다가 비록 검은색 안경은 썼을망정 호리호리한 몸매

리경산

강병한(강병학, 일명 장중광)

며 여자같이 곱게 생긴 얼굴이며가 다 그리 무섭지 않은 것을 보고는 얼른 말씨를 고쳐서 형님이라고 부르며 떠듬떠듬 찾아온 뜻을 말하는 것이었다.

"난 저 혁명을 해 볼까 해서 왔는데요. 형님, 날 좀 받아 주십시오, 형님네 그 혁명당에다, 내 이름은 강병한(강병학, 일명 장중광)[71]인데 홍구 후지모리 자동차부에 있습니다."

리경산은 문가에 서서 속으로 궁리하기를 '요놈이 도대체 어떻게 낌새를 채고 왔을까? 특무는 틀림이 없는 모양인데……. 제길할! 당장 또 자리를 떠야겠군.'

리경산은 마음을 질정하고 일부러 사나운 체 눈방울을 굴리며 호통질을 하였다.

"미친놈 모양으로 너 거기서 뭐라고 씨벌거리니? 앙? 냉큼 물러가지 못할까, 앙? 선뜻 꺼져!"

그러고는 문을 쾅 닫아 버렸다.

리경산은 걸음을 옮겨서 2층으로 올라가는 체하다가 다시 살짝 돌아와 문 뒤에 붙어 서서 바깥의 동정을 살폈다. 한동안이 지나도 바깥은 그냥 잠잠하였다. 해도 그는 마음이 안 놓여서 문을 방싯이 밀어 열고 고개만 내밀어 사위를 살펴보았다.

'조런 망할 놈 같으니, 아직도 꺼지잖고 저 모퉁이에 가 붙어 섰네. 틀림없는 특무다. 젠장할!'

리경산은 속이 약간 후들거렸으나 아닌 보살 하고 문밖에 나서서 그 총각 녀석에게 "너 이리 좀 오나." 하고 손짓을 하였다.

총각 녀석은 리경산이 저를 부르는 것을 보자 옳다 됐구나 하고 집 모퉁이에서 나와서 싱글벙글 웃으며 부지런히 걸어오더니 허리를 굽실하고 "고맙습니다, 형님." 처사부터 하는데 그 꼴이 리경산이 마음을 고쳐먹고 저를 받아 주려는 줄 지레짐작을 한 모양이었다.

허나 리경산은 제잡담하고 대들어서 그 녀석의 뺨을 보기 좋게 후려때리며 호통을 쳤다.

"너 요놈, 썩 꺼지지 못하겠니? 어째, 모가지가 거기 달려 있는 게 원쑤 같으냐? 어디 또 얼씬거려 봐라. 아예 그 다리 마딜 퉁겨 놔 줄 테니!"

날벼락을 맞은 총각 녀석은 기절초풍을 해서 손으로 뺨을 싸쥐고 비쓸거리며 뒷걸음질을 쳤다.

리경산은 당일 밤 안으로 짐을 꾸려 가지고 포석로에서 금신부로[72]로 자리를 옮겨 버렸다. 새 거처에 안돈이 된 뒤에 전날의 일을 돌이켜 생각해 보고 혼자서 쓴웃음을 웃었다.

'만약시 그 녀석이 특무가 아니라면 나도 혁명하겠다는 아큐[73]를 몰아낸 가짜 양국놈 꼴이 되잖는가.'

리경산이 비록 이름난 테러분자이기는 하였으나 읽은 책은 여간만 많지가 않았다. 《삼국》, 《수호》 따위는 말할 것도 없고 《홍루몽》, 《유림외사》까지도 다 숙독하였다. 《크로폿킨전》과 앨런 포[74]의 탐정소설은 더더구나 파고들었다. 그리고 무슨 까닭인지 그는 로신 선생을 몹시 숭배하였다. 종래로 탐정소설을 쓴 적도 없고 또 테러분자들의 모험주의를 찬양한 적도 없는 로신 선생을.

한 주일가량 지나서 리경산은 자기의 한고향 사람이며 또 선배인 최선생(최용건, 일명 최추해)[75]을 여반로 그의 거처로 찾아보러 갔다. 그들은 다 같은 평안도 사람이었으나 나이는 리경산이 열 살이나 아래였다.

김룡수(최용건의 운남강무학교 시절)

최추해(최용건의 황포군교 시절)

최 선생은 운남강무당 출신으로서 주은래 동지가 정치부 주임으로 사업할 당시 황포군관학교에서 중대장으로 봉직하였다. 그러나 후에 교장인 장개석이 반변을 하는 통에 거기를 떠나서 상해 프랑스 조계에 와 반일 활동을 하고 있었다. 후에 그는 만주로 가서 동북항일연군의 한 군단장으로 활약하였다.

리경산이 최 선생의 기거하는 방에 들어가 보니 거기에는 먼저 온 손님 한 분이 앉아 있었다. 한데 그 손님은 리경산이 들어서는 것을 보자 빈총에 놀란 노루처럼 후닥닥 뛰어 일어나더니 다시는 앉을 염을 못 하였다. 최 선생은 영문을 몰라서 그 손님에게 "왜 그래?" 하고 마뜩잖게 물었다.

리경산이 다시 본즉 어, 이런, 자기를 벼락이사를 시킨 바로 그놈의 아큐가 아닌가!

"아니, 서로들 아는 사이였는가?"

최 선생은 두 사람의 얼굴을 반반씩 갈라보며 의아쩍게 물었다. 리경산은 그제야 최 선생에게 고개를 돌리며 맞갖잖은 말투로 "선생님, 저 애가 어떻게 ─ 여기를 왔습니까?" 하고 되물었다.

"아니, 그게 무슨 소리요? 저 사람이 여기를 와서 무에 잘못된 거라도 있소?"

"저것의 근지가 분명찮단 말입니다!"

"오, 그런 뜻이로군. 자, 우선들 앉소. ─ 어서 너도 앉아라."

두 사람이 다 자리 잡아 앉기를 기다려서 그 아큐 녀석은 걸상 언저리에다 궁둥이를 조금 붙이는 체만 하였다. 최 선생이 입을 열었다.

"이 아이로 말하면 홍구 일본인 자동차부에서 조수 노릇을 하고 있는데 내가 보는 바에는 아직 어린 나이에 아주 훌륭한 포부를 품고 있단 말이요. 우리가 못 미더워할 이유는 아무것도 없지요. 우리는 마땅히 이 아이를 새 인재로 잘 육성해야 해요. 우리네 테두리는 아직까지 너무나도 좁단 말이요. 테두리를 넓혀야 해요. 대담하게 넓혀야 해요……."

해도 리경산은 종내 마음이 안 놓였다. 최 선생이 경각성을 상실해서 사람을 잘못 본다고만 생각하였다. 우리의 사업을 조런 똑 뭐 같은 괴물딱지 때문에 망쳐 버리면 어떻거나 하고 걱정을 하였다.

허나 시간은 가장 공정한 재판관이다. 얼마 오래지 않아 사실은 최 선생이 옳았다는 것을 증명하였다. 리경산도 최 선생이 지인지감이 있다는 것을 승인하고 탄복하였다.

그날 최 선생을 방문하였던 두 사람은 후에 서로 사귀어 뜻이 맞는 동지로 되었고 또 공동한 노력으로 옳은 길 ― 마르크스주의적 계급 혁명의 길에 들어섰다.

2

20세기 20년대와 30년대에 중국으로 망명한 조선 혁명자들의 대부분이 최초에는 블랑키[76]의 사이비한 후예 ― 테러분자들이었다. 그들은 거의 종교적인 열광으로 테러활동을 숭상하였다. 그들은 죽음을 두려워하지 않는 소수 융사들의 모험적인 행동으로 능히 일본제국주의의 식민지적 통치를 뒤엎을 수 있다고 굳게 믿었고 망국의 치욕을 자

리강(본명 리종건)

기들의 피로써 능히 씻을 수 있다고 굳게 믿었다. 하여 그들은 적의 요인들을 암살하고 특무와 반역자들을 처단하는 것을 자기들의 주요한 행동강령으로 삼았다. 그들의 가슴속에서 불타는 적개심은 그들에게 환락과 아울러 비극을 가져다주었다. 다음에 서술하는 리강(본명 리종건)[77]의 경우가 바로 그러한 비극의 한 예증이다.

한번은 노련한 테러분자 즉 독립투사 둘이 특무놈을 처단하러 가는데 신인을 육성할 목적으로 견습생 하나를 데리고 갔다. 그 견습생이 바로 혁명에 갓 참가한 리강 동무였다. 리강의 두 테러 선배는 잡아치울 희생물 ― 신세를 조진 특무 놈 ― 을 옴짝 못하게 양쪽에서 꽉 붙들고는 리강에게 명령하였다.

"어서 이리 와. 그 권총의 안전기를 열어! 요놈의 대가리를 겨누고…… 아니야, 총구멍을 바싹 들이대! 옳지, 쏴라! 겁내지 말아!"

리강은 겁이 나서 죽을 지경이었으나 명령을 거역할 수가 없어서 마지못해 시키는 대로 하였다. 그 결과 그는 온몸에 선지피를 뒤집어썼다. 코를 거스르는 피비린내에 걷잡을 수 없이 구역질을 하였다. 그때부터 우리의 가엾은 리강은 거의 종신병 환자가 되고 말았다.

달마다같이 생활비만 나오면 그는 으레 거리에 나가서 다홍색 물감을 사다가는 자기의 안팎옷들과 침대보, 수건 따위에 몽땅 물을 들였다. 그러고는 그것들을 마당에 내다 널고 짜지 않은 빨래에서 다홍물이 핏물처럼 들게 하였다. 그런 다음 걸상을 내다 놓고 앉아서 그것들을 흡족한 마음으로 바라보는 것이다. 그의 그렇듯 해괴한 거동은 달마다 되풀이되고 또 해마다 되풀이되었다.

이 밖에 또 그는 매일 아침 식사 때마다 자리에서 일어나 식사 중인 일동에게 자기의 그날 갈기로 한 새 이름을 통보하였다. 그것은 마치 군대의 통행암호처럼 날마다 갈릴 뿐 아니라 결코 또 중복되는 일도 없었다. 리강은 본시 붓글씨를 쓰는 데 뛰어난 재간을 가지고 있었다. 하여 우리는 무엇을 쓸 때면 늘 그의 손을 빌리곤 하였다. 허나 함부로 엄벙덤벙 찾아가서 "이봐 리강, 나 뭐 하나 좀 써 줘야겠어." 했다가는 낙자없이 콧방을 맞는다. 그는 찾아온 사람을 거들떠보지도 않는다. 오직 그날의 새 이름을 부를 경우라야만 상냥하게 그 사람의 청을 들어준다. 그래서 누구나 그에게 무엇을 부탁하려면 먼저 돌아다니며 그의 그날 새로 간 이름부터 수소문해야 하였다.

역사도 때로는 곧잘 울도 웃도 못할 짓궂은 장난을 한다. 이 세상에는 벌써 혁명에 성공한 경험이 있건만 후래자들은 흔히 그 교훈을 받아들이지 않고 지름길을 걸으려고 애를 쓴다. 왕왕 적지 않은 민족들이 전철을 밟으면서 선진 민족들이 이미 경과한 유치한 계몽 계단을 되풀이하느라고 비싼 대가들을 치르곤 한다.

또 다른 한 예로서는 장지광(장진광)의 경우를 들 수 있다. 장지광은 북미합중국 개발 시기 미국에 이주한 조선인의 제2세로서 하와이 태생이다. 후에 그는 그 홀어머니를 따라 중국으로 건너와서 상해 프랑스 조계에 정착하였다. 열여덟 살이 되던 해에 그는 의열단[78]이라는 조선인 반일 테러단체를 위해서 활동 경비를 조달하는데 마침내 수단과 방법을 가리지 않는 지경에까지 이르렀다.

어느 날 그는 프랑스 조계 뒷골목에서 순경 하나를 습격하였다. 그

장지광(장진광)

는 골목 어귀에 숨어 있다가 그 프랑스 식민주의자의 앞잡이가 가까이 오자 별안간 대들어서 배트방망이로 그 남색 헬멧을 쓴 대가리를 내리깠다. 그자가 날벼락을 맞고 기절해서 곤드라지자 그는 잽싸게 면도칼을 꺼내서 그자의 권총을 케이스채 뭉청 잘라 가지고 뺑소니를 쳤다.

며칠 후 그는 그 노획물 — 프랑스제 권총의 위력을 한번 시험해 보기로 하였다. 지나가는 한 미국 여자에게서 의열단의 반일 활동 경비를 '조달'하기로 하였다. 밤이 이윽하여 길거리에 행인이 그쳤을 때 그 여자는 마침 인력거를 타고 집으로 돌아가고 있었다. 장지광은 앞뒤를 살펴본 뒤 숨어 섰던 전주 그늘에서 벼락같이 뛰어나왔다. 인력거꾼은 불시에 들이닥친 괴한의 손에 권총이 들려 있는 것을 보자 질겁하여 으악 소리를 지르며 인력거채를 동댕이치고 걸음아 날 살려라 줄행랑을 놓았다. 한데 오히려 그 인력거에 앉아 있는 여자는 보기에 태연하였다. 주동적으로 차근차근 손목시계와 반지 그리고 목걸이를 벗어서 핸드백에 넣은 뒤 "플리즈(자, 받으세요)." 하고 선선하게 그것을 작경하는 소년 강도에게 내주었다.

그로부터 두 주일가량 지난 뒤의 일이다. 장지광은 바람이 자기를 기다려서 아닌 보살 하고 영국 조계 즉 공공 조계로 건너갔다. 전당포를 찾아 들어가서 앗아 온 보석 반지를 전당 잡히려 하였다. 허나 이 햇내기 활동 경비 조달자가 어찌 알았으리, 전당포의 사환들이 다 경찰의 끄나불이란 걸. 그 전당포 사환은 동료 사환에게 먼저 눈짓으로 암호를 보낸 다음 장지광이 들이미는 보석 반지를 받아 들고 이리 뜯어보고 저리 뜯어보고 늑장을 부리며 얼른 값을 치지 않았다. 하여 결국 장지광은 돈은 만져도 못 보고 들이닥친 두 명의 순경에게 체포되고 말았다. 열여덟 살 나는 강도는 이내 프랑스 조계 공부국 즉 경찰서에 압송되었다.

프랑스 공부국에서는 취조해 본 결과 그가 조선 사람임을 알았다. 당시 조선 사람은 법적으로 종주국인 일본 국적에 속하므로 공부국에서는 국제협정에 따라 그를 다시 일본 총영사관 경찰서에 압송하였다. 일본 관헌들은 그가 미성년자이고 또 초범이라는 정상을 작량하여 7년 징역형에 처하고 이내 일본으로 압송하였다.

장지광이 일본 나가사키형무소에서 7년 동안 복역하고 만기 출옥하여 상해로 돌아왔을 때는 그의 나이 이미 스물다섯이었다. 항일 전쟁 시기 그는 중국공산당에 가입하였다. 그는 조선의용군의 골간 분자로서 항일의 봉화가 타오르는 태항산에서 5년 남짓 간고하기 짝이 없는 전투 생활을 겪은 끝에 마침내 항전의 승리를 맞이하게 되었다.

이 밖에도 조선 애국자들에 의한 테러 사건은 꼬리를 물고 일어났

리봉창

석정 윤세주

다. 윤봉길은 상해 홍구공원에서 폭탄을 던져 시라카와 대장 등 일본 군 고위급 장령들을 살상하고 교수형을 당하였다. 리봉창[79]은 도쿄에 서 일본 천황 히로히토[80]를 암살하려고 노부에 폭탄을 던진 것이 불발 이 되어 대역죄로 역시 교수형을 당하였다. 석정[81]은 서울에서 조선 총 독을 암살하려다가 붙들려서 살인미수죄로 8년 동안 징역살이를 하 고 나와서 항일 전쟁 시기 태항산에서 전사하였다……. 그것은 조선의 애국 용사들이 바람같이 일고 구름같이 피는 세월이었다.

그러니 어떻게 강병한이 뺨을 맞아 가면서도 혁명을 하겠다고 서두 르지 않겠는가! 시대가 영웅을 낳는다고들 하지 않는가.

3

강병한과 최 선생의 상종은 그리 길지 못하였다. 얼마 오래지 않 아 최 선생이 흑룡강으로 떠나갔기 때문이다. 그는 한번 떠나간 뒤 영 영 다시 상해로는 돌아오지 않았다(운명은 그들로 하여금 열두 해가 지나서, 1945년 가을에 해방이 된 평양에서 다시 해후상봉하도록 안배하였다). 최 선생은 떠나기에 앞서 강병한을 조소앙[82]에게 소개하였다. 조소앙도 조선 망 명가로서 테러리즘에 골몰하는 반일적 민족주의자였다.

강병한은 계속 후지모리 자동차부에 근무하면서 휴일마다 프랑스 조계 조소앙의 아파트를 찾아가서는 테러 구국의 도리를 근청하였다. 조소앙은 성가한 사람으로 그의 가족들은 항주에 살고 있었다. 그리고 그가 영도하는 소규모의 반일 단체의 본부도 역시 거기에 설치되어 있었다. 8월 달에 조소앙이 항주에 다니러 갈 때 강병한도 말미를 얻어 가지고 따라가서 이삼 일을 거기서 묵새겼다.

9월 중순에 조소앙은 상해로 돌아오는 길로 곧 강
병한과 더불어 거사를 꾀하였다.

조소앙

이달 스무사흗날은 왜놈들의 추계 황령제[83]로서
홍구에 있는 저들의 신사[84]에서 또 한바탕 지신밟
기[85]가 벌어진 것이었다. 하여 조소앙과 강병한 두
사람은 남의 나라 백성들을 못살게 구는 개종자들
에게 한번 톡톡히 본때를 보여 주기로 하였다. 조소
앙은 권총 다루는 법과 폭탄 다루는 법을 차근차근 강병한에게 가르
쳐 주고 또 위급한 경우에 부닥쳤을 때 어떻게 행동할 것 등에 대하여
떠먹이듯이 일러 주었다. 연후에 그들은 약정하기를 강병한은 상해에
눌러 있다가 그날 밤을 기다려 거사를 하고 조소앙은 한 걸음 먼저 항
주에 가 있다가 강병한이 무사 탈출한 뒤에 책임지고 뒤처리를 하기
로 하였다.

드디어 그날이 왔는데 날씨가 아주 쾌청하였다. 이보다 앞서 강병한
은 조소앙에게서 권총 한 자루와 회중전등형 폭탄 그리고 한 묶음의
돈 ― 1원짜리 지전 100장을 받아 지녔다.

땅거미가 질 무렵부터 안절부절을 못하던 강병한은 구경에 들뜬 주
인 일가가 지신밟기 구경을 가느라고 집을 비운 틈에 슬그머니 택시
한 대를 몰고 나왔다. 그는 차를 몰고 북사천로 어귀에 다달으자 오른
편으로 꺾어 꼿꼿이 북쪽을 향해 치달았다. 홍구공원 못 미쳐서 대통
로 왼편 갑북으로 통하는 길모퉁이에 일본 육전대 병사 건물이 우뚝
서 있었고 그 비슥맞은 바래기에는 일본 신사의 산문 ― 도리이[86]가 솟
아 있다. 가지각색 색등들로 꾸며진 신사 안팎은 게다짝 끄는 소리와

상해신사

떠드는 소리 그리고 북소리와 피리 소리로 들썩들썩하였다.

강병한은 유보도 바로 옆에다 차를 세웠다. 그리고 차에서 내려서 고장 난 데를 살펴보는 체하며 엔진 덮개를 열어 잦혔다.

강병한이 차를 세운 곳은 윤봉길이 바로 열일곱 달 전에 일본 군대의 전승 축하 대회를 짓마사 버린 당시의 대회장에서 불과 몇백 미터밖에 안 떨어진 곳이었다. 막상 고비판에 다닫고 보니 타고난 모험가인 강병한도 긴장으로 하여 가슴이 후들거렸다. 그는 작업복 앞가슴에 달린 큰 호주머니에서 회중전등 모양의 폭탄을 꺼내어 뚜껑을 비틀어 열고 일본 놈들이 가장 많이 붐비는 곳에다 힘껏 뿌렸다. 한데 유감스럽게도 너무 서두는 통에 그만 도화선을 잡아 뽑을 것을 잊어버렸다. 조소앙이 거듭거듭 주의시키던 바로 고것을 까먹은 것이다. 폭탄이 손아귀에서 막 날아 나는 찰나에 그는 문뜩 그것을 깨닫고 저도 모르게 "아차!" 소리를 질렀다.

다음 순간 붐비는 인총 중에서 웬 사나이의 새된 비명이 들려왔다. 포물선을 그으며 날아간 불발 폭탄이 직통 그자의 대가리에 들어맞아서 구멍을 뚫어 놓은 것이다. 일이 글러진 것을 보자 강병한은 원래 타고 뛸 작정이던 자동차는 내버려 두고 얼른 몸을 돌쳐서 줄행랑을 놓았다. 대통로를 탈토와도 같이 눈 깜작할 사이에 뛰어 건너 육전대 병사를 끼고 외로 돌아서 갑북 방향으로 장달음을 놓았다.

사람들의 출입이 잦지 않은 병사 후측 문에는 총을 든 육전대 병사 하나가 보초를 서는 것이 통례인데 이날 밤도 역시 그러하였다. 강병한은 불시에 집 모퉁이에서 달려 나오며 손에 든 권총을 똑바로 겨누고 입에 익은 일본말로 호령을 내렸다.

"손 들엇!"

그 보초는 어마지두에 악연하여 미처 어째 볼 겨를도 없어 황망히 총을 버리고 두 손을 들었다.

"뒤로 돌아섯! 바람벽을 향하고 똑바로 섯! 옴짝하면 쏠 테다!"

그자가 마지못해 순순히 명령에 복종하자 강병한은 얼른 땅바닥에 떨어진 보총을 집어 들고 또다시 몸을 돌쳐서 들고뛰었다. 얼마 안 가서 그는 손에 든 보총이 공연히 거치장스럽기만 하다는 것을 깨달았다. 뒤에서는 벌써 날카로운 호각 소리와 왁자지껄 떠드는 고함 소리가 들려왔다.

강병한은 계속 달음질을 치면서 손에 들었던 38식을 길섶에 동댕이 쳤다. 이때 동안 뜬 일본군 병사에서는 사이드카에 발동을 거는 소리가 들려오더니 이어 서너 대의 육전대 무장 사이드카가 꼬리를 물고 내달아 왔다. 헤드라이트의 눈부신 광망이 장검처럼 퍼뜩퍼뜩하였다.

'이렇게 끝장이 나고 만다?'

강병한은 속으로 생각하였다.

그가 젖 먹던 힘을 다하여 철길의 건널목까지 달려갔을 때, 마침 북 정거장을 떠나서 강만으로 향하는 화물열차 한 열이 막 거기를 통과하려는 참이었다. 그 케케묵은 증기기관차가 끌고 오는 것은 스무 바구니도 넘는 빈 차바구니들이었다. 앞에는 그 길고도 느린 굼벵이 열차가 바야흐로 건널목에 다닫고 뒤에는 또 살기등등한 육전대 사이드카들이 쫓아오고. 진퇴유곡!

'넨장, 한 번 죽지 두 번 죽겠니!'

강병한은 마음을 다잡고 죽을힘을 다하여 철둑으로 치달아 거의 기차 대가리를 스치다싶이 하며 철길을 건너뛰어서 저편 경사면을 굴러 내려갔다. 하지만 우선 목숨을 건진 것만도 대견한데 그런 것까지 어느 하가에 돌볼 새가 있는가. 그는 벌떡 뛰어 일어나서 또다시 두 주먹을 불끈 쥐고 앞으로 내달았다.

강병한을 거의 따라잡게 되었던 사이드카들은 바로 눈앞을 기다싶이 천천히 덜커덩거리며 지나가는 끝이 없이 줄 닿은 빈 차바구니들을 노려보기만 할 뿐 어쩔 도리가 없었다.

급기야 그 빌어먹을 놈의 느리배기 화물열차를 다 지내 놓고 보니 정체불명의 괴한은 어디로 새었는지 그림자도 보이지를 않았다.

"따라라!"

호령일하에 사이드카들은 또다시 한 대 또 한 대 꼬리를 물고 내달았다.

움직이는 담벼락의 도움을 받아서 강병한은 거리 안으로 도망쳐 들어왔다. 천행이랄밖에 없다. 그는 숨을 곳을 찾느라고 두리번두리번하다가 맘에 드는 가게 하나를 발견하였다. 그 가게는 장사가 잘 안되는지 손님의 그림자도 얼씬거리지 않았다. 가게 주인이 혼자 앉아서 무료하게 하품만 하고 있었다. 강병한은 몸 가벼이 그 가게로 뛰어들어가 주인에게 권총을 바싹 들이대고 왼손으로 호주머니에서 돈 묶음 — 1원짜리

100장을 꺼내었다. 연후에 그 돈 묶음도 역시 주인의 코앞에다 바싹 들이댄즉 주인은 죽을상이 되어서 어찌할 바를 몰라 하였다.

"어느 걸 받겠니?" 하고 강병한은 목청을 줄여서 따짐조로 물었다.

허나 가게 주인은 눈만 끔벅끔벅하였다.

"망할, 이느 걸 받겠느냐 말이야? 돈을 받겠니, 총알을 받겠니?"

가게 주인은 그제야 정신기가 돌아서 거의 본능적으로 손을 내밀어 그 돈 묶음을 덥석 움켜잡았다. 장사치란 본디 돈 소리만 들으면 관 속에 누워서도 손을 내미는 법이니까. 아무튼 그걸로 흥정은 된 셈이다. 강병한은 곧 말씨를 고쳐서 "자, 그럼 빨리 날 어디 좀 숨겨 주시오!"

"예예, 이제 곧, 이제 곧 숨겨 드리리다!"

주인은 일변 돈 묶음을 호주머니에 쑤셔 넣으며 일변 이렇게 대답을 하며 매대 안으로 뛰어 들어갔다. 그러고는 허리를 구푸려서 밖에서는 눈에 잘 띄지 않는 움의 뚜껑을 쳐들었다.

강병한이 몸을 쪼크리고 막 움 속으로 들어가려는 참에 안으로 통하는 문에다 친 포장이 펄렁하더니 그리로 대여섯 살가량 된 사내아이 하나가 나왔다. 주인의 아들인 성싶었다. 강병한은 마침 잘됐다 생각하고 얼른 두 팔을 벌려서 그 아이를 가볍게 안아 들었다. 주인은 겁이 나서 벌벌 떨면서도 어마지두에 그 눈치를 알아차리고 "애기야, 일 없다. 안 무섭다. 아저씨가 널 고와서 그런다. 아무 소리 말고 가만히 안겨 있거라." 하고 아들을 달랜 뒤 얼른 대광주리에서 바나나 두 개를 꺼내서 그 손에 쥐어 주었다.

그 아이는 타고난 성질이 그렇게 순했던지 보채지 않고 순순히 낯선 사나이에게 안겨서 움 속으로 들어갔다. 움 속에는 희미하게 5촉짜리 전구가 켜 있었다. 아이의 아버지는 위에서 들여다보며 "먹어라, 어서.

끽소리 말고 가만히 있어. 우리 애기 정말 곱지." 하고 또 한 번 아들을 달랜 뒤에 살짝 움 뚜껑을 덮어 버렸다.

이때 거리 안에는 일본군 육전대 사이드카들이 풍우같이 몰려들었다. 그중의 어떤 것은 요란한 폭음을 울리며 계속 앞으로 내닫고 또 어떤 것은 거리 안에 머물러 섰다. 이어 왁자지껄 떠드는 고함 소리와 달음박질치는 소리가 점점 가까이 들려왔다.

허나 추격자들은 공연히 소리만 피웠지 아무것도 얻은 것이 없었다. 잔디밭에서 바늘을 찾으라지. 더군다나 거기는 조차지도 아닌데 월경 행동은 협정 위반이라 오래 지체할 수도 없는 일이었다. 하여 헛물만 켠 왜놈들은 할 수 없이 뒤통수를 치고 돌아섰다.

움 안에서 떡 받기로 횡재(닭알 한 알에 1전씩 하던 세월이었으므로)를 한 가게 주인은 거리 안이 다시금 조용해진 뒤에도 한동안 좋이 지나서야 겨우 정신을 수습하였다. 달랑이는 가슴을 간신히 진정하고 살금살금 다가가서 움 뚜껑을 빠끔히 열어 보았다. 강병한은 아직도 어린아이를 안은 채 그 속에 들어앉아 벙어리처럼 손짓으로 바깥의 동정을 물었다. 가게 주인은 가는 목소리로 대답하였다.

"인젠 일없어요. 왜인들은 다 가 버린걸요."

주인은 먼저 강병한에게서 아들부터 받아 안는데 작은 배 속에 큼직한 바나나 두 개가 들어 있는 아이는 벌써 잠이 든 지도 오래였다. 뒤미처 기어 나온 강병한은 가게 주인에게 "고맙습니다, 주인어른. 우리 또 만날 날이 있겠지요. 그럼 안녕히 계십시오." 이렇게 인사말을 남기고 날랜 걸음으로 상점이 즐비한 거리로 나와서는 다시 교외 쪽을 향하고 걸어갔다.

강병한은 원래 작정대로 항주에 가기로 하였다. 실상 거기밖에는 어디 달리는 찾아가서 한 몸을 의지할 데도 없었다. 조국마저 빼앗긴 망국노의 신세가 아닌가! 100원 노자로는 목숨 하나 샀으니 하는 수 있나, 두 발로 터덜터덜 걸어서 갈밖에. 그는 논틀밭틀로 서남쪽을 향하여 밤새도록 걸었다. 동틀 무렵에 문득 호주머니 속에 든 권총이 생각났다.

"이런 걸 몸에 지니고 다니는 건 부질없는 짓이야."

그는 그 권총을 떼어 내서 케이스채로 길가 논에다 집어 처넣었다.

해가 솟았다. 그가 지나는 주막거리에서는 밥 짓는 연기들이 솟아올랐다. 그는 갑자기 시장기를 느꼈다. 허나 어떻거랴, 피천 한 잎 없는 놈이. 그렇다고 치사스레 동냥을 하겠는가. 할 수 없이 그는 맹물만 마시면서 밤에 낮을 이어 꼿꼿이 항주까지 걸어갔다. 그가 조소앙네 집 문턱을 넘어서며 한 말은 겨우 한마디였다.

"조 선생님, 난 배고파 죽겠어요."

강병한이 상해에서 일을 저질렀다는 기사가 실린 신문들을 먼저 알고 벌써부터 조마조마해서 그가 나타나 주기만 기다리는 중이었다.

잠시 후에 강병한의 앞에는 큼직한 떡시루 하나가 놓였는데 거기 담긴 것은 모두 뜨끈뜨끈한 고기만두였다. 그는 염치고 나발이고 다 제쳐 놓고 대들었다. 아귀같이 먹어 제끼는데 눈 깜작할 사이에 그만 바닥이 드러났다. 조소앙이 옆에서 지켜보다가 근심스레 물었다.

"어떤가?"

그러나 강병한의 눈에서 주린 빛이 아직도 돈는 것을 보고는 곧 고개를 돌려서 집안사람에게 분부했다.

"빨리 가서 더 가져오라게."

강병한은 단숨에 그 많은 고기만두를 다 제꼈다(후에 그는 나보고 말하기를 자기가 그때 먹은 것이 모두 예순 개라고 하였다). 배가 터지도록 먹고 난 그는 그 자리에 쓰러져서 이튿날 저녁때까지 세상을 모르고 잤다.

허나 그 후 얼마 아니 하여 그들 둘은 서로 갈라져 각기 제 갈 길을 가게 되었다.

4

나는 이슬람교도는 아니지만서도 웬일인지 어릴 적부터 돼지고기를 그리 즐기지 않았다느니보다는 아주 안 먹었다. 아마도 그것은 내가 어려서 어머니를 따라 시골에 사시는 할머니 댁에 다니러 갔을 때 처음 본 돼지우리가 몹시 더럽던 것에 연원이 있는 것 같다. 인젠 나도 머리가 반백이 다 되었지만 그래도 역시 돼지고기는 그리 신통해하지 않는다. 하기에 내가 1930년대에 상해에서 지하공작을 할 때도 식당에 가서 20전짜리 정식을 먹는데 청하는 반찬은 일 년 열두 달 매양 '양파소고기볶음' 한 가지뿐이었다.

허나 후일 운명은 나로 하여금 그런 아무 과학적인 근거도 없는 좋지 못한 습관 — 편식을 억지로나마 고치게 하였다. 내가 손무[87], 클라우제비츠[88]의 후예 — 군사전략가가 돼 볼 생각으로 군관학교에 들어갔을 때 그 들어간 첫날부터 나는 매우 해결하기 어려운 난문제에 부닥쳤다. 그 별스러운 학교에서는 하루 세때 식사가 거의 끼니마다 돼지고기 반찬뿐이어서 전연 선택의 여지라는 게 없었다. 어쩌다가 생선이나 닭알 반찬이 나올 때면 그것은 곧 나의 생일 떡으로 되었다. 허나 대부분의 식사 시간에는 반찬 없는 밥 — 맨밥을 먹어야만 하였다. 기

막힌 팔자지!

　두 주일을 그렇게 견지한 끝에 나는 마침내 더는 이렇게 살 수 없다는 결론에 도달하게 되었다. 날마다 계속되는 맹훈련에 체력이 끝장난 것이다. 그래서 목숨을 부지하기 위하여 나는 견결히 또 단호히 비장한 결심을 내렸나! ― 먹어 보자! 식사 때 나는 가장 용감하게 돼지고기 한 점을 집어 들어서는 결심이 동요될까 봐 눈을 꾹 내리감고 입안에다 넣었다. 씹을 엄두는 나지 않아서 그냥 꿀떡 삼켰다.

　'아이, 소름 끼쳐! 징그러운 송충이라도 먹는 것 같구나……'

　내가 바야흐로 돼지고기를 적수로 고군분투하고 있을 즈음 나와 거의 비슷한 처지에서 허덕이는 또 하나의 괴물을 나는 발견하였다. 그 괴물은 다 같이 한 식당에서 식사하는 동급생으로서 남다른 병집을 가지고 있었다. 보아한즉 천주교 신자인 모양인데 매번 식사 때마다 그는 먼저 경건하게 앞가슴에다 십자를 긋고 또 입속으로 무슨 "주님이여…… 성찬을 베푸소서…… 성부 성자 성령의 이름으로…… 아멘." 따위 아무도 알아듣지 못할 주문 같은 것을 중얼중얼 외곤 하였다. 한데 문제는 그 시간이 착실히 걸리는 신성한 의식이 끝나고 보면 시세가 글러지는 것이다. 워낙 우리 그 학교의 교칙이 그에게는 아주 불리하게 되어 있었다. 매번 식사 때 중대장이 식당에 들어서면 대위 직일관이 "차렷!"을 부른다. 이어서 "앉앗!". 허나 '앉아'만 가지고는 식사를 못 한다. "시작!"의 호령이 떨어져야만 비로소 젓가락과 밥공기를 집어 들 수 있다. 한데 이들 장래의 군사전략가들은 모두 다 나이가 젊고 기운이 왕성한 까닭에 식욕도 여간만 좋지들 않았다. 좋든 그르든 반찬 명색이기만 하면 다들 마파람에 게 눈 감추듯 해치웠다. 그런 까닭에 그 십자를 긋는다, 기도를 한다 하는 얼간이가 눈을 뜨고 젓가락을 집어 들었을 때는 이미 반찬 소탕전이 종장에 다달아서 남은 반찬이 보잘것없고 변변치 못한 패잔병 꼴이 되어 있곤 하였다. 하여 그도 하는 수 없이 나처럼 무료하게 반찬 없는 맨밥을 먹어야 하였다. 비록 돼지고기는 없어서 못 먹는 축이었지만서도.

동병상련으로 나는 자연히 그를 동정하게 되었다. 하면서도 또 한편 속으로는 정말 어리석은 자식이라고 비웃기도 하였다. 후에 나는 그 이교도의 이름이 장중광(본명 강병학)이라는 것을 알게 되었다. 한데 그 장중광도 후에는 역시 나처럼 용감하게 전비를 뉘우치고 ― 그 신성한 종교의식을 구정물 통에 처넣고 ― 옳은 길에 들어섰다. 그는 식성이 좋아서 무어나 잘 먹고 또 많이 먹었다. 그러나 담배만은 피우지 않았다. 얼굴에는 언제나 어리숙하고도 온화한 웃음이 떠돌았다. 사람은 아주 부드러웠으나 가끔 동이 닿지 않는 말을 하는 것이 흠이었다.

어느 날 그 장중광이 나를 찾아와서 의논하였다.

"나하고 한청(일명 신익성)89이하고 그 밖에 또 한 사람…… 이렇게 셋이서 독서회 꾸릴 공론들을 했는데…… 동무는 어떤가, 참가할 의향이 있나?"

내가 그 독서회의 성질과 진행하는 방법을 물은즉 그는《철학의 빈곤》,《반뒤링론》으로부터《국가와 혁명》,《공산주에서의 좌익소아병》에 이르기까지 예닐곱 가지의 마르크스-레닌주의 서적들을 열거한 뒤 그것들을 차례로 읽어 내려갈 작정이라고 하였다. 그리고 시간으로 말하면 밤마다 소등 후에 몰래 저장실에 모여서 두 시간씩 읽을 작정이라는 것이었다. 나는 단마디로 그의 권유를 거절해 버렸다. 벌써부터 수면 시간이 수지가 맞지 않아 적자투성이로 고생을 하는 판인데. 그들의 독서회가 그 후에 어떻게 되었는지 나는 알아보지 않아서 모른다.

몇 달이 지나서다. 어떻거다 휴식 시간에 장중광을 만났을 때 문득 생각이 나서 책 한 권 빌려 볼 수 없겠느냐고 말을 붙인즉 그는 쾌히 승낙하고 곧 가서《국가와 혁명》이란 책을 깨끗이 거둘 것과 아무에게도 빌려주지 말라는 것뿐이었다.

밤에 내가《국가와 혁명》이란 책을 읽으려고 책장을 뒤져 본즉 페이지마다 빽빽이 그어 놓은 색연필의 울긋불긋한 빛깔들이 현란하게 눈에 띄었다. 파고들어 연구를 단단히 한 모양이었다. 한데 뜻밖에도 나는 곧 놀라운 사실을 발견하고 울도 웃도 못하게 되었다. 그 헤아릴 수 없이 많은 빨간 줄, 파란 줄들이 그어진 데는 신통하게도 모두 서술 과정이나 예증 따위 하등 중요할 것이 없는 부분이었다. 그리고 의식적으로 기피하기라도 한 듯이 긴요한 대목은 고스란히 처녀지로 남아 있었다. 하느님 맙소서!

하루는 교무처 소속의 포드 승용차 한 대가 고장으로 발동이 걸리지 않아서 나이 젊은 운전사가 골머리를 앓았다. 덮개를 떠들고 엔진 둘레를 이리 돌아보고 저리 돌아보고 아무리 애를 써도 병집을 알아낼 재간이 없었다. 이때 교무처 출입문 어귀에서 보초를 교대하고 나오던 장중광이 팔꿈치로 그 운전사를 밀어내고 찜부럭 부리는 엔진을 들여다보았다. 그는 보초장이었으므로 총은 없이 허리에 날창 하나만 찼다. 운전사는 저를 도와주겠다는 사람이 나타난 이상 긴말할 것 없다고 생각을 했던지 선뜻 자리를 내주기는 하면서도 그리 탐탁해하지는 않는 눈치였다.

나는 옆에서 속으로 '야, 이것 봐라, 저놈의 이교도 녀석이 주제넘게 또 자동차를 고쳐 보겠단다'라고 생각하고 그 하는 꼴을 구경만 하였다. 그 이교도 녀석은 허리를 구푸리고 들여다보며 한동안 꿈지럭꿈

장중광(본명 강병학)　　　　한청(일명 신익성)　　　　최학(최요한, 일명 리명선)

지럭하더니 엔진 덮개를 도로 덮고는 제멋대로 전석에 들어가 앉아서
발동을 걸어 보았다. 한데 뜻밖에도 그 엔진은 아주 순순히 가볍고도
고르롭게 소리를 내는 것이었다. 장중광은 우쭐해서 차창으로 운전사
를 내다보며 "또 다른 무슨 고장이 없는지 내 좀 시험해 보구." 하고는
운전사가 입을 열기도 전에 최학과 나를 보고 손짓하였다.

　"냉큼 올라타!"

　나는 재빨리 메었던 총을 벗어서 최학(최요한, 일명 리명선)[90]에게 떠맡
기고 앞좌석으로 기어들었다. 성질이 온순한 최학은 할일없이 주체궂
은 장총 두 자루를 끌고 뒷좌석으로 들어갔다. 우리는 개미 새끼 한 마
리 얼씬거리지 않는 텅 빈 교련장을 기분 좋게 드라이브하였다. 나는
속으로는 은근히 고패를 빼면서도 지어서 시치미를 떼고 장중광에게
물었다.

　"동무, 운전사 출신인가?"

　"아니, 조수 ─ 견습공."

　그는 핸들을 잡고 앞을 바라보며 간단히 대답하였다.

　"오 그런가, 어디서?"

　"상해."

"상해? 나도 상해서 왔는데……. 어느 자동차부?"

"홍구…… 후지모리."

"후지모리?"

나는 '후지모리' 넉 자를 들은 순간 피뜩 그 어느 해인가 있었던 미수로 끝난 폭탄 사건이 생각났다. 하여 재차 물었다.

"그럼 혹시 강병한이를 아는가? 그 폭탄을 던져서 일본 놈의 대가리를 깨 놓은……."

장중광은 킥 웃고 대답을 안 하였다. 계속 앞만 바라보았다. 이때 뒷좌석에 앉았던 최학이가 불쑥 "너 여태 모르고 있었니?" 하고 윗몸을 구푸리며 내 어깨를 툭 쳤다.

"뭘?"

의아쩍게 되물으며 내가 어깨너머로 그를 돌아본즉 최학은 "네가 말한 그 폭탄 도깨비 말이야." 하고 그는 턱으로 장중광을 가리키며 "그게 바로 저 도깨비다."라고 했다.

"뭐라구?"

나는 놀라서 소리를 질렀다.

"저 도깨비 본이름이 강병한이야. 천주학쟁이."

고르로운 엔진 소리와 최학의 말소리가 조화를 이루며 내 귓속으로 흘러들었다.

자동차가 교무처 문 앞에 돌아와서 가벼운 브레이크 거는 소리를 내며 멎어서자 장중광은 몸 가벼이 먼저 뛰어내리며 "아무 일 없소. 다 정상이요." 하고 운전사를 안심시켰다.

우리의 장중광 즉 강병한은 항일 전쟁 시기에 중국공산당 당원으로 되었다. 그도 태항산 항일 근거지에서 우리와 함께 다섯 해 남짓한 동안 전투의 세례를 받았다.

장중광과 나 사이의 연신이 끊긴 지도 인제 20년이 넘는다. 열사모년(烈士暮年)에 장심불이(壯心不已)로 그의 기력이 언제까지나 정정하기를 바라 마지않는다.

작은아씨

1. 첫눈

20세기 30년대의 물정이 소연한 어느 해 늦은 가을 나는 보결시험을 치르고 한 군관학교에 입학하였다. 당시 전국에 이름이 높이 났던 그 학교는 양자강 남안에 자리 잡고 있었다.

입학을 하자마자 나는 교칙에 따라 ― 머리를 빡빡 깎고 군복을 갈아입고 또 배같이 큰 군화를 갈아 신어야 하였다. 연후에 당일로 제1대대 마지막 중대에 편입되었는데 불시로 눈앞에 140여 개의 낯선 얼굴들이 나타나는 바람에 나는 어리둥절하여 한동안 착실히 넋을 놓았다. 하여 그저 그들이 하는 대로 따라서 상학을 하고, 조련을 하고, 차렷을 하고, 쉬엇을 하고 또 위병근무를 하였다. 그렇게 아침부터 밤까지 날뛰다 나니 제 몸을 돌볼 겨를이 거의 없을 지경일밖에. 다재다난한 나의 군인 생활은 이렇게 시작되었다.

어느 첫눈이 내린 날 새벽의 일이다. 기상나팔 소리가 채 사라지기도 전에 중대장의 긴급 명령이 떨어져 내려왔다.

"광동 학생들은 즉시 아래층에 집합하라!"

나는 서투른 솜씨로 각반을 치면서 속으로 괴이쩍어하기를 — 이건 또 무슨 놈의 명령이야? 광동이 '독립'이라도 한다는 수작인가?

광동 군벌 진제당[91]이 난을 일으켜 우리 학교 교장 — 장개석을 반대한다는 풍문은 어디서 더러 얻어들은 적이 있었으므로 나는 호기심에 끌려서 무슨 일이 벌어지는가를 엿보려고 창문가로 다가갔다. 한데 그 창문에는 벌써 웬 동급생 하나가 기척 없이 붙어 서서 아래의 동정을 살피고 있었다. 나는 손바닥으로 유리창에 서리는 입김을 닦으며 코를 납작 붙이고 재미스럽게 구경을 하였다. 둔덕진 뜰에 횡대로 늘어선 예닐곱 명의 광동 학생들은 개개 다 몸집이 살기 없이 호리호리하였다. 항시 뜨거운 남국의 태양에 체내의 수분을 빨려서 그런지도 모를 일이다. 한편 우리의 그 사천 사투리가 심한 중대장 — 양 중좌[92]는 손으로 땅바닥에 엷게 깔린 눈을 가리켜 보이며 "다들 봐, 이게 눈이라는 거야." 하고 광동 치들에게 말하는 것이었다.

"여기서는 추울 때 비가 안 오고 이런 게 와. 다들 처음 보지? 이담에 눈 속에서 쌈을 하게 될지도 모르니 미리 낯들을 익혀 둬야 해. 알았나?"

'나이 스무 살을 먹도록 눈 구경을 못 한 인간들도 세상에는 있었구나!' 하고 속으로 은근히 놀라며 또 감탄하며 나는 더욱 재미나게 유리창 너머로 구경을 하였다.

일렬횡대로 늘어서서 중대장의 훈시를 받은 열대 생장의 멍청이들은 제각기 허리를 구푸리고 땅바닥에 깔린 눈을 관찰하기 시작하였다. 개중에는 혀끝으로 맛을 보는 어리보기까지 있으니 더욱 가관이었다.

"가련한 인생들, 저 꼴, 저 모양이니 스키, 스케이트 타는 재미란 통

모르고들 살았을 게 아닌가!"

내가 웃으며 옆에 있는 친구에게 이렇게 말을 건넨즉 그 친구는 아무 말 않고 그저 빙그레 웃기만 하였다. 하여 나는 이게 어떤 작자인가 하고 다시 한번 그 친구를 똑똑히 살펴보았다. 어, 이런, 내 앞에 서 있는 것은 분명 어디서 온 작은아씨가 아닌가! 오관이 단정한 갸름한 얼굴, 섬섬한 손, 하얀 살갗, 호리호리한 몸매……. 나는 성질이 본시 낭만적 환상에 사로잡히기 잘하는 터이라서 이번에도 또 환상의 날개를 활짝 펼쳤다.

'이건 여자가 변장을 한 게 아니야?' 그러고는 또 '저렇게 연약한 몸으로 군인 노릇을 어떻게 한담!' 하고 공연한 근심을 앞세웠다.

하여 다시 그의 군복 앞가슴에 달린 이름표를 여겨보니 거기에 적힌 것은 ― '4중대 강진세'란 몇 글자였다.

2. 교칙

어찌 알았으리, 한 이틀 지나서 그 강진세가 교실에서 내 '이웃'으로 될 줄을. 그날 '상관93'이라는 복성을 가진 직일관이 우리 교실에 들어와서 일부 학생들의 자리를 조정하는데 나는 류신이라는 말라꽹이와 한 책상에 앉게 되었다. 한데 내 오른손 쪽으로 통로 하나를 사이에 둔 이웃이 바로 강진세였던 것이다. 나는 그제야 비로소 그 두 친구가 다 우리의 동포 ― 조선 민족이라는 것을 알게 되었다.

류신이는 광동 중산대학에서 전학을 해 왔는데 바이올린을 잠시도 손에서 놓지 못하는 성미라서 '깡깡이'라는 별명이 붙어 있었다. 그 후

려정조 장군

에는 태항산에서 중국공산당에 가입하였고 또 한때는 평원구에서 려정조[94] 사령원의 부하로 활약하기도 하였다.

어느 날 나는 간밤에 두 시간 동안 위병근무를 한 까닭에 교실에 들어가 앉기가 무섭게 자꾸 졸음이 와서 어쩔 도리가 없었다. 그러잖아도 나는 평소에 잠꾸러기로 소문이 났던 터이다. 허나 아무튼 그날 처음 교관 선생의 무미건조한 강의도 브람스[95]의 자장가와 마찬가지 효력을 낼 수 있다는 신기한 사실을 발견하게 되었다.

내가 바야흐로 꿈나라 골 어귀에 다달았을 즈음에 별안간 교실 안의 사람들이 와닥닥 모두 일어섰다. 나는 잠결에 피뜩 생각하기를 '공습인가! ……지진인가?' 허나 내가 밖으로 뛰어나가려고 미처 몸을 일으키기도 전에 교관 선생의 틀진 음성이 들려왔다.

"다들 앉으시오."

하니까 그 일시에 죽 일어섰던 백여 명 학생들이 다 아무 일도 없었던 것처럼 도로 착석을 하고 그리고 수업은 다시 계속되는 것이었다. 그 바람에 나는 점점 더 어리둥절해났다. 이건 도대체 어떻게 된 놈의 감투끈이야?

하여 강진세 쪽으로 몸을 기울이고 어찌 된 영문을 소곤소곤 물어보았더니 그는 그저 빙그레 웃기만 할 뿐 대꾸를 아니 하였다. 그러나 다행히도 한 책상에 앉아 있는 류신이가 나의 몽을 열어 주었다.

"누구 입에서든 '교장' 소리만 나오면 모두 차렷을 해야 해. 그게 이 학교의 교칙이야. 방금 저 교관도 강의를 하다가 '교장' 두 글자를 거들었어."

어, 그런 놈의 감투끈이었구나! 세상에 꾀까다로운 학교도 다 많지!

3. 영창

우리 중대 150명 동급생들 중에서 나는 윤지평(윤치평)이라는 또 하나의 조선 학생을 알게 되었는데 영광스럽게도 얼마 오래지 않아 곧 그의 벽창호적 본성도 알아 모시게 되었다.

한번은 그의 발목이 무슨 탈이 났는지 조금만 달아도 퉁퉁 부어올라서 몹시 아팠다. 하여 그는 직일관에게 완전무장을 하고 달리는 조련을 면제해 달라고 병가 요청을 하였다. 그러나 직일관은 그가 꾀병을 하는 것으로 의심하고 허락하지 않았다. 그래서 그는 하는 수 없이 안깐힘을 써 가며 끝까지 다 달렸는데 그 빌미로 발목이 호박처럼 부어오르며 들쑤셔 나서 밤에 한잠도 이루지 못하였다.

한데 화불단행으로 이튿날 오전에 또 위병근무가 돌아와서 하는 수 없이 그는 중대부 문어귀에 가 위병을 서야 하였다. 말썽거리는 여기서 생겼다. 안날 그의 병가 요청을 들어주지 않은 그 직일관이 마침 중대부로 들어왔던 것이다. 허나 윤지평은 위병의 신분으로 의당히 해야 할 차렷도 경례도 다 안 하고 숫제 고개를 외치고 못 본 체하였다. 무안을 당한 직일관은 대번에 눈알을 곤두세우며 어째 상관을 보고도 경례를 안 하는가고 힐문하였다. 그러나 윤지평은 여전히 먼산바라기를 하며 시들프직한 대답을 하였다.

"당신은 그럴…… 자격이 없다구."

분이 꼭뒤까지 치민 직일관이 손을 내밀어 그의 멱살을 들려 한즉 윤지평은 냉큼 뒤 발자국 뒤로 물러서서 총 끝에 꽂은 날창을 곧추 들이대며 단호한 어조로 을러메었다.

"덤빌래? 한 발자국만 더 들어서 보지, 아주 없애 치울 테니!"

군대 내에서 이런 엄청난 소행이 허용될 리 만무하다. 학교 당국에서는 당지당연하게 영창 두 주일의 처분을 그에게 내렸다. 그러나 갖다 가두기 전에 부대조건 하나를 붙여 주었다. ─ '개전의 조짐이 현저할 때는 앞당겨 해제한다'고.

한데 어찌 알았으리, 이 우둔쟁이가 한 주일이 지나기 바쁘게 영창 안에서 중대장에게 청원서를 낼 줄을. 글체 말체 섞어작으로 된 그 청원서에는 삐뚤삐뚤한 글씨로 대강 다음과 같이 적혀 있었다.

"……소생은 영어 생활 한 주일에 발목병이 한결 차도가 있습니다. 하오나 근치를 하자면 두 주일이란 기한은 너무 좀 촉박한 느낌이 없지 않습니다. 하오니 중대장께서 기한을 두 주일만 더 연장해 주신다면 감지덕지 결초보은하겠습니다……." 운운.

중대장은 이 청원서 명색의 쪽지를 보고는 천둥같이 화가 나서 즉각 교무처에 보고하는 한편 무장 인원을 급파하여 그 대역무도한 청원자를 끌어내다가 중대 전체 성원 앞에 세워 놓고 한바탕 야단을 한 뒤에 복대할 것을 명하였다.

이 윤지평은 후일 태항산에서 중공 당원으로 되고 또 살아서 항일 전쟁의 승리를 맞이하였다. 해도 그의 벽창호적 본성은 아직도 별로 개변이 된 것 같지를 않아.

그날 밤 나는 강진세를 보고(그는 제 책상 앞에 앉아서 무슨 책을 보고 있었다.) 윤지평의 이야기를 들추었다.

"정말이지, 그런 고집쟁인 난 처음 봤어. 그치 성미가 본시 그런가?"

내가 웃으며 이렇게 물은즉 강진세는 그저 빙그레 웃을 뿐 아무 대꾸도 하지 않았다. 내가 상대가 안 되어서 말을 않는 건가? 그런 것 같지는 않은데. 그럼 도대체 어째서 나하고는 말을 않는 걸까? 나는 도무지 갈피를 잡을 수가 없었다.

나중에 내가 조용히 류신이에게 물어보았더니 "그것도 여태 모르고 있었어?" 하고 류신이는 빙글거리며 일깨워 주는 것이었다.

"그건 '작은아씨'라구, 누구하고도 말을 안 하는 '작은아씨'란 말이야. 한번 말을 시키려면 품이 이만저만 들잖아!"

'하, 이런 놈의 중대 좀 봤나! 벽창호가 없나, '작은아씨'가 없나, 눈 구경 못 한 인간이 없나…… 정말 별의별 사람 다 있네.'

이렇게 속으로 생각하고 나는 저도 모르게 머리를 설레설레 저었다.

4. 자라 바람

어느 장난꾼이 남의 군모에다 몰래 자라 한 마리를, 즉 '왕바' 한 마리를 그린 것이 발단이 되어 중대 안에 갑자기 '자라 바람'이 불기 시작하였다. 까닭 없이 제 군모에 자라 선물을 받은 피해자가 가만히 있을 리 없다. 그는 예상왕래로 이자까지 듬뿍이 붙여서 두 마리를 갚아 주었다. 이것을 본 다른 꾼들도 다 손바닥이 근질근질해나기 시작하였다. 그리하여 불과 며칠 안 가서 온 중대 안에 세상에도 괴이한 자라 바람이 휘몰아치게 되었는데 개중에는 저명한 만화가 장락평[96], 화군

정파(정창파)

무[97]도 무색할 만한 걸작까지 나타났다. 즉 한 명의 자라 군관이 한 소대의 자라 병사들을 앞에 세워 놓고 "어깨총!" 구령을 부르는 것이다.

내 군모에도 두 개 반의 자라가 그려졌는데 그것은 정파(정창파)[98]란 작자가 도적질해 그리다가 내게 들켜서 쥐어박히는 통에 다 그리지 못하여 '미완성의 명화'로 남은 것이다.

일요일의 외출은 구속스러운 병영생활을 하는 군관학교 학생들에게 있어서는 설 명절이나 진배없었다. 하여 개중에는 일요일이 갓 지난 월요일이나 화요일부터 벌써 다음 일요일을 고대고대 기다리는 축들까지 있는 형편이었다.

매번 외출 때마다 의전례 한 차례씩 검사가 진행되는데 그것은 ― 면도질은 했는가, 손톱은 깎았는가, 단추는 떨어진 게 없는가 따위를 군관들이 하나하나 낱낱이 살펴보는 것이다. 한데 이날 의외의 지장이 생겨서 우리는 또 한 번 가슴이 달랑달랑하게들 되었다. 검사를 하던 직일관이 한 학생의 군모를 벗겨 들고 찬찬히 들여다보다가 놀라서 "아니, 이게 뭐야?" 하고 소리를 지른 것이다.

직일관이 지른 소리를 계기로 하여 전 중대 팔구 명의 군관이(중대장과 지도원까지) 총동원된 일장의 검사 선풍이 일어났다. 그 결과 거의 모든 사람의 군모에서 자라가 발견되었을 뿐 아니라 그 불후의 걸작 ― 자라 군관 지휘하의 자라 병사들까지 들추어냈다.

중대장은 전 중대 성원 앞에서 부아통을 터뜨렸다.

"군인의 인격을 모욕해도 분수가 있지……. 이건 본교의 면면한 혁명 전통을 모독하는 행위다!"

이렇게 허두를 떼어 놓고 한바탕 내리엮은 다음 중대장은 면도칼처럼 날카로운 눈초리로 세 개 소대를 차례로 훑어보고 나서 어떠한 항변도 불허하는 어조로 명령하였다.

"선코를 뗀 게 누구야? 썩 앞으로 나서!"

그러나 전 중대 백여 명 죄인들 중에서 감히 앞으로 한 발자국 나서는 사람은 아무리 기다려도 없었다. 괴괴한 정적······.

"없는가? 없다면 좋아. 금후 본 중대는 한 달 동안 외출을 금지한다!"

보이지 않는 동요가 대오 속을 맥랑처럼 물결쳐 나갔다. 중대장이 놓은 그 한마디의 으름장은 우리들에게 비길 데 없이 큰 실망을 갖다 안겨 주었다. 거리에 나가서 한잔하기도 인젠 다 틀렸다. 뱃놀이도 다 틀리고 영화 구경도 다 틀렸다. ······어쩌면 좋단 말인가! 이러한 고빗사위에 홀제 순도자 하나가 나타나서 앞으로 두어 걸음 썩 나섰다. 150쌍의 눈길이 일시에 그에게로 쏠렸다. 한데 사람들을 놀라게 한 것은 그가 전연 엉뚱한 사람 즉 강진세 작은아씨였다는 사실이다. 그가 자라 바람에 감염되지 않은 극소수 얌전이들 중의 하나란 것은 누구나 다 잘 아는 터였다.

중대장은 잘 믿어지지 않는 듯이 강진세를 정수리에서 발끝까지 한번 찬찬히 훑어보고 나서 물었다.

"그대가 선코를 뗐단 말인가?"

"예, 그렇습니다."

대답하는 목소리가 비록 작기는 해도 똑똑하고 옹골찼다.

"흠······." 하고 중대장이 다시 한번 강진세를 훑어보고 나서 막 입을 열려던 차에 불쑥 또 한 사람이 대열 밖에 나섰다.

"중대장께 보고드립니다! 선코는 제가 뗐습니다. 저 군은 상관없습니다. 저 군은 작은아씨라서 이런 장난은 못합니다!"

보아하니 진짜 '수악'이 자수를 하는 모양이었다.

중대장은 짐작이 가는 모양으로 노기가 금시로 푹 풀려서 강진세쪽으로 다시 얼굴을 돌리며 "그럼 어째서 안담을 해 나섰지?"하고 물었다.

"어차피 책임질 사람이 하나 나와야 하겠기에 그랬습니다. 외출이 금지되면 ― 모두들 크게 낙심합니다."

중대장의 얼굴에 알릴 듯 말 듯한 웃음이 스쳐 지났다.

"그대는 그만 물러가도 좋아."

순탄하게 이렇게 말한 다음 중대장은 다시 '수악'을 향하여 율기를 하고 "일후에 다시 이런 못된 장난을 하면 그때는 가차 없어, 알았지? ― 좋아, 그럼 물러가."

사면받은 '수악'은 표준 동작으로 멋지게 경례를 붙이고 군화의 뒤꿈치를 딱 소리가 나게 부딪치며 뒤로 돌아서서 익살맞게 동급생들에게 혓바닥을 날름해 보인 다음 기분 좋게 복대하였다. 이어 중대장이 중대 전원에게 물었다.

"다들 알았는가?"

중대장이 입을 삐죽이 놀려 눈치를 보내자 직일관이 선뜻 한 걸음 앞으로 나서서 외출을 선포하는데 해산하기 전에 먼저 '본교의 면면한 혁명 전통'을 가슴속에 아로새기기 위하여 교가를 부르라는 것이었다. 하여 전 중대는 일제히 목청을 돋우어 씩씩하게 불렀다.

노한 물결 팽배한데
붉은 깃발 휘날린다

5. 차파예프

저녁 자습 시간의 일이다. 강진세가 교실에서 무슨 책을 보고 있는데 교과서 같지는 않기에 내가 그에게로 몸을 기울이고 목을 늘이며 지금 보고 있는 게 무슨 책인가고 물어보았다. 한즉 그는 아무 말 없이 책을 덮어서 책뚜껑을 나한테 내밀어 보이는 것이었다. 거기에는 '하백양(夏伯陽)[100]'이라는 세 글자가 큼직하게 찍혀 있었다. 나는 그 뜻을 잘 이해할 수 없어서 고개를 기우뚱하며 "그게 무슨 뜻이지?" 하고 물어보았다.

"인명."

어어, 작은아씨가 나하고 말을 할 때가 다 있군그래! 나는 사기가 올라서 얼른 한마디 더 물어보았다.

"내용은?"

"소련 국내 전쟁 시기의 이야기."

"어, 그럼 중국 사람들이 붉은 군대에 참가해서 백당을 치던 이야기겠군······." 하고 나는 가장 잘 아는 체를 하였다.

"아니야."

"하지만······ 그 사람의 성이 하가라며?"

"아니야. 이건 러시아 사람이야. 유명한 붉은 군대의 장령."

성이 하가가 아니라는 그 하백양 장군이 나를 궁지에 몰아넣었다. 나는 전부터 제가 소련 국내 전쟁에 관한 역사 지식을 상당히 풍부하게 장악하고 있다고 자부해 왔던 터이다. 해도 이런 괴상한 이름은 종래로 들어 본 적이 없으니 어떻건다? 강진세는 내가 몹시 난처해하는 꼴을 보고 빙그레 웃으며 옭매인 매듭을 살짝 풀어 주었다.

"차파예프…… 알지?"

"그야 누가 몰라."

"이게 바로 그 차파예프야."

"뭐야—? 하백양이가 차파예프라구?"

나는 깎였던 낯을 금시 되찾기라도 한 것 같아서 "누가 그따위로 번역을 했어?" 하고 제 딴에 큰소리를 쳤다.

"너절하게……."

내가 한 이 말에는 자신의 무식함을 역정 내는 뜻이 다분히 포함되어 있었으나 또 어떻게 들으면 너도 그 번역에 대해서 책임이 없지 않다고 강진세를 타박하는 것같이 들리기도 하였다. 그러나 강진세는 가래지 않고 다시 새침하여 책을 펼쳐 들고 보면서 그저 지나가는 말처럼 한마디 톡 쏘았다.

"의견이 있으면 번역한 사람을 찾아가 말하라구."

나는 자기의 실언을 깨닫고 열적어서 우물쭈물하다가 다른 친구에게 소용에 닿지도 않는 물건을 빌리러 갔다.

소등나팔이 난 뒤에 나는 침대에 누워서 혼자 싱글벙글하며 궁리하였다.

'그러나 어쨌든 작은아씨에게 말은 시켜 봤거던.'

6. 독립 중대

우리는 꾸준한 노력을 거쳐 교내에서 상대적인 자주의 권리를 획득하였다. 즉 전교 백여 명의 조선 학생들만으로 독립 중대를 새로 편성하게 된 것이다. 그 중대는 중대장과 대위 소대장 하나, 소위 부소대장 하나 그리고 특무장, 서기, 나팔수, 이발병, 취사병 따위를 제외하고는 모두가 조선 사람이었다. 그러니까 중대 지도원과 두 명의 소대장과 약간 명의 견습관 및 네 명의 교관이 조선 사람이었던 것이다.

김휘

중대 지도원 주제민(주세민)[101]은 중앙대학 졸업생으로 해방 후에는 외교관으로 되었다.

대위 소대장 리익선은 중앙군교 제10기 보병과 졸업생으로 후에 중공 당원으로 되었으며 조선의용대에서는 제2지대 지대장의 직무를 담당하였다.

리철중

대위 소대장 최경수[102]는 중앙군교 제9기 포병과 졸업생으로 항일 전쟁 시기에 조직의 파견을 받아 상해에 잠입하여 지하조직 공작을 하다가 제 발로 일본 총영사관을 찾아가 자수, 변절하였을 뿐 아니라 같은 지하조직의 성원인 김휘[103] 동지를 적에게 잡아 바쳤다.

조렬광

견습관들로는 엽홍덕[104](중앙군교 제10기 보병과 졸업), 리철중[105](중앙군교 제11기 기병과 졸업), 리지강[106](중앙군교 제11기 기병과 졸업), 조렬광[107](중앙군교 제11기 포병과 졸업), 리세영[108](중앙군교 제10기 보병과 졸업) 등등이 있었는데 그중의 엽홍덕이가 중경에서 병사하고 리세영이가 제1전구에서 전사한 외에는 모두 태항산에서 항일 전쟁의 승리를 맞이하였다. 더 말할 것도 없이 그들은 모두 선후하여 중공 당원으로 되었다.

교관 김봉(김두봉)[109]은 1919년의 조선 '3·1'운동이 진압되자 중국으로 망명한 이로서 학교에서는 우리에게 한글과 조선 역사를 가르쳤다.

교관 한빙(한빈, 일명 왕지연)[110]은 러시아 태생으로 본명을 한미하일이라고 하는데 블라디보스토크에서 중학생 때에 10월혁명을 맞이하였으며 20년대 중기에는 국제공산당의 파견을 받고 조선에 나가 지하조직 공작을 하였다. 후에 적에게 체포되어 8년 동안 징역살이를 하고 나서 부득이 중국으로 망명하였다. 학교에서는 정치경제학과를 담임하였으나 실상은 우리에게 세계 공산주의 운동사를 가르쳤다.

교관 석정은 경상남도 밀양 사람으로 청년 시절에 서울에서 조선 총독을 암살하려다가 변절자의 밀고로 몸에 지닌 폭탄이 들추어져서 8년 동안 감옥살이를 한 이로서 학교에서 담임한 것은 조선 독립운동사였다. 항일 전쟁 시기에 그는 조선의용군의 주요한 영도자의 한 사람으로

리세영

한빙(한빈, 일명 왕지연, 1930년 경성 서대문감옥에서)

석정 묘지(한단)

좌권 장군

김구(가운데)와 왕웅(오른쪽 첫 번째)　　　왕웅

애석하게도 1942년 봄 태항산에서 전사하였다. '대일본제국'의 멸망을 그 눈으로 보지 못하고 파란 많은 생애를 마친 그의 시신은 좌권[111] 동지와 나란히 묻히었다.

　교관 왕웅[112]은 무슨 과목을 담임하였던지 생각이 잘 나지 않는데 평안도 사투리가 남아 있는 사람으로 당시의 군직은 대좌였다. 황포군관학교 제6기 졸업생쯤 된다고 기억하는데 '1·28' 당시 국민당 정부의 병기 공장에서 사업하면서 김구[113]의 부탁을 받고 보온병식 폭탄을 제작하여 윤봉길에게 제공함으로써 그 유명한 홍구공원 폭탄 사건을 일으키게 한 사람인데 일본 유학을 한 중국 여자를 소실로 두었으며 후에 소장으로 승진하였다.

　조선 학생 독립 중대가 편성된 뒤부터는 다행하게도 우리는 삼민주의 따위의 군더더기는 아니 배워도 되었다. 그러나《손자병법》의 '지기지피면 백전불태'라든가 '싸우지 않고 적병을 굴복시키는 것이 상수 중의 상수이니라' 따위는 역시 배웠다. 그 밖에도 또 '보병조전', '사격

장개석과 왕웅

장중진 가슴에 단 교장 마크

교범', '방공', '축성', '폭파' 따위의 여러 가지 과목도 배워야 하였는데 그런 것은 다 전이나 마찬가지로 중국인 교관들이 가르쳤다. 해도 40여 년이 지난 지금에 와서 머릿속에 남아 있는 것이라고는 빈털터리 과목뿐 그 알맹이는 알뜰히 다 사라져 버려서 되살릴 길이 묘연하다.

허나 단 한 가지 여직 잊히지 않는 것은 그 누구나 다 앞가슴에 달고 다녀야 하는 '수령 초상 휘장' 또는 '교장 초상 휘장'이라 일컫는 패물이다. 비록 그것은 아무 구멍가게에서나 다 2전에 하나씩 손쉽게 살 수 있는 하찮은 물건이긴 하였으나 그 학교에서는 손오공의 머리에 둘린 금테마냥 시시각각으로 사람을 못살게 굴었다. 자나 깨나 그것만은 꼭 달고 있어야 하였기 때문이다.

7. '권식가'

또 일요일이 돌아왔다. 모두들 짝을 무어 거리에 나가는데 나는 대견하게도 강진세 작은아씨와 짝을 뭇게 되었다. 본디 그와 나의 성격은 팔팔결 달라서 두 극단이라 해도 좋을 만하였다. 나는 소문난 덜렁쇠였지만 그는 언제나 새색시같이 안존하고 또 침착하였다. 아무도 그가 성내는 걸 본 사람이 없으니까 말다툼 같은 거야 더 말할 나위도 없다. 하건만 그와 내가 뜻이 맞는 친구로 되었으니 세상일은 헤아리기 어렵다 아니 할 수 없다. 하긴 그와 내가 다 술 담배를 쓴 외 보듯 하고 사탕, 과자를 즐겨 먹는 때문인지도 모를 일이다. 그렇잖으면 둘이 다 문학 서적을 탐독하는 때문인가? 하여간 그와 내가 뜻이 맞은 것만은 사실이었다. 당시 나는 디킨스[114]의 《두 도시 이야기》라든가 오경재의 《유림외사》라든가 하는 책들도 다 그의 소개를 거쳐서 비로소 읽어 보았다. 그 분야에 있어서 — 아니, 모든 분야에 있어서 — 그는 나의 어엿한 선배였다.

그날 우리는 시내 번화가에 위치한 고급 요정 — 강남주루의 문 앞을 지나다가 마침 안에서 나오는 세 동급생과 맞닥뜨렸다. 그중 한 사람 — 박문(박무)[115]은 벌써 술이 거나하게 취해서 김만(김창만)[116]이와 리조(리상조, 일명 호일화)[117]에게 곁부축을 받으며 걸어 나왔다. 한데 그 박문이가 거슴츠레한 눈을 들어 잠시 여겨보더니 이내 우리를 알아보고 입을 비죽거리며 시까스르는 것이었다.

"어, 까마귀가 해오라기하고 짝을 지었군."

리조가 곁에서 웃으며 우리에게 손을 내저었다.

"내버려 두고 어서들 갈 길이나 가십시오. 이 친구 오늘 든든히 취했습니다."(경상도 친구인 리조는 언제나 누구에게나 깍듯이 경어를 쓰는 것이 특색이었다.)

"뭐가 어째? 취하긴 누가 취했단 말이야?" 하고 박문이는 잡힌 팔죽지를 뿌리치려고 애쓰며 두덜거렸다.

"좀 똑똑히 말을 하란 말이야."

우리가 웃으며 제 갈 길을 가는데 등 뒤에서는 박문의 떠드는 소리가 여전히 들려왔다.

김파(리상조의 중산대학 시절)   호일화(리상조의 특별훈련반 시절)   김택명(리상조의 북만특위 시절)

"다시 들어가자, 이왕 마실 바엔 한번 통쾌하게 마셔야지!"

그들 셋은 다 광동 중산대학에서 전학을 해 왔는데 그중의 박문이는 술고래이자 담배 귀신이었으나 김만이는 밀밭만 지나가도 취하고 담뱃대만 보아도 가슴이 답답해날 지경의 청교도요 고행승이었다. 그는 다만 교제적인 예의로 이러저러한 리태백의 후예들과 휩쓸리는 체할 뿐이었다.

김만이는 함경남도 고원 사람이고 리조는 경상남도 동래 사람, 그리고 박문은 황해도 해주 사람이었다. 당시 우리 중대에는 오직 한 사람 상해 동제대학에서 전학을 해 온 리강민(일명 리유민)[118]이만이 중공당원으로 되었으며 또 항일의 봉화가 타오르는 태항산에서 오륙 년씩 가열한 전투의 세례를 받았다.

우리 그 학교에서는 비록 휴일이라 할지라도 외출을 한 학생들은 반드시 깃대에서 기를 내리기 전에 돌아와야 하였다. 한데 이날은 어찌 된 영문인지 저녁 식사 시간이 다 되도록 중대에 사람 하나가 모자랐다. 점검을 해 본 결과 그 모자라는 하나가 다름 아닌 박문이라는 게 드러났다. 알고 본즉 그는 김, 리 두 사람에게 끌려서 일단 돌아왔다가 술이 술을 부르는 바람에 다시 몰래 빠져나간 것이었다.

박문(박무)　　　　　　　김만(김창만)　　　　　리강민(일명 리유민)

국립중산대학 조선 학생 지원서와 이력서

　식사 시간에 우리가 이미 '시작!'을 하였을 때에야 비로소 박문은
비트적거리며 식당 안으로 들어왔다. 직일관은 그 꼴을 보자 얼른 손
에 들었던 젓가락과 밥공기를 내려놓고 일어나 가서 낮은 소리로 꾸
짖듯(중대장을 기탄하여) 서라고 하였다. 박문은 그 명령에 복종하여 걸음
을 멈추고 서기는 하였으나 군인으로서 상관 앞에 섰을 때 의당 한데
모아야 할 두 다리는 모으지를 않았다. 직일관은 그 군기에 어긋나는
꼬락서니를 보고 더욱 성이 나서 매몰차게 꾸짖었다.

　"어째 차렷을 안 해? 차렷!"

　그러나 지각을 한 주정뱅이는 차렷을 할 대신에 도리어 우습강스러운 동작으로 상대편의 다리를 가리키며 대꾸질을 하는 것이었다.

"당신…… 당신은 어째 차렷을 안 하지? 당신 먼저…… 차렷!"

나는 식탁에 엎드려서 웃음을 참느라고 혀를 깨물고 눈물까지 내었다(하긴 원래 웃음이 헤픈 축이었지만). 내 비슥맞은편의 강진세는 못 본 체 고개를 소곳하고 앉아서 밥만 먹는데 기실은 그도 가까스로 웃음을 참는 것이 환히 알리었다.

직일관은 부아통이 터져서 박문더러 당장 밖에 나가 두 시간 동안 벌을 서되 잠시도 쉬지 말고 계속 '차렷'을 부르라고 명령하였다. 그리고 손목시계를 내밀어 보이며 "지금 5시 15분이니까…… 7시 15분까지 계속 불러야 해, 알았나? 목청껏 불러!"

그리하여 우리는 창문 밖에서 박문 주정뱅이가 목청이 떨어지라고 계속 불러 대는 차렷 소리를 권주가 아닌 '권식가'로 들으며 그 한 끼의 저녁밥을 다 먹어야 하였다.

그 후 항일 전쟁의 어려운 시련의 나날에, 이날 박문의 '권식가'를 들으며 식사를 한 우리 백여 명 동급생들 중의 절대다수는 옳바른 혁명의 길에 들어서서 중국공산당 및 그의 영용한 군대와 더불어 생사고락을 같이하며 끝끝내 항일 전쟁의 승리를 전취하였다.

허나 우리와 손을 나누고 딴 길을 선택한 극소수의 사람도 없지는 않았다. 그중의 한 예로 장의[119]를 들 수 있다. 장의는 상해 대하대학에서 전학을 해 온 학생인데 그의 부친[120](조선 사람)은 국민당 군대의 공군 대좌였다. 그리고 그의 누님은 무한대학을 나온 얼굴이 밉게 생긴 노처녀였다. 한데 장의는 군관학교의 졸업장(출세의 보증서)을 받아 쥐자 곧 우리와 갈라져서 제 애비를 따라갔다. 그는 미구에 국민당에 들고 또 얼마 아니 하여 국민당의 벼슬아치로 되었다. 그 후에 그가 어찌

장의의 졸업증서　　　　　장의　　　　　장의의 부친 권준

되었는지, 그의 누님은 또 어찌 되었는지 나는 모른다.

8. 외국어도 무기의 일종

한번은 한빙 동지가 자습 시간에 우리의 교실로 들어왔다. 강진세
는 그때 제자리에 앉아서 노문으로 된 무슨 책을 보고 있었다. 한빙이
눈결에 그것을 보고 신기한 듯이 걸음을 멈추며 "그게 노문 서적 아니
야?" 하고 물었다.

강진세는 다소 긴장해서 "예, 그렇습니다." 하고 가는 목소리로
대답하였다.

"어, 파데예프[121]의 《괴멸》이군. 그래 능히 이해할 만한가?"

한빙은 다소 의혹을 가지는 듯 반신반의하는 얼굴로 물었다.

"예." 하고 외마디 대답을 하는 강진세의 얼굴은 금시에 붉어졌다.

한빙은 그 책을 집어 들고 싱글벙글 웃으며 "좋아, 그럼 내 한번 시
험을 쳐 보지." 하고 손이 닿는 대로 책장을 펼쳐 놓고 그중의 한 단락
을 뽑아 소리 내어 읽게 하고 그다음에 다시 번역을 시켜 보았다.

북조선에 주둔하는 소련군 사령관 스티코프 대장이 연회석상에서 여러 손님을 돌아보며 한빙 동지의 러시아말을 들으면 마치 타국에서 고향 친구를 만난 것 같은 친절감을 느낀다고 절찬한 것은 이때로부터 십 년 후의 일이다.

강진세와 한 책상에 앉아 있는 고기봉(고봉기)[122]도 흥취를 느껴서 팔꿈치로 강진세의 옆구리를 직신직

고기봉(고봉기)

신 건드리며 "작은아씨, 어서 읽어! 내가 감독할게." 하고 빙긋거렸다.

한데 어찌 알았으리, 강진세가 그 한 단락을 조금도 막힘이 없이 줄줄 내리읽고 나서 또 멋지게 번역까지 해낼 줄을. 한빙은 너무도 기특해서 강진세의 등을 두덕두덕 두드리며 "어 됐어, 훌륭해. 완전히 합격이야. 정말 생각 밖인걸!" 하고 머리를 설레설레 저었다. 그리고 다시 묻기를 "우리 이 중대 안에 노어를 아는 게 또 누가 있어?"

"주제민…… 지도원." 하고 대답한 다음 강진세는 다시 조심스럽게 가는 목소리로 "다른 사람은…… 잘 모르겠습니다." 하고 덧붙였다.

중대 지도원 주제민은 이로부터 십여 년 후에 《미추린[123] 문집》을 번역 출판 하였다. 비록 그가 생물학자는 아니었지만. 당시 그의 신분은 외교관이었다.

한데 세상일이란 때로 묘하게 안배되어서 혹시 운명의 신이 뒤에서 조종을 하지나 않나 의심이 드는 경우가 없지 않다. 군관학교에서 한 책상에 앉았던 두 친구 ― 고기봉과 강진세가 십여 년 후에 하나는 제1 비서가 되고 또 하나는 제2 비서가 되어 한 시당위원회에서 또다시 이마를 맞대고 사업하게 될 줄을 누가 미리 알았으랴.

아득한 옛일을 돌이켜 보건대 우리 일대의 조선 사람들은 이 세상

에 태어나는 그날부터 일본 식민지의 노예였다. 중국 작가 서군[124]의 말대로 '조국이 없는 아이들'이었다. 우리는 부득불 어려서부터 일본 말을 '국어' 삼아 배워야 하였다. 당시 학교에서는 제 민족의 말을 하면 책벌을 받아야 하였다. 그러므로 우리 중대의 학생들은 거의 다 일어에 능숙하였다. 하여 후일 항일의 전쟁 마당에서 우리는 그 노예의 낙인인 일어를 침략군에 대항하는 무기로 삼아 일본제국주의 강도들에게 본때를 보여 주었다. 우리의 대적군 삐라 즉 종이탄도 적아 양군의 주고받는 철탄이 빗발치는 싸움터에서 무시 못 할 공훈을 세웠던 것이다.

일제 통치 시기에는 영어도 몹시 세워서 중학교부터는 필수과목으로 되어 있어 한 주일 엿새 동안에 일곱 시간이 영어였다. 하여 조선에서도 그 종주국인 일본과 마찬가지로 영어가 널리 보급된 이른바 제1외국어였다. 따라서 지식인치고 영어를 모르는 사람은 거의 없는 반면에 노어를 하는 사람은 극히 적었다. 그러니 우리 중대 전체 학생들 중에서 노어를 장악한 것이 강진세 하나뿐이라 해도 그리 놀랄 일은 못된다.

자, 군관학교의 생활 정형을 서술하느라고 보귀한 편폭을 너무 많이 잘라먹지 말고 인제 그만 필봉을 딴 데로 돌려 보기로 하겠다. 그러니 일찌감치 졸업식을 거행하고 교문을 나서서 저 들끓는 전투의 격류 속으로 뛰어들어 보자.

9. 조선의용대

구강이 일본 침략군에게 점령된 뒤에 우리는 무한에 모여들어서 조선의용대를 건립할 준비 사업에 착수하였다. 당시 즉 1938년 여름의 무한은 동방의 마드리드[125]로 묘사되었으며 대무한을 보위하자는 외침은 사람들의 가슴에 애국의 격정을 불러일으켰다. 날마다같이 해가 서산에 기울어질 무렵이면(해를 등에 져야 눈이 부시지 않아서 공중전을 하는 데 유리하므로) '정의의 검'이라고 세상에서 부르는 소련 공군 의용대[126]의 전투폭격기 편대가 우렁찬 폭음을 울리며 우리의 머리 위를 날아 지나서 구강으로 일본 침략군의 함정들을 폭격하러 가곤 하였다.

조선의용대 건립 전야에 주은래 동지가 와서 두 시간에 걸치는 정치보고를 하였는데 그 보고 가운데서 그는 사회혁명과 민족해방과의 관계 등 일련의 문제를 풀이한 끝에 장국도가 도망친 경과에도 언급하였다.

장국도는 제멋대로 섬북을 떠나 무한으로 갔다. 그날 밤 주은래 동지는 한구에 설치되어 있는 팔로군 판사처에서 장국도와 잠자리를 같이하며 날샐 녘까지 이야기를 나누었다. 그날 밤 창밖에는 가을비가 그치지 않고 내렸다. 그는 장국도에게 무산계급을 저버리지 말고 또 스스로의 신세를 조지지 말라고 완곡하게 타일렀다. 그리고 심지어 이런 말까지 하였다. ― 당분간 조직을 떠나서 자유로운 입장에 서는 것도 무방하나 반동파에게 이용만 되지 말아라고. 이튿날 그는 장국도와 함께 장개석을 보러 가기로 했다. 당시 장개석의 행영 즉 임시 대본영은 무창에 설치되어 있었다. 두 사람이 강한관 도선장[127]에 가서 연락선을 기다리는 중에 주은래 동지는 아는 사람 하나를 만나서 몇 마디 이야기를 나누게 되었다. 한데 그 짧은 몇 분 동안에 등 뒤에 서 있던 장국도가 온데간데없이 어디론가 사라져 버렸다. 아무리 두리번거려도 보이지를 않았다. 그러는 동안에 선객을 만재한 연락선은 뱃줄을 감고 안벽을 떠났다. 이틀 후에야 그는 비로소 소식을 듣게 되었는데 당시 장국도는 혼자 몰래 뒷구멍으로 빠져서 장개석을 보러 갔다는 것이었다. 그 결과 장국도는 매수를 당하여 혁명을 배반하였다.

"대무한을 보위하자!"라는 외침이 사람들의 마음을 격동시키는 나날에 조선의용대는 한구에서 그 건립을 떨친 조선의용군의 전신으로서 그 골간은 중앙군관학교 졸업생들과 연해안 각 대도시의 대학생들로 이루어졌다.

의용대의 대장은 김원보(김원봉)이고 제1, 제2 지대의 지대장은 박효상(박효삼)과 리익선(리익성)이었다(후에 의용군으로 발전한 뒤에는 무정이 사령으로 되고 박일운(박일우)[128]이 정치위원 겸 부사령 그리고 박효상이 부사령으로 되었다).

제1구 대장 박효상(박효삼)

대장 김원보(김원봉)

제2구 대장 리익선(리익성)

정위 박일운(박일우)

총사령 무정

목천 휘장(1938~1940)　　　　　금속 휘장(1941~1942)

조선의용대의 대호는 KOREAN VOLUNTEERS의 첫 두 개의 자모 KV, 즉 '조의'였다.

의용대가 건립된 후 두 개 지대는 남북 각 전구로 갈리어 제1선 전투에 투입되었다. 제1지대는 호남 제9전구에 그리고 제2지대는 호북 제5전구와 하남 제1전구에.

손을 나누기 전에 나는 강진세와 림펑, 그리고 안창손 이렇게 넷이서 강을 건너 무창 사산 누에머리에 있는 천하에 그 이름 높은 황학루에 올랐다. 대오를 편성할 때 나 하나만 제1지대에 편입되고 그들 셋은 다 제2지대 소속으로 되었다. 하여 풍운이 급을 고하는 물정 소연한 나날에 우리는 부득불 뿔뿔이 전선으로 떠나가야 하였다.

림펑

림펑은 내가 서울서 중학교를 다닐 때의 동창생이자 또 군관학교의 동창이었으며 안창손이는 내가 상해에서 지하공작을 할 때의 동료이자 또 군관학교의 동창생이었다. 허나 그날 황학루 아래에서 기념사진을 찍은 넷 중에서 아직까지 살아 있는 것은 나와 강진세 두 친구뿐……. 또 그 둘 사이에도 연신이 끊긴 지가 어언 근 30년!

림평은 죽어서 태항산에 묻히었고 안창손이는 조선인민군 포병 사단 참모장의 몸으로 조선 전장에서 진두지휘를 하다가 미제 침략군의 직격 포탄을 맞아 영용하게 희생되었다. 그리고 그들과 함께 찍은 사진은 내 피에 젖은 군복과 더불어 싸우는 태항산에서 잃어졌다. 하여 지금에 와서 남은 것은 아직도 생생히 내 눈앞에 떠오르는 양자강반의 그날의 황학루……. 한데 어찌 된 일인지 그 황학루의 기억은 내 머릿속에서 늘 리백의 시의 구절과 섞갈리는 것이다.

고우가 황학루를 서쪽에 두고 떠나가니……
바라보이는 것은 하늘 끝 간 곳을 흐르는
장강의 물줄기뿐이로다.

앞줄 오른쪽 첫 번째 김위, 두 번째 권태옥(장의의 누나), 네 번째 악산 김원봉, 여섯 번째 석정, 앞줄 왼쪽 첫 번째 리익성, 네 번째 박효삼, 일곱 번째 최창익, 두 번째 줄 오른쪽 두 번째 김학무(양복 입은 사람), 오른쪽 세 번째 리경산(양복 입은 사람), 리경산 뒤에 훈장을 단 사람 김학철, 두 번째 줄 왼쪽 첫 번째 문정일.

10. 한수가에서

무한을 철퇴한 후 내가 소속한 제1지대는 악양을 거쳐서 밤에 낮을 이은 강행군으로 호남, 호북 두 성의 성계를 이루고 있는 막부산 전선에 도달하였다. 막부산은 무창에서 장사로 향하는 부대들이 반드시 거쳐야 하는 필경지지였다. 나는 난생처음 거기서 실전[129]을 경험하였는데 그 첫 전투에서 당황망조한 중에 제가 군관학교에서 애써 배운 '살인 과학'이 실탄이 우박 치는 싸움터에서는 별로 쓸모가 없다는 것을 깨달았다. 지식은 별로 없으면서도 실전의 경험이 풍부한 노분대장들 앞에서 나는 군관학교 졸업생이라는 게 창피스럽게도 망신을 여러 번 하였다. 그러나 다행히도 나에게 한 가닥 겸허한 덕이 있어 '불치하문'으로 모든 것을 그들에게 물어서 행하였으므로 뒷손가락질은 받지 않고 지냈다.

그 십여 개월 동안의 전선 생활에서 다소나마 실전의 경험을 쌓은 것은 후일 내가 화중 전선과 태항산에서 보다 더 엄혹한 전투 환경에 대응하는 데 적잖은 도움으로 되었다.

근 이태 만에 나는 호북성의 로하구 ─ 제5전구 장관 사령부 소재지에서 또다시 강진세와 함께 지내게 되었다. 나와 몇몇 전우가 강남 전선의 제1지대에서 조동이 되어 한수가에서 활약하고 있는 제2지대로 왔기 때문이다.

강진세와 오래간만에 다시 만나게 되어 반가운 김에 나는 걷잡을 수 없이 수다스럽게 지껄여 대었다. 제법 솜씨 있는 말주변으로 강남 전선에서의 소경력을 활동사진처럼 그의 눈앞에 재현시켜 보였다. 아슬아슬하고 재미나는 대목이 펼쳐질 적마다 그는 빙긋이 웃음을 짓곤 하였다.

"……한번은 적의 포탄이 머리 꼭대기에 무더기로 쏟아지는 통에 질겁을 해서…… 나는 귀를 꼭 막고 입을 헤벌리고 전호 바닥에 납작 엎드려서…… 바지에다 오줌을 싸는 것도 모르고……."

이렇게 말하며 내가 그 당황망조한 꼴을 입짓 몸짓으로 형용해 보였더니 그는 참다못해 픽 웃음보를 터뜨리고 한마디를 던지는 것이었다.

"대포쟁이, 고만해!"

밤에 전원이 참가하는 환영회가 있기 전에 강진세는 따로 나를 전문으로 과자붙이를 파는 다점에 데리고 가서 초대를 하였다. 그는 내 의사를 물을 것도 없이 제 주변으로 내가 제일 좋아하는 '얼음사탕 연밥'을 주문하였다. 식탁을 사이에 두고 마주 앉자 그는 우선 나에게 요 몇 해 어간에 어떤 책들을 읽었느냐고 물어보았다. 나는 전선에서 시간을 짜내어 읽은 책들을 낱낱이 열거한 다음 특히《프랑스 내전》에서 깊은 감명을 받았다고 말하였다. 강진세는 내 말을 다 듣고 나서 엥겔스의《반뒤링론》을 한번 읽어 보라고 권유하였다. 그전부터 벌써 우리의 독서의 흥취는 문학 서적에서 정치이론 서적으로 현저히 기울어져 있었다.

그날 밤 모임에서 환영사를 한 것이 윤곡흠(윤공흠)[130]이었던 것은 기억이 나나 그때 그가 무슨 말을 했는지는 전연 기억이 나지를 않는다. 해도 어쨌든 그가 20세기의 키케로[131]가 아니었던 것만은 사실이다. 그렇다고 해도 그것이 그의 인격에 추호의 흠점으로 되지는 않는다. 왜냐하면 그의 온화하고 돈후한 성품은 여전하였으니까(윤곡흠은 그 후 태항산에서 여러 해 동안의 전투 생활을 거친 뒤에 다행히도 성한 몸으로 항일 전쟁의 승리를 맞이하였다).

이튿날 나는 행낭을 정리하다가 새로 산 치약 깍지에 먼지 같은 게 보얗게 앉은 것을 발견하였다. 나는 본시 조금이라도 어지러운 것은 참지 못하는 성미인지라 이내 손수건을 꺼내서 그것이 반들반들해질 때까지 자꾸 닦았다. 한데 무슨 일이나 하기 시작하면 늘 좀 지나치게 하는 버릇이 내게는 있다. 하여 그번에도 아마 좀 너무 지나치게 닦은 모양이었다. 그렇기에 옆에서 생글거리며 나의 하는 꼴을 구경하고 있던 강진세가 참다못해 이런 충고를 했다.

"속은 안 닦아? 속도 닦아야지!"

한수가에서의 평범하고도 비범한 우리의 생활은 이렇게 시작되었다.

11. 초대급 플래카드

그해 봄 우리 분대는 강진세와 내가 책임을 지고 수현[132] 전선에서 대적군 선전 공작을 전개하였다. 강진세는 지도원이고 나는 분대장이었다.

한번은 전호에서 한 마장 남짓이 떨어진 중대부에서 길이가 굉장히 긴 플래카드 하나를 마련하였다. 폭이 1미터가량 되고 길이가 20여 미터나 되는, 옥양목 옹근 필에다 강진세가 특대 붓에 진한 먹을 듬뿍 묻혀 가지고 문짝만큼씩이나 크게 일본 글로 썼는데 그 내용인즉 — '일본 병사 형제들이여, 무엇 하러 머나먼 타국에 와서 아까운 목숨을 버리려 하는가?', '집안 식구들은 그대들이 돌아가기를 목이 빠지게 기다리고 있다', '어서 총부리를 그대네 상관에게 돌리라!'

우리는 밤중에 적의 참호에서 150미터가량 되는 지점에까지 접근하여 여라문 개의 대막대기로 그 플래카드를 벌려 세워 놓음으로써 날이 밝으면 적병들로 하여금 불가피적으로 마주 보게 할 심산이었다. 당시 마주 대치한 양군의 전호는 상거가 불과 수백 미터였다. 해도 낮에는 쌍방의 저격수들이 엄밀히 감시를 하는 까닭에 아무도 적아 양군 진지 사이의 개활지대로 들어설 감을 못 내었다.

한데 일수가 사나와서 그랬던지 나는 그날 오후에 다른 대원 하나와 깜냥 없이 말을 타고 빨리 달리기 내기를 하다가 선후해서 둘이 다 낙마를 하여 들것에 담겨 들어오는 신세가 되었다. 두 '기마 용사'가 다 침대에 누워서 돌아눕기도 힘이 들 지경이니 무엇을 할 수 있단 말인가? 나는 내 이 덜렁이 성질 때문에 일생 동안에 부질없는 곤욕을 숱하게 당하였다. 사람이 타고난 천성은 고치기가 어려운 모양이지?

그날 밤 부득불 나는 빠지고 강진세 혼자서 몇몇 친구들을 데리고 플래카드를 세우러 갔다. 그것이 음력 스무사흘 전후였다고 나는 기억을 하는데…… 그렇기에 그들이 일을 마치고 돌아왔을 때까지도 하현 달이 뜨지 않았지.

이튿날 새벽 나는 느닷없이 일어나는 요란한 기관총 소리에 놀라 깨었다. 문짝 밑에다 긴 걸상 둘을 괴어서 임시로 만든 침대 명색 위에서 내가 몸을 일으키려고 애를 쓰는 동안에 한방에서 자던 친구들은 제각기 잽싸게 총을 집어 들고 밖으로 달려 나갔다. 귀를 기울이고 여겨들으니 그 총성은 분명히 적진에서 울려 오고 있었다. 이때 옆방에서 운신을 못하는 부상병 '기마 용사'가 나를 부르는 소리가 엷은 사이벽을 통하여 들려왔다.

"이봐, 도대체 무슨 난리가 난 거야?"

매우 조급증이 난 목소리다.

"낸들 알 재간 있나! 저 친구들이 돌아와야 알 일이지."

적 점령구에 삐라를 살포하다.

나는 속이 상해서 이렇게 대꾸하였다.

"빌어먹을! 하필이면 이런 때…… 아이구!"

보아하니 그도 골탕을 나보다 덜 먹지는 않은 모양이었다.

한데 이때 돌연히 그 미친 듯이 쏘아제끼던 기총소사가 툭 멎어 버렸다. 1분이 지나고 또 2분이 지났다. ……그러나 사위는 쥐 죽은 듯 괴괴하기만 했다. 정적, 정적…… 전선은 다시 원래의 상태로 돌아갔다.

이윽고 전우들이 앞서거니 뒤서거니 돌아오는데 모두들 싱글벙글하면서 중구난방으로 방금 생긴 일을 나에게 알려 주는 것이었다. 그 사연을 갈피 가려 들어 본즉 이러하였다. ― 동이 트자 왜놈들은 바로 코앞에서 우리의 그 초대급 플래카드를 발견하였다. 하룻밤 사이에 마귀의 버섯처럼 갑자기 자라난 우리의 그 초대급 플래카드를. 당초에 그 플래카드에다 대고 미친 듯이 기총소사를 했다는 사실은 왜놈들이 얼마나 당황망조했는가를 잘 설명해 준다. 허나 그들은 공연히 탄알만 허비하였다. 우리 그 플래카드는 기관총탄에 쑤심질을 당하여 벌집같이 구명투성이가 되어 가지고도 끄떡없이 거기 그대로 버티고 서서 일본 병사들에게 계속 반란을 호소하고 있었던 것이다.

조금 뒤져서 집 안으로 들어오는 강진세를 보고 내가 웃으며 "첫인사가 꽤 무던하군그래." 하고 한마디를 던진즉 그는 얼굴에 웃음이 가득해 가지고 고개를 두어 번 끄덕이는 것으로 대답을 대신하였다.

밤에 강진세는 또다시 몇 사람을 데리고 기어가서 그 영예의 부상을 당한 플래카드를 걷어 왔다(적들이 걷어 갈까 봐). 이것을 안 각 대대 중대의 장병들이 호기심에 끌려서 뻔질나게들 찾아와 그 플래카드에 '경의'를 표하는 바람에 우리는 그럴 바엔 차라리 하고 시원스럽게 밖에 내다 걸어 놓고 이틀 동안 전시를 하였다. 〈진중일보〉의 기자 양반 하나도 어디서 들었는지 소문을 얻어듣고 쫓아와서 사진까지 찍어 갔다.

후에 우리 전체 대원들이 락양을 거쳐 해방구로 넘어 들어갈 때, 적탄에 맞아 만신창이가 된 그 플래카드도 유지에 싸서 다른 휴대하기 불편한 좌익 서적들과 함께 우리 영사 뒷마당에 묻어 버렸다. 40년의 세월이 덧없이 흘러간 지금에도 그때 우리가 묻은 그 플래카드와 서적들은 땅속에 묻힌 채로 조용히 임자들이 돌아오기를 기다리고 있을는지 모를 일이다. 하지만 당년의 나이 젊던 많은 용사들이 인제 영원히 다시 돌아올 리 없음을 그것들은 어찌 알랴.

12. 원고료는 없어도

조선의용대 총지휘부에서는 부정기 간행물 ─ 〈조선의용대통신〉을 간행하였다. 한편 우리 제2지대에서도 자기의 간행물 ─ 〈조선의용대통신 한수판(漢水版)〉이 간행되었다. 그 주필은 정치위원 김학무였고 강진세, 최계원[133], 주문파와 내가 상무 편집이었다. 그러나 유감스럽게도 거기에 실렸던 모든 실록들 ─ 항일 전쟁 참전자들의 생동한 수기는 오

최계원

양대봉

늘날 몇 부밖에 남아 있지 않다. 항일 전쟁에 이은 내전의 십여 년 전화 속에서 거의 재가 되어 이 넓은 국토 위에 흩날려 버린 것이다.

〈한수판〉을 위해서 글을 쓴 이들로는 윤곡흠, 김만, 리조, 박문, 류문환, 림평, 심운, 양대봉[134], 김위(여대원) 등 동지를 들 수 있다. 그러나 경비를 염출할 방도가 없어서 원고료는 일률로 지불하지 않았다. 하지만 재무를 겸하여 맡아보는 강진세 작은아씨는 인정세태에 어두운 몰풍정한 인간이 아니었으므로 때로는 간소한 위로연을 베풀어 그들의 노고를 풀어 주곤 하였다(우리의 특약 기자 류문환은 후일 ○○신문사의 주필로 되었고 그리고 박문은 ○○통신사의 사장으로 되었다).

우리 그 기구에서는 〈한수판〉을 내는 한편 또 여러 종류의 대적군

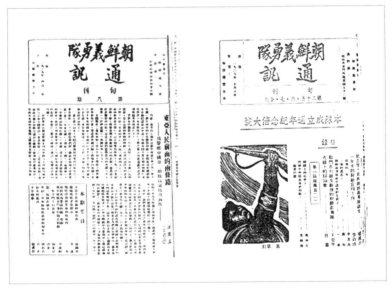
조선의용대통신

인쇄물도 찍어 내었다. 즉 일본군과 피점령 구역에 거류하는 조선 사람들에 대한 삐라나 통행증(우리 편으로 넘어오는) 따위를 일, 조 두 가지 문자로 찍어 낸 것이다. 그리고 사업상의 필요로 하여 적 점령구에서 쓰이는 신분증명서, '양민증' 따위도 위조하였다. 미술가 장지광은 사도의 전문가로서 당자가 우스갯소리로 하듯이 그는 혁명의 계명구도 였다. 그는 영국 신사의 풍도가 다분히 있는 예의 바른 사람이었으며 역시 나의 군관학교 동창생이었다. 그가 태어난 곳은 서반구 태평양상에 둥실 떠 있는 하와이 섬 — 현재의 북미합중국 제50주였다.

13. '밤중의 대화'

우리는 비밀 연락선을 통하여 대적군 인쇄물들을 적에게 점령된 읍내에 들여보내서 살포하는 한편 직접 적군과 특이한 '대화'도 진행하였다.

우리는 보통 고요한 밤에 적진에서 백사오십 미터가량 떨어진 곳에까지 접근하여 수류탄 두 발을 터뜨려서 적들의 주의를 환기시켰다. 말하자면 개막을 알리는 징 소리인 셈이다. 산 사람이 한밤중에 느닷없는 폭발성을 지척에 듣고 어떻게 무관심할 수 있겠는가. 하물며 그 폭발성을 듣는 일본 병사들이 다 산 설고 물 선 외국 땅에 끌려와 전호, 대피호 속에서 옅은 꿈을 맺어 보려는 젊은이들임에랴. '변성야야다수몽(邊城夜夜多愁夢)'이라잖는가!

'개막의 징 소리'가 울린 뒤에 우리는 메가폰으로 '대화'를 시작하는데 기실 메가폰이 없이도 말소리는 똑똑히 다 들렸다. 우리는 유창

한 일본말로 일본 병사들에게 착취자, 자본가를 위해서 아까운 목숨을 버리지 말라, 고향에서 부모 형제가 그대들을 떠나보낼 때 흘리던 눈물을 잊지는 않았겠지, 살아서 고향 땅을 밟아 볼 생각을 어째 안 하는가, '일장공성만골고(一將功成萬骨枯)'란 말의 뜻을 아는가, 그대들의 해골이 전장터에 많이 널리면 널릴수록 그대네 상관들의 가슴에는 훈장이 늘어난다, 이와 같이 사리를 밝혀서 타이른 다음 '총을 바치면 목숨을 살린다', '포로는 우대한다' 등 우리 쪽의 정책을 낱낱이 설명하였다. 그리고 끝으로 우리가 살포한 통행증의 효력과 사용 방법 등도 자세히 일러 주었다.

'대화'를 마치고 돌아설 때는 밤하늘에다 총 두 방을 쏘는 것으로 고별식 ─ 안녕히 주무세요를 대신하였다.

이에 대하여 적들은 보통 속내를 알 수 없는 침묵으로써 대응하였다. 그것은 군관 즉 장교들의 단속이 심해서 병사들이 옴쭉달싹을 못하는 것으로 풀이되었다. 그렇지만 한 놈 한 놈 다 귀를 틀어막고 땅바닥에 엎드려 있으라고는 못 할 것인즉 필경 그 귓속으로 흘러드는 우리의 말소리는 막을 도리가 없을 것이었다. 일단 귓속에 들어가 박히면 적당한 온도에서 싹이 트고 뿌리가 내릴 것은 정한 이치다.

후에 우리는 죽어 넘어진 적들의 시체와 사로잡힌 포로들의 몸에서 우리가 살포한 통행증들을 뒤져내었다. 그것들은 대개 다 방정히 접어서 종이쪼각이나 얇은 헝겊 따위로 싸서 부적처럼 소중히 품속에 지니고 있었다. 그리고 또 많은 사람들이 우리의 삐라, 통행증을 집어 보고 용기를 얻어서 목숨을 걸고 우리 편으로 의거해 넘어왔다.

14. '황성의 달'

당시 우리는 사업상의 필요로 일본군 포로 몇 명을 데려다 교육하였다. 계급의식의 계발로 하여 그들은 얼마 오래지 않아 곧 그들이 휘말려 든 전쟁의 침략적 실질을 깨닫게 되었다. 근로자들에게 있어서 진리란 결코 이해하기 어려운 것이 아니었다.

그들 중의 몇몇을 간단히 소개하면 다음과 같다.

오타케 요시오: 30여 세. 재담가 출신.

노구치(이름은 생각나지 않는다.): 이십칠팔 세. 기병 1등병. 농민 출신이었던 것으로 기억된다.

이토 스스무: 이십사오 세. 보병 상등병. 나고야 어느 자전거 회사의 직원 출신. 이 젊은 포로는 당시 다른 분대 소속의 젊은 여자 포로 — 이무라 요시코를 짝사랑하고 있었다.

한번은 우리가 '대화'를 하러 갈 준비를 하고 있는데 이토가 자진하여 저도 함께 갈 것을 요청하였다. 우리는 두말없이 데리고 가기로 하였다. 예의 '개막의 징 소리'가 울린 뒤에 이토는 자발적으로 나서서 그의 동포들 즉 일본 병사들과의 '대화'를 시작하였다. 그는 먼저 자기가 소속하였던 것은 어느 부대였으며, 무슨 병종이었으며, 또 군직은 무엇이고, 이름은 무엇이고, 그리고 고향은 어디라고 자기소개부터 하였다. 연후에 병사 형제들더러 모두 일떠나 이 죄악적인 침략 전쟁을 반대하라고 호소하였다. 그리고 이런 수치스러운 약탈 전쟁을 반대하라고 호소하였다. 그리고 이런 수치스러운 약탈 전쟁에 목숨을 바치는 것은 부질없는 일이라고 결론지었다.

한데 이때 천만뜻밖의 일이 생겼다. 그의 말이 채 끝나기도 전에 어둠 속에 괴괴하던 맞은쪽 전호 속에서 어떤 놈이 벼락같은 소래기를 지른 것이다.

"히코쿠민, 하지오시레!"

그 뜻을 그대로 우리말로 옮기면 — "비국민, 수치를 알아라!"라는 뜻이었다.

쥐 죽은 듯 고요하던 어둠 속에서 그 목소리는 그렇게도 가깝게, 또 그렇게도 똑똑히 들려왔던 것이다. 우리는 그제야 밤중에 진행하는 우리의 사상 공세가 어떠한 기묘한 반응을 보이는가를 똑똑히 인식하였다. 그들은 듣기 좋든 듣기 싫든 간에 호기심에 끌리어 모두들 우리의 목소리를 귀담아듣고 있었던 것이다!

허나 그 느닷없는 '소래기탄'은 면바로 이토의 목줄띠에 들어맞기라도 한 것처럼 이토는 꺽 하고 나오던 말이 목구멍에 걸려서 한참 동안 후두암 제3기 환자가 되어 버렸다. 사후에 그가 말한 것처럼 그는 그 순간 영혼이 날벼락을 맞은 것 같았던 것이다.

이윽고 이토는 첫 타격에서 소생이 되어 정신을 수습하고 중동무이 된 '대화'를 다시 계속하였다. 그러자 기다리고 있었기라도 한 듯이 성난 질타 — 불호령 소리가 맞받아 날아왔다.

"다마레! 우라기리모노!"

그 뜻은 — "닥쳐! 반역자!"

이 두 번째 '소래기탄'은 이토를 완전히 때려눕혔다. 그는 '대화'를 더 계속할 맥이 나지 않아서 그만 주저 물러앉고 말았다. 어려서부터 군국주의 교육으로 훈도된 이토가 패전을 한 데 대하여 우리는 충분히 양해하므로 한마디도 그를 나무라지 않았다.

이튿날 우리는 작전 계획을 고쳐 짜고 이토 패장을 격려하는 한편 오타케와 노구치더러도 가진 재주를 한번 부려 보라고 부추겼다. 그리고 동시에 20리 밖에 있는 김만 분대에다 전화로 청병을 하였다. 예상대로 원병은 한낮 때가 채 못 되어 도착하였다. 김위(저명한 영화배우 김염의 누이동생)가 이무라 요시코를 대동하고 말을 달려온 것이다. 원래 청병을 할 때 우리는 바로 그 두 여자를 지명하였다.

당시 우리는 대적군 공작을 함에 있어서 의식적으로 '천황' 두 글자를 기피하였다. 누구를 막론하고 그 우상을 건드려서는 결코 좋은 결과가 있을 수 없다는 것을 경험에 의해서 알았기 때문이다. 일본 군인들은 거지반 다 귀신, 신자, 신도의 신봉자들이었다. 한데 이 가소롭고도 가공할 우상 ─ 천황이 바로 그들의 신주였던 것이다. 싸움소는 빨간 빛깔만 보면 성이 나서 미쳐 날뛴다. 그와 마찬가지로 일본군 장병들은 누가 그 우상에다 침 한 방울만 튀겨도 성이 나서 미쳐 날뛴다. 일단 그렇게 되는 날이면 제아무리 좋은 말을 해도 ─ 꾀꼬리, 종다리의 울음소리보다도 더 달콤한 말을 해도 ─ 다 소용없다. 애당초에 귓속으로 들어가지를 않는 것이다. 그런 까닭에 우리는 그 맹목적인 숭배의 대상으로 되어 있는 우상을 잠시 기피하는 것이 상책이라고 판단하였던 것이다. 따라서 이토의 '대화'에서도 그렇고 오타케와 노구치의 재담에서도 그렇고 '천황' 두 글자는 다 기휘의 대상으로 되어 있었다.

밤에 우리 분대 전원은 제각기 무기와 메가폰을 들고 총출동하였다.

야색이 창망한 중에 두 발의 수류탄의 폭발성이 정적을 깨뜨리자 특이한 종목이 상연되었다. 이팔 방년이 갓 지난 이무라 요시코가 '황성의 달'[135] ─ 일본 사람들이 즐겨 부르는 서정가요를 부르기 시작한 것이다. 그녀의 애조를 띤 노랫소리는 포탄 구뎅이투성이의 황량한 전장 상공을 서서히 퍼져 나갔다. 우리의 그 조명도 없고 무대장치도 없는 밤중의 노천 무대는 서로 대치한 적아 양군의 전호 사이의 거친 황무지에 차려졌다. 전방 150미터 지점에서는 일본군 청중들이, 후방 250미터 지점에서는 우리의 의용군 청중들이 서로 원쑤가 져서 억센 손아귀에 총과 칼을 단단히 틀어쥐고 귀들을 기울여 듣고 있었다.

봄날 고루에 베푼 꽃달임 잔치
순배가 돌고 돌아 달빛 우리어
낙락장송 가지를 헤치며 나온
그 옛날의 그림자 지금은 어디?
……

이러한 야반의 가성이 어찌 원정군 무인들의 애를 끊지 않을 건가? 그것은 그들이 아이 적부터 늘 불러 온 핏줄 잇달린 노래였다!

다음 순서는 재담이었다. 오타케는 본시 그것으로 밥벌이를 한 사람이라 더 말할 것도 없거니와 노구치도 그가 육성한 제자이므로 꽤 할 만하였다. 이날 그들의 공연은 참으로 우스워서 삶은 소도 웃다가 꾸레미가 터질 지경이었다.

세 번째 종목은 또다시 이토의 반전을 호소하는 '대화'였다. 한데 이번에는 그도 단단히 결심한 바가 있었던지 아주 멋진 열변을 토함으로써 전날의 치욕을 깨끗이 씻었다. 이번에 그가 거둔 성공은 우리가 격려를 한 보람이라느니보다는 이무라 요시코가 곁에 있었기 때문이라고 풀이하는 게 더 근사할 것 같다. 여자들이 보는 앞에서 그래 어느 못난이 사나이가 싸움에 지는 것을 달가와할 것인가? 이번에는 적들도 책략을 바꾸었는지 완전한 침묵으로 이에 대응하였다.

마지막 순서는 김위와 이무라 요시코의 합창으로 되는 '반딧불' 즉 '이별가'. 그리고 폐막은 예에 의하여 밤하늘에 대고 쏘는 두 발의 총성 — 안녕히 주무세요.

총성의 여운이 캄캄한 하늘가에 사라지자 전선에는 또다시 정적이 깃들었다……

15. 적구 나들이(1)

늦은 여름, 나는 다행하게도 강진세 작은아씨와 함께 먼 나들이를 하게 되었다. 당시 우리 조선의용대 내의 중공 지하조직은 신사군 대홍산 정진종대 사령부 당위원회 직속으로 되어 있었으므로 보통 한 분기에 한 번쯤은 누군가가 연락차로 대홍산에를 갔다 와야만 하였다. 갈 적 올 적 다 비밀문서들을 휴대해야 할 뿐 아니라 일본군의 점령 구역을 지나야 하는 까닭에 유람차로 여행을 하는 것과는 그 성질이 전연 달랐다. 강진세는 전에도 수차 다녀 보았지만 나로서는 초행길이었다.

한수를 물길 따라 의성[136]까지 배로 내려가고 그 나머지는 육로를 걸어가야 하는데 당시 종상, 경산, 안륙[137] 일대는 다 적국에게 강점되어 있었다.

우리는 아군의 최전선에 이르기까지는 군복 차림을 하였을 뿐 아니라 장관 사령부의 통행증을 휴대하였으므로 어디를 가나 거치는 것이 없었다. 당시 우리 단위의 특수한 성질 즉 국제적 성질로 하여 우리는 장관 사령부의 기입란이 공백으로 되어 있는 통행증을 맘대로 사용할 수 있었다. 게다가 또 우리는 그 '가장 거룩하신' 교장님의 '제자'였으므로 직계 부대들에서는 열정적으로 맞아들이고 배웅하였으며 방계 부대는 방계 부대대로 감히 태만하지를 못하였다.

첫날 우리는 양양 대안의 번성에서 하룻밤을 묵게 되었다. 마침 우리가 투숙하려는 여관집 비슷맞은쪽 골목 어귀에 나이들이 지긋해 보이는 마누라쟁이 서넛이 모여 서서 한담설화를 하다가 우리를 보자 저희끼리 수다를 떨기를 "저것 좀 보우, 저 젊은 아낙네가 아마 저 장관의 적은집인가 보지? 아이, 예쁘기도 해라!"

그녀들이 말하는 장관이란 바로 나를 가리키는 것이다. 그렇다면 적은집은? 강진세는 얼굴이 빨개져서 여관 주인을 대하기가 면구스러운 모양이었다. 당시의 풍기로 말하면 국민당 군관들의 처속이 ― 예쁜 것, 예쁘잖은 것을 막론하고 ― 군복 차림을 하고 남편의 뒤를 따라다니는 것쯤은 항다반사였으므로 그 마누라쟁이들이 그렇게 오해를 하는 것도 탓할 바는 못 되었다.

적구에 한 발을 들여놓은 그 시각부터 우리는 처처에 마음을 써야만 하였다. 군복, 군모를 편복, 삿갓으로 갈아입고 쓰는 것은 더 말할 것도 없거니와 말도 될 수 있는 한 적게 해야만 하였다. 당지의 사투리말을 배우느라고 하기는 했지만 까딱 잘못하면 이내 본바탕이 드러나기 때문이었다.

우리가 거쳐 가는 장가집(張家集)[138]이라나 무슨 집이라나 하는 장터거리는 꽤 흥성흥성하였다. 나는 초행인 까닭에 각 점포들에 일본 상품이 그들먹이 들어찬 것이 몹시 놀라왔다. 제국주의의 총칼은 자본이 나갈 길을 개척한다는 말이 과시 헛말이 아니었다! 해도 나는 이목이 번다한 장터거리를 한시바삐 벗어날 것만 바라는 터였으므로 그 이상 더 거기다 머리를 쓸 겨를은 없었다.

앞서 가던 강진세가 어느 자그마한 음식점 앞에서 걸음을 멈추더니 나를 돌아보고 의논하는 어투로 묻는 것이었다.

"시장하잖아? 우리 아무 데나 들어가 요기를 좀 하고 갈까? 아?"

그러나 나는 구석구석에 위험이 도사리고 있는 것 같은 그 장터거리에 한시도 더 머무르기가 싫어서 가타부타 말이 없이 그저 그의 얼굴을 한번 쳐다보기만 하였다.

"좋아, 그럼 요기할 걸 아무게나 좀 사 가지고…… 가면서 먹지."

그는 내 뜻을 헤아린 모양이었다.

우리는 마을과 마을들을 한 끈에 꿰는 소로길을 걸어가며 돼지고기 당면 소를 넣은 찐만두로 끼니를 에웠다. 강진세는 길에 오가는 사람이 없는 것을 보고 얼굴에 웃음기를 띠며 나직한 목소리로 나에게 물었다.

"너무 생소해서 좀 떨떠름하지?"

나는 쓴웃음을 웃으며 입술을 비쭉 내밀었다. 번연히 속으로 무섬증이 나는 걸 아닌 보살 하기가 쑥스러워서였다.

"처음엔 누구나 다 그런 법이야."

강진세가 양해하는 어투로 이렇게 말하며 씩 웃는 바람에 나도 할 수 없이 따라 웃으며 실토를 하였다.

"실상은 칼산지옥에 들어서는 느낌이 없지 않아."

해가 서쪽 지평선에 가라앉자 얼마 오래지 않아 동쪽 하늘 끝 간 곳에서 희멀건 쟁반 달이 불쑥 솟아올랐다. 모색이 창연한 중에 우리는 그리 멀지 않은 전방에 거뭇거뭇하게 보이는 큰 마을 하나를 발견하고 거기 가서 밤을 드새기로 작정하였다. 한데 우리가 길을 조이는 중에 그 마을에서는 홀제 듣기만 해도 온몸에 소름이 끼치며 머리칼이 곤두서는 무어라 형언하기 어려운 비명 같은 것이 들려왔다. 의심할 바 없이 그것은 수백 명 남녀의 가슴팍에서 터져 나오는 절망적인 부르짖음이었다. 뿐만 아니라 그 부르짖음의 사이사이 무슨 속이 굵은 나무통이나 타악기 같은 것을 치는 소리도 섞여서 들려왔다. 나는 경황 중에 일대 도륙이 시작된 거나 아닌가고 미루어 헤아렸다. 다음 순간 나는 또 자기가 아프리카 오지의 열대 밀림 속에서 창을 들고 활을 든 악귀 같은 야만인들의 습격을 받지나 않나 하는 환각에 사로잡혔다.

다행히도 멀지 않은 길가에 외딴집 한 채가 있어서 우리는 그 집에 가 주인을 찾았다. 집주인은 상냥히 우리를 맞아들여서 자리를 권하고 또 마시라고 끓인 물을 갖다 따라 주었다. 방은 그리 넓지 않으나 거두기는 말끔히 거두어서 흠잡을 데가 없었다. 주인의 나이는 한 50 되었을까 해도 그 생김생김이나 옷차림이 어뜩 보기에도 예사 농군 같지는 않았다. 강진세는 그에게 수인사를 하고 나서 잇달아 저 건넛마을에서는 도대체 무슨 일이 났느냐고 물어보았다.

"아, 저 소리 말입니까? 예, 저건 지금 몹쓸 돌림병이 돌아서 두억시니를 몰아내느라고 저러는 겁니다."

주인은 정색을 하고 이렇게 말하며 손으로 두억시니를 몰아내는 형용까지 해 보였다. 우리는 어처구니가 없어서 쓰디쓴 선웃음을 웃지 않을 수 없었다. 노루가 제 방귀에 놀랐구나! 허나 또 한편 저 전염병이 창궐하는 마을의 우매한 백성들의 운명은 장차 어찌 될 것인가 생각하니 한심스럽기 짝이 없었다. 이래저래 못사는 불쌍한 백성들!

강진세가 주인에게 미안하지만 저녁 한때 신세 좀 질 수 없겠느냐고 청을 든즉 주인은 "좋습니다, 좋습니다. 시장하시더라도 조금만 참고

기다려 주십시오."라고 선뜻 허락하고 지체 없이 일어나 안으로 들어
갔다.

　시장 끝에 저녁밥들을 달게 먹고 나서 강진세는 약소해서 미안하다
고 겸사하며 얼마간의 돈을 주인에게 집어 주었다(괴이하게도 우리의 중앙
은행권은 적구에서도 통용되었다). 연후에 폐를 끼쳐서 미안하다고 재차 치
사하고 보따리를 집어 든즉 주인이 관(완)곡하게 우리를 붙들며 하는
말이 "이 앞에는 몇십 리 어간에 객줏집이고 주막거리고 없습니다. 인
젠 날도 저물었는데 예서 주무시지요. 내일 어둑새벽에 일어나 조반
요기하고 떠나시면 좋지 않습니까?"

　나는 길에 삐쳐서 다리맥이 없는 터이라 속으로 옳다구나 생각하고
집어 들었던 보따리를 슬그머니 도로 내려놓았다. 그러나 뜻밖에도
강진세는 내게다 넌지시 눈짓을 하고 보따리를 둘러메며 말하는 것이
었다.

　"고맙습니다, 주인어른. 하지만 우린 긴한 볼일이 있어서 밤길을 좀
　걸어야 하겠습니다. 그럼 안녕히 계십시오, 다시 뵙겠습니다."

　나는 속으로 그의 처사가 몹시 맞갖잖아서 찜부럭을 부리고 싶었으
나 할일없이 그대로 따라나섰다. 우리는 길을 따라 한 10분 좋이 잠자
코 걷기만 하였다. 이윽고 강진세가 나를 돌아보고 위로하는 조로 말
을 건네었다.

　"고달프지?"

　나는 앵돌아져서 아무 대꾸도 아니 하였다.

　"이제 그 집주인이 우리한테 베푸는 친절이 너무 좀 지나치다고 생
　각잖아?"

　"지나치긴 쥐뿔이 지나쳐." 하고 볼에 밤을 문 소리로 나는 되받았다.

"이봐, 그러지 말고 내 말을 좀 들어. 피점령구의 주민들은 일반적으로 근지가 분명찮은 사람에 대해서는 될 수 있는 한 멀리하려고 애를 쓰는 법이야, 공연한 시비에 걸려들어 화를 입을까 봐. 한데 이제 그 사람은 한사코 우리를 붙들어 묵히려고 애를 쓰거던. 이게 그래 수상하잖고 뭐야? 고런 꾀에 넘어갈 바보는 따로 있지."

강진세는 한결 더 목소리를 낮추어서 "우리를 붙들어 묵혀 놓고 한밤중에 살그머니 일어나 가 적병 한 분대를 청해 오면 그 꼴 보기 좋겠다. 전에도 그런 예가 없지 않았거던. 여기는 적구야, 경각성을 잠시도 늦춰서는 안 돼." 라고 말을 하고는 이윽해서 다시 한마디 덧붙였다.

"할 수 있나, 오늘밤은 풍찬노숙으로 한둔을 하는 수밖에. 어때, 일 없겠지?"

강진세의 말소리는 한결 부드러워져서 곧 나를 어루만져 주며 달래기라도 하는 것 같았다.

우리가 몸에 지닌 무기라고는 겨우 권총 두 자루뿐. 이렇게 단출하고 외로운 병력으로 들판에서 노숙을 해 보기는 참전 후 처음이라 나는 환한 달빛 아래 야색이 꿈속같이 으늑하건만 '머리 들어 명월을 쳐다보고 머리 숙여 고향을 생각'할 흥취가 없었다.

샐녘에 원촌의 닭 우는 소리가 은은히 들려올 때 우리는 몸을 털고 일어나 또다시 길에 올랐다. 한낮 때가 거의 되어 앞길을 가로막는 어느 냇가에 다달았다. 내가 그리 넓지는 않아서 기껏해야 한 팔구 미터 될까, 물의 깊이도 어른의 키로 배꼽에 찰까 말까 할 정도다. 한데 문제는 건널 다리가 없는 것이다. 우리는 할 수 없이 옷을 벗고 물을 건널 차비를 하였다. 아, 그런데 이때…… 하느님 맙소서, 나는 성부 성자 성령의 이름으로 맹세한다, 내 심장이 돌연 고동을 멈추었다고. 바로 지척인 100여 미터 하류에 스무 명쯤 돼 보이는 한 무리의 적을 발견했던 것이다!

16. 적구 나들이(2)

그 여라문 놈 되는 일본 병정들은(언뜻 보았을 때는 경황하여 사람의 수가 더 많은 것 같았다) 옷들을 벗고 냇물에 들어서서 미역을 감고 있는데 그 중의 군복을 옳게 차린 한 놈만이 총을 들고 냇둑 위에서 보초를 서고 있었다. 그리고 바로 그 옆에 알몸으로 엉거주춤하고 서서 몸에 수건질을 하는 놈 하나가 있는데 꼴이 보초를 교대해 주려고 먼저 올라온 놈인 성싶었다.

강진세는 잽싸게 바지를 벗으며 나더러도 빨리 벗으라고 재촉하였다. 해도 나는 마음이 몹시 급하고 당황하여 바지를 벗을 겨를도 없이 그냥 입은 채로 물속에 들어갔다.

"고인이 가라사대 '군자는 죽어도 관을 벗지 않는다' 하였거늘 내 어찌 혁명 군인의 몸으로 아랫도리 벗은 송장이 될 것인가!"

이것은 물론 사후에 생각이 나서 익살을 부리느라고 강진세하고 우스갯소리로 한 말이다. 당시 그런 고비판에서야 어느 하가에 케케묵은 천년 전 고인을 다 생각해 낸단 말인가. 건너편 냇둑에 올라서자 강진세는 눈 깜짝할 사이에 바지와 신발을 다시 주워 입고 신고 오금에서 불이 나게 길을 조였다. 나는 물이 줄줄 흘러내리는 바지를 그냥 입은 채로 또 물이 꼴딱 들어찬 신발을 그냥 신은 채로 부지런히 그의 뒤를 따랐다.

한편 하류 쪽 냇둑 위의 일본군 보초병은 우리를 발견하고도 무슨 별다른 반응을 보이지 않았다. 그도 그럴 것이 중국 백성 둘이 제 갈 길을 가고 있는데 거기 무슨 탈을 잡을 건데기가 있단 말인가. 한데 싱거운 것은 그 옆에 하얀 세수수건을 든 벌거숭이 놈이었다. 보초는 오히려 가만히 있는데 아무 상관도 없는 그놈이 도리어 중뿔나게 나서서 우리를 보고 손짓을 하며 돼먹지도 않은 중국말로 소래기를 지르는 것이었다.

"오—이! 니디니디 라이라이디유. 콰이콰이디 라이라이디유!"

가기는 어디를 가? 우리가 몸에 지닌 무기와 보따리 속의 군복(군복 차림을 하지 않고는 국민당 군대의 방어선을 통과할 수 없으므로 우리는 거치장스럽지만 부득불 군복을 가지고 다녀야 하였다)도 그렇지만 더욱이는 비밀문서들이 우릴 무슨 변명을 해 줄 거라고? 우리는 못 들은 체하고 계속 제 갈 길만 갔다. 그 같잖은 왜병 놈은 우리가 들은 체 않는 것을 보자 실 한 오리 안 걸친 알몸뚱이로 금시 쫓아올 시늉을 하였다. 강진세와 나는 지체 없이 삼십육계를 놓았다. 그러나 등 뒤에서는 뒤쫓는 발자국 소리 대신에 하하 웃는 웃음소리가 났다. 그 벌거숭이 왜병 망나니가 신명이 나서 철썩철썩 제 볼기짝을 때리며 고함을 질렀다.

"니디니디 좌! 니디니디 좌!"

우리는 그제야 그 망나니가 우리를 놀리느라고 그러는 줄을 알고 걸음을 늦추었다. 내가 뒤를 돌아본즉 그 망할 개돼지 놈은 먼발치에서 내게다 손짓 몸짓으로 외설한 동작을 해 보였다. 저 야만의 짐승!

얼마 아니 가서 앞길에 서남-동북 방향으로 뻗은 적의 군용도로 하나가 나섰다. 길섶을 따라 대막대기 전주를 세운 군용 전화선이 늘여졌는데 그 높이가 불과 두어 미터밖에 안 되어서 팔을 뻗으면 손이 닿을 만하였다. 도로는 무인지경처럼 잠잠하여 행인의 그림자도 차량의 그림자도 눈에 띄지를 않았다.

비록 창황 중이기는 하였으나 나는 속으로 괴이쩍어했다.

'도대체 우리 부대들은 무얼 하느라고 이 거저 주는 거나 진배없는 전선들도 걷어 가지를 않을까? 걷어 가면 일석이조가 아닌가. 국민당 군대들 같으면 누가 시킬 때를 기다려, 벌써 어느 옛날에 다 해치웠지.'

이 수수께끼는 나중에 강진세의 해석을 거쳐서야 풀리었다. 왜구들은 전화선을 가설하던 당일에 벌써 그것을 보호할 책임을 인근 백성들에게 분담시켰던 것이다. 즉 일단 사고가 나면 그 구역을 분담한 백성들이 추궁을 받게끔 해 놓은 것이다. 하여 신사군은 그 전화선을 절단하기는 고사하고 도리어 수고스럽게 보호를 해 주어야 할 야릇한 처지에 놓였다. 까딱 잘못하면 숱한 백성들의 목이 달아날 판이었으므로. 아닌 게 아니라 후에 나는 부대가 이동할 때 한 중대 지도원이 축 늘어진 왜놈의 전화선을 손으로 떠받치고 서서 그 밑을 통과하는 전사들에게 닿지 않게 조심들 하라고 당부하는 것을 보았다.

우리는 날랜 걸음으로 그 중국 경내의 일본 군용도로를 건넜다. 내 흠뻑 젖은 홑바지는 넙적다리에 찰싹 달라붙어서 우글쭈글 거북이 잔등 모양이 되었는데 물을 흠씬 먹은 11문짜리 편리화는 걸음을 옮길 적마다 질컥질컥 소리를 내서 나를 톡톡히 망신시켰다.

길섶을 따라서 흐르는 물도랑에서는 밀짚모자, 삿갓 따위를 머리에 쓰고 웃통들을 벗은 대여섯 명의 농부가 묵묵히 논에다 족답식 양수기로 물을 대고 있었는데 볕에 타서 거무테테한 얼굴들은 탈바가지처럼 아무러한 표정도 없었다. 내 그 아랫도리가 똑 뭐 같은 꼴을 보고도 보았는지 말았는지 그저 잠자코 양수기만 디디고들 있었다.

그들은 이족 침략군의 총칼 밑에서 마소와 같은 생활을 하고 있었다. 만약 그들에게도 분노가 있다면 그것은 아무도 엿볼 수 없는 가슴 속 깊은 곳에다 간직해 두는밖에 다른 도리가 없을 것이다. 그러한 그들에게 하루속히 복 받은 살림을 갖다 안기기 위해서 우리는 목숨을 걸고 달려다니고 있었다.

17. 대적군 공작과 과장

그날 밤 우리는 한 자그마한 농갓집에서 세상모르고 잠들을 잘 잤다. 해가 댓 발이나 올라와서야 겨우 정신들을 차렸다. 그 집주인은 환갑이 지난 노인으로 성은 막을 두 자 두가요 식구는 양주뿐인데 농사를 지어서 근근이 호구를 하는 형편이었다. 강진세 작은아씨는 한 일 년 전에 그 두 노인 내외를 수양부모로 정한 터였으므로 매번 지날결에는 꼭 하룻밤씩 들려서 묵곤 하였다.

두 노인은 왜놈들을 미워하였다. 해도 드러내 놓고 반대를 하지 못하였다. 두 노인은 신사군을 동정하였다. 해도 역시 드러내 놓고 옹호를 하지는 못하였다. 그러나 우리는 그를 절대로 믿었다. 이번에 떠나오기 바로 이틀 전의 일이었다. 강진세가 거리에 나가서 금계랍 따위 나들이에 별로 소용이 닿지 않는 약품들을 사 모으기에 내가 그런 건 사서 무얼 하느냐고 묻자 그는 "우리 수양아버지네 거기는 의사도 약도 다 구경을 못 하는 고장이야. 더구나 여름철에는 학질이 유행해서 여간만 고생들 하잖아. 농사철에 앓아서 일을 못 하면 한 해 생계가 낭

패 아닌가."라고 했다.

강진세는 진심으로 두 노인 내외를 공경하였다. 하여 그 이웃에서들도 두 영감네는 수양아들을 잘 두었다고 모두 칭찬을 하였다. 순박한 두 늙은이는 우리를 정말 친자식같이 살뜰히 돌봐 주었다. 그 따뜻한 보살핌에 겨워서 나는 불현듯 고국에서 외로이 지내실 우리 어머니 — 홀어머니의 생각이 났다.

여해암

하나밖에 없는 이 아들은 천리만리 먼 타국으로 떠나간 뒤 해가 바뀌고 또 바뀌어도 감감무소식으로 편지 한 장이 없다. 생각건대 승리의 월계수란 아마도 전사들의 어머니의 쓸쓸한 눈물로 가꾸어 자래우는 것인가 보지!

그날 우리는 해가 떨어지기 전에 마지막 노정인 30리 평지 길과 20리 산길을 무난히 답파하여 마침내 목적지인 대홍산중의 종대 사령부에 당도하였다. 사령부에서 나는 여러 해 갈라졌던 여해암[139] 키껵다리와 해후상봉을 하였다. 그와도 역시 군관학교의 동창으로 무한을 철거할 때 서로 갈라졌다. 그는 당시 신사군 대홍산 정진종대에서 대적군 공작과 과장으로 사업하고 있었다.

군관학교 시절에 한번은 '가장 거룩하신' 수령이자 교장인 특급상장 장개석이 와서 훈화를 하였는데 입을 조절하는 제동기가 고장이 났던지 마라톤식 훈화가 끝이 없이 길어져서 무려 2시간 40분에 달하였다. 그 바람에 적지 않은 사람이 생리적인 곤난에 부딪치게 되었는데 여해암이도 그중의 하나였다.

수령이자 교장이었던 장개석 특급상장이 강당을 나가기 전에는 아무도 자리를 뜨지 못하는 것이 교칙이었으므로 그는 참다 참다 못하여 — 방광이 파열 직전의 상태에 놓여 있었으므로 — 마침내 결심을 채택하고 과감한 조치를 취하였다. 즉 허리에 찬 빨병을 앞으로 끌어당겨서 마개를 빼고 거기다 배설하기로 한 것이다. 그 결과 위에서는 숙연히 훈화를 삼가 듣고 아래에서는 수채가 거침새 없이 폐수를 방출하였다. '오줌 대장'이란 그의 별명은 여기서 유래한 것이다.

그 이듬해 우리 전체 대원들이 황하를 북으로 건너서 태항산 항일 근거지로 들어갈 때 여해암이만은 동행을 못 하였다. 그의 직무를 인계받을 사람이 없어서(일어에 능통해야 하므로) 그가 팔로군으로 전입하는 것을 당위원회에서 동의하지 않았기 때문이다. 하여 그는 할 수 없이 혼자 뒤에 떨어졌다. 그런데 어찌 알았으리, 그것이 우리와의 영결로 될 줄을. 그는 신사군의 한 유능한 간부로서 대홍산 풀 우거진 땅에다 그 뼈를 묻은 것이다.

나는 언제나 군관학교의 교문을 나서서 일본이 무조건항복을 하던 그날까지 사이에 희생된 전우들을 생각하면 가슴이 찡해난다. 엽홍덕, 리세영, 김정희[140], 김영신[141], 서각[142], 손일봉, 박금철(박철동)[143], 한청도(최철호)[144], 왕현순(리정순)[145], 석정, 진광화[146], 김학무, 호철명, 림평, 호유백, 문명철, 진락삼(한락산)[147], 마덕산, 김석계, 장봉상, 진일평, 장문해(리효상), 진원중 그리고 여해암 키꺽다리. 그들의 이름은 마치 단쇠 쪼각처럼 내 마음을 지져서 지난 30여 년 동안 쉴 새 없이 나를 앞으로 내닫게 하였다. 그들에게도 고향이 있고 혈육이 있었다. 허나 그들은 그 모든 것을 버리고 단신 투쟁의 격류 속에 뛰어들었다. 후에 새로 입대한 대원들 중 희생된 사람의 수는 더욱 많아서 일일이 여기다 적을 수도 없는 형편이다.

태항산에서 언젠가 한번은 무참하게 죽어서 피투성이가 된 전우의

한청도(최철호)   왕현순(리정순)   진광화

김정희   장봉상   진원중

진광화(왼쪽), 석정(오른쪽)의 묘

호가장 전투에서 희생된 전우들의 묘 앞에서

시체를 구덩이 파고 묻으면서 나는 근심스레 생각한 적이 있었다.

'우리들 중의 과연 몇 사람이나 살아서 이 피로 얼룩진 길을 끝까지 갈 것인가? 만약 불타는 분노와 필승의 신념이 없었다면 그 길고 긴 나날에 내내 가시덤불 속을 헤치고 걸으면서 어떻게 회심과 실망을 이겨 낼 수 있었겠는가.'

나는 혁명자를 마치 타고난 천재처럼, 초인간처럼, 그 언제나 낙관적 정신이 포만한 신적 존재로 묘사하는 데는 동의하지 않는다. 최소한 내 전우들 중에서는 그런 굉장한 인물을 보지 못하였다.

그날 밤 내가 여해암이에게 안날 길에서 겪은 아슬아슬한 장면을 재미나게 묘사해 들리는데 강진세는 한옆에 앉아서 생글거리기만 하고 말참네는 하지 않았다.

"……어느 하가에 바지를 다 벗어, 그냥 물속에 들어섰지. 한데 일수가 사나우려니까 허둥지둥 물을 건너는 중에 옹이에 마디로 무엇엔가 발이 걸려서 휘뚝 나가 자빠지잖았겠나. 꼴깍꼴깍 물을 먹으면서 아무리 애를 써도 어디 일어나져야 말이지. 다행히도 작은아씨가 잽싸게 내 귀때기를 쥐어 잡아당겼기에 망정이지 그렇잖았더라면 젠장, 거기 그냥 빠져서 열사가 될 뻔한걸……."

내가 이렇게 너무 허풍을 떠니까 그제는 참을 수 없던지 강진세도 웃음보를 터뜨리며 "또 시작했군!"이라고 한마디 말하고는 여해암이를 돌아보며 "저거 하는 말 하나도 곧이들을 거 없어." 했다.

"곧이들어?" 하고 여해암이는 익살맞은 눈으로 먼저 나를 한 번 보고 다시 강진세를 보며 "저 인간이 콩으로 메주를 쑨다면 내가 곧이들을 줄 알아?" 하고 맞장구를 쳤다.

세 친구는 서로 돌아보며 깔깔 웃었다. 집 안에는 눈에 보이지 않는 우정이 안개처럼 자욱해졌다.

18. 망치와 낫

이튿날 저녁 무렵에 마을 밖 잔산 밑 잔디밭에서 사령부 직속 단위의 전체 인원이 참가한 무슨 모임이 있었다. 강진세와 내가 초청을 받아서 참가한 것은 두말할 것도 없는 일이다. 그때 '7·7'과 '8·13'은 이미 지났고 '9·18'은 아직 못 되었으므로 무슨 뜻을 기념하는 모임만은 아닌 성싶었으나 거기서 다루어진 구체적인 내용은 전연 기억이 나지를 않는다. 하지만 내가 평생을 두고 잊지 못할 것은 개회 벽두에 전체가 기립하여 '인터내셔널'을 부른 것이다. 그것은 내가 생후 처음 공개적인 집회에서 마음껏 큰 소리로 불러 본 '인터내셔널'이었다. 언제나 우리에게 힘을 북돋아 주고 용기를 북돋아 주는 무산계급의 노래였다. 그리고 또 나는 바로 그 회장에서 난생처음으로 우리 당의 깃발 — 망치와 낫이 수놓인 붉은 기를 보았다. 격동되어 글썽한 눈물을 머금으며 나는 가슴속에 부풀어 오르는 파도를 가라앉히느라고 한동안 애를 썼다. 우리를 배행한 근무원 동지는 나의 격동한 모양을 보고 의미 있게 빙그레 웃었다. 그의 나이는 당시 아직 스물이 채 못 되었어도 그런 경력으로 말하면 대여섯 살 위인 나보다도 선배였다.

그 집회에서 나는 또 여자 부사령원 한 분을 보았다. 그전에 나에겐 여자가 군대에서 지휘관 노릇을 한다는 것은 상상조차 할 수 없는 일이었다. 그녀가 만약 아직까지 살아 있다면 고희도 인제 지났을 것이다. 내내 건강하고 또 기력이 왕성하기를 비는 바이다. 그 여부사령원의 소경력도 나는 근무원 동지에게서 들었다. 우리가 대홍산에 머물러 있는 동안 식사, 세탁을 비롯한 모든 생활상의 허드렛일은 그녀가 다 맡아서 해 주었다. 하여 나는 떠나오기 전에 내 소지품 중에서 손거울 하나와 접칼 하나를 그녀에게 선사하여 다소나마 사의를 표하였다. 허나 유감스럽게도 그녀[148]의 이름은 잊어서 생각이 나지를 않는다. 당시 나는 지하공작 규례에 따라 성은 검을 려(黎) 자 려가로, 이름은 외자 이름으로 건장할 건(健) 자 려건이라고 변성명을 하였다. 만약 이 세상에 기적이라는 게 정말로 있다면 그녀가 혹시 내 이 글을 읽어 볼 수도 있을는지 모를 일이다.

한번은 우리가 여해암이하고 공작 문제를 토의하고 있는데 일본군 포로병 하나가 그를 보러 왔다. 뒤달 전에 신사군 부대는 우리가 바로 며칠 전에 건너

예약 정진종대 정위 진소민

온 그 군용도로에서 적군 치중대의 트럭 한 대를 노획하였다. 호송하던 하사관은 저항하다가 맞아 죽고 일등병 운전사 하나만이 사로잡혔는데 바로 그 일등병 운전사가 지금 대적군 공작과 과장을 찾아 들어와서 공작을 배치해 달라고 요청을 하는 것이었다. 보아하니 최초의 어진혼이 빠졌던 상태에서는 얼추 회복이 된 모양이었다.

"그대가 할 수 있는 일이 무에 있나?" 하고 미끈한 일본말로 여해암이가 물었다.

"과장님, 아시다싶이 저는 운전사입니다. 자동차 한 대만 마련해 주십시오. 정의의 사업을 위해서 힘을 바치겠습니다. 재생지은을 갚겠습니다."

일등병은 깍듯이 이렇게 대답을 올렸다.

"어, 그렇지만 그대의 그 자동차는 이미 태워 버렸어, 아깝긴 했지만 부득이 그렇게 안 할 수 없었어."

"아니올시다, 다른 차도 됩니다." 하고 일등병은 얼른 말을 뒤받았다.

"어떠한 유형의 차도 다 좋습니다."

"그렇게 하자면 시간이 좀 걸리겠는걸." 하고 여 과장은 느릿느릿 말을 하는 것이었다.

"그대도 보다싶이 우리는 아직 자동차가 없거던."

운전사의 얼굴에 실망의 빛이 현연히 떠올랐다.

"그렇다면 얼마나 기다려야 되겠습니까?"

"그건……." 하고 여해암이는 익살맞은 눈으로 우리를 한 번 돌아본 다음 다시 느릿느릿 말을 잇는 것이었다.

"아마 그리 오래 걸리진 않을 거야. 한 이삼 년 걸릴까, 아무튼 맘을 느슨히 잡고 기다려 봐, 때가 되면 꼭 분배해 줄 테니."

일등병의 얼굴에는 어색한 웃음이 떠올랐다. 할 수 없다는 듯이 머리를 절레절레 흔들었다. 그러고는 동정을 구하듯이 우리를 한 번 돌아본 뒤 여 과장에게 깍듯이 거수경례를 하고(그는 신사군의 초록색 새 군복을 입고 있었다) 표준 동작으로 뒤로 돌아서 밖으로 나갔다. 포로가 나간 뒤에 여해암이는 그의 요청에 대해서 가타부타 평론을 하지 않았다. 더 두고 고험을 해 보아야 알 일이기 때문이었으리라.

당시 즉 우리가 머물러 있는 동안 일기가 좋은 날이면 으레 해가 설핏할 무렵에 적군의 단엽 정찰기 한 대가 날아와 공중을 선회하는 것이었다. 그 정찰기는 장대로 휘두르면 맞아 떨어질 것 같은 저공을 나는데 속도도 느리기가 시속 0킬로미터가 아닌가 의심이 들 지경이었다. 일언이폐지하면 안하무인격으로 지상의 생령들을 깔보는 것이었다. 하건만 지상에서는 단 한 방의 총도 쏘지 않아서 산골짜기는 쥐 죽은 듯 괴괴하였다. 전술적인 의도에서 목표를 드러내지 않으려고 일부러 그렇게 했을 걸로 짐작이 가기는 한다. 그러나 후일 조선 전장에서 전개된 '비행기 사냥꾼조' 운동을 보니까 적기들이 얼씬만 하면 통일적인 지휘자 구령이 없이 지상의 모든 화력 기재들이 제가끔 대공사격을 개시하는데 그 효과는 볼만한 것이 있었다. 그래서 나는 언제나 대홍산의 그 오만무례하던 정찰기 생각만 나면 그때 통쾌하게 쏘아 떨구지 못한 것이 못내 분한 느낌이 있는 것이다.

이 밖에 또 하나 돌이켜 보면 재미나기도 하고 우습기도 한 일이 있다. 우리가 대홍산에 머무는 한 주일 남짓한 동안에 모두 스무나문 끼 식사를 하였는데 주식은 입쌀이었으나 반찬은 시종일관 숙주나물 한 가지뿐이었다. 하여 나는 속으로 헤아려 보았다.

'취사 관리원 양반이 숙주나물에서 특수한 영양가를 발견해 내잖았

나?'

하여 나는 뒷구멍으로 그에게 별명 하나를 지어 주었다 ― '비타민 에이-제트(A-Z)'.

후에 나는 팔로군에 전입해서 입쌀, 숙주나물은 고사하고 소금도 못 얻어먹는 신세가 되어 버렸다. 그제야 나는 지난날 자기의 식도관(食道 觀)이 얼마나 유치하고 천박했는가를 깨닫고 복에 겨워서 저지른 잘못 을 뼈아프게 뉘우쳤다. 그리고 신사군의 그렇게 훌륭한 취사 관리원을 타박한 죄를 톡톡히 받아서 싸다고 시원스럽게 자인하였다.

19. 우리 팽 장군

1941년 봄, 우리 조선의용대의 대부분 성원들은 태항산 항일 근거지로 들어갔다. 그리하여 진기로 예변구 정부 즉 산서, 하북, 산동, 하남 변구 정부가 성립될 때에는 우리도 그 경축 대회에 참가하였다. 변구 정부 초대의 주석은 양수봉[149] 동지라고 기억 이 되는데 그는 남이 말하는 것을 들을 때면 손바닥 을 쪽박같이 오그려서 귓바퀴에 대고 유심히 듣는

변구 정부 주석 양수봉

버릇이 있었다. 하여 나는 양 주석이 가는귀가 먹지 않았나 의심하였 다. 그날 밤의 산골짜기는 설맞이 기분처럼 흥성흥성 끓었다. 수없이 줄 닿은 횃불들, 중국식 농악무 ― 양걸춤에 성수가 난 사람의 물결, 이것이 정말로 사면이 적군에게 둘러싸인 적후 사령부의 소재지 동욕 (桐峪)이란 말인가 의심이 들 지경이었다.

경축 기간에 로신예술학교의 사제들도 연극 공연을 하였는데 산골에 전등이 없으므로 가스등을 가지고 무대조명을 하였다. 한데 그 기술이 어찌나 고명한지 효과는 아주 만점이었다. 당시 그들이 무대에 올린 것은 조우[150]의 〈일출〉, 고골[151]의 〈검찰관〉 따위였다(〈검찰관〉의 주인공 흘레스타코프는 극의 내용에 따라 매번 다 무대에서 진짜 닭다리 하나씩을 뜯어 먹게 되므로 우리는 모두 그 역을 담당한 배우의 팔자를 부러워하였다).

당시 무대에 올린 것들 중의 하나로 제목은 잊었으나 다음과 같은 한 대목이 들어 있는 극이 있었다.

중경 어느 요인의 관저에서 두 도련님이 복습인가 예습인가를 하고 있는데 가정교사가 우리 중국에는 어째서 공산주의가 맞지 않는지 그걸 말하라고 한즉 큰 도련님이란 게 머리를 쥐어짠 나머지에 대답한다는 소리가 "기후 때문이 아닙니까?"였다.

그 대답을 듣고 나는 너무 우스워서 자발머리없이 큰 소리로 깔깔 웃었다. 그 바람에 주위의 사람들이 모두 나를 돌아보았다. 내 바로 곁에 앉은 강진세는 무안해서 얼굴이 금시에 홍당무가 되며 팔꿈치로 내 옆구리를 직신직신 건드렸다. 하지만 기분이 날 것같이 거뜬해서 웃음이 절로 터지는 걸 어떻건단 말인가. 극의 내용이 워낙 우습기도 하려니와 그보다도 태항산의 자유로운 공기가, 해방구의 친절한 분위기가 샴페인처럼 상쾌한 향미를 갖다 안겨서 웃음이 절로 터지는 걸 어떻건단 말인가.

강진세 작은아씨는 오랜 세월 나하고 짝을 지어 다니며 나 때문에 얼을 입은 적이 한두 번이 아니다. 해도 그는 원망도 투정도 한 일이 없다. 나는 그에게 숱한 우정의 빚을 지고도 갚을 염을 안 하는 도척이 노릇만 하고 살아왔다. 그의 나이가 나보다도 두 살이 위이니까 '내리

사랑은 있어도 치사랑은 없는 법'이라고 쓱싹 수염을 내리쓸 수도 없다. 내 마음 한구석에는 항시 그에 대한 미안한 느낌이 둥지를 틀고 있다. 죽어서 눈을 감기나 하면 잊힐는지…….

어느 때인가 한번 우리는 팽덕회 동지를 초청해다 강화를 들은 적이 있었다. 우리하고 한마을(상무촌)에 사는 로신예술학교의 사제들도 다 와서 함께 들었는데 그들의 인수는 기실 그리 많지 않아서 모두 합해도 한 백 명 되나 마나 하였다.

그날 팽 장군은 말을 타고 왔는데 뒤에 딸린 것은 단 한 명의 경호원뿐이었다. 우리는 그 지경 단출한 행차를 눈앞에 보자 가슴속에 경앙하는 마음이 들물처럼 벅차는 것을 느꼈다. 하여 나는 깨달았다. ─ 지도자급 인물의 위신이란 틀을 차려서 세워지는 게 아니다. 아니, 오히려 그것이 반비례한다.

그전에 우리는 다들 팽덕회 동지는 우스갯소리란 걸 통 할 줄 모르는 엄격한 장군으로만 알고 있었다. 한데 그는 뜻밖에도 첫 시작부터 웃음이 만면해서 해학적인 어투로 말머리를 떼는 것이었다.

"이제 내가 오다가 길에서 우리 전사 둘을 만났는데 내가 누구인 줄을 뻔히 알면서도 경례를 안 하고 그저 히쭉 웃기들만 한단 말입니다. 깃걸개도 걸지 않아서 헤벌쭉한 데다가 걸음새도 씩씩하지가 못하단 말입니다. 지금 우리 팔로군은 규율이 너무 물러서 야단입니다. 적군에 비해서 퍽 못하지요. 적군의 규율은 엄격하기가 뭐 여간만 아닌데……."

나는 얼른 제 깃걸개는 걸렸나 손으로 더듬어 보았다. 강진세가 눈결에 내 하는 짓을 보고 빙그레 웃었다.

팽 장군은 잠시 말을 끊고 우리를 쭉 한 번 둘러보았다. 그 모습은

조선의용대 화북 지대 본부 옛터(산서성 좌권현 동욕진 상무촌 홍복사 옛터)

위엄스러운 장군이라느니보다는 순박한 농민이라는 게 더 알맞을 것 같았다.

"그렇기는 하지만," 하고 팽 장군은 다시 말을 이었다. "우리는 적을 이겨 낼 신심을 가지고 있습니다. 그건 어째서? 적군의 엄격한 규율은 강박으로 세워진 것입니다. 그러므로 장병들 사이에는 근본적인 이해 충돌이 있습니다. 그것은 조화할 수 없는 모순입니다. 그러나 우리는 어떻습니까? 우리의 규율은 무릅니다, 확실히 무릅니다. 하지만 우리는 상하가 일치합니다. 우리의 전사들은 자신의 해방을 위해서 싸우고 있습니다. 이것이 바로 우리가 반드시 이길 힘의 원천입니다!"

팽 장군은 제기된 문제들을 하나하나 풀이한 끝에 이런 우스갯소리까지 하는 것이었다.

"여러분은 내 등이 이렇게 굽은 것을 보고 아마 속으로들 웃을 겁니다. 사령원이라는 게 어째 저 모양이냐고!"

우리들 속에서 집이 금시 떠나갈 듯한 폭소가 터졌다.

"우리 집은 살림이 구차해서 나는 여라문 살 적부터 힘든 일을 해야 했습니다. 밤낮 무거운 짐을 지고 메고 하다 나니 사람이 어디 자랄

새가 있어야지요. 그래서 결국은 이 모양이 된 겁니다⋯⋯."

강진세와 나는 서로 돌아보고 눈짓을 하였다. 우리는 가슴속에 다시 한번 경앙의 난류가 벅차는 것을 느꼈다.

20. 태항산의 등잔불

당시 화북조선청년연합회(조선독립동맹의 전신)의 선전부는 네 사람으로 구성되었는데 그 이름들을 차례로 적으면 아래와 같다. ― 류신, 장지광, 박문 그리고 나. 우리 선전부에는 남다른 특권 하나가 있었는바 그것은 즉 밤에 석유 등잔을 무제한 맘대로 켤 수 있는 것이었다. 다른 단위나 기구들에서는 일률로 취침 전 반 시간 동안 평지 기름불을 켜야만 하였다. 그것이 당시 팔로군 전군에서 시행되는 내무규정이었다. 팔로군의 생활이 얼마나 간고하였는가는 여기서도 가히 그 일단을 엿볼 수 있다.

우리의 그 석유 등잔은 류신이가 도맡아서 건사하였다. 날마다 기름을 붓고 또 등피를 닦고 하였다. 한데 한번은 그가 출장을 갔다가 칠팔일 만에 돌아와 본즉 그 언제나 깨끗이 거두어서 샛말갛던 등잔의 등피가 새까맣게 그을어서 똑 마치 무슨 굴뚝과도 같았다. 그는 하도 어처구니가 없어서 쓴웃음을 웃으며 그 등피를 뽑아 들고 일변 닦으며 일변 우리를 보고 묻는 것이었다.

"내가 영영 돌아오잖았더라면 어떻걸 뻔들 했지?"

우리 세 사람은 웃으며 이구동성으로 단언하였다.

"어떻거긴 뭘 어떡해, 안 켜고 살지!"

이때부터 우리의 류신(그의 본이름은 김용섭. 간도 룡
정 태생으로 원래 양주솟집 아들이었다) 동지는 일언반구의
군소리도 없이 종신적 등잔 관리 대신의 영예로운
칭호를 달게 받았다.

류신은 우리 부의 부장 겸 당소조의 조장이었다.
당 회의가 있을 때는 한빙 동지와 강진세가 와 참석
하여 소조 성원이 모두 여섯으로 되었다.

한번은 우리 주인집에 불상사가 생겼다. 그 집에서 놓아먹이는 면양
들 중의 한 마리가 산에 올라가 풀을 뜯어 먹다가 실족을 하여 그만 낭
떠러지에서 굴러떨어져 죽은 것이다(꼭은 모르겠지만 실연이나 염세에 기인
한 자살은 아닌 성싶었다). 하여 집주인은 우리하고(쩍어서 말하면 류신이하고)
교섭하기를 고깃값을 절반만 치러 주면 제가 맡아 깨끗이 손질해서
먹도록 해 주마는 것이었다. 류신이는 흐름 따라 배 몰기로 선심을 써
서 어서 그러라고 선선히 동의를 하였다. 당시 우리의 급료는 중대장
급 대우였으므로 매달 3원 50전 기남은행권(하북성 남부은행권)이었는데
그 돈으로는 적사탕 여덟 냥을 겨우 살 수 있었다(당비와 구락부비를 바치
고 나면 3원도 못 남는다). 하여 우리 몇몇은 호주머니를 톡톡 털어 보아서
그 양고깃값을 치러 주었다. 그런 연후에 회식할 손님 둘을 청하였는
데 그는 곧 최창(최창익, 일명 리건우) 동지와 석정 동지였다.

늦은 저녁때 집주인이 소래기로 여러 소래기 담아 내온, 낭에서 투
신자살을 한 양의 고기를 본즉 온 데 푸릇푸릇 멍이 들어서 여간만 가
관스럽지 않았다. 해도 우리는 출출한 김에 산해진미 맞잡이로 포식
들 하였다.

상머리에서 최창 동지는 흥이 나서 기차로 시베리아 횡단을 하던 이

왕지사를 이야기하였다. 당시 그는 모스크바로 가
려고 조소 국경을 몰래 넘어 블라디보스토크에서
차에 올랐다. 세계에서 가장 긴 그 철도는 두 주일
동안을 계속 달려서야 겨우 종착역인 소련 수도에
도달한다는 것이었다.

석정(1936년)

"당시 그 열차에는 아직 식당차라는 게 없어서 여
객들은 모두 제 먹을 걸 제가 마련해야 했지요." 하고
최창 동지는 재미스럽게 이야기를 하는 것이었다.

"그래서 장거리 여행자들은 모두 반달 동안 두고
먹을 식품들 — 빵, 버터, 소시지, 오이절임 따위
를 준비해야 했지요……."

안해 하소악과 장자 윤남선

석정 동지도 웃으면서 양갈비 한 토막을 집어 들
고 뜯으며 말하는 것이었다.

"이것도 좋긴 하지만 그래도 역시 탕수육이 더 나아. 안 그렇습
니까? 달콤하고 새콤하고…… 그렇지요? 언제나 또 먹어 보겠는
지…… 일본이 얼른 망해야 먹어 보지……."

그러나 어찌 알았으리, 불과 일 년도 후에, 아니 일 년도 채 못 되어서
이듬해 5월 반 '토벌' 작전 시에 그가 적군과 교전 중 저격탄에 맞아서
전사할 줄을. 우리의 석정 동지는 탕수육을 먹어 볼 날까지 살지 못하
고 그만 영영 세상을 떠 버렸다.

히틀러가 돌연 배신적인 대소 전쟁을 발동하여 처음 단계의 전쟁 국
세가 소련에 대단히 불리하게 되었을 때 멀리 태항산에서 싸우는 우
리들도 몹시 속을 끓이었다. 하여 어느 날 밤 소조의 회의가 끝난 뒤
에 한빙 동지에게 목전의 세계 형세를 분석해 줄 것을 요청하였다. 우

리 몇몇 젊은 축들은 책상 가에 둘러앉아 골똘해서 이 지구가 도대체 어느 길을 어떻게 걸어서 내일로 넘어가는가에 귀들을 기울였다. 책상 위의 밝은 등잔불(류신이가 출장을 가지 않은 증거)은 우리들의 엄숙한 얼굴을 조용히 비추고 있었다.

"지금 구라파는 초연과 먼지구름 속에 잠겨서 들리는 건 고함 소리와 폭발성뿐입니다."

한빙 동지는 등잔불을 잠시 지켜보고 나서 나지막한 목소리로 계속 말하는 것이었다.

"하지만 전 세계의 마르크스주의자들은 그 초연과 먼지구름이 가라 앉은 뒤에 와륵 더미로 화해 버린 문명사회의 폐허 위에 여기저기 붉은 기들이 나붓기는 것을 내다봅니다. 다시 말해서 새 사회주의 나라들이 일떠설 것을 내다본다는 말입니다……."

나는 강진세를 건너다보았다. 그도 나를 마주 건너다보았다. 우리는 가장 간고한 시각에 승리한 내일의 웅위하고 장려한 세계를 눈앞에 보는 것만 같았다. 그것은 인적기 없이 괴괴한 태항산중의 한 마을의 한 집 안의 외로운 등잔불 밑에서의 일이었다.

맹진나루

1. 빈 칼집

이 진실한 이야기는 20세기 30년대의 양자강 남안에서 시작된다.

군관학교에 갓 입학해서 가장 난감한 것은 뭐니 뭐니 해도 완전무장을 하고 달리는 것이었다. 완전무장이란 무기, 탄약 외에 배낭, 잡낭, 빨병 따위를 한 벌 전부 갖추는 것을 말한다. 나는 생후 처음 완전무장을 하고 일어설 때 어찌나 무겁던지 '이건 잔등에 낙타가 업히잖았나?' 하는 의심까지 들었다.

한데도 학교 당국은 그것만으로는 부족해서 또 달리기까지 하라니 이거야말로 죽어나는 노릇이었다. 게다가 억하심정으로 나를 제3열에다 세우기까지 해서 중대가 조련장을 달아서 돌 때는 으레 바깥 테두리를 돌아야 하는 까닭에 더욱더 죽을 지경이었다. 허나 그것만이면 오히려 또 괜찮게, 전 중대 150명의 불쌍한 신입생들이 완전무장에 지지눌리며 숨이 턱에 닿아 닫고 있을 때 그 몹쓸 놈의 중대장은 사정없이 급정거까지 시켰다.

"꿇엇!"

어느 날 내가 이와 같은 고비판에서 허덕이고 있을 때의 일이다. 제 2열의 어떤 동급생 친구 하나가 홀제 내게로 얼굴을 돌리고 소곤소곤 "이 맹추야, 나처럼 이렇게 좀 못 해?" 하고 제 허리를 돌려대 보였다.

내가 정신을 수습하고 자세히 본즉 어, 이런! 그 친구가 허리에 찬 것은 빈 칼집. 칼은 어디로 갔는지 보이지를 않는다.

딴은 그렇게 하면 무게가 상당 근수 덜릴 것만은 사실이다. 나는 속으로 탄복하며 그 친구를 다시 한번 살펴보았다. 작달막한 키에 삐삐 여윈 말라쟁이인데 홀쭉한 얼굴에는 병색이 끼어 있었다. 나는 대번에 의심하기를 '저 자식, 아편쟁이가 아닌가?'

'한데 그건 그렇다손 치고 그 작자의 말하는 본새가 어찌 그리 고약한가. 초면 인사에 대뜸 맹추니 뭐니……'

나도 본시 자존심이 누구만 못잖게 강한 사람이다. 이게 만약 다른 경우라면 벌써 따귀를 뗀 지도 옛날이다. 허나 보아하니 그 작자가 비록 말본새는 그렇게 고약해도 내 처지를 동정하는 것만은 틀림없었다. 하여 나는 시의에 어긋나는 자존심을 잠깐 떼어 놓고 소곤소곤 물었다.

"그럼 칼은 어디다 치우구?"

"자리 밑에다 치우지 어디다 치워? 맹추 같으니!"

"그랬다가 내무검사 때 들춰내면?"

"들추긴 누가 들춰? 맹추 같으니!"

보아하니 그 작자가 입에 노상 달고 있는 '맹추' 두 글자는 말하자면 '노형', '친애하는' 따위의 대명사인 모양으로 조금도 개의할 필요는 없는 성싶었다.

나중에 영사에 돌아와 탄대를 끄를 때 그 작자의 이름표를 곁눈질해 보았더니 거기에 적힌 석 자는 문 자, 정 자, 일 자[152]였다.

2. '왕시상'

이틀가량 지나서의 일이다. 섬서 사투리가 매우 심한 학생 하나가 동급생인 광동 학생을 찾아와 무슨 일을 의논하는데 피차에 말이 통하지 않아서 동문서답에 요령부득. 옆에서 보는 사람이 다 속이 답답할 지경이었다. 그럴 즈음에 동급생들 중의 한 친구가 불쑥 나서서 제가 통역을 해 주겠다고 자청을 하였다. 그 결과 남북 쌍방은 순조롭게 의사소통이 되어서 매우 만족들 해하였다.

그 말의 다리를 놓은 언어학의 건축 기사가 소임을 마치고 막 돌아설 때였다. 한쪽 옆에서 구경을 하던 문정일 ― '맹추' 소리를 노상 입에 달고 있는 동급생 ― 이 한 걸음 앞으로 나서며 그의 어깨를 툭 치고 말을 건네었다.

"이봐 로민(본명 장해운)[153]이, 저 친구들 한턱낸다던가?"

한데 놀랍게도 그가 사용한 언어는 귀 익은 우리 조선말이었다. 한즉 통역을 하던 친구도 싱그레 웃으며 대꾸를 하는데 "어째, 덧거리로 한잔하고 싶은가?" 역시 조선말이었다.

나는 만리이역에서 뜻밖에 동포들을 만난 것이다! 보결생으로 뒤늦게 입학을 한 까닭에 나는 그때까지 교내 사정에 전연 어두웠다. 그런데 한 조선 사람이 두 중국 사람 사이의 말의 다리를 놓아 준다? 참으로 신기하다느니보다는 경탄을 할 일이었다. 허나 내가 로민이를 우러러보는 것 같은 눈치를 보이자 문정일이는 저를 우러러보지 않고 다

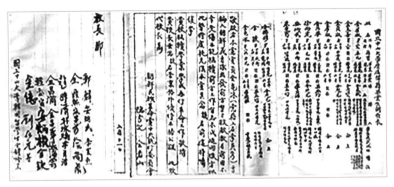

국립중산대학 조선 학생 학적부

른 사람을 우러러보는 게 고까운지 입술을 비쭉하고 "저 친구는 광동 대학에서 전학을 해 와서 '뜌나마'는 입에 익었어. 쥐뿔도 대단할 게 없단 말이야. 알았어? 이 맹추야!" 이렇게 하찮아하는 말투로 나를 보고 말하였다.

"이제부터 저 친구를 부를 때는 '왕시상'이라고 부르라구."

'뜌나마'는 광동 사람들이 욕할 때 쓰는 말이고 또 '왕시상'은 상해 말로서 왕 선생이란 뜻이다.

말을 듣고 내가 다시 그 '왕시상'의 인물을 살펴보니 아닌 게 아니라 눈귀가 처진 얼굴 모습이 당시 저명한 만화가 엽천여[154]의 소문난 연재 만화의 주인공 '왕시상'과 신통하였다. 해도 만화 아닌 이 '왕시상'로민이는 그 후에 지내보니 성정이 온순하고 상냥하고 또 겸손하였다. 단지 흠이라면 몸이 좀 너무 허약한 것이었다. 후에 그는 락양에서 중국 공산당에 가입하고 그 이듬해인 1941년에는 팔로군에 참군하였다. 그의 본명은 장해운. 현재는 중앙군사위원회에서 사업하고 있다.

3. '전쟁할 때'

공격하는 보병부대가 적진 200미터 거리에까지 박근하면 이내 진용을 '산병반군(散兵半群)'으로 바꾸고 기관총조와 보총조가 엇갈아 엄호하며 전진하다가 일제히 수류탄을 뿌리고 그것이 작렬하는 틈을 타서 적진에 돌입하여 백열전을 벌인다.

이러한 산병반군을 그날 우리는 조련장에서 옹근 오후 반나절 반복적으로 연습하였다. 연습이 다 끝난 뒤에 전 중대 3개 소대가 강화 대형 즉 한쪽이 트인 입구자형으로 정렬하여 중대장의 강평을 들었다. 우리 그 중대장 — 양 중좌는 사천 사람인데 눈치 빠르고 입이 바르기로 교내에 이름이 났다. 그의 입버릇은 "어딜 보지?"와 "가련한 백성!"인데 그 음성이 또한 날카롭기가 비길 데 없었다. 그러한 그가 이날 강평을 하다 말고 갑자기 한 팔을 총대같이 뻗쳐서 제3소대의 한 학생을 가리키며 날카롭게 소리쳐 묻는 것이었다.

"어딜 보지?"

그 지적받은 학생은 중대장의 강평을 귀담아듣지 않고 한눈을 팔고 있었던 것이다.

"이리 나와!"

중대장은 우선 이렇게 분부하고 그 학생이 앞에 와 서기를 기다려서 다시 "이름이 뭐야?"라고 다그쳤다.

직일관 사 대위[155]는 성질이 몹시 급한 광동 사람인데 그 학생이 우물쭈물하는 것을 보고 화가 나서 중대장의 입에서 "가련한 백성!"이 튀어나오기 전에 먼저 앞질러 빨리 대답하라고 독촉을 하였다.

한눈팔던 그 학생이 그제야 겨우 입이 떨어져서 가까스로 '문정일'

석 자를 입에서 짜내었다.

중대장은 눈을 가늘게 뜨고 문정일을 아래위로 쭉 훑어보고 나서 시험조로 물었다.

"산병반군은 어떤 때 쓰는 거지?"

허나 한동안 좋이 기다려도 대답은 아니 나왔다. 아니 나오는 게 아니라 못 나오는 것이다.

"옹근 반나절 연습을 했는데…… 음…… 정신은 다 어디다 팔고…… 음…… 가련한 백성!"

일이 난처하게 된 '가련한 백성'은 할일없이 낯간지러운 대답을 하였다.

"전쟁할 때 쓰는 겁니다."

이쪽에서 중대장이 미처 부아통을 터뜨리기 전에 저쪽에서 먼저 직일관 사 대위의 부아통이 터졌다. 그는 얼굴이 새빨개져 가지고 자기 소대 소속의 문정일이 엉뚱한 대답을 해서 소대장인 자기를 중인소시에 망신시켰으므로 한마디를 비꼬아서 쏘아붙였다.

"밥 먹을 때 쓰는 겁니다!"

이날부터 졸업을 하는 그날까지 우리 중대 백여 명 장래 군관들은 모두 문정일의 덕분에 어려운 고비들을 안연히 넘겼다. 그가 전형으로 지목이 된 까닭에 무슨 일이 있을 때면 중대장이 으레 그의 탈만을 잡았기 때문이다. 그러니까 말하자면 우리는 문정일의 그늘에서 태평성대를 누린 셈이다.

당시 우리 그 중대에서는 별명이 성행하였는데 그중의 몇 가지를 추려서 소개한다면 마춘식[156]이는 '말코', 장진(장중진)[157]이는 '낙타 발', 림평이는 '가물치', 호유백이는 '대추씨', 김인철[158]이는 '대구' 따위인데 이런 것들은 각기 그 생김생김에 따라 지은 것으로서 그리 멋거리지지 못한 말하자면 좀 저급에 속하는 것이다.

이와는 달리 점잖은 좌석에 내놓아도 부끄러울 것 없는 상당히 예술적인 것들도 적지 않은바 그중의 몇 가지를 골라서 소개한다면 김경운[159]의 '우국지사'(이것은 그가 늘 세도의 그릇됨을 개탄하기 때문이며), 정연(정혐)의 '목사'(이것은 그의 성품이 워낙 경건하고 또 설교를 즐겨 하기 때문이며), 한득지[160]의 '도라지'(이것은 그가 '심심산천의 백도라지'를 멋들어지게 부르기 때문이다)였다.

이러한 별명 총중에 새 별명 하나가 더 늘었으니 그것은 곧 문정일이의 '전쟁할 때'였다.

어느 날 내가 같은 중대의 하직동(하진동)이라는 조선 학생과 나무그늘에 앉아서 한담을 하다가 슬쩍 지나가는 말처럼 "'전쟁할 때' 그

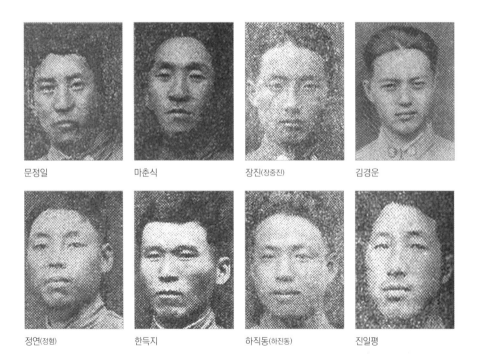

문정일   마춘식   장진(장중진)   김경운

정연(정혐)   한득지   하직동(하진동)   진일평

치…… 어디서 온 작자야?”하고 물어보았더니 “김학무랑 진일평[161]이
랑 같이 중앙대학에서 전학해 온 치야.”이렇게 대구하며 하직동이는
무엇이 못마땅한지 머리를 설레설레 저었다.

내가 목소리를 푹 줄여서 “그치 좀 덜돼 먹잖았어?”하고 눈치를 살
피니 “덜돼 먹다뿐이야? 애당초에 사람질 못할 물건짝인데!”하고 하
직동이는 혹독하기 짝이 없는 평가를 하였다.

나는 속으로는 적잖이 놀라면서도 사교적인 고려에서 “근사한 말이
야.”하고 발림수작으로 그의 비위를 맞춰 주었다.

그 후 항일 전쟁 시기에 하직동이는 중공 당원으로 되었다. 태항산
팔로군 부대에서 내가 미투리를 삼을 줄 몰라 쩔쩔맬 때 하직동이는
자진해서 나를 위해 미투리를 삼아 주었는데 그 솜씨는 가히 천하일
품이라 할 만하였다. 그때 그는 자기가 십 년 후에 포병학교 교장으로
되리라고는 생각을 못 했을 것이다.

4. ‘라 마르세예즈’

몇 달 지나는 동안에 나도 차츰 교내 사정에 익숙하게 되었다. 더욱
이는 조선 학생 독립 중대가 편성된 뒤에 그러하였다. 그 독립 중대에
서 나는 각처에서 모여든 이러저러한 조선 청년 망명가들과 가깝게
사귀게 되었다. 그중의 세 사람 — 주언(주연)[162], 장문해[163], 리동학(김동
학, 일명 리영여)[164]은 상해 프랑스 학교 중법학당 졸업생들로서 모두 프
랑스어에 능통하였다. 내가 프랑스어로 ‘라 마르세예즈’를 부를 수 있
는 것도 다 그들의 덕분이다. 한데 그중에서도 특히 주언이가 노래를

장문해의 부친 리광복(1936년 9월 25일 경성 서대문감옥에서)　　주언(주연)　　리동학(김동학, 일명 리영여)

잘 불러서 전교에 이름이 난 미남 가수 조소경이와 거의 맞먹을 만하였다.

낙화유수로 봄이 마감을 고하려는 어느 일요일 날의 일이다. 나는 몇몇 동급생들과 짝을 무어 가지고 시외의 경치 좋은 호수로 뱃놀이를 나갔다. 일행은 모두 넷이었는데 그중의 조소경(본명 리성근)과 주언은 생각이 나도 나머지 한 사람은 누구였던지 도무지 생각이 나지를 않는다.

우리는 푸른 물결이 넘실거리는 호수에서 가볍게 노를 저으며 곡조 유양한 노래들을 불렀다. 그러다가 노래를 바꾸어 주언의 선창으로 '라 마르세예즈'를 따라 부를 때였다. 한 척의 보트가 불시로 뱃머리를 돌리더니 곧장 우리 쪽으로 쫓아왔다. 가까이 온 것을 보니 거기에도 네 사람이 탔는데 그중의 하나가 바로 '전쟁할 때' 문정일이었다.

"그따위 개노래는 왜들 불러!"

이것은 문정일의 입에서 튀어나온 첫발의 도발적 유산탄이었다.

우리 배의 네 사람은 그 마른하늘의 벼락 같은 호령에 모두 넋을 잃고 어안이 벙벙하여 눈들을 끔벅끔벅하며 그의 누르께하고 홀쭉한 얼굴만 건너다보았다.

"어째, 프랑스제국주의의 앞잡이들이 되고 싶어서 그러는가?"

문정일이는 진일보하여 업신여기는 투로 힐문을 던져 왔다.

"그렇지만 이건 혁명가온데…… 93년 대혁명 시기에 프랑스 민중들이 모두 부르던……."

나는 말을 떠듬거리며 간신히 이렇게 항변하였다.

"무슨 잔말이야! 그게 프랑스제국주의의 국가가 아니고 뭐야?"

우리는 그 밉살머리스러운 문정일이가 찬물을 끼얹는 바람에 흥들이 깨져서 뱃놀이고 뭐고 흐지부지 다 걷어치웠다.

이 일이 있은 뒤부터 나는 더욱더 무조건적으로 하직동이의 영명한 논단에 감복하게 되었다. 그 고약스러운 문정일이를 사람질 못할 물건짝이라고 내리 깎았기 때문에. 한때 나는 그야말로 그 논단을 영생불멸의 결론이자 진리라고 생각한 일까지 있었다.

5. 사생지간

우리는 일반적으로 스스럼없이 우리의 교관들을 대하였다. 한빙이나 석정 같은 이들과는 우스갯소리를 곧잘 주고받았다. 그러나 김 선생 한 분만은 다들 어려워하였다. 감히 그 앞에서는 큰 소리로 웃지도 못하였다. 김 선생(김봉, 본명 김두봉)은 우리들 — 망명객 테두리에서의 연장자였다. 그러나 연령의 차이도 차이지만 보다 더 주되는 원인은 선생의 성격이 워낙 근엄해서 좀체로 우스갯소리를 잘 하지 않는데 있었다. 나는 일생 동안에 김 선생이 우스갯소리 하는 것을 단 한번 겨우 들었을 뿐인데 그 내용인즉 자신의 실패담으로서 "내가 소싯

적에 금강산에 가 요양을 한 일이 있었는데 가서 묵
새긴 곳은 외금강에 있는 보광암이라는 암자였습니
다. 그 암자는 울안 연못에다 천 마리가 넘는 금잉어
를 기르는 것으로 유명했습니다. 당시 나는 황달에
걸렸는데 누가 귀띔해 주기를 황달에는 금잉어가
당약이라고 합디다. 그래서 나는 병을 뗄 욕심에 제
잡담하고 삼태기를 얻어다가 금잉어 몇 마리를 떠

김봉(본명 김두봉)

서는 모닥불을 피워 놓고 그 자리에서 구워 먹었습니다. 보광암의 크
고 작은 중들이 이것을 보고는 (나를 삶은 개 다리를 뜯어 먹는 노지심만큼 여기
고) 모두 코들을 막고 달아납디다."

어느 휴일 날 나는 심운이와 함께 김 선생의 그 숙소로 방문하였다.
주객이 마주앉아 조용히 담화를 하는 중에 복도에서 두런두런하는 말
소리와 발자국 소리들이 들리더니 이내 노크하는 소리가 났다. 급기야
들어오는 것을 보니 다 한솥의 밥을 먹는 동급생들인데 앞장을 선 것
은 역시 또 문정일이었다.

다들 자리 잡아 앉은 뒤에 인사치레가 막 끝나자 문정일이가 한판
턱 차리고 나앉으며 우스갯소리를 늘어놓기 시작하였다. 나는 김 선생
앞에서 그가 그처럼 거리낌 없이 지껄여 대는 것을 처음 보았는지라
속으로 적잖이 놀랍게 여겼다. 한데 더욱 놀라운 것은 김 선생의 응수
하는 태도였다. 평소에는 그렇게 근엄한 선생님이 문정일의 말살에 쇠
살에 아무렇게나 지껄이는 소리를 듣고는 비단 미간을 찌프리지 않을
뿐 아니라 도리어 만면에 웃음을 띠고 좋아서 눈이 다 가늘어졌기 때
문이다.

후에 알게 된 일이지만 우리 중대 백여 명 학원, 학생들 중에서 감히

김 선생하고 농담을 할 수 있는 인물은 오직 문정일 하나뿐이었다. 그의 그러한 독특한 기량은 아무도 따라 배우지 못하는 절묘의 기량이 랄밖에 없었다. 40여 년이 지난 오늘에 와서도 나는 아직 그 비결의 소유를 모르고 있다. 당시 문정일은 나나 매한가지 급료 12원짜리 학생에 불과하였다. 우리와는 달리 학원이란 명칭으로 불리는 동급생들도 있었는바 그것은 부대를 거느려 본 경력이 있는 본교 졸업생으로서 재입학한 사람을 일컬음이다. 그들의 급료는 우리보다 8원이 더 많은 20원이다. 그러한 8원씩을 더 받는 형장네도 김 선생 앞에서는 개개 다 숙연히 옷깃을 여미는 판인데 문정일이만은 기탄없이 너덜거려도 아무 일 없으니 참으로 괴이한 일이라 아니 할 수 없었다.

"'전쟁할 때' 그친 너무 방자해서 못쓰겠는걸."

김 선생의 숙소에서 나와서 학교로 돌아오는 길에 내가 못마땅한 어투로 이렇게 말했더니 심운이는 대꾸 않고 그저 빙그레 웃기만 하였다. 교문이 바라보이는 데까지 왔을 때 그는 비로소 미소를 머금고 입을 뗐다.

"남들이 다 못하는 노릇을 하는 건 장점이라고 봐야 하겠지. 그 점은 인정을 해 줘야 옳잖은가?"

"장점은 무슨 놈의 장점! 닥치는 대로 아무렇게나 지껄여 대는 장점?"

내가 경멸하는 어투로 이렇게 뇌까렸더니 심운이는 말없이 그저 빙글거리기만 하였다.

심운은 서울 사람으로 1933년에 중국에 망명하여 상해에서 반일 활동에 종사하였다. 1940년 호북에서 중국공산당에 가입하고 이듬해에 팔로군에 참군하였다. 1944년 당의 파견을 받아 천진에 잠입하여 지하공작을 하던 중 변절자 윤해섭[165]의 밀고로 적에게 체포되었다가 1945년 8월에 서울 서대문감옥에서 해방을 맞이하였다.

1948년에 그는 남조선 반동 당국에 의하여 체포되어 또다시 서울 서대문감옥에 수감되었다. 당시 그는 서울에서 지하공작을 하고 있었다. 1950년 6월, 남하한 조선인민군 부대의 탱크가 벽돌담을 들이받아 무너뜨리며 서대문감옥으로 돌입하였다. 심운이는 그제야 비로소 다른 정치범들과 함께 두 번째 해방을 맞이하게 되었다.

6. 집결 지점 ― 락양

1938년 한구에서 조선의용대(조선의용군의 전신)가 건립된 후, 두 개 지대의 각 분대는 여러 갈래로 나뉘어 양자강 남북안의 각 전장으로 급행군하여 침략군의 진격을 저지하는 전투에 뛰어들었다. 그러나 이태 남짓이 그렇게 싸우는 동안에 그들의 뜨거운 항전의 열망과 장개석의 소극적인 항전 방침 사이에는 필연적인 모순이 생기게 되었다. 하여 그들은 은밀한 가운데 하나의 공동한 결심을 내렸다. ― 해방구로 넘어가자! 오매불망의 해방구는 꿈속에서도 그들에게 어서 오라고 손길을 치고 있었다.

1939년, 당시 호북 제5전구에서 활약하고 있던 제2지대 내에 중공의 지하조직이 건립되었다. 그리고 얼마 아니 하여 그 조직은 조선의용대 전대의 핵심적인 역량으로 자라났다.

1940년 말에서 그 이듬해 이삼월 사이에 화중, 화남 각 전장에 분산되었던 조선의용대의 각 지대들과 분대들이 육속 북상하여 락양에 집

리춘석(리춘암)

왕자인

결한 뒤 전대가 황하를 북으로 건너서 태항산 항일 근거지로 넘어 들어갈 태세를 갖추었다.

강남에서 북상한 제1, 제3 혼성 지대의 지대장은 박효삼이고 정치위원은 석정 그리고 두 부지대장은 리춘석(리춘암)[166]과 김세관(김세광)[167]이었다. 제2지 대를 영솔한 것은 지대장 리익선과 정치위원 김학 무 그리고 부지대장 왕자인[168] 및 지하당 책임자 호 철명이었다.

당시 조선의용대 락양 분대는 전임 분대장 리세 영(중앙군관학교 제11기 보병과 졸업생)이 전사한 까닭에 문정일이가 그 후임으로 제발되어 있었다. 하여 당 지의 분대장인 그는 육속 당도하는 각 부대를 접대 할 중임을 그 두 어깨에 짊어지지 않을 수 없게 되 었다. 영사를 마련하고 급양을 보장하는 외에도 연락과 통신에 지장 이 없도록 하는 문제 그리고 통행증과 도하 증명서의 교부 신청 등 등……. 두서를 차리기 어려울 정도로 번다한 일들이 한시에 들이닥 치는 바람에 그는 밤이고 낮이고 팽이같이 팽글팽글 돌아야 하였다. 한데 더욱 시끄러운 것은 그 모든 일을 다 잠시도 경각성을 늦추지 않 고 국민당 특무들의 이목을 피해 가며 해야 하는 것이었다. 문정일은 1940년 1월에 입당하였는데 공작상의 편의와 필요로 하여 그전부터 줄곧 제1전구 사령장관 위립황의 사령부에 주재하고 있었다. 그래서 한 조선 국적의 중공 당원이 국민당 군대 사령부에 잠복해 있다는 기 묘한 국면이 조성되었던 것이다.

나는 소상강반에서 떠나서 양자강을 건너고 또 한수를 거쳐 수천 리

먼 길을 넘고 건너 수월치 않게 황하 기슭에까지 와 닿았다. 옛말에도 '선비가 사흘을 갈라지면 눈을 비비고 다시 보아야 한다'라고 했는데 하물며 문정일이와 나는 3년 동안이나, 다시 말해서 300여 개의 '사흘'이나 갈라졌던 셈이니 더욱 마땅히 눈을 비비고 다시 보아야 할 것이 아닌가. 두 친구가 불길 속에서 오래간만에 다시 만났으니 반갑지 않을 리 없다. 나는 너털웃음을 웃으며 그의 여윈 손을 잡아 흔들었다.

"잘 있었나, '전쟁할 때'. 한데 어째 살이 전연 안 올랐어?"

내가 이렇게 예절 바르게 수인사를 한즉 문정일이도 그 홀쭉한 얼굴에 웃음이 가득해서 내 손을 마주 잡아 흔들며 "맹추 왔나? 그런데 대가리가 그렇게 커다래 가지고도 아직 버릇을 못 배운 모양이지." 하고 입이 싸게 대꾸를 하였다.

락양에서 한 달을 묵새기는 동안에 나는 일찌기 하직동이가 내린 바 있는 영명한 논단에 대한 신앙이 차츰 뒤흔들리기 시작하였다. 문정일에 대해서 내린 그의 논단이 다시는 '영생불멸'의 것이 아닌 듯싶어졌다. 우리의 '전쟁할 때' 문정일이가 동란의 나날에 단련이 되어서 다시는 전처럼 그렇게 '사람질 못할 물건짝'이 아님을 발견했던 것이다. 비록 그 말라쟁이 존안은 의구했지만.

문정일이는 그처럼 바쁜 중에도 시간을 짜내어 따로 나를 초대하였다. 환영 연회라는 명목으로 둘이서 오붓이 정주호텔에 가 약식으로 정식을 먹는데 전시라서 그런지 소고기고 닭고기고 생선이고 다 분량들은 그리 푸짐하지를 못하였다. 해도 문정일이는 그러한 정식이나마 제 몫의 1인분을 다 먹지 못하였다. 그러한 정식이나마 나는 물론 친구로서 사심 없는 지원의 손길을 뻗치지 않을 수 없었다. 문정일이는 양손에 나이프와 포크를 갈라 쥐고 앉아서 경탄해 마지않는 눈으로 나의 놀라운 식욕을 구경하고 있었다. 내가 바람이 구름을 걷듯이 눈 깜짝할 사이에 제 것, 남의 것을 다 쓸어 버리자 그는 감동된 나머지에 진정으로 찬사를 보내왔다.

"맹추, 너 그동안 통 굶어 살았구나. 급료 받은 건 다 뭘 했니?"

"그래도 난 너처럼," 하고 나도 예절 바르게 답사를 올렸다. "그렇게 뼈하고 가죽만 남진 않았다. 이 가련한 허수아비야."

부드럽고 포근한 화기가 감도는 중에 우리는 네 눈이 마주 보며 소리 내어 웃었다.

나는 락양에서 여러 해 만에 '왕시상' 로민이와도 만났다. 그의 체질은 여전히 그렇게 갈대같이 호리호리하였다. 한데 여럿이 함께 소고깃국집에를 가면 그는 으레 접대원에게 한마디 "곱 쪽으로." 하고 이르는 것이었다. 그는 타고난 선병질이었으므로 누구보다도 더 지방질이 필요하였던 것이다.

내가 웃으며 그더러 이제부텀 '왕시상'을 '곱쪽'이라고 고치는 게 어떻겠느냐고 놀려 주었더니 그는 대꾸 않고 그저 빙글거리기만 하였다.

후일 내가 불행하게도 긴 세월 — 한 번은 4년, 또 한 번은 십 년 — 징역살이를 하게 되어 옥중에서 기름 구경을 통 못 하는 탓으로 온몸의 살이 내려 피골이 상접했을 때 나는 비로소 로민이가 신봉하는 보건법이 절대로 과학적이라는 것을 시인하고 또 감복하였다. 그와 동시에 나는 또 자연히 다른 한 전우 — 주혁[169]이가 신봉하는 과학적 보건법에도 생각이 미치게 되었다. 한번은 팔로군 부대에서 생활 개선을 하는데 늘 한자리에서 같이 밥을 먹어서 내 식성을 잘 아는 주혁이가 나한테 제의하기를 "살고기는 다 네가 먹고 비게는 다 내가 먹고…… 어떠냐?"라고 했다.

나는 본시 돼지비게라면 질색을 하는 사람인데
어찌 선뜻 응하지 않을쏜가? 두말없이 찬성표를 던
질밖에. 허나 속으로는 은근히 의심하기를 '저 자
식, 정신착란이 아닌가?'

그러나 후일 철창 속에서 기름기가 극도로 부족
할 때 나는 주혁이의 과학적 보건법에 대해서도 감
복해 마지않았다. 나는 자기의 지난날의 천박을 뼈

주혁

아프게 뉘우치고 다시는 그를 정신착란이니 뭐니 의심하지 않았다.

주혁이는 함경북도 길주 사람으로 역시 나의 군관학교 시절의 동
창생이다. 그도 후에 팔로군에 참군하고 또 중공 당원으로 되었다.
1950년 가을, 그는 조선인민군의 한 보병 사단 참모장으로 인천에서
전사하였다.

7. 맹진나루

1941년 강남 갔던 제비가 돌아올 무렵 우리는 황하를 북으로 건너
서 항일의 봉화가 타오르는 태항산으로 들어갈 차비들을 하였다. 그
당시 우리의 세계관은 극히 단순해서 무릇 항일하는 사람은 다 영웅
호걸이요, 안 하는 연놈은 다 개돼지였다.

우리는 일찌기 아무도 그 출중하지 못한 문정일이가 전원이 북상을
할 때 관건적 역할을 놀 줄은 예측하지를 못했었다. 시대가 영웅을 낳
는지, 아니면 질풍이 불어야 억센 풀을 아는지 아무튼 죽고 사는 문제
가 걸려 있는 고비판에 그는 일약 판국을 주름잡는 풍운아로 되었다.

황민(본명 김승곤)

그래서 그런지 그의 홀쭉한 얼굴도 금빛의 후광이 엇비낀 듯 생기가 발랄해 보였다. 그는 조선의용대 두 개 지대와 여러 분대 전원을 저까지 넣어서 네 패로 나눠 가지고 띠엄띠엄 떠나보내는데 여섯 달에 걸쳐서 한 사람의 손실도 없이 안전하게 다 태항산 항일 근거지로 이동시켰다.

각 전장의 조선의용대가 홀연히 온데간데없이 자취를 감추었다가 얼마 후에 또 홀연히 태항산 땅 밑에서 솟아났을 때 국민당 특무들의 놀람은 어떠했을까 감히 짐작이 가고도 남음이 있다.

우리 제2지대의 선견대는 모두 열 사람으로 편성되었는데 영솔자는 김학무였다. 대원은 윤곡흠, 리조, 박문, 림평, 왕극강(본명 김창규)[170], 심운, 정영과 나 그리고 또 한 사람은 '큰애기'라는 별명을 가진 미남자 황민[171](황민은 멋쟁이로서 비당원)이었다.

출발을 한 시간 앞두고 불시로 통지를 받았는데 통지를 받는 길로 우리는 지체 없이 행장들을 수습하였다. 전쟁판에서 항시 대기 태세를 갖추고 있는 군인들이 꾸물거릴 게 무에 있는가. 한데 막상 출발을 하려고 본즉 사람 하나가 모자랐다. 아무리 찾아보아도 없었다. 그 신비스럽게 돌연히 자취를 감춰 버린 사람은 다름 아닌 황민 '큰애기'였다. 우리는 모두 당황해났다. 그것은 참으로 예상일이 아니었다. 큰 방축도 개미구멍으로 무너진다는 말이 있잖은가!

우리를 바래려고 장관 사령부에서 총총히 달려온 문정일이는 얼굴이 해쓱해져서 한동안 말을 못 하였다. 의심할 나위 없이 그것은 배반 도주였기 때문이다. 국민당의 헌병대가 우리 영사에서 너덧 마장밖에 안 되는 거리에 있으니 걸어서 갔다 온대도 한 시간이 채 안 걸린다.

그러나 우리는? 화살은 이미 시위에 먹여 들었으니 아니 쏠래야 아니 쏠 수 없는 형편이다. 우리는 모두 속으로는 몹시 떨떠름하면서도 칼 물고 뜀뛰기로 결언히 길들을 떠나지 않을 수 없었다.

나중에 알게 된 일이지만 황민이는 생활이 간고한 해방구로 갈 생각이 없어서 출발 명령을 받는 길로 곧 영사를 벗어나서 정거장으로 달려가 첫차를 잡아타고 서안에 주류하는 우익 군대 — 한국광복군[172]으로 도망을 쳤다. 다행히도 그는 우리의 행동 계획을 아무에게도 누설하지는 않았다.

급기야 우리 선견대 일행 아홉 사람이 맹진나루[173]에 당도해 본즉 벌써부터 군대에 징용된 황하의 크고 작은 범선들은 전부 초만원을 이루어서 말, 사람과 군용물자가 한군데 붐비어 복대기를 치고 있었다. 군사 관리 당국이 총대에만 의거해서 유지하는 질서가 뒤죽박죽임은 대번에 알리었다. 하긴 뒷문거래가 성행하는 바람에 가뜩이나 혼잡한 국면이 더더구나 혼잡한지도 모를 일이었다. 아무튼 판국이 그런 까닭에 우리는 예상외로 거기서 두 시간 이상이나 지체를 하게 되어 모두들 조바심이 나서 왼새끼를 꼬았다. 영솔자인 김학무가 총지휘관을 찾아서 반나절이나 교섭을 하였으나 결국은 요령부득으로 나룻배는 여전히 차례지지 않았다. 우리 모두가 속을 지글지글 끓이고 있을 즈음에 홀지에 구성이 나타났다. — 문정일이가 온 것이다.

문정일이는 우리를 떠나보내 놓고 나서도 도무지 마음이 안 놓여서 안절부절을 못하다가 마침내 마음을 고쳐먹고 부랴부랴 뒤쫓아 왔던 것이다. 문정일이가 오자마자 옭혔던 매듭은 손을 대기가 무섭게 풀려 나갔다. 그는 제 군복 앞가슴에 달린 제1 전구 장관 사령부의 출입증을 가지고 어리석은 국민당 관원들을 혼쌀 냈던 것이다.

우리를 태운 배가 뱃줄을 감은 뒤에 문정일이는 혼자서 꼼짝 않고 방축 위에 서서 차차 멀어 가는 우리를 점도록 눈으로 바래었다. 나는 탁류가 끓어 번지는 황하의 강물을 엇비슥이 건너가며 뒤뚝거리는 100석실이 배 위에서 차차 작아지는 그의 호리호리한 몸매를 내처 바라보았다. 그러는 중에 나는 홀제 가슴속에 뜨거운 그 무엇이 북받치는 것을 느꼈다. ― 그것은 동지에 대한 나의 진지하고도 은근한 우정이었다.

8. 통행세

우리가 황하를 북으로 건넌 뒤 제1의 행선지는 림현의 합간[174]이란 곳이었다. 우리보다 한 걸음 앞서 떠난 제1지대 즉 제1, 제3 혼합 지대가 합간 거리에서 오륙 마장가량 떨어진 한 부락에 주류하고 있었는데 우리는 거기 가서 그들과 합류할 계획이었다.

한데 시끄러운 것은 도중에 괴뢰군 즉 황협군이 길목을 지키는 봉쇄선 하나를 넘어야 하는 것이었다. 우리는 노상에서 한 소좌 대대장이 영솔하는 방병훈 부대의 소부대와 짝을 무었다. 그 소부대는 반 개 중대의 병력으로서 탄약, 의약품 따위 군수물자를 수송하는 중이었다. 그들은 또 곁다리로 자기 부대의 군관 가족 몇 사람도 호송하는데 개중에는 전족을 한 여자까지 하나 있었다.

봉쇄선을 10여 리 앞둔 한 촌락에서 그 대대장의 부관이 거동이 수상스러워 보이는 당지의 작자 하나와 이마를 맞대고 반나절이나 수군수군하더니 마침내 흥정이 이루어진 모양으로 약간의 길세 즉 통행세를 내는 것이었다. 나중에 안 일이지만 그 수상스러워 보이는 작자는 괴뢰군과 국군 사이에 흥정을 붙이고 그 구전으로 생계를 유지하는 거간꾼이었다. 역시 마찬가지로 돈만 있으면 귀신도 부릴 수 있는 세상 ― 동취로 오염된 세상이었다.

"여러분, 인제 맘 놓고 휴식들 하십시오."

대대장이 웃는 낯을 우리에게 돌리고 말하였다.

"일찌감치 저녁 식사를 해치우고 땅거미만 지면 곧 떠나기로 합시다. 모든 게 다 순조로우니 안심들 하십시오."

그러나 미구에 현실은 일이 그렇게 순조롭지 않음을 증명하였다. 따라서 마음을 놓는 것도 너무 좀 일렀다.

달 없는 밤이 몹시 어두운 데다가 길까지 험하여(우리는 내처 조약돌투성이의 마른 냇바닥을 걷고 있었다) 그 전족을 한 군대 가족 여자는 촌보를 옮기기가 어려울 지경이었다. 나중에 정 안 될 형편이므로 림평이와 왕극강이가 자진해 나서서 양쪽에서 곁부축을 해 주었다. 그러다가 나중에는 그것도 또 안 되겠으니까 숫제 둘이 엇갈아서 업고 걸었다(림평이는 1943년에 태항산에서 희생되고 왕극강이는 1950년 늦은 여름 서울에서 미제의 고용 간첩인 리승엽 [175] 도당에게 학살되었다).

어둠 속을 더듬어 봉쇄선 근처에까지 왔을 때 무슨 까닭인지 대오가 불시에 멎어 버렸다. 움직이지 않는 대오 속에 서서 기다리는 동안 우리는 원인을 몰라서 답답도 하려니와 적습이 우려되어 적잖이들 긴장도 하였다. 이윽고 선두에 섰던 부관이 허둥지둥 달려와 대대장을 찾았다.

"무슨 일이야?"

조급증이 난 게 분명한 대대장이 음성을 낮추어서 물었다.

"대대장께 보고드립니다. 저 벼락 맞을 날강도 놈들이 글쎄 웃돈으로 천 원 두 개를 더 얹어야 놓아 보내겠답니다!"

"흥정은 이미 다 됐는데 또 새삼스레 무슨?"

"누가 아니랍니까. 그 악당 놈들이 생눈깔을 뽑으려 드는 겁지요!"

부관은 젖 먹은 밸까지 뒤집혀서 씨근덕거렸다.

"한 푼도 더는 못 얹어. 가서 말해, 한 푼도 더 못 얹는다구!"

대대장이 단호한 태도로 분부하였다.

그러나 부관은 이내 또 허둥지둥 달려와서 "안 된답니다. 안 된다고 딱 잘라 뗍니다." 하고 숨이 턱에 닿아서 "저 날강도 놈들이 글쎄 한 푼도 덜해서는 안 된다고 배짱을 퉁기니 이를 어쩝니까?"

"어쩌긴 무얼 어째? — 짓쳐 나가지! 개새끼들, 안 돼? — 짓쳐 나가!"

대대장은 천둥같이 화가 나서 이렇게 소래기를 지르고 이어 전대에 명령하기를 "날창 꽂앗! 안전기 열엇!"

형편을 보아하니 일장의 유혈 충돌은 불가피면이라 우리도 따라서 액운을 면치는 못할 모양이었다. 하여 우리는 모두 마음을 가다듬고 미첩에 박두한 결사전을 맞이할 준비를 갖추었다.

어둠 속에 서슬 푸른 살기가 갑자기 들어차서 우리는 산비가 오려고 누각에 바람이 가득한 것 같은 긴장감에 사로잡혔다.

허나 세세대대 '삼국', '수호'의 정신으로 도야되었고 또 군웅할거의 틈바구니에서 단련이 된 그들은 인정에 통달했고 또 변통수가 능란하였다. 괴뢰군 장병들은 무른 땅으로 알고 박으려던 말뚝이 너럭바위에 부닥친 것을 알고는 얼른 태도를 일변해서 웃는 얼굴로 얼렁뚱땅해 넘겼다.

"다 같은 겨레끼리 집안싸움할 것 뭐 있소? 자, 자, 어서들 건너가시오."

한데 우리 대오의 꼬리가 막 봉쇄선 ─ 적의 군용도로를 다 건너서자 별안간 등 뒤에서 요란한 총성이 일어났다.

"저런 망할 놈들!"

나는 저도 모르게 입에서 욕이 튀어나왔다.

"일없소, 저건 행차 뒤의 나발이요. 왜놈들 들으라고 해 보이는 수작이요."

뱃속이 유한 대대장이 상거롭게 말하며 내 어깨를 툭 쳤다.

아니나 다를까 그 숱한 총알들은 다 하늘 구경을 올라가는 모양으로 우리 근처에는 어느 한 놈 얼씬거리지도 않았다.

9. 메마른 고장

급기야 제1지대가 주류하는 지점에를 당도해 보니 부락은 규모가 어지간히 크지만 통 물 구경을 할 수 없는 메마른 곳이었다. 마을 앞의 시내라는 것도 바닥이 바싹 마른 조약돌투성이의 모래톱이었다. 주민들은 부득불 오류 마장이나 떨어진 이웃 동네에 가서 나귀바리로 물을 실어 날라야 하는데 그 우물의 깊이가 또 놀랄 만큼 깊어서 들여다보는 사람들로 하여금 혹시 이건 지옥까지 맞뚫리지나 않았나 하는 의혹을 품게 하였다. 각 집에서 쓰는 이른바 세숫대야라는 것은 국사발보다 한 3분의 1쯤은 작은 걸작품들이었다. 따라서 우리가 마시는 물도 배급제로서 매 인당 하루에 군용 고뿌로 하나 ─ 500그램이었다. 혹시 실수를 해서 쏟지르거나 하면 제 일수가 사나운 걸로 자인하고 목구멍에서 단내가 나는 하루를 견뎌야 하였다. 죽어도 보충은 안 해

마덕산

주동욱

주는 게 법이었으니까. 얼굴은 매일 아침 육칠 마장 떨어진 개울까지 달려가서 씻어야 하였다. 그러므로 가문 때는 체내에 수분이 부족한 탓으로 걸핏하면 코피가 나곤 하였다.

그 고장 민가들은 지붕이 모두 평평하였다. 비가 올 때면 주민들은 그 노대식 지붕에 고이는 빗물을 수채로 받아서 독에 채워 놓고 기름이나 술처럼 두고두고 조금씩 퍼내 썼다.

마침 우리가 도착한 다음 날 한낮께 희한하게 비가 한바탕 쏟아져서 그 바람에 구경거리 하나가 생겼다. 제1지대의 마덕산[176]이와 주동욱[177] 두 친구가 눈 깜짝할 사이에 옷들을 홀딱 벗어 버리고 알몸으로 뛰어나가 마당에 서서 빗물로 샤워욕을 시작한 것이다. 한데 그들이 전신에 — 머리 꼭뒤에서 발뒤꿈치까지 듬뿍 비누칠을 했을 때 갑자기 비가 그치고, 비가 그치자 이내 구름이 걷히고, 구름이 걷히자 또 곧 해가 났다. 그러니 두 욕객은 삽시간에 비누졸임으로 돼 버릴밖에. 마덕산, 주동욱 두 친구가 매시근해서 머리에 말라붙은 비누거품을 입들이 쓴 듯이 마른손으로 비벼 떨구는 꼴을 보고 나는 허리를 잡고 웃다가 눈물까지 내었다. 나는 본디 웃음을 참지 못하는 고약한 버릇이 있는데 그적에도 아마 눈치코치도 모르고 좀 지나치게 웃은 모양이었다. 마덕산이는 몹시 맞갖잖은 듯이 내게다 눈을 흘기며 두덜두덜하였다.

"남은 속이 상한다는데 저 좋아하는 꼴 좀 봐라. 저열한 인간!"

내가 그 후 20년이 지나서 〈인민화보〉에 실린 '홍기거' 수로의 채색

사진을 보고 감개가 무량해한 것은 바로 이 때문이었다. 사람에게 있어서 무슨 일이나 친히 겪어 본다는 게 얼마나 중요한가.

마덕산은 경상남도 창원 사람으로 나의 군관학교 시절의 동창생이다. 그는 경상도 사투리로 "새까 새까 날아든다" ― '새타령'을 잘 부르는 것으로 유명하였다. 1942년 가을, 그는 북평에서 다른 한 조선의용군의 성원인 김석계[178]와 함께 군사 간첩죄로 일본 군법회의 즉 군사 법정에서 사형을 선고받았다.

총살형은 이튿날 새벽 일본 헌병대 본부 후원에서 14명의 총수로 편성된 행형대에 의하여 집행되었다. 형이 집행되기 임박해서 마덕산은 눈을 싸매는 것을 거절하고 오연히 버티고 서서 죽음을 맞이하였다.

마덕산의 이 영웅적 최후를 목격하고 큰 충격을 받아서 민족의 양심을 되찾은 일본 헌병대의 조선인 통역 하나가 후에 팔로군 부대로 의거해 넘어왔다. 그가 아니었더라면 우리는 마덕산이 어디서 어떻게 죽었는지도 모를 뻔하였다.

10. 헛소동

어느 날 이른 새벽 기상을 한 직후에 우리는 놀라운 사실을 발견하였다. 우리가 주류하는 부락이 국민당 군대에게 철통같이 포위를 당한 것이다. 부락을 둘러싼 병사들의 간격이 한 미터씩이나 될까, 팔을 벌리면 서로 손을 맞잡을 만한 거리였다. 물샐틈없다는 형용은 아마 이런 걸 두고 하는가 싶었다. 우리는 놀라서 서로 돌아보고 또 제각기 의혹을 품었다. 바람이 어디로 새어 나간 게 아닌가? 그렇다면 우선 짓쳐 나갈 준비부터 해야 하잖겠니? 우리가 갈피를 잡지 못하고 망설이고 있을 즈음에 홀제 포위한 부대의 한 중대장이 뒤에 전령병 하나를 딸리고 우리 쪽으로 걸어왔다. 그는 가까이 오자 "어느 분이 영솔하는 장관이십니까?" 하고 깍듯이 물었다.

제1지대 지대장 박효상이 두 걸음 앞으로 나섰다(박효상은 중앙군관학교 제8기 졸업생이며 그의 안해 리수운은 용감한 중국 여자이다). 피차에 거수례를 나눈 다음 그 중대장은 미안스러워하는 어투로 "이거 대단히 미안하게 됐습니다, 여러분을 놀라시게 해서. 간밤에 이 부락에 탈옥을 한 강도 집단이 잠복했다는 소식이 들어와서 놈들이 튈까 봐 밤중에 불시로 상급의 명령을 받들고 이렇게……."

알고 보니 일장의 헛소동이라. 박효상은 속으로는 은근히 한시름을 덜면서도 겉으로는 아닌 보살 하고 "천만에, 천만에. 여러분 수고들 하십니다. 그런데 우리도 한 팔 도와드리면 어떨까요?"

"아니, 아니. 그럴 필요는 없습니다. 용의만은 고맙습니다. 그럼 전 이만 물러가겠습니다. 안녕히!"

그 중대장이 되돌아가 버리자 '구둣솔'이라는 별명을 가진 장평상(장평산)[179]이가 싱글거리며 《손자병법》의 한 대목인 '싸우지 않고 적병을 굴복시키는 것이 상수 중의 상수이니라'를 외워서 사람들을 모두 웃겼다. 장평상의 별명은 내가 지었는데 그것은 나이 스무나문 살밖에 안 된 그가 수염투성이 털보였기 때문이다.

한 사흘 지나서 락양 전구 사령부에 전보를 칠 일이 생겨서 심운이가 방병훈의 집단군 사령부로 가는데 나도 따라가게 되었다. 우리가 사령부 근처에까지 갔을 때 홀제 서남 방향에서 국민당 군대의 소형 단엽 수송기 한 대가 날아오더니 사령부에서 오륙 마장가량 떨어진

방병훈

방병훈(앞줄 왼쪽 첫 번째)이 일제 주구와 함께

간이비행장에 가 내렸다. 알고 보니 군의 월비 즉 현금을 싣고 온 비행기라는데 그 밖에 대립[180]이가 파견한 특무 공작 인원 따위를 싣고 왔기도 쉽다.

우리는 통신 중대에서 찰 랭(冷) 자 랭가 성 가진 대위 중대장 하나를 알게 되었는데 그가 비록 성은 랭가라도 사람은 결코 차지 않아서 여간만 따뜻하게 우리를 접대해 주지 않았다. 우리는 거기서 신기한 무전용 발전기 하나를 보았는데 그 발전기에는 두 개의 파란 뻥끼칠을 한 금속 손잡이가 달려 있어서 송수신이 다 끝날 때까지 병사 둘이 마주앉아 보트의 노를 젓듯이 계속 그것을 저어야 하였다.

우리는 얼마 오래지 않아 문정일이의 답전을 받았다. 하여 우리의 박 지대장은 절름발이 방병훈 총사령을 가서 만나 보아야 할 일이 생겼다. 겉으로는 우리가 장차 전개할 대적군 공작을 어떻게 그들의 군사행동에 배합시킬까를 상론하러 간다고 내세웠지만 실상은 방가를 직접 만나 드레질을 해서 부대의 허실을 파악하여 우리가 봉쇄선을 돌파하고 해방구로 넘어 들어가는 데 유리한 조건을 창조하자는 데 그 목적이 있었다.

한데 그런 절충을 하자면 그에 상응한 틀도 차리고 또 위의도 갖추

진국환(진국화)

어야 한다. 그래서 박 지대장은 여럿 총중에서 두 사람을 즉 나하고 진국환(진국화)[181]을 골라 뽑아서 임시로 나는 부관으로 꾸미고 진국환은 호위병으로 꾸몄다(진국환은 성질이 유순하고 또 천진난만하여 전우들의 꾐을 받았다. 그는 고아로 자랐으며 역시 나의 군관학교 동창생이다. 해방 후 그는 해군 부대의 한 지휘관으로 되었다).

방 총사령과 박 지대장 두 주객이 한훤 수작을 마친 뒤에 차를 드리고 또 담배를 권하는 것까지 보고 나서 나는 외실로 물러 나왔다. 외실에서 기다리는 방병훈의 부관이 우리들더러 어서 앉으라고 자리를 권하였으나 진국환은 제 '신분'을 고려하여 감히 앉지 못하고 그냥 서 있었다. 나는 속으로 재미나게 웃으며 권하는 의자에 버젓이 걸앉았다. — 역시 '부관' 노릇을 하는 게 득이야. 그러나 영국 궐련 '트리 캘슬'을 권하는 것만은 사절하고 받지 않았다. 피울 줄 모르는 담배를 피우다가 사레라도 걸리면 망신이겠기에.

한참 앉아 대령하다가 나는 잠깐 밖에 나갔다 들어와야 할 필요를 느꼈다. 주인인 진짜 부관이 어디를 가시려느냐고 물어서 그저 잠깐 좀 볼일이 있다고 나 이 가짜 부관이 대답한즉 그는 얼른 의자에서 일어나며 제가 안내하겠다고 극진한 호의를 보여 주었다. 나는 그럴 것 없다, 제가 찾을 수 있다고 사양하고 혼자서 복도로 나왔다.

내가 길을 잘못 든 것 같아서 머뭇거리고 있을 즈음에 홀제 오른손편 방문에 드리운 흰 포장이 바람에 펄렁하였다. 그 순간 나는 저도 모르게 숨을 들이그었다. 눈결에 그 방 안에 사람 셋이 앉아 있는 것을 보았는데 그중 하나는 안경을 쓴 양복쟁이고 나머지 둘은 군복을 차려입은 일본 장교였다! 비록 눈결에 피뜩 본 것이긴 하지만 새매같이 날카로운 내 눈초리는 절대로 못 속인다. 나는 너무 몹시 놀라는 통에 나오려던 오줌이 도로 다 들어가 버려서 다시는 밖에 잠깐 나갔다 들어올 필요를 느끼지 않았다.

나는 얼른 발길을 돌이켜 되돌아 들어오는 길로 방 안에 여전히 앉지 못하고 서 있는 진국환에게 눈짓으로 군호를 하였다. 진국환은 알아차리고 재빠르게 경계 태세를 갖추며 긴장해서 허리에 찬 권총을 더듬어 보았다. 나는 아닌 보살 하고 앉아서 책상 위의 그림책을 뒤적거리며 머릿속으로는 꼬리를 물고 일어나는 가지가지의 추측을 윤전기같이 급속도로 돌렸다.

'이게 도대체 웬일일까? 있을 수 없는 일, 절대로 있을 수 없는 일!'

이윽고 후보 매국노 방 절름발이가 일어나서 손님을 바래는데 음흉하고 교활하기 짝이 없는 놈이 말은 또 번지레하게 잘하여 싱글벙글 웃으며 나까지 한바탕 치살렸다.

"박 대장, 저 젊은 양반 인물이 준수하구먼요." 하고는 나를 보고 능청 부렸다.

"스물 몇이지?"

영사로 돌아오는 길에서 나는 방금 목격한 사실을 박효상에게 반영하였다. 진국환은 옆에서 따라오다가 내가 하는 말을 듣고 너무도 놀라와서 벌린 입을 다물지 못하였다. 한참만에야 부르짖듯 "그런 일이 있었는가! 난 또 무슨……." 하고 머리를 설레설레 저었다.

"꼬락서닐 보아하니 방가 절름발이가 아무래도 반변을 할 모양이군."

한동안 걷다가 박효상은 비로소 이렇게 한마디를 내뱉었다. 그리고 또 동안 뜨게 한마디를 덧붙였다.

"그자가 지금 우릴 돌볼 겨를이 없을 테니 우리한텐 차라리 잘된 셈이지."

아니나 다를까 방병훈이는 그 후의 역사가 증명하듯이 반변을 하여
제 집단군 전원을 끌고 적에게로 넘어가 수치스러운 매국노로 되었다.

박효상의 나이는 당시 서른대여섯밖에 안 되었지만 그런 일에 들어
서 그는 남다른 혜안을 구비하고 있었다.

11. 아, 태항산!

그날 우리는 한 시간 앞당겨 저녁 식사를 하였다. 식사를 서둘러 끝
내는 길로 또 부랴부랴 행장들을 수습하여 길 떠날 준비를 하였다. 대
본부에 큼직한 공물 상자 서넛이 있었는데 그것들도 드다루기 쉽게 얽
어매 가지고 몇 사람씩 패를 갈라 교대적으로 목도를 하기로 하였다.

이윽고 전원이 마을 밖 와지에 집합을 하자 박 지대장이 정식으로
"오늘밤 우리는 전원 초병선을 돌파하고 해방구로 들어간다." 이렇게
선포하는데 그 의용은 엄숙하기가 짝이 없었다.

모색이 창연한 가운데 전대가 숙연하여 기침 소리 하나 들리지 않는
중에 내 옆에 서 있던 키가 호리호리한 영화배우 출신의 최채[182]가 긴
장한 동작으로 코허리의 안경을 바로 썼다. 드디어 행군이 시작되었
다. 길잡이는 팔로군(기실은 제18집단군) 총사령부에서 지하 연락망을 통
하여 파견해 온 백청(백정)[183]이라는 조선 동지로서 그는 언제나 어려
운 일에 앞장을 서는 우수한 공산당원이었다. 그와 상종하는 몇 해 어
간에 나는 그가 불평을 부리는 것을 한 번도 못 보았다.

달도 없고 별빛도 안 보이는 침침칠야에 우리는 모두 세 겹의 초병

선을 통과하였다. 어둠 속에 은신하고 있는 초병들이 느닷없이 날카로운 목소리로 통행암호를 물을 적마다 선두에 선 백청은 웅글고 두드러진 목소리로 대답하는 것이었다.

백청(백정)

"흐렸다 개었다(陰晴不定)!"

그것은 바로 그날 밤 방병훈 집단군 전군의 통행 암호였다. 관문의 철비를 열 수 있는 합법적이면서도 비법적인 무형의 열쇠였다.

밤새도록 기구한 산로를 더듬고 또 더듬은 끝에 마침내 먼동이 텄다. 그리고 얼마 오래지 않아 동녘 하늘에 등적색 구름에 싸인 아침 해가 서서히 떠올랐다. 우리는 그제야 비로소 산 아래 골짜기에 백 명도 더 되는 초록색 군복을 입은 사람들이 우리가 서 있는 산등성이를 쳐다보며 손을 흔들고 또 모자를 흔드는 것을 발견하였다. 오, 그것은 팔로군, 우리의 마중을 나온 팔로군이었다!

나는 난생처음 자유로운 땅을 디디었다. 왜냐하면 내 조국이 망하던 그해에 우리 어머니도 겨우 열다섯 살, 홍안의 부끄럼 타는 소녀였으니까. 아, 태항산! 세상에도 빈궁하고 또 세상에도 부요한 태항산아, 우리는 그예 네 품속에 뛰어들었다!

긴장하게 건밤을 새우고 나니 죽을 지경으로 고단하여 우리는 모두 밥술을 놓는 길로 촌 사무소 마당에 가로세로 쓰러져 세상모르고 잠들을 잤다. 실컷 자고 눈을 떠 보니 해가 한낮이라, 목이 타는 듯 말라서 끓여 식힌 물을 군용 고뿌로 세 고뿌를 들이켰더니 비로소 정신기가 돌았다.

나는 박문하고 둘이서 미역을 감으러 떠났다. 세면대를 하나씩 들고 마을을 나와 개울가에 다달으니 경치가 아름답기라니 금강산과 거의 맞먹을 정도였다. 개울물은 산중의 공기처럼 맑고 또 깨끗하였다. 그러나 물이 너무 얕아서 발목이나 겨우 잠길까……. 시원히 미역을 감기에는 적당치 않은 것이 흠이라면 흠이었다.

우리는 개울가의 오솔길을 따라 슬렁슬렁 아래쪽으로 내려가다가 다행하게도 깎아지른 듯한 석벽 밑에서 아주 이상적인 목욕탕 하나를 발견하였다. 그것은 개울을 향한 면을 돌로 쌓은 반천연 반인공의 타원형 목욕탕으로서 크기는 두 사람이 동시에 몸을 잠그기에 알맞춤하였다. 그리고 물은 ― 맑기가 곧 레몬 사이다였다! 우리는 너무도 기뻐서 땀 배인 옷들을 후닥닥 벗어 팽개치고 다짜고짜 뛰어들었다. 심장이 막 얼어들 것같이 쩡했다!

5분이 채 못 되어 그 맑던 레몬 사이다는 뜨물 빛깔의 부연 비누 사이다로 변하였다. 금시 감은 머리에서 물이 줄줄 흐르는 박문은 두 눈을 씀벅거리며 흥이 나서 제의하였다.

"야, 이거 기분이 정말 좋구나. 우리 징건히 들어앉아 노독을 좀 풀자구."

"두말하면 군말이지. 난 이런 물엔 빠져 죽어도 한이 없다니까."

금시 감은 머리에서 물이 줄줄 흐르는 짝패가 두 눈을 씀벅거리며 시원스럽게 동의하였다.

그러나 좋은 세월은 그리 오래지를 못하였다. 미구에 나이 지긋해 보이는 촌사람 하나가 빈 물통이 대롱거리는 멜대를 메고 우리 쪽으로 걸어오는 것이 눈에 띄었다. 그 사람은 우리의 화청지(華淸池) ― 양귀비[184]의 목욕탕 ― 앞까지 오자 깜짝 놀라서 눈이 휘둥그래지더니 벌린 입을 다물지 못할 뿐 아니라 멜대를 내려놓을 것마저 잊어버린 모양이었다.

우리는 처음에 무슨 영문을 모르는 까닭에 시골뜨기란 할 수 없군하고 속으로 못마땅히 여겼다. 그러나 우리는 곧 깨달았다, 번개같이 깨달았다. 아뿔싸! 우리가 향락을 누린 나머지에 빠져 죽어도 한이 없겠다던 그 화청지 — 그것은 마을 사람들이 기대어 생명을 유지하는 샘터였다!

우리는 허둥지둥 비눗물에서 뛰어나와 물이 흐르는 몸을 닦을 겨를도 없이 황망히 옷들을 주워 입고는 백배사죄를 올리고 또 올리고 하였다. 그 사나운 몰골을 누가 촬영기로 촬영을 하였다면 아마 채플린[185] 도 탄식을 하고 제가 졌다고 일등 희극배우의 영예를 물려줄 것이었다.

허나 유감스럽게도 그 일장의 희극도 그 후에 잇달아 빚어낸 가지가지 희극의 한낱 서막에 불과하였다.

박문은 황해도 해주 사람으로 광동 중산대학에서 중앙군관학교로 전학을 해 와서 비로소 나와 서로 알게 되었다. 후일 그는 모 통신사의 사장으로 되었다. 본명은 박영호라고 나는 기억하고 있다.

12. 후위 사령의 공술(1)

1941년 중춘에서 중추 사이에 조선의용대 각 지대, 각 분대는 모두 네 개 그루파로 나뉘어 락양에서 황하를 북으로 건너 육속 태항산 항일 근거지로 들어갔다.

문정일이는 갖은 방법을 다 대어 제1, 제2, 제3진을 띄엄띄엄 떠나보낸 뒤 저는 끝까지 남아서 뒷수쇄할 책임을 짊어졌다. 그리하여 모든 일을 마무리하고 나서야 비로소 제4권 — 마지막 그루파를 인솔하고 국민당 통치 구역을 벗어나 해방구로 북상하는 행군길에 올랐다. 하여 그는 자연히 전대의 후위 사령으로 된 것이다.

허나 예측하기 어려운 것은 인간의 운명이다. 4분의 1세기가 지나서 그 역사상 유례를 볼 수 없던 시기에 우리의 '전쟁할 때' 문정일이는 불행하게도 영어에 매인 몸이 되어 특무니 반혁명이니 하는 따위의 듣기만 해도 몸이 오싹해지고 뼈가 자릿자릿해나는 끔찍스러운 죄명을 들쓰고 부득불 그 손에 악당들이 억지로 쥐어 주는 모지랑붓을 들고 이른바 '공술서'라는 것을 써야만 하였다. 다음에 적은 것이 바로 그중의 한 대목이다.

1941년 가을, 팔로군 락양 판사처(통칭 락판)는 비밀히 위립황 장관 사령부 참모처 소위 참모 왕모(중앙군관학교 제13기 졸업생)를 통하여 나더러 '락판(洛辦)'에 일이 있으니 오늘 밤 좀 다녀가라고 전갈하였다. 밤에 내가 가 본즉 '락판' 일꾼이 전달하기를 조선의용대 본부에서 무전이 왔는데 나더러 곧 락양을 떠나서 태항산으로 들어오란다는 것이었다. 나는 벌써부터 학수고대하던 일이 드디어 닥쳐온지라 너무도 흥분하여 건밤을 새우다싶이 하였다(당시 한빙 부부도 나하고 동행하려고 락양에서 대기하고 있었다).

이튿날 나는 조선의용대 각 분대가 대부분 황하 이북의 화북 전선에서 활약하고 있다는 것을 핑계 대고 시찰을 가겠으니 도하증과 통행증을 발급해 달라고 곽기기 참모장에게 신청을 하는 한편 짝을 무어 동행할 목적에서 화북 전선으로 떠나는 부대 인원들을 물색하였다. 마침 방병훈 부대의 대대장(하얼빈 사람) 하나를 알게 되었는데 그 사람은 장

관 사령부에 와서 군의 월비(현금)를 타 가지고 부대로 돌아가려는 참
이었다. 당시 그들의 부대는 황하 이북 림현 부근에 주둔하고 있었다.
림현은 산서, 하남 두 성의 성계가 맞닿는 어름에 위치하고 있는데 거
기서는 태항산 해방구가 지척이었다. 하여 나는 그하고 동행할 날짜를
이림잡아 약정하였다. 왜냐하면 우리는 다 도하증과 통행증을 발급받
아야만 길을 떠날 수 있었기 때문이다.

미구에 내 증명서가 먼저 내려와서 나는 곧 '락판'을 찾아가 떠날 날
짜를 알리고 또 조선의용대 본부에 무전으로 통지해 줄 것을 부탁하였
다. 한즉 '락판' 일꾼은 가는 길에 중국 동지 몇 사람을 좀 데리고 갈 수
없겠느냐고 의논을 걸어왔다. 지난번에 떠나오라는 전보를 받았을 때
'락판' 책임 동지에게 나는 길을 잘 모르는데 혹시 '락판'에 누가 동행
할 사람이 없겠느냐고 물어본 적이 있었으므로 나는 두말없이 쾌히 응
낙하였다. 내가 이렇게 선뜻 응낙을 한 것은 도하증이나 통행증의 기
입란이 모두 공백인 까닭에 인수를 내 맘대로 기입할 수 있었기 때문
이다. 그저 덧거리로 기입된 사람들이 조선의용대 대원인 체만 하면
되는 판이었다. 의논이 합치되자 그 '락판' 일꾼은 곧 곽대광(현재 길림에
있다)을 불러다가 나에게 소개하고 나서 건의하기를 ─ 곽대광은 우리
판사처에서 태항산 총사령부로 갈 20명 인원의 책임자이다. 허니 문정
일이 네가 대장이 되고 곽대광은 부대장이 돼라. 그리고 총책임은 너
문정일이 지고 전대를 영솔하는 것이 좋겠다 했다. 하여 나는 그 즉석
에서 곽대광이와 떠날 날짜와 시간 그리고 집합 지점을 약정하고 헤어
졌다.

예정한 날짜에 우리는 방병훈 부대의 그 대대장과 그가 영솔하는 수
십 명 병사들과 만나 동행을 하게 되었는데 우리 대오에는 한빙 부부

외에도 윤지평, 리화림[186](여대원), 데라모토 아사코[187](조선의용대에서 활약한 일본 여성으로서 조선 이름은 권혁) 등등이 들어 있었다. 우리는 무사히 황하를 건너고 또 적군, 괴뢰군의 봉쇄선들을 통과하여 초작현 현정부 소재지인 중조산[188]중의 한 대부락에 이르렀다. 물론 거기는 국민당의 통치 구역이다. 동행한 대대장과 그의 부하들은 부락 안에 사처를 정하였고 우리 30여 명은 현정부에서 몇 마장가량 떨어진 자그마한 마을에 여장들을 풀었다. 그러나 나는 국민당 정부 인원들이 알게 되면 의심을 살 것이 염려되어 즉시 곽대광과 의논한 뒤 내 전령병 한화성이와 '락판' 사람 하나를 데리고 주동적으로 국민당 현장을 찾아갔다.

나는 현장을 만나서 명함을 드리고 또 수인사를 마친 다음 우리 조선의용대가 당신네 현을 거쳐 전선으로 대적군 공작을 나가는데 귀 현에 폐를 끼치게 되어 미안하다고 얼렁뚱땅하였다. 한즉 현장은 매우 뜨겁게 나를 대해 주며 귀한 손님들이 마을 밖에 사처를 잡다니 그게 어디 될 말인가, 어서 옮겨 들도록 하라, 저녁에 박주나마 차려서 여러분을 모시겠다, 그래야 우리도 주인 된 체면이 서지 않느냐고 하였다. 나는 현장 선생의 호의는 매우 감사하다, 그러나 적의 봉쇄선을 넘느라고 일행이 모두 지쳐서 이미 휴식들 하니 다시 옮기는 수선을 피울 것은 없다고 그럴사하게 응수해 넘겼다. 우리가 사처로 돌아와 얼마 오래지 않아 현장은 전인을 파견하여 전선으로 나가는 외국 벗들을 위문한다고 노획품 소고기통졸임 따위를 푸짐히 보내왔다.

거기서부터는 국민당 군대가 관찰하는 산로를 가야 하는데 방병훈 부대의 대대장 일행과는 동행할 필요가 없게 되어 우리는 우리대로 따로 행군 노선을 선정해야 하였다. 나는 양계소(현재 외교부에 있다)와 손초(현재 중앙 통전부에 있다)를 행군 참모로 임명하여 그들로 하여금 행군 노선을 선정토록 하였다.

13. 후위 사령의 공술(2)

진성, 호관, 평순[189] 등지를 지난 뒤에 우리는 국민당 군대의 방비 구역을 벗어날 준비를 하였다. 초병선을 넘어 해방구로 들어가기 전에 우리는 두메산골에 자리 잡은 한 자그마한 마을에 들어서 우선 손초에게 길잡이 — 당지의 농민 — 하나를 딸려서 팔로군 부대를 찾아가 연계를 취하도록 하였다. 이튿날 그 길잡이 농민은 손초의 편지를 몸에 지니고 혼자서 돌아왔는데 그 편지를 뜯어본즉 거기에는 자기가 온 길이 안전하여 국민당 군대가 없으니 이 편지를 전하는 길잡이 농민을 앞세우고 곧들 떠나오기 바란다, 산등성이 하나만 넘으면 그 맞은바라기 산등성이가 곧 해방구인데 거기까지 마중하는 부대를 파견할 테니 안심하고 행동하라…… 이러한 사연이 적혀 있었다.

손초의 기별을 받고 우리가 막 길 떠날 차비를 하고 있을 즈음 불시에 국민당 군대의 한 부대가 우리의 마을로 꾸역꾸역 밀려들었다. 이것을 보고 우리는 모두들 긴장해지 않을 수 없었다. 나는 즉시 덤비지 말고 다들 도로 들어가 누워서 자는 체하라고 지시한 뒤 전령병을 데리고 주동적으로 그 국민당 군대의 지휘관을 찾아갔다(그가 대대장이었던지 연대장이었던지는 기억이 나지 않는다). 나는 그 지휘관에게 명함을 드리고 또 자기소개를 한 다음 그럴사하게 꾸며 대기를 나는 조선의용대의 일부 대원들을 인솔하고 방병훈 부대로 가는 길인데 동행하는 대대장 일행의 걸음이 더디어 우리는 먼저 여기 와 휴식하며 그들이 오기를 기다리는 중이라고 하였다. 그 지휘관은 내 말을 유심히 듣고 나더니 우리가 길을 잘못 들었다고 하면서 락양 장관 사령부에 중앙군교 졸업생이 몇이나 있으며 그들의 이름은 무어며 또 직함은 무엇인가고 바로 나를 떠보려 들었다. 나는 막히는 데 없이 그가 묻는 사람들의 근황을 다 이야기하고 나서 그도 중앙군관학교 졸업생인가고 물은즉 그렇다고 하기에 나도 역시 중앙군교 졸업생이라고 자기소개를 하였다. 하여 우리는 곧 서로를 동학 즉 동창이라고 부르게 되었다.

지휘관이 나를 집 안으로 청해 들여서 나는 들어가 자리 잡아 앉는 길로 다시 진일보하여 장관 사령부에 있는 중앙군교 졸업생들의 근황을 소상히 이야기해 드렸다. 내 이야기에 빈구석이 없을 뿐 아니라 내 군복 가슴에 제1전구 장관 사령부의 출입증이 달려 있는 것을 보고 더는 의심할 나위가 없는 모양으로 그의 미타해하던 기색은 현연히 풀리었다. 하여 그는 군용지도를 꺼내서 펼쳐 놓고 일일이 가리켜 보이며 너희가 택한 길은 대단히 위험하다, 산 하나 넘으면 곧 '팔로'네 구역이다, 그러니 내가 우리 사람 몇을 파견해서 너희를 안전한 지대까지 인도해 주마고 하였다. 나는 아니, 번폐스럽게 그럴 필요는 없다, 인제 방향을 알았으니 우리끼리도 능준히 찾아갈 수 있다, 정 어려우면 당지의 길잡이를 얻어도 되니 염려 말라고 그의 호의를 밀막았다. 그는 제 사람을 파견해서 우리를 인도해 주겠다는 주장을 더는 고집하지 않았다. 그리고 그제야 실토하기를 저희는 초병선에 교체를 하러 가는 부대이므로 여기서 점심만 지어 먹으면 곧 다시 떠나간다고 하였다. 그는 점심 식사를 같이하자고 나를 붙들었으나 그때 식사를 같이했는지 어쨌는지는 기억이 나지 않는다.

그들이 떠나가는 것을 바랜 뒤에야 비로소 나는 사처로 돌아왔다. 내가 돌아올 때까지 우리 사람들은 모두 꼼짝 않고 누워서 자는 체들 하고 있었다. 내가 다녀온 경과를 이야기하니 그제야 모두들 안도의 숨을 내쉬었다. 당일이던지 그 이튿날이던지 아무튼 우리는 다시 그 길잡이 농민을 앞세우고 깊은 골짜기 하나를 건너서 맞은쪽 산등성이에 비라올랐다. 골짜기의 바싹 마른 냇바닥을 달아서 건널 때 우리는 국민당 군대의 특무 두 놈과 맞닥뜨렸다. 그중 한 놈은 우리를 보자 걸음아 날 살려라 뺑소니를 쳐 버려서 한 놈밖에 못 붙들었다. 붙들린 놈도 허리춤에 권총을 차고 있었다.

우리는 드디어 팔로군 주둔지에 들어섰다. 한 개 중대의 병력(아니면 한 개 대대의 병력)이 우리의 마중을 나왔다. 우리는 모두 격동되어 말이 나오지 않았다. 어떤 사람은 너무도 기뻐서 감격의 눈물만 자꾸 흘렸다. 오직 한 사람 내 전령병 한화성이만이 무슨 영문인지 몰라서 어리둥절하였다. 우리는 사전에 우리의 행동과 목적을 그에게 알리지 않던 것이다. 동행한 이들이 그에게 알아듣기 쉬운 말로 계급 교육을 해서야 비로소 그는 사상이 달통되어 좋아라고 날뛰었다(1942년에 한화성이는 태항산 항일 대학에서 적의 '토벌'을 만나 일떠나 응전하다가 애석하게도 전사하였다). 거기서부터는 팔로군 전우들의 극진한 보호 밑에 아무 근심 걱정 없이 행군을 계속하여 마침내 모두 무사히 태항산 동욕 조선의용대 본부에 도착하였다.

14. 감 껍질

근 반년 동안이나 갈라졌던 두 친구가 참신한 환경 속에서 다시 만나게 되었으니 어찌 반갑지 않으랴. 나는 반가운 나머지에 태항산의 명물인 감 몇 개를 마련하여 '전쟁할 때' 문정일이를 초대하였다. 말하자면 환영연인 셈이다. '석상'에서 나는 선배의 자격으로(내가 그보다 오륙 개월 먼저 입사하였으므로) 타이르기를 "여기서는 감을 먹을 때 껍질을 벗기잖고 먹는 게 법이니 그리 알라구."

그는 군말 없이(입향순속이란 말의 뜻을 어렴풋이나마 알고 있었으므로) 껍질 채로 한 입 베어 물더니 금시로 오만상을 찌프렸다.

"에퉤, 법이고 나발이고 다 모르겠다. 넨장!"

이렇게 뇌까리고 그는 호주머니에서 접칼을 꺼내더니 벗겨서는 안 된다는 감 껍질을 제멋대로 벗기기 시작하였다.

연회가 끝난 뒤에 즉 감을 다 먹고 나서 문정일이는 군복의 자락을 떠들고 허리에 찬 권총을 자랑스럽게 드러내 보였다. 전에 그가 차던 것과는 달리 전연 생소한 것이었으나 나는 짐짓 시치미를 따고 예사롭게 물었다.

"그것도 또 언제 칼집처럼 빈 껍데기가 아니야?"

"무슨 빈 껍데기?"

"속에 탄창이 없는……."

예사로운 어투로 내가 주석을 달았다.

문정일이는 제잡담하고 권총을 빼서 내 손아귀에 척 쥐어 주었다.

"보고 말해. 눈을 비비고 똑똑히 보고 말해."

틀림없는 신품 콜트. 검푸른 빛이 섬섬했다.

"훔친 거지?"

여전히 예사로운 어투로 내가 물었다.

문정일이는 업신여기는 태도로 입술을 비쭉하였다.

"그럼 협잡을 한 거로구나!"

내가 단정을 내렸다.

"맹추 같으니! 남도 다 저 같은 줄 알고…… 뭐나 더럽게만 해석한단 말이야."

문정일이는 분개해서 여시없이 나를 타박하였다.

"품격이 저열하기가 똑 뭐 같은 게……."

해도 태항산의 맑은 추색은 의연히 매혹적이었다. 그에게 있어서 또 나에게 있어서 그리고 모든 전우들에게 있어서도.

항전별곡

막심 각뜨기

　김원(김철원)[190]이는 송충이 같은 눈섭 밑에 부리부리한 두 눈이 뒤룩거리는,《수호전》에 나오는 화적 같은 얼굴을 하고 있었다. 그의 말에 따르면 그는 유도가 3단이라는 것이다. 하여 나는 시험조로 그와 한번 겨루어 본 일이 있다. 나로 말하면 유단자의 표식인 검은 띠는 차치하고 유급자의 표식인 노랑 띠, 파랑 띠 하나도 못 얻어 띠어 본 무단, 무급자이다. 중학교에서 5년 동안 정식 과목으로(60점 이하면 낙제) 배웠건만 종시 맨 밑바닥인 흰 띠를 띤 채로 졸업을 하였으니 아마도 팔자소관이랄밖에 없다. 하건만 김원이와 겨루어 본 결과는 그저 개판쯤밖에 안 되었으니 그놈의 흰소리는 에누리를 해도 아마 든든히 해서 들어야 할 것 같다.

　김원이는 태항산 항일 근거지로 들어가기 전에 리조랑 함께 중조산에 주둔하는 조수산[191] 부대에서 사업하였다. 그런데 한번은 전투 중에 중기관총 사수가 적탄에 맞아 죽어서 위급한 시각에 그는 그 사수

를 대신하게 되었다. 그도 역시 군관학교 졸업생이
므로 경무기를 다루는 데는 펄쩍 나는 터였다.

중조산의 산세는 원래 절벽투성이로 소문이 났다.
하여 그는 그 수랭식 막심중기를 낭 끝에 옮겨다 걸
어 놓고 다가드는 적군의 산병선을 향하여 법식대
로 정확한 점발사격을 안기었다. 그 기세는 가히 '일

김원(김철원)

부당관 만부막개(一夫當關 萬夫莫開)'라고 형용을 할
만하였다. 허나 적들도 밥통이 아닌 이상 정면으로
얻어맞는 불리한 처지에 계속 머물러 있기를 달가
와할 리 만무하다.

김원이는 신바람 나게 철탄을 퍼붓다가 문득 좀
이상한 무엇을 감득하게 되었다. 그 안존하던 막심

조수산

이 어째 좀 덜 고분고분한 것같이 느껴진 것이다. 그
는 사격을 잠시 멈추고 고개를 들어서 도대체 어찌 된 영문인가 두리
번거려 보았다. 어, 이런! 그는 뜻밖에도 다음과 같은 놀라운 사실을
발견한 것이다. 낭떠러지 밑에서 뻗어 올라온 웬 놈의 우악스러운 손
이 막심 아가씨의 한쪽 '발목'을 거머쥐고 마구 당기는 것이다. 졸지에
그런 어안이 막히는 일을 당하고 그는 어찌할 바를 몰랐다. 얼까지 빠
지지는 않았어도 판단력은 확실히 무디어졌다. 그도 무리는 아닐 것이
그는 일찌기 군관학교에서 이런 희한한 일에 부닥쳤을 경우에 어떻게
대처하라는 것은 배운 적이 없었기 때문이다.

알고 본즉 적병 세 놈이 김원이가 막심중기를 걸어 놓은 낭떠러지
밑에까지 살금살금 기어 와서는 사닥다리가 없으니까 곡예단의 흉내
를 내어 세 층으로 무동을 서 가지고 맨 위층에 올라선 놈이 기관총을

앗을 궁리를 한 것이었다. 세상에 생눈깔을 뽑아 먹을 놈들도 다 많지!

창황 중에도 김원의 머릿속에 피뜩 떠오른 것은 무기는 군인의 생명, 절대로 빼앗겨서는 안 된다는 생각이었다. 하여 그는 이 역시 머리가 뜨거워져서 옳은 판단력을 상실한 탄약수와 함께 응급조치를 취하여 가장 요긴한 총신을 구급하기로 하였다. 그들이 채택한 것은 도마뱀식 ― 즉 꼬리를 내주고 동체를 보존하는 방법이었다. 알아듣기 쉽게 말하면 중기의 총신 부분을 빙글빙글 탈아 뽑아서 적병 놈이 죽어라 하고 잡아당기는 '다리'에서 분리시키는 방법이었다.

김원이는 손을 델 지경으로 단 육중한 총신을 성공적으로 탈아 뽑아서 만족스레 두 손으로 떠받들었다. 이와 동시에 막심 아가씨의 '발목'을 잡고 늘어졌던 적병 놈도 세 가닥 진 무쇠 다리를 역시 '성공적'으로 빼앗아 안고 와르르 철썩 곤두박질쳐 벼랑 밑으로 떨어져 내려갔다.

리조가 이 광경을 눈결에 보고 얼른 사격하던 손을 멈추며 곧 허리를 구푸리고 달려와서 수류탄 두 개를 낭떠러지 아래에다 연거푸 집어 처넣었다. 그 수류탄들이 터지기를 기다려서 부복한 자세로 낭 끝에 머리를 내밀고 보니 기관총 빼앗기에 절반만 성공을 한 일본 병정 세 놈이 벼랑 밑에 가로세로 거꾸러져서 야스쿠니신사(靖國神社)로 직행을 하였다.

나중에 리조가 김원이를 보고 그때 어째서 그놈의 팔목을 칼로 찍을 생각을 안 하고 귀살스럽게 총신을 탈아 뽑았느냐고 물은즉 "어, 그렇지!" 하고 그는 손뼉을 딱 치며 "내 이 정신 좀 봐! 어째 고만 궁리도 안 났을까? 어마지두에 얼을 먹었던 게지. 망신이다!" 말하고 열적은 웃음을 웃으며 뒤통수를 긁적거렸다. 그 후부터 나는 김원이를 놀려주려면 구태여 입을 열지 않아도 되었다. 그저 손짓으로 총신 탈아 뽑는 시늉만 해 보이면 되었다.

그때로부터 꼭 십 년 후인 1950년 여름, 한 기갑부대의 지휘관으로 된 김원이는 우군 부대들과 함께 그의 고향인 서울을 해방하는 전투에서 혁혁한 무훈을 세웠다.

김원이의 부친은 서울 봉래동에 병원을 개설한 개업의였고 그 맏형은 서울의학전문학교 부속병원에 근무하는 내과의사였다. 김원이는 1936년에 중국에 망명한 이래 열네 해 만에 비로소 고향 집을 찾아서 집안 식구들과 만났다. 죽은 줄만 알았던 아들이 늠름한 대장부로 자라서 살아온 것을 본 어머니는 그 아들의 목을 그러안고 울음을 터뜨렸고 온 집안은 경사로 들끓었다.

허나 복의 뒤에는 화가 숨어 있다는 노자[192]의 말대로 세상일은 엎치락뒤치락이었다. 불과 몇 달 후에 잠시 광명을 본 서울은 또다시 반동들의 손아귀 속에 들어갔다. 그리하여 김원이의 부모와 형의 일가는 무참한 도륙을 당하였다. 사람잡이에 혈안이 된 인간 백정들이 외친 구호는 이러하였다. ― "빨갱이는 씨알머리를 없애라!"

포병과 기병

손일봉[193]이는 평안도 사람이다. 그는 원래는 국민당 군대의 한 포병 중대에서 중위 소대장으로 근무하였다. 내가 그를 알게 된 것은 그가 조선의용군으로 넘어온 뒤였다. 후에(1941년 12월 12일) 그는 태항산 항일 근거지 제1군 분구 호가장에서 일본군과 교전하다가 전사하였다. 적의 총탄이 그의 머리에 명중하였던 것이다(나도 중상을 입었다).

손일봉

그가 국민당 군대에 있을 때의 일이다. 한번은 중대장이 유고하여 그가 중대장 대리의 자격으로(고참 소대장이었으므로) 4문의 프랑스제 졸로투른 포[194](고사, 평사 양용포)를 거느리고 방어선에 교체를 하러 갔다. 한데 도중에서 그의 포병대는 한 중대가량 되는 일본군의 기병대와 뜻하지 않은 조우를 하게 되었다. 포병이 기병과 맞닥뜨리는 것은 쥐가 고양이와 맞닥뜨린 격이니 옴치고 뛸래야 뛸 재간이 없었다. 적아의 상거는 불과 천여 미터밖에 안 되는데 중간에 실개천 하나를 격하였다.

손일봉이는 쌍안경의 렌즈를 통하여 적군의 지휘관도 마상에서 쌍안경으로 열심히 이쪽을 정찰하고 있음을 확인하였다. 그리고 질풍같이 광포한 기병대의 엄습이 미첩간에 다닥친 것을 강렬히 느꼈다. 위기일발의 시각! 그는 칼 물고 뜀뛰기로 포수들에게 재빨리 유산탄을 장탄하라고 명령한 다음 잇달아 "목표 — 좌전방, 1천 2백미터 — 적기병의 밀집 대열 — 사격!" 호령일하에 4문의 졸로투른 포는 적의 기병대를 향하여 일제히 포문을 열었다. 날벼락을 맞은 적병 서너 명이 말 잔등에서 굴러떨어졌다. 그것을 보자 포수들은 사기가 부쩍 올라서 연해연방 숨 돌릴 사이 없이 쏴 제꼈다.

헤아리건대 적의 지휘관은 불의에 유산탄의 우박을 뒤집어쓰고 창황 중에 판단을 잘못한 모양이었다. 우리 군대가 사용하는 무기가 구라파 열강에서 새로 구입한 무슨 위력이 대단한 최신식 무기인 줄로 지레짐작을 한 모양이었다. 하여 그는 모진 매는 피하는 게 상수라고 생각을 하였던지 지체 없이 퇴군령을 내려서 백여 명의 기병이 총 한

방 쏘지 않고 또 빼었던 칼은 도로 다 칼집에 꽂고 일제히 말 머리를 돌려서 뺑소니를 치기 시작하였다. 그 뒤를 임자 잃은 군마들이 고삐를 질질 끌며 덩달아서 네굽을 놓아 따랐다. 그것을 바라보고 손일봉이는 안도의 숨을 길게 내쉬었다.

포병대로 기병대를 격퇴한 전설적 무용담의 주인공 손일봉의 무덤은 40년이 지난 지금도 태항산에 그저 그대로 남아 있을 것이다. 이 시각 풀이라도 한번 깎아 주고픈 생각이 더욱 간절하다.

배우 모집

최채가 조선의용군에 참군하기 전의 일이다. 당시 그는 남경 어느 영화 촬영소에서 사업하고 있었다. 한번은 배우를 모집하느라고 응모자들에게 시험을 보이는데 그도 심사원석의 말석에 끼게 되었다.

응모자들의 대부분이라느니보다는 절대다수가 실망의 낙방을 하기 마련인 응모 시험인지라 푸른 꿈을 안은 젊은 남녀들은 모두 다 가슴이 달랑달랑하는 판이었다. 심사원들이 죽 늘어앉아 지켜보는 앞에서 즉흥적인 연기를 피로한다는 것은 이만저만한 난사가 아니었다. 한데 그날 오후의 시험이 거의 종장에 이르렀을 때 끝으로 서너 번째로 불려 들어온 스무나문 살 난 사나이 하나가 심사원들에게 선을 보이게 되었다. 그는 인물도 잘났거니와 체격도 늠름하여 겉보기에는 별로 나무랄 데가 없는 성싶었다. 그 지원서에 따르면 그는 '호철명, 남, 22세, 료녕성 안동시 태생, 중앙대학 학생, 미혼'이었다.

주심원은 의전례하여 그에게도 얼굴을 쳐들어 봐라, 고개를 숙여 봐라, 외로 돌아서라, 뒤로 돌아서라, 앞으로 돌아서라…… 연이어 분부를 내리는데 그 태연하고 침착한 태도는 흡사 마사회(馬事會)의 이사가 순혈종의 경주마를 감정하는 것과도 같았다. 연후에 그는 좌우를 돌아보며 눈짓으로 여러 심사원들의 의견을 물었다. 다들(최채까지를 포괄하여) 고개를 끄덕여서 합격임을 표시하였다. ― 제1심 즉 선천관(先天關)은 무사히 통과. 다음은 제2심 즉 후천관이다. 주심원이 물었다.

"숱한 사람 앞에서 누가 까닭 없이 당신을 모욕했다고 가정합시다. 그런 경우에 부닥친다면 당신은 어떻게 하겠소? 성을 내겠소, 안 내겠소?"

"안 낼 리 있습니까?"

호 씨의 대답이다.

"그럼 그 성이 난 모양을 거기서 한번 형상화해 보시오."

조단[195] 제2세가 되어 보려는 야망에 불타는 호 씨는 언하에 대뜸 눈을 부라리며 손에 닿는 걸상을 집어 들어 후려 때릴 태세를 갖추었다. 그 맹렬한 기세에 놀라서 심사원들은 모두 눈들이 휘둥그래졌다. 그러나 곧 깨닫고 모두들 실소를 금치 못하였다. 주심원은 입이 쓴 듯이 손을 홰홰 내저으며 "됐소, 됐소! 인제 그만하고…… 물러가우." 하고는 낙방한 조단 제2세가 문밖으로 채 사라지기도 전에 "밥통 같은 게, 그 꼴에 또 배우가 돼 보겠다구? 꿈은 잘 꾼다!" 이렇게 뇌까리고 혀를 쯧쯧 찼다.

허나 거기 늘어앉았던 여러 심사원들 중에서 최채 한 사람 외에는 아무도 그 푸른 꿈이 깨어진 불합격자가 시쁘둥해서 나가며 투덜거리는 "젠장할!" 소리는 알아듣지를 못하였다. 왜냐하면 그것은 조선말이었기 때문에.

오직 말석에 앉았던 최채만이 놀라서 속으로 '어, 그 작자 알고 보니 우리 동포였구나!'라고 괴이쩍게 생각했다. 조선에는 호씨 성이 없는 까닭에 그는 애당초에 그 응모자의 국적 문제를 염두에 두지도 않았던 것이다.

그로부터 여름과 겨울이 다섯 번 바뀌었다.

최채는 조선의용대에 침군하여 해방구로 가려고 제1, 제3 혼성 지대를 따라 락양으로 왔다. 1941년 우수, 경칩 무렵의 일이다.

그는 락양에서 많은 초면의 전우들 ― 제2지대 각 분대의 성원들과 사귀게 되었다. 한데 그중에 어디서 꼭 본 적이 있는 것 같은 얼굴이 하나 있었다. 해도 언제 어디서 보았는지는 전연 생각이 나지를 않았다. 그러던 것이 밤에 자리에 누워서 소등을 한 뒤에 피뜩 머리에 떠올랐다.

'어, 그렇지! 촬영소에서 걸상을 둘러메치던 그 작자였구나!'

몇 달이 또 지나서 각 지대, 분대의 성원들이 거지반 다 태항산으로 들어온 뒤에 하루는 "나를 모르시겠소? 우리는 구면인데요……." 하고 최채가 웃으며 호철명이에게 말을 건넨즉 "그렇던가요? 난 생각이 잘 나잖는데…… 어디서?" 하고 호철명이는 고개를 비틀었다.

"영화 촬영소에서……."

"어, 그럼 동무도 그때……."

"아니, 나는 그때 심사원석 맨 끄트머리에 앉아 있었는데…… 동무가 나가면서 우리말로 투덜거리는 소리를 듣고…… 비로소 알았지요."

"어, 그랬던가!"

새로 사귄 두 친구 ― 구면 친구는 새삼스레 마주 보며 유쾌한 웃음을 터뜨렸다.

일찌기 신사군에서 중대장을 지낸 바 있고 또 후에는 조선의용대 중 공 지하당 조직의 서기로 사업을 한 호철명이의 무덤은 지금도 태항 산에 그대로 남아 있다. 그가 충청도 사람인 것은 알지만 본명이 무엇 인지는 나도 모른다.

유물론자의 기우제

최채서껀 몇몇 친구들은 태항산에 들어온 뒤 얼마 오래지 않아서 천 연으로 된 훌륭한 수영 장소 하나를 발견하였다. 반공에 솟은 석벽 밑 에 많은 냇물이 고여서 이루어진 것인데 한복판은 물의 깊이가 길이 넘었다.

그들은 오랜 가물 끝에 물을 본 오리 떼처럼 앞을 다투어 옷들을 벗 어 내동댕이치고 물속에 뛰어 들어가 씻고 헤고 자맥질하고 하였다. 허나 그들은 곧 다음과 같은 의외의 사실을 발견하게 되었다. 즉 그들 이 불시에 뛰어드는 바람에 물속에서 한유하던 거물급 메기 — 여메 기들이 놀라서 이쪽저쪽으로 갈팡질팡을 한 것이다. 그놈의 여메기들 은 개개 다 크기가 거물급이라고 형용을 하는 것도 오히려 부족할 만 큼 무지무지하게들 컸다.

최채는 난생처음 그렇게 큰 괴물들을 눈앞에서 보고 슬그머니 무섭 증이 나기는 하였으나 다른 물덤벙술덤벙 장난꾼들이 환성을 올리며 날뛰는 바람에 덩달아서 휩쓸려 들어가게 되었다. 뒤죽박죽으로 포위 토벌 작전을 벌린 끝에 장난꾼들은 그예 무지스럽게 큰 여메기 두 놈 을 붙들어 내고야 말았다.

당시의 태항산은 술도 없고 소금도 없는, 더군다나 입쌀이나 맛내기 같은 것은 보고 죽을래도 없는 고장이었다. 해도 그런 것쯤은 이들 산아귀들의 맹렬한 식욕에 추호의 영향도 끼치지는 못하였다. 그들은 식인종들처럼 벌거벗은 채 냇가 모래톱에 모닥불을 피워 놓고 둘러앉아서 그 두 마리의 어획물을 기분 좋게 다 구워 먹어 버렸다. 기분이 좋을밖에!

허나 어찌 알았으리, 그때 인근 마을에 사는 농민 하나가 먼발치에 서서 이 야단스러운 모꼬지를 유심히 엿보았을 줄을.

알고 본즉 그 소속의 메기, 여메기들은 춘추(春秋) 진문공[196] 당년부터 세세상전으로 당지 토배기 농민들에게 비, 는개, 눈, 우박 따위를 좌우하는 하늘의 수도 관리국장 — 용왕님으로 보호와 존숭을 받아 왔었다. 하여 그들은 요절이 무엇인지, 비명횡사가 무엇인지를 모르고 살았으며 따라서 개개 다 천명을 누릴 수 있었던 것이다. 그들이 체포니 고문이니 전쟁이니 학살이니 하는 따위의 '문명'적 행위와는 아무러한 인연도 없는 세외도원에서 유연자득하여 기름이 지고 살이 찌는 원인이 바로 거기에 있었던 것이다. 그러므로 최채들의 돌연적 습격은 그들에게 있어서는 미증유의 일대 재액이 아닐 수 없었다.

최채들은 용왕의 고기를 흡족하게 포식들 하고 나서 무사히 하룻밤을 지내었다. 한데 이튿날 점심시간에 예상 못한 후과가 나타났다. 박대장이 자리에서 일어나 장내를 둘러보며 묻는 것이었다.

"어제 저 아래 소에 나가서 메기를 잡아먹었다는 게 누구요?"

최채는 그 묻는 말에서 심상치 않은 것을 감촉하고 마지못해 일어나 기어들어 가는 것 같은 목소리로 "접니다." 대답은 하면서도 웬 영문을 몰라서 좀 어리둥절하였다.

"또 누가 있소?"

최채는 고개를 떨어뜨리고 입을 함봉하였다.

"대여섯 되더라고…… 마을 사람들이 주둔군 사령부에 등장을 갔단 말이요."

어제 그 식인종 아귀들이 마지못해 하나씩 둘씩 여기저기서 일어섰다.

"식사가 끝나는 길로 내게로들 좀 오시오."

박 대장은 웅긋쭝긋 서 있는 용 고기 추렴꾼들을 둘러보며 안온한 어조로 말을 이었다.

"인제 그만 앉아서 식사들이나 하시오."

메기잡이에 기세를 올렸던 어제의 용사들이 도로 앉아 밥을 먹기는 해도 입맛들을 잃어서 밥이 모래알처럼 깔깔했을 것만은 의심할 바 없는 일이다.

"동무들은 군중 규율을 위반했소……. 영향이 아주 좋지 못하오."

대부에서 박 대장은 여메기를 잡아먹은 친구들에게 엄숙히 말하였다.

"아까 오전에 내가 여단 사령부에 일을 보러 갔을 때 여단장이 친히 내게다 귀띔해 준 말이요. 그가 비록 웃으면서 넌지시 깨우쳐 주기는 했지만서도 나는 송구해서 몸 둘 바를 몰랐소. 모르고들 한 일이니까 더 말은 않겠소만…… 금후에는 각별히 명심들 해 주기 바라오. 민중이 아직 각성을 못 했으니 어떻거우, 유심론의 시장은 아직도 넓단 말이요."

용 고기를 잘못 먹은 아귀들은 모두 자라목이 되어서 어떤 축은 몰래 혀까지 내두르며 천천히 대부에서 물러 나왔다.

일은 그것으로 일단락을 지은 것 같아 보였다. 그런데 웬걸! 심청이 워낙 바르지 못한 용왕님께서는 그예 최채들에게 대가를 치르게 하고야 말 작정인 성싶었다. 그는 자기의 유심론 시장을 확보하기 위해서 온 여름 단 한 방울의 비도 내려보내지 않을 작정으로 천상의 수도꼭지를 아주 닫아 버렸던 것이다. 까짓거, 땅 위의 곡식이야 되건 말건 저하고는 상관이 없으니까.

그러나 단 하루도 낟알이 없이는 살 수 없는 백성들은 죽을 지경이었다. 속들을 지글지글 끓이며 꼬박 한 달을 기다렸어도 새파란 하늘에는 병아리 반쪽만 한 구름 한 점도 보이지를 않았다. 그러니 할 수 없게 된 백성들이 어째 용왕님께서 노염이 나서 버력을 내리시는 거라고 생각을 안 하게들 되었는가. 살아서 펄펄 뛰시는 걸 마구 잡아서 구워 처먹지들 않았는가!

그 결과 필연적으로 기우제를 지내게들 되는데 가근방 촌백성들의 사활을 좌우하는 문제라고 보아지는 까닭에 거기에는 추호의 소홀함도 있어서는 아니 되었다.

하여 조직에서는 아래와 같이 결정하였다. 즉 촌백성들을 안무하기 위하여 함부로 용왕님을 잡아서 구워 먹은 죄인들을 기우제에 참례시켜 속죄를 하게 한 것이다. 가련한 신세가 되어 버린 그 몇몇 유물론자들은 검다 희다 말이 없이 그저 예예 하라는 대로 할밖에 없었다.

최채는 두 손에 향연이 가물거리는 향로를 받들고 빈틈없이, 착실히, 비빌 이 행렬을 따라서 산에 오르고 또 산을 내리고, 남들이 하는 대로 따라서 국궁하고 절하고 또 무엇 하고 무엇 하고 갖은 머저리 노릇을 다 하였다. 제정신 없이 그렇게 반나절을 하고 나니 죽을 지경일밖에. 하여 그는 속으로 굳게 맹세하기를 — '또다시 메기 고기를 먹으면 내가 사람이 아니다. 어물전에서 파는 것도 안 먹을 테다. 젠장할, 그 잘난 걸 좀 얻어먹고 이게 그래 무슨 놈의 망신이람!'

대공사격

료천탁

료천탁[197]이의 본명은 박성률인데 말을 너무도 빨리 하는 버릇이 있어서 그 별명을 '기관총'이라 하였다. 나와 사귀기 전에 그는 국민당 군대의 고사포 부대에서 소위 소대장으로 복역하였다.

어느 날 그들네 고사포 진지가 일본군 급강하 폭격기 편대의 급습을 받았을 때의 일이다. 적기들이 번갈아들며 발광적으로 급강하 폭격과 기총소사를 가하는 바람에 그는 미처 어떻게 손을 쓸 겨를이 없어서(아마 어진혼이 빠졌는지도 모를 일이다) 고사포는 내버려 두고 기껏 한다는 짓이 데격 허리의 권총을 빼서는 머리 꼭대기에 거꾸로 날아 내려오는 적기를 향하여 냅다 갈긴 것이다.

그는 탄창에 들어 있는 탄알을 다 쏘고 나서야 비로소 정신을 수습하고 차츰 멀어 가는 적기들의 뒷그림자를 바라보며 군복 소매로 채양 밑의 땀을 닦았다.

매양 그 일로 그를 놀려 줄 때 우리가 짐짓 "그때 다급해서 바지에다 오줌까지 쌌다며?" 하면 그는 매번 다 "누가 그래! 없어, 없어, 그런 일!" 하고 기가 나서 부인을 하는 것이었다.

그것이 더욱 우스워서 우리는 깔깔거리며 배들을 그러안곤 하였다. 료천탁이는 현재 안휘에 있다.

여름에 기르고 겨울에 깎고

문명철[198]의 별명은 '땅딸보'였다. 군관학교 시절에 한 교관이 수업 중에 그의 이름이 얼른 떠오르지 않아서 손으로 가리키며 "저기 저 땅딸막한 학생…… 대답해 보시오." 한 것이 기인이 되어 그는 죽는 날까지 그 '땅딸보'란 별명으로 불리게 된 것이었다. 허나 기실 그는 키가 작지도 않았고 또 딱 바라지지도 않았다.

문명철

문명철에게는 애인이 있었다. 윤복구[199]라는 괴상한 이름을 가진 중국 여자로서(현재 하얼빈에 있다) 호남 어느 문예 공작단의 배우였는데 인물은 별로 보잘 것이 없었다. 그녀는 언제나 우리에게 노래(항전 가곡)를 가르칠 때면 으레 한마디 "목이 좀 쉬었어요." 하는 버릇이 있었다. 마치 무슨 일시적인 원인으로 그렇게 되기라도 한 것처럼 또 미구에 곧 다시 청청한 목소리로 되돌아가기라도 할 것처럼. 그러나 8년 항전이 끝이 난 뒤에까지도 그녀의 목소리가 나이팅게일의 울음소리와 같이 고와지는 걸 본 사람은 하나도 없었다. 일시의 누적은 곧 영구라고들 하잖는가!

문명철이에게는 남다른 괴상한 버릇이 있었다. 여름이 되면 머리를 기르고 겨울이 되면 머리를 홀딱 깎아서 중머리가 되는 것이다. 그는 분명히 인류, 즉 고등동물이었다. 낙엽교목이 아니었다. 감나무, 오동나무 따위의 식물이 아니었다. 한데 어째서 그에게 여름에 피고 겨울에 지는 낙엽수적 습성이 있다는 말인가? 참으로 모를 일이었다. 하긴 그의 그런 괴이한 습성은 태항산에 들어온 뒤에 생긴 것으로서 역사가 그리 길지는 않았다. 국민당 통치 구역에 있을 때는 그런 버릇이 없던 것을 나도 잘 알고 있다.

하여 나는 호기심을 가지고 그에게 도대체 어찌 된 셈판이냐고 한번 물어보았다. 한즉 그는 막 삭도질을 해서 새파랗게 된 중머리를 손바닥으로 쓱쓱 문지르며 "겨울엔 더운물이 없는데…… 머리 감기 귀찮잖아?" 하고 쓴웃음을 웃는 것이었다.

"땅딸보가 다르긴 하다!" 하고 나는 어이가 없어 웃으며 돌아섰다.

한데 어찌 알았으리, 그로부터 겨울을 두 번 겨우 더 나고 그가 태항산에서 전사할 줄을.

그리고 또 한 해가 지나서 일본이 무조건항복을 하여 우리는 다시 도회지에 들어와 살게들 되었다. 머리를 감는 데 더운물이 없을 걱정도, 목욕을 하는 데 더운물이 없을 걱정도 다 할 필요가 없게들 되었다. 허나 우리의 '땅딸보' 문명철이는 이런 편한 생활을 할 때까지 살지 못하고 황천의 외로운 나그네로 되어 버렸다. 그가 태항산 풀 우거진 땅에 묻힌 지도 어언 서른일곱 해! 피투성이 된 그의 시체가 안장될 때 전우들이 부르던 구슬픈 영결의 노래 ― '조선의용군 추도가'는 이러하였다.

사나운 비바람이 치는 길가에

다 못 가고 쓰러지는 너의 뜻을

이어서 이룰 것을 맹세하노니

진리의 그늘 밑에 길이길이 잠들어라

불멸의 영령

(김학철 사, 류신 곡)

"아니, 아니……"

호유백의 본이름은 모르지만 별명이 '대추씨'인 것을 나는 안다. 옹골차게 여물었다는 뜻이겠지. 경상도 사투리가 심한 친구로서 남들이 잘 알아듣지 못하는 사투리말로 폭포수같이 열변을 내리쏟을 때는 가관이다. 정의감이 강한 데다가 입까지 바르기 때문에 친구들의 오해를 사는 경우도 종종 있기는 하지만 아랑곳하지 않는 것이 그의 성미다. 그렇기에 죽을 때도 그처럼 당차게, 통쾌하게, 멋지게 죽었지. 태항산에서 적군에게 포위를 당하여 도저히 짓치고 나갈 가망이 없게 되자 그는 투항하라고 손짓하는 적들에게 코웃음을 던지고 마지막 한 알 남은 권총탄으로 제 관자놀이를 쏘아 뚫고 죽어 버렸다. 그는 단 한 알의 총알도 적에게 거저 주지는 않았다. '옜다, 이놈들아, 가져갈 테면 내 송장이나 가져가라!' 하는 심사였을 것이다. 한마디로 말해서 그는 비타협의 화신이었다. 원쑤들과는 절대로 한 하늘을 머리에 이지 못하는 사나이 대장부였다. 진짜 혁명자였다. 공산주의자였다. 볼셰비키였다.

'7·7' 사변 전에 그가 남경에서 사업할 때의 일이다. 하루는 하관 정거장에 손님(상해에서 지하공작을 하는 동지 — 심운)을 마중하러 나갔다. 짙은 회색의 다부살(중국식 두루마기)을 입고 검은 안경을 쓰고 나갔건만 홈에서 불여우 같은 일본 총영사관 밀정 놈에게 발각이 되었다. 그놈은 조선총독부에서 특별 임무를 맡고 전직이 되어 와 전문으로 조선 망명자들을 다루는 놈으로서 조선말을 해도 이만저만 잘하지 않았다.

호유백이는 눈치를 차리고 될 수 있으면 그놈과 멀어지려고 마음을 썼다. 허나 그놈은 아무 일도 없는 듯이 딴전을 펴며 슬렁슬렁 걸어서 호유백의 옆을 스쳐 지나가는 체하더니 갑자기 홱 돌아서서 싱글벙글 웃으며 "조선 분이시지요?" 하고 나직이 조선말로 묻는 것이었다.

호유백이는 졸지에 그런 돌연적 습격을 받고 당황망조하여 아니라는 뜻으로 연해 고개를 흔들며 "아니, 아니……." 하고 중국말로 부인을 하였다. 밀정 놈은 호유백의 그 간접적인 긍정적 대답을 듣고 대단히 만족해서 고개를 끄덕이며 더욱 싱글벙글하였다. 호유백이가 정말로 조선말을 모르는 사람이었다면 "뭐요?" 혹은 "뭐라구요?" 하고 되물어야 하였을 것이기 때문이다.

나중에 호유백은 열적은 태도로 머리를 긁적거리며 자기가 얼간이 노릇을 하였음을 승인하였다. 그때부터 우리는 그를 놀려 줄 때 다른 말은 안 하고 그저 "아니, 아니……." 하기만 하면 되었다.

밤눈 어두운 사격 능수

리대성[200]이는 키가 1미터 80센티나 되는 꺽다리로서 경상북도 대구 사람이다. 그는 연상약한 둘째 조카 리동호[201]와 군관학교의 동기 동창이었으며 후에 역시 그 조카하고 둘이 함께 팔로군에 참군하였다. 그러나 죽을 때만은 저 혼자 죽었다. 1950년 가을 조선 전장에서.

항일 전쟁 시기 리대성이는 사격 능수로 이름이 높이 났다. 그리고 그는 또 눈을 가리거나 밤에 불을 켜지 않고도 기관총을 완전히 분해했다가 도로 들이맞추는 재주까지 있었다(나는 원체 둔한 편이라서 여러 해 걸려서도 종시 그 재주를 배우지 못하고 말았으니 죽어도 두 손은 관 밖에 내놓아야 할까 보다). 한데 이 리대성이에게 두 가지 남다른 병집이 있으니 그 하나는 생리적인 것이요, 다른 하나는 성격상의 것이다. 여기서는 먼저 성격상의 것부터 피로하기로 하자.

리대성이는 만년필에 대해서 특이한 흥취를 가지
고 있었다. 무릇 그 눈에 띄는 범위 안의 만년필이기
만 하면 누구의 것이거나를 막론하고 한번 갖다 분
해해 보아야만 직성이 풀리는 성미였다. 아무리 새
로 산 고급 만년필이라도 ― 파카나 워터맨이라도
― 그에게 한번 내맡겨서 속 시원히 뜯어 보게 하지
않고는 다들 배겨 내지를 못하였다. 노끈으로 매서

리대성

밤낮 목에다 걸고 다니기나 하면 모를까. 자는 동안
에 임자에게서 무단히 갖다가 실컷 뜯어 보고는 도
로 맞추어 이튿날 돌려주는 게 그의 습성이었으니
까. 그리고 또 거기에는 반드시 다음과 같은 감정이
하나씩 붙는 법이었으니까.

리동호

"아무 이상 없소." 또는 "병집이 있는 걸 내가 고쳐 놓았으니 인제
잘 써질 게요."라고 했다.

그런 까닭에 그의 손이나 옷자락에는 항시 잉크 자국이 가실 날이
없었다. 하여 그것들은 그의 '명승고적'이 되다싶이 하였다.

다음에는 리대성의 생리적인 병집에 대해서 서술해 보기로 하자.

리대성이가 그의 명중률이 놀랄 만큼 높은 저격탄으로 적들에게 본
때를 보이는 것은 아침에 해가 떠서 저녁에 해가 지는 그 어간 즉 낮에
한하였다. 일단 날이 저물기만 하면 그는 맥을 못 썼다. 아주 폐물이
되어 버렸다. 유감스럽게도 그는 밤눈이 어두운 야맹증 환자였던 것이
다. 아무리 사나운 싸움닭도 해가 지면 어쩌지를 못하는 것과 같은 이
치였다. 그러므로 밤 행군은 그에게 있어서 저승으로 들어가는 귀관으

로 되었다. 하여 비타민 에이(A)와 돼지 간을 숱하게 먹었건만 웬 까닭인지 도무지 효험을 보지 못하였다. 모지락스러운 야맹증은 그 식이 장식으로 계속 그를 괴롭혔다. 그러니 그가 어찌 고민을 하지 않을 건가!

밤에 행군을 하게 되면 그는 ─ 낮에 용맹을 떨치던 그는 ─ 청맹과니처럼 그저 앞사람이 하는 대로 따라 하는 수밖에 없었다. 앞의 사람이 멎어서면 저도 따라서 멎어서고 또 앞의 사람이 물도랑을 뛰어 건너면 저도 따라서 뛰어 건너야만 하였다. 몹쓸 장난은 여기서 시작되었다.

밤 행군을 하게 되었을 때 우리 몇몇 장난꾼들은 미리 짜고 대거리로 리대성이 앞에 서기로 하였다. 그 결과 물도랑이 있어서 건너뛰는 것은 더 말할 것도 없거니와 아무것도 없는 펀펀한 마른 땅에서도 훌쩍훌쩍 건너뛰어서 하룻밤 사이에 무려 사오십 번이나 건너뛰게 되었다. 우리는 대거리로 건너뛰지만 리대성이는 처음부터 끝까지 다 도거리로 맡아서 뛰었으니 어찌 고달프지 않았으랴.

날이 밝은 뒤에 우리는 숙영하는 농가에서 대충 아침밥들을 먹어 치우고 죽들 누워서 잘 차비를 하였다. 리대성이도 내 옆에 와 누웠는데 그는 그 긴 다리를 죽 뻗으며 혼자서 투덜거리기를 "별 망할 놈의 고장 다 봤지, 웬 놈의 물도랑이 그리도 많담!"

그 소리를 듣고 나는 참을 수 없어서 한쪽으로 돌아누우며 그만 웃음보를 터뜨렸다. 짬짜미한 친구들이 얼른 내게다 눈짓을 하였으나 이미 뒤늦었다. 리대성이가 순간에 눈치를 챈 것이다. 그는 벌떡 일어나 앉아서 눈방울을 굴리며 불만을 내뿜는 것이었다.

"어, 알고 보니 늬들이 날 놀리느라고 한 짓이었구나! 못된 것들 같으니라구!" 하고는 그 큰 주먹으로 나를 한 대 꽉 쥐어박으며 "다 늬가 주동이 돼서 한 노릇 앙이가!"

리대성이는 그 번에 골탕을 먹은 뒤로는 아무도 믿지를 않았다. 다시는 그런 못된 것들에게 속지 않으려고 단단히 마음을 먹었다. 하여 그는 또다시 밤에 행군을 하게 되었을 때 앞사람이야 물도랑을 뛰어 건너거나 말거나 아랑곳없이 예사 걸음으로 걸었다. 한즉 다음 순간 그의 발목은 첨벙 물속에 "이키나, 이건 진짜였구나!"

그 후 얼마 지나서 나는 우리 총탄에 맞아 죽은 일본 병정의 소지품을 뒤지다가 배낭 속에서 일본 어느 제약 회사의 '하리바'라는 상표가 붙은 정제 어간유 한 병을 뒤져내었다. 반병 착실히 남아 있는 것이었다(리대성의 조카 리동호는 적병의 시체에서 피에 젖은 속옷까지 홀랑 벗겨 내서 빨아 입는 버릇이 있었지만 나는 께끄름해서 그런 짓은 종래로 안 하였다. 군화는 더러 벗겨서 신어 보았지만). 나는 리대성이를 전위해 찾아가서 그 전리품 어간유 정을 넘겨주며 "이봐 꺽다리, 이걸로 그만 쓱싹해 버리지." 하고 그의 어깨를 툭 쳤다.

한즉 그는 금시로 입이 벌어져서 "별소릴 다 하는구만. 쓱싹은 무슨……. 내가 언제 골을 냈남." 하고 그 자그마한 선물 ― 야맹증 특효약을 받아 넣는 것이었다.

우편 대리인

중일 양국이 교전을 하는데 우리 조선의용군은 중국 편에 선 까닭에 그 가족들은 예외 없이 다 조선 저쪽에 살고 있었다. 하여 로구교 사변

이 발생한 이래, 찍어서 말하면 '8·13' 이래, 우리는 모두 가족들과의 연신이 끊기었다. 아무리 밤낮없이 총을 들고 전장을 달려다니기는 해도 역시 더운 피가 몸속에 흐르는 사람들인 만큼 부모 형제를 그리는 마음이야 어찌 없을 것인가. 더구나 부모들은 위험한 일에 종사하는 자식들의 소식을 몰라서 주야로 속을 태울 것이 아닌가. 옛사람도 '봉화연삼월 가서저만금(烽火連三月 家書抵萬金)', 즉 전쟁이 오래도록 그치지 아니하니 집 소식이 귀하기가 만 냥 값이 나간다고 하잖았던가.

바로 이런 시기에 조선의용대 제2지대 락양 분대의 분대장 문정일이가 특수한 역할을 놀게 되었다. 그가 우리들의 우편 대리인으로 된 것이다. 당시 그는 제1전구 위립황의 장관 사령부에 주재해 있으면서 조선의 가족들과 서신 거래를 할 수 있는 구멍수를 뚫어 낸 것이었다. 그 구멍수란 별게 아니라 프랑스제국주의의 강도질에 힘입는 것이었다. 당시 중국은 반식민지 상태에 놓여 있으므로 그 우정권은 몽땅 프랑스제국주의의 손아귀에 들어가 있었다. 그리고 그때까지 일본 강도는 아직 프랑스 강도에게 득죄를 할 생각은 없었다. 그래서 그것이 가능하였던 것이다(프랑스 국기 — 삼색 깃발을 날리는 우편열차가 중일 양군이 대치한 전선을 거침없이 통과하는 것을 나는 여러 번 보았다).

나도 기회를 놓치지 않고 여러 해 만에 집에다 편지를 썼다. 당시 나는 호북 로하구에 있었다. 한데 나중에 알고 본즉 문정일이는 우편물 검사에 통과되기 쉽게 하느라고 우리의 조선문 편지들을 일일이 다 한문 편지로 번역을 해 가지고 부쳤던 것이다. 수고스럽게도! 내 그 외국에서 온 편지를 받았을 때 우리 누이동생 성자는 서울 어느 국민학교에서 교편을 잡고 있었다. 하지만 그런 백화체 한문으로 내리쓴 글을 보아 낸다는 재간이 있어야지. 하여 할 수 없이 화교가 경영하는 어느 주단 포목점에를 들고 가서 좀 보아 달라고 청을 들었더니 서사인 듯싶은 사람이 두말없이 받아 들고 조선말로 번역을 해 가며 찬찬히 읽어 주더라는 것이다. 이것은 물론 해방 후에 내가 누이동생 집에 가서야 비로소 안 일이다.

달포 좋이 지나서 나는 반갑게도 문정일의 손을 거쳐서 온 우리 누이동생의 회신을 받았을 뿐 아니라 피차에 연신이 없이 지내던 둘째 사촌 형의 편지까지를 받게 되었다. 이와 동시에 김영만이도 그 고향 함경남도 고원에서 부친 큰형님의 답장을 받았다. 하지만 그 편지들 때문에 김영만이와 나는 공연히 울도 웃도 못할 웃음거리로 되었다.

서술의 편리로 우리 누이동생의 편지는 잠시 놓아두고 우선 우리 사촌 형과 김영만이 맏형의 편지부터 피로하기로 하자.

우리 사촌 형은 그 편지에서 나를 면려하기를 "동생, 우리는 동심협력해서 동아 신질서의 확립을 위해 분투하세……." 운운. 우리 그 사촌 형은 일본 학교를 졸업한 후 줄곧 일본인이 경영하는 무슨 주식회사에 근무하고 있었다. 한데 그가 말하는 이른바 '동아 신질서'란 일본제국주의가 침략을 할 목적으로 내건 구호로서 후에 내놓은 '대동아공영권'의 추형임은 세상이 다 아는 바이다. 한데도 그는 제 사촌 아우가 항일 전사인 것도 잊고 있었던 모양이지!

한편 김영만의 맏형은 그 편지에서 제 동생을 타이르기를 "우리는 이미 창씨를 해서 '가나야마(金山)'가 되었으니 동생도 앞으로는 김씨 성을 쓰지 말고 '가나야마'를 쓰도록 하게. 명심하기 바라네……." 운운. 이른바 창씨라는 것은 일본제국주의가 조선 민족의 얼을 말살하기 위해서 조작해 낸 망발이다. 한데도 그 큰형님이란 양반은 제 아우가 무엇을 하는 사람인지도 아마 모르고 있었던 모양이지!

우리의 이 가관의 편지를 돌려 본 장난꾼들이 조신할 리 없었다. 중구난방으로 떠들며 밤에 오락회가 있을 때 전체가 보는 앞에서 그 편지를 꼭 낭독해 드려야 한다는 것이다. 등쌀에 못 이겨 김영만이와 내가 일어나 각기 편지 한 통씩을 소리 내어 읽으니 그제는 좋아라고 손뼉들을 치며 "걸작이다, 걸작!" 하고 웃음판을 벌리는 것이었다.

다음은 우리 누이동생의 편지에 얽힌 웃음거리.

그 편지를 읽어 본 친구들은 거의 예외가 없다싶이 다 나한테 달려와서 우리 누이동생의 얼굴이 고운가 미운가를 물어보는 것이었다. 꼴을 보아하니 다들 낭만적 환상에 사로잡힌 모양이라 나는 짐짓 "미워, 미워. 아주 박색이야." 하고 단념들을 시켰다.

허나 어디 곧이들 들어 줘야지. 한사코 바른대로 말하라고 사람을 못살게 굴었다. 나는 속으로 생각하기를 에라, 인간의 일생이 얼마나 된다고 남의 속을 태워 주랴, 공연한 단련 받지 말고 속 시원히 원들이나 풀어 주자. 하여 말을 고쳐서 "아니다. 실상은…… 소문난 미인이다." 한즉 아니나 다를까 "그러면 그렇겠지!" 하고 그들은 매우 흡족해서 나를 놓아 주고 싱글싱글하며 돌아서는 것이었다.

기실 우리 누이동생은 인물이 그리 곱지를 못하다. 해도 곧이들 들어 주지를 않으니 하는 수 없지!

한데 어찌 알았으리, 그로 인하여 하늘에서 복덩이가 떨어질 줄을. 보잘것없는 무명소졸이던 내가 갑자기 인기를 끌기 시작한 것이다. 이러저러한 친구들이 나를 찾아와서 친해 보자고 수작을 붙이는데 그 골자인즉 예외 없이 다 우리 누이동생을 저에게 달라는 것이다.

"수천 리 밖에 있는 아이를 지금 어떻게……? 더구나 전선이 가로막히고 국경이 가로막혔는데……." 하고 내가 불가능한 일이라고 고개를 외치면 "아니, 아니…… 전쟁이 끝난 뒤에…… 귀국을 해서 그러자는 말이지." 하고 그들은 낚싯줄을 길게 늘이는 것이었다(오뉴월 소불알 떨어지면 구워 먹을 놈들도 다 많지).

"그럼 좋아, 그렇게 하지."

친구지간에 너무 각박하게 굴 수 없어서 나는 누이동생의 혼사를 제 주장으로 정해 버리는 궁지에 빠졌다. 마르크스주의자답지 않게.

"틀림없겠지?"

"두말이 왜 있어."

해도 그 멍청이 녀석은 마음이 안 놓여서 기어이 나더러 수결을 두고 손도장을 지르라는 것이다.

"그럼 약정이야."

"두말하면 군말이지."

인생 일생이 얼마나 된다고 야박스레 굴 것 있나, 빈껍데기 수형 한 장 선선히 떼어 주고 너도 좋고 나도 좋아 안 될 것 무에 있나.

그 멍청이 녀석은 체결한 협정을 공고화할 목적에서 나를 끌고 나가 천진 고기만두 한턱을 잘 내는 것이었다. 마치 그렇게 하면 저도 적탄에 맞아 죽지 않고 또 우리 누이동생도 영원히 딴 데로는 시집을 안 갈 것처럼. 제가 내켜서 하는 대접을 내 어찌 아니 받으랴, 두말없이 따라 나설밖에. 경사 기분에 잠시 도취되어 보는 것도 해로울 거야 없겠지.

한 달이 채 못 되어서 나에게는 장래 매부가 예닐곱이나 생겼다. 천진 고기만두도 얻어먹으리만치 얻어먹고 얼음사탕 연밥도 얻어먹으리만큼 얻어먹었다. 다 저희가 혼약을 공고화할 목적에서 갖다 바치는 거니까 나를 나무랄 거야 없겠지.

그동안에 내가 한 일은 단 한 가지 즉 그들더러 절대로 비밀을 지켜

주덕해

라, 아무한테도 누설을 말라고 당부하는 것뿐이었다. 하여 그들은 시종 저만이 유일한 행운아 — 합격자인 줄 알고 제각기 속으로 흐뭇흐뭇해하였던 것이다(욕심에 눈이 어두운 명청이들 같으니!).

내게서 빈껍데기 수형을 받아 쥐고 속으로 은근히 좋아하던 장래의 매부들 중 두엇은 전사하였고 그 나머지는 항전이 승리한 뒤에 모두 왕청 같은 여자와 인연들을 맺었다. 따라서 우리 누이동생 성자도 '장래 매부'들과는 전연 상관이 없는 사람 — 왕련[202]에게 시집을 갔다. 왕련은 주덕해[203]와 함께 소련에 망명을 하였다가 항일 전쟁 시기에 역시 주덕해와 함께 신강을 거쳐서 연안으로 나와 조선의용군에 참군한 사람으로서 소련 항공학교 졸업생 — 비행사였다.

망명의 길에서

희성이기는 하지만 조선에도 왕씨, 공씨가 있다는 말을 들은 적은 있어도 실지로 공씨 성 가진 조선 사람을 알게 된 것은 항일 전쟁 시기의 무한에서였다. 공명운(공명우)[204]이가 바로 그 사람이다. 키가 호리호리한, 고집이 몹시 센 젊은이였다. 그는 일찌기 적색노조(赤色勞組)의 삐라 살포 사건으로 붙들려 들어가 2년간의 옥고를 치르고 나서 역시 8년의 형기를 마치고 출옥을 한 한빙 동지와 함께 중국으로 망명을 하는 길에 오르게 되었다.

한빙과 공명운은 중국말을 한마디도 몰랐다. 밥을 먹는다는 말도 몰라서 손짓으로 형용을 해야 할 그런 정도였다. 그저 눈치놀음으로 돈을 치르는데 눈짐작에 한 오륙십 전 돼 보이는 거면 1원짜리를 내주어서 거스름돈이 얼마인가를 보아 속으로 '어, 80전짜리였구나!' 혹은 '90전짜리였구나…… 거 되우 비싸다!' 할 뿐이었다. 그들에게만은 중국의 물가가 예상외로 비쌌다. 그도 그럴 것이 약아빠진 장사치들이 그들 같은

허헌(1930년 12월 12일 경성 서대문감옥에서)

벙어리 놈을 속여 먹지 않고 또 누구를 속여 먹을 것인가. 그러는 동안에 본래도 얼마 되지 않던 호주머니 속의 지전은 차츰 줄어들고 그 대신에 거슬러 받은 각전 — 은전, 동전은 자꾸 늘어나서 조금만 들썩여도 절렁절렁 소리를 내어 자기의 존재를 세상에 알리었다. 그들의 노자는 당시 국내에서 명성을 떨치던 허헌 변호사의 부인이 마련해 준 것이었다. 그 부인은 자기 딸과 환난을 같이하는 동지라고 해서 한빙을 친자식처럼 보살펴 주었던 것이다.

두 망명객 — 한빙과 공명운이가 단출한 행장을 챙겨 들고 홈에 내려서니 거기는 곧 그들이 타고 온 직행열차의 종착역인 북평 전문 정거장이었다. 한데 두 사람이 역 구내를 나와 보니 정문 어귀에 생각잖은 일본 헌병 두 놈이 서 있잖은가! 그들에게 있어서는 북평도 역시 안전한 곳은 못 되었다. 여객들이 쏟아져 나오는 것을 보자 기러기 진을 치고 대기하던 인력거꾼들이 우 몰려와서 제각기 손님을 끌었다. 한빙은 한시바삐 일본 헌병의 이목을 피할 생각으로 얼른 제일 가까이 놓인 인력거에 올라앉았다. 그리고 공명운더러도 얼른 하나 잡아타라고 눈짓을 하였다. 허나 뜻밖에도 그 공명운은 올라탈 염을 안 하고 거기 그대로 버티고 서서 단호히 "난 싫습니다! 사람이 끄는 차를 사람이

어떻게 탄단 말입니까, 난 싫습니다." 하고 거절을 하는 것이었다.

한빙은 속이 달아서 쓸데없는 고집 부리지 말고 어서 올라타라고 입짓 콧짓을 다 했으나 막무가내였다.

"인간의 존엄을 멸시하는 일…… 난 못 하겠습니다!"

이렇게 단마디로 거절을 하는 공명운의 혁명적 인도주의는 가히 '좌익' 소아병의 전범이라고도 할 만하였다.

이때 저쪽에 서 있던 일본 헌병 한 놈이 무슨 낌새를 채고 패검을 절렁거리며 저벅저벅 걸어왔다. 영문을 모르는 인력거꾼들은 공연히 또 헌병 놈 구둣발에 걸어채일까 봐 얼른 올라타라고 재촉재촉을 하였다. 헌병 놈은 가까이 와서 걸음을 멈추더니 인력거에 앉아 있는 한빙에게 눈방울을 굴리며 기찰을 하였다.

"무슨 일이야?"

한빙은 일이 꼬일까 봐 얼른 인력거에서 내려와서 공명운을 가리켜 보이며 웃는 낯으로 둘러대었다.

"저 사람이 돈이 아까와서 인력거를 타지 않겠다기에 지금 달래는 중입니다."

헌병 놈은 반몸 돌아서서 공명운을 아래위로 한 번 훑어보더니 못마땅한 듯이 흥 하고 콧소리를 한 번 내고 저벅저벅 걸어서 도로 저쪽으로 가 버렸다. 그러는 동안에 영문 모르는 인력거꾼들은 생벼락을 맞을까 봐 겁이 나서 슬금슬금 다 뺑소니를 쳐 버렸다. 하여 두 사람은 그물을 벗어난 고기들처럼 제각기 가방 하나씩을 들고 땅만 보며 부지런히 걸어서 역전 광장을 벗어났다.

그날 밤 동성 구역 어느 자그마한 여관방에서 한빙은 입이 닳도록 공명운이를 타일렀다.

"사유 제도를 단꺼번에 소멸할 수는 없단 말이요. 동무는 인간의 존엄을 존중한다지만서도 우리가 그 사람의 인력거를 타지 않으면 그 사람은 우선 먹고살 수가 없는 건 어떻거구? 그래 어느 게 더 비인도적이요?"

"인간이 하필 그런 비천한 일을 할 게 뭡니까." 하고 공명운은 조금도 구부러들지를 않았다.

"다른 할 일이 얼마든지 있는데……."

"다른 할 일 무슨 일? 은행 지배인? 변호사? 총독?"

공명운은 볼에다 밤을 물고 대꾸를 아니 하였다.

"개혁을 하는 데도 일정한 순서와 과정이 있는 법이야. 한 걸음에 여러 계단을 뛰어 건너다가는 가랭이만 찢어져. 비근한 실례를 들어서 동무도 달마다 이발소엘 가겠지. 가면 이발사가 머리를 깎아 주고 면도질을 해 주고 또 머리를 감겨 주고 하겠지……. 그럼 그건 인간의 존엄하고 상관이 없는 건가? 하지만 우리가 만약 이발사의 존엄을 존중한답시고 이발소엘 가지 않는다면 그 사람은 가족을 먹여 살릴 수가 없게 될 것 아닌가. 그렇다면 어느 게 더 인간의 존엄을 존중하는 겐가? 어디 말을 좀 해 보라구."

공명운은 대꾸할 말이 없어서 고개를 다수굿하고 앉아서 애매한 성냥개비만 톡톡 분질렀다. 그러나 속으로는 '암만 그래도 난 인력거는 안 탈 테니까. 한번 안 탄다면 안 타는 게지. 죽어도 안 탈 테니 어디 두고 보지' 하고 맹세했다.

한빙과 공명운은 북평에서 여러 날을 묵새기며 수소문을 하였으나 종시 찾을 사람을 찾지 못하여 도로 천진으로 나왔다. 허나 거기서도 또 헛물을 켜게 되어 그들은 아주 단념을 하고 배에 올라서 상해로 남하하였다. 다행히도 그들은 상해 프랑스 조계에서 초면의 동정자 하나를 만나게 되었다. 그 사람의 이름은 류일평[205]이고 직업은 개업의였다. 류 씨는 한, 공 두 사람에게 남경 중앙대학 기숙사로 김학무라는 조선 학생을 찾아가면 모든 것을 알게 될 것이니 그리로 가라고 권고를 하였다. 그리고 덧붙여서 건의하기를 "요새 북정거장은 일본 특무 놈들의 기찰이 부쩍 심해졌으니 안전할 성으로는 수로를 택하시는 게 좋을 것 같습니다. 그리고 그 입은 양복들이 모두 순조선식이라서 눈에 뜨이니 중국 옷차림으로 변복들을 좀 하시는 게 좋을 것 같습니다."

나중에 안 일이지만 류일평 씨는 마르크스주의자는 아니었으나 민족적 절개를 끝끝내 지킨 인격자이며 애국자였다.

한빙과 공명운은 류 씨의 건의를 받아들여서 또다시 배를 타고 양자강을 거슬러 올라가기로 하였다.

"제가 나가서 변복할 옷들을 사 올 테니 그동안 선생님은 누워서 좀 쉬십시오."

공명운이가 이렇게 말을 남기고 거리로 나간 뒤 한빙은 침대에 누워서 담배를 피웠다. '칼'표 담배 두 대를 막 다 피웠을 때 공명운이가 중국옷들을 한 아름 사 안고 신바람이 나서 들어왔다. 포장지를 펼쳐 보니 남색 고의적삼이 두 벌이다. 두 사람은 난생처음 그런 헝겊으로 꼰 단춧고리가 달린 옷을 입어 보는지라 서투르기가 짝이 없었다. 가까스로 다 꿰고 걸고 하고 나서 서로 마주 보니 가관의 절승경개라 한동안 허리들을 잡았다. 한빙은 키가 크지 않으므로 그럭저럭 면무식 정도나 되었지만 공명운은 호리호리한 껑다리인지라 소매는 짧고 가랭이는 깡동하여 흡사 밭에 서서 참새를 쫓는 허수아비와도 같았다. 허나 그건 그렇다손 치고 문제는 한빙이 "한데 이 깃이 어째 이렇게 옆으로 낳을까?" 하고 고개를 비튼 것이다.

공명운이가 그 말을 듣고 다시 보니 아니나 다를까 깃들이 모두 겨드랑이 밑으로 났다. 해도 그는 아랑곳없이 제 나름으로 해석을 하였다.

"그러기에 중국옷이라잖습니까. 중국옷은 본래 다 이런 거예요. 입어 나지 않아 서툴러서 그렇지…… 입어 나면 일없을 겁니다."

한빙은 의혹이 다 풀리지는 않았으나 공명운이가 하도 확신성 있게 잘라 말하는 바람에 그만 눌려서 의문을 더 제기하지 않고 우물쭈물 뒤를 거두고 말았다.

이튿날 중국 사람으로 변복을 한 그들은 아닌 보살 하고 배에 올랐다. 한 칸에 백 명도 더 되는 선객들이 붐비는 삼등 선실 한구석에 자리를 잡고 앉아서 숨들을 돌렸다. 한데 얼마 오래지 않아 곧 그들은 선실 안의 분위기가 좀 야릇한 것을 감촉하였다. 사람들의 시선이 모두 저희 두 사람에게 쏠리는 것같이 느껴진 것이다. 공명운은 어떻거다가 눈결에 등 뒤에서 웬 망나니가 저를 가리키며 입짓 콧짓을 하는 것까지 발견하였다. 상해에서 남경까지 두 사람은 내처 그런 원인을 알 수 없는 야릇한 분위기에 싸여서 갔다. 거북살스럽기라니!

하여 남경 부두에 내리자마자 그들은 뭇사람의 그 거북살스러운 시선을 한시바삐 뿌리칠 생각으로 택시 한 대를 불러 타고 중앙대학으로 직행을 하였다. 김학무란 조선 학생은 그들의 찾아온 뜻을 알자 금시로 희색이 만면해지며 한빙을 보고 "원로에 수고가 많으십니다. 선생님의 선성은 벌써부터 익히 들어 모시고 있습니다. 어서들 안으로 들어가시지요." 하고 여간만 반가와하지를 않았다.

수인사가 끝난 뒤에 김학무는 다시 의아쩍은 눈치로 두 사람을 번갈아 보며 나직이 묻기를 "한데 어째 두 분께서는 그렇게 눈에 띄게 여복 차림들을 하셨습니까?"

한빙이 안 들었으면 모를까, 들은 이상은 얼굴이 화끈 달아올라서 정말이지 쥐구멍이라도 찾고 싶었다. '허참, 그래서 다들 우리를 봤구나! 망신이다, 톡톡한 망신이다' 하고 그는 속으로 괴탄을 해 마지않았다.

허나 우습강스러운 여복 차림을 한 공명운은 산 허수아비처럼 버티고 서서 눈섭 하나 까딱하지 않았다. 태연자약하여 모두 못 들은 체 먼산바라기만 하였다. 속으로는 그래도 제가 옳았다고 뱃심을 부리는지도 모를 일이다.

배반도주

1938년 늦은 가을 장개석의 지랄 같은 명령으로 호남성의 수부 장사시가 불바다 속에 잠겼을 때의 일이다. 평강 전선에서 철퇴를 한 조선의용대 제1지대 전원은 그 불구뎅이 속에 숙영을 할 재간이 없어서 (무더기로 날리는 재 때문에 통 눈을 뜰 수가 없었다) 성을 끼고 돌아서 칠리포 (七里鋪)라는 주막거리에 가 숙영을 하였다.

한 주일가량 지나서 우리는 다시 형산에서 100석실이 범선을 타고 잿더미로 화해 버린 장사로 내려왔다. 소상강의 가을 경치는 천하 으뜸이라고 해도 좋을 만큼 길손들의 간장을 녹여 주었다.

우리와 앞서거니 뒤서거니 동행을 하는 다른 한 척의 배에는 곽말약 청장 휘하의 항적 연극대[206] 제8대인가 몇 대인가가 타고들 있었다. 우리는 모두 정식으로 군사훈련을 받은 군인들이므로 행군하나 숙영하나 질서가 정연하였지만 그 연극대 친구들은 그렇지가 못하였다. 한마

항적 연극대

디로 말해서 뒤죽박죽이었다. 식사를 하겠는데 식사 도구들도 마련이 되어 있지를 않아서 쑥스러운 대로 우리 배에다 손을 내밀어야 할 지경이었다.

식사를 마친 뒤에 그들은 빌려 쓴 식사 도구들을 말끔히 씻고 부셔서 잘 썼다는 인사의 말과 함께 돌려 왔다. 우리의 내부규정에는 '행군 시에는 식사 도구를 각자가 보관함'으로 되어 있었다. 하여 우리는 그 일괄 봉환을 한 식사 도구들 중에서 제각기 제 것을 찾아 가질 판이었다. 한데 우리의 식사 도구를 빌려 쓴 그 연극대에는 하늘에서 금시 날아 내려온 천사같이 예쁘게 생긴 젊은 여배우 하나가 있었다. 방명은 들어 모시지 못했어도 그 아릿다운 용모야 총각, 노총각들의 주목의 초점으로 되지 않을 수 없다. 그런 참에 장난꾼 하나가, 찍어서 말하면 엽홍덕이가 찾아든 제 공기와 젓가락에다 우습강스럽게 찍찍 소리를 내어 입을 맞추며 성명하기를 "바로 내 이걸로 그 아가씨가 밥을 먹었다나!" 한즉 "허튼수작!" 하고 리명선이가 대번에 반박을 가하였다.

"내 걸로 먹는 걸 내 이 눈으로 봤는데!"

이것을 계기로 숱한 짝사랑꾼들이 너도나도 각자의 독점권을 주장해 나섰다. 다들 제 걸로 먹었다는 것이다. 그러니 그 여자는 제 게라는 것이다. 떡 줄 놈은 아무 말도 없는데 김칫국부터 마셔도 유분수지!

이러한 시기에 우리 대오에 생김생김도 그렇고 학식, 교양도 그렇고 별로 두드러진 데가 없는 황기봉[207]이라는 작자 하나가 있었다. 그도 남처럼 술도 잘 마시고 또 놀기도 잘하는 보통 인간이었다. 한데 이 친구가 갑자기 바른길에 들어서서 성인군자가 될 결심을 하였는지 남하고 휩쓸리지 않고 외톨로 빠지기 시작하였다. 급료를 타도 뭍에 올라가 한잔할 생각을 아니 하고 혼자 오도카니 배에만 머물러 있었다. 그리고 노전으로 된 선실 지붕 위에다 군용지도를 펼쳐 놓고 종일 무슨 연구에 골몰하였다. 그러니 자연 친구들의 말밥에 오를밖에.

"어째, 갑자기 구두쇠가 돼서 한밑천 잡을 생각인가?"

"리태백이하고는 인제 그만 손을 끊을 작정이야?"

"저리들 물러서라구. 남은 지금 참모총장이 될 준비를 하는데!"

"다들 모르는 소리다. '전략 개론'을 집필하는 중이다!"

아무리 놀려 주어도 황기봉이는 그저 싱글싱글 웃기만 하였다. 모두 못 들은 체 지도만 파고드는 것이었다.

"조사 연구 없이 함부로들 지껄이지 말아. 남은 지금 황자가 되려는 판인데."

"황자? 황자란 게 도대체 뭐 말라빠진 게야?"

"군사전략가 몰라? 손자(孫子), 황자(黃子)!"

배 안은 갑자기 웃음판으로 변하였다. 정 성화를 바치면 황기봉이는 사정을 하는 것이었다.

"제발 좀 내버려 둬 줘. 저희끼리 놀면 되잖아?"

이튿날 나는 우연히, 황기봉이가 돛대 밑에서 제 그 곁에다 차는 모제르 1호 권총을 끌러서 옷 속에다 즉 상의 밑에다 차는 것을 보았다. 우리는 정찰 활동을 하는 부대가 아니었으므로 휴대하는 무기는 언제나 정정당당하게 겉에다 차기 마련이었다. 황기봉이는 허리를 구푸리고 한 손으로 제 엉뎅이를 만져 보았다. 그리고 내게로 고개를 비틀고 웃으며 묻는 것이었다.

"겉으로 뵈니? 총 끝이 드러나, 안 드러나?"

"어째, 갑자기 특무가 되고 싶어?" 하고 내가 빈정거렸더니 그는 "뵈나 안 뵈나만 말해." 하고 싱글거리며 대꾸하는 것이었다.

"인간이란 경우에 따라서 눈치놀음도 할 줄 알아야 하는 법이라니."

"황너구리가 다르긴 하다."

황기봉이는 허리를 펴며 의논성 있게 "아무래도 멜빵이 좀 긴 것 같지? 한 구멍 줄여야겠다." 하고 또 싱글싱글 웃는 것이었다.

이튿날 아침, 우리는 의전례하여 모두 뭍에 올라서 강둑을 따라 달렸다. 그것이 곧 행군 중의 아침 체조였다. 삼삼오오로 앞서거니 뒤서거니 오륙 마장, 칠팔 마장씩 달리고 나면 몸이 거뜬해지고 또 정신이 상쾌해진다. 연후에 다시 배에 올라서 아침 식사를 하면 밥맛이 좋기가 비길 바 없다. 각 식사조는 네 사람씩이다. 한데 이날 아침 황기봉이네 반 조의 김흥(김흠)[208]이가 고개를 들고 두리번거리다가 들떼놓고 묻기를 "우리 여기 어째 식구 하나가 모자라는구먼, 황기봉이가 안 보이니 웬일이야?"

"물에 빠져 죽은 건 아니겠지?"

누군가가 이렇게 한마디 비꼬았다.

"기운이 뻗쳐서 마라톤경주를 하는 게지."

"배때기가 고프면 어련히 찾아오잖을라구."

황기봉   김흥(김흠)   로천용(로철룡, 일명 최성장)

허나 황기봉이는 한 시간이 지나도 돌아오지 않았고 또 두 시간이 지나도 돌아오지 않았다. 강둑에 서서 배를 불러야 할 사람의 그림자는 종시 나타나지를 않았다. 의혹이 차차로 짙어 가는 중에 한낮 때가 다 되어서 우리는 마침내 긴급회의를 열고 사태를 분석하고 또 대응책을 강구하였다. 그 결과 황기봉이는 배반도주를 한 게 틀림없다는 결론에 도달하였는데 그 논거인즉 다음과 같았다.

첫째, 돈을 쓰지 않고 꽁꽁 묶어 둔 것은 도망칠 노자를 장만한 거였음. 둘째, 지도 연구에 골몰한 것은 도망칠 노선을 선정하느라고 한 것임. 셋째, 권총을 속에다 찬 것은 도망치는 데 편리케 하자는 것이었음 (군인이 단독으로 여행을 할 때는 여행증명이 없으면 무기를 휴대하지 못하므로).

이상과 같은 분석을 거쳐 진상이 명확해지자 우리는 아연실색하여 개개 다 벌린 입을 다물지 못하였다. 우리는 모두 다 경각성이 발뒤꿈치같이 무딘 우경 기회주의자들이었다! 연일 가지가지의 수상한 거동을 눈으로 보면서도 빈정댈 줄만 알았지 누구 하나 냉정히 분석해 볼 생각은 안 했으니까! 황기봉이가 배반도주를 한 것은 왕정위의 남경 괴뢰정부가 성립되기보다도 두서너 달 앞서서였다. 하여 그때부터 우리의 사전에는 새로운 단어 하나가 더 늘었다. '배반도주'라는 단어가.

우리는 즉각 추격대를 무었는데 그 성원은 왕통, 로천용(로철룡)[209], 리동린 및 김학철로서 영솔자는 왕통이었다. 그리고 지대장의 명령으로 탈주자가 '항거하면 즉시 사살'하기로 하였다. 우리는 급히 배를 강안에 갖다 대고 하륙을 하였다. 얼마 안 가서 지나가는 군용트럭 한 대를 만나 편승하고 주주로 직행하였다. 주주는 세 갈래의 철길이 교차를 하는 교통 요충이다. 급기야 주주에를 당도해 보니 정거장 부근은 온통 폭탄 구뎅이투성이로 흡사 망원경으로 관측하는 달의 표면과도 같았다. 구뎅이가 큰 것은 직경이 십여 미터에 깊이가 오륙 미터씩이나 되는데 바닥에는 물이 층층 괴어 있었다.

주주에서 우리는 주둔군을 찾아가고 공안국을 찾아가고 또 지방행정기관을 찾아가서 수소문을 해 보았으나 다 허사였다. 하여 이튿날은 기차로 강서 방면에 발을 뻗기로 하였다. 한데 워낙도 시원치 않은 증기기관차가 때는 것까지 열등 석탄이라서 달리는 속도가 형편없이 느릴 뿐 아니라 도무지 고갯길을 오르지 못하여 올라가다는 뒤로 미끄럼질을 치고 또 올라가다는 뒤로 미끄럼질을 치고 하였다. 나는 속에서 불이 나는 것을 겨우 참았다. 꼴을 보지 않으려고 눈을 감았다.

굼벵이 열차가 천신만고로 례릉역에 당도하였을 때는 우리는 모두 신심을 잃었다. 잔디밭에서 바늘을 줍지, 어디 가서 붙든단 말이냐 우리 네 사람은 닭 쫓던 개 지붕 쳐다보는 격이 되어 버렸다.

례릉성 밖에서의 일이다. 나는 속에 쌓인 울분을 풀 길이 없어 잽싸게 권총을 빼서 황기봉이의 배반도주와는 아무 상관도 없는 시꺼먼 도둑고양이 한 마리를 쏘아 죽였다. 그 앙칼스러운 꼴이 공연히 비위에 거슬려서였다. 나의 그러한 돌연적인 거동을 보고도 동행하는 친구들은 그저 덤덤히 서 있기만 하였다. 그들의 속도 역시 나처럼 우울하고 불통쾌하였던 것이다.

그 후에 황기봉이가 어떻게 되었는지 ─ 우리는 모른다.

《항전별곡》을 내놓으면서

우리나라의 북벌 전쟁 시기와 항일 전쟁 시기 그리고 해방전쟁 시기에 산해관 이남의 넓은 지역에서 수많은 조선 민족 혁명가들이 중국 인민과 어깨 겯고 싸우다가 피를 흘리고 목숨을 바쳤다. 그들의 뼈가 묻힌 무덤들은 주강 가에도, 양자강 가에도, 황하 가에도 또 태항산 기슭에도 도처에 흩어져 있다. 역사는 그들의 공적을 망각의 유사 속에 그대로 파묻혀 버리게 내버려 두지 않았다.

신화가 아닌, 날조도 아닌, 진실한 역사적 면모 즉 있은 사실 그대로를 꾸밈없이 적어서 세상에 내놓음으로써 사람들로 하여금 영광스러운 전통에 대한 긍지감으로 가득 차게 할 때는 드디어 왔다.

일본 침략군을 맞받아 싸우다가 가슴에 적탄을 맞고 피투성이 되어 쓰러진 젊은 전우의 시체를 앞에 놓고 풀밭에 주저앉아서 "왜 이 늙은 것이 죽지 않고 전정이 구만리 같은 젊은이가 죽었단 말인가!" 하고 풀을 뜯으며 통곡하시던 한 선생의 모습이 아직도 내 눈앞에 선하다.

조선의용군 용사들의 피로써 적어 놓은 장렬한 영웅적 서사시들은 이 땅 위에 길이길이 전해질 것이다.

김학철

1982년 11월

미주

1 米開朗基羅(1475-1564), 意大利人、雕塑家、建築師、畫家和詩人。他以人物健美著稱, 與列達芬奇和拉斐爾幷稱"文藝復興三傑", 他最著名的繪畫作品是《創世紀》和《最後的審判》。

2 金學武, 原名金元吉, 又名金俊吉, 原籍朝鮮咸北穩城郡柔浦面世仙洞52號。曾就讀于北平平民大學, 1934年初進入中央陸軍軍校洛陽分校軍官訓練班(韓人班)學習, 同年夏被金九帶回南京進入中央大學旁聽, 同時在金九特務隊(又稱"韓國獨立軍特務隊", 或稱"愛國團特務隊")從事除奸工作, 1935年在南京成立秘密組織"朝鮮革命同志會(朝鮮青年前衛同盟前身, 又稱十月會)"。1936年加入朝鮮民族革命黨, 1937年進入中央軍校特別訓練班第6期受訓, 1938年當選爲朝鮮民族革命黨中央執行委員。歷任朝鮮青年前衛同盟執行委員長、朝鮮義勇隊指導委員、朝鮮義勇隊第2區隊政治指導員、朝鮮義勇隊副隊長、華北朝鮮獨立同盟中央執行委員。

3 全稱"國民革命軍第十九路軍", 簡稱"十九路軍"。1932年發生"1·28"事變, 日本派遣海軍陸戰隊登陸上海, 十九路軍奮起迎戰抵抗, 蔣介石以外交談判解決, 十九路軍從上海撤下, 被調到福建"剿共", 1933年其主力被中央軍擊破, 番號亦被取消。

4 尹奉吉(1908-1932), 父尹璜(1891年生), 母金元祥(1889年生), 妻裵用順(1907年生), 長子尹模淳(1927年生), 次子尹淙(1930年生), 原籍朝鮮忠清南道禮山郡德山面柿梁里139號。

5 伊藤博文(1841-1909), 朝鮮統監府首任統監, 日本近代政治家, 內閣總理大臣(首相)。

6 安重根(1879-1910), 小名安應七, 朝鮮黃海道海州人, 天主教徒, 義兵將領。1909年10月26日, 他代表朝鮮民族在哈爾濱火車站刺殺日帝罪魁禍首伊藤博文。1910年3月26日, 在旅順監獄被處以絞刑。

7 白川義則(1868-1932), 歷任侵華派遣軍司令官、陸軍士官學校校長、陸軍航空本部長等
職。1923年任關東軍司令官, 1927年任陸軍大臣。"1·28"事變魁首, 時任上海方面日軍
司令官。

8 野村吉三郎(1877-1964), 日本昭和時期的著名政治家和外交家。1932年"1·28"事變爆發
後, 任新編日軍第三艦隊中將司令官。

9 重光葵(1887-1957), 歷任日本駐上海總領事、日本駐華大使、日本外務省次官、日本駐
蘇聯大使、日本駐英國大使、駐汪偽政權大使、日本外務大臣。

10 虹口炸彈事件結果, 閱兵臺上的日寇無一幸免災難: 上海居留民團行政委員會委員長河
端貞次被炸重傷, 于翌日凌晨斃命; 白川大將全身被炸重傷, 于5月26日中午斃命, 海軍
中將野村全身被炸傷, 并摘除了右眼; 駐華公使重光葵四肢和臀部被炸傷, 并切斷了右
腿; 第九師團長植田兼吉中將兩腳和左肩頭被炸傷, 并切斷了左腿; 上海總領事村井倉
松四肢被炸傷, 居留民團書記長右野盛四脂和臉部被炸傷。此外, 站在閱兵臺附近的日
本憲兵和海兵各2名, 攝影師2名以及日本婦女1名被炸輕傷。

11 李雄, 原名林炳雄, 化名王東一, 原籍朝鮮咸鏡南道咸興, 林國禎(1920年劫奪延邊龍井村
朝鮮銀行分店鈔票16萬元)之弟。他是吉林省延邊恩眞中學畢業生, 後來在北平民國大學
讀書, 并加入中國共產黨, 不久叛變投敵。1930年他來到山東省濟南加入國民黨山東省
黨部及膠濟、津浦兩鐵路工會, 以朝鮮獨立運動名義進行詐騙活動, 并擔任韓復榘的顧
問, 每月領取巨額報酬。1934年, 李雄進入天津亞東公司(走私)當日本間諜, 在該公司大
迫大佐的直接指揮下, 或裝扮中國革命者破壞朝鮮獨立運動, 或假裝要破壞日寇機關, 挑
撥離間, 致使中日關系更加惡化。1936年1月31日, 李雄在濟南市緯一路興雲里116號被
金學武刺殺身亡。

12 金元鳳, 號若山, 化名崔林、陳沖、陳國斌等, 1898年3月14日生于朝鮮慶南密陽郡密陽
面內一洞。1919年11月在吉林成立朝鮮反日恐怖組織—義烈團。1926年黃埔軍校第4期
步科畢業, 1927年參加南昌起義。歷任朝鮮義烈團團長、朝鮮革命幹部學校校長、朝鮮
民族革命黨總書記、朝鮮義勇隊隊長(總隊長)、韓國光復軍副總司令、大韓民國臨時政
府國務委員兼軍務部長等職務, 1945年末回國。

13 花露崗位于南京中華門內集慶路南, 南起花露南崗, 北至花露北崗。花露南崗位于中華門西, 東起鳴羊街, 西至花露崗。花露北崗, 東起鳴羊街, 西至封遊寺。

14 朴孝三, 號海雲, 1906年生于朝鮮咸鏡南道咸興郡咸興面中荷裡90號。義烈團員, 1926年黃埔軍校第4期步科畢業, 留校任入伍生部少尉, 第6期步科第3中隊中尉區隊長, 1928年9月晉陞第3中隊第1區隊上尉區隊長。曾參加過北伐戰爭, 在杜律明部任營長。1933年作爲中央軍團長帶兵出擊山海關日軍。抗日戰爭爆發後, 退出中國軍, 歷任朝鮮義勇隊第一區隊隊長、總隊部副隊長、華北支隊支隊長、延安朝鮮革命軍政學校學生隊隊長、朝鮮義勇軍副司令兼參謀長, 1946年歸國。

15 王通, 原名金鐸, 朝鮮咸北明川郡人, 朝鮮革命幹部學校第3期畢業, 1936年4月被派往江西省星子縣進入中央軍校特別訓練班第4期學習, 1937年2月回到南京從事朝鮮民族革命黨特務隊工作, 年末又進入該校第6期學習。歷任朝鮮民族革命黨中央執行委員, 朝鮮義勇隊第1區隊政治指導員。1944年當選爲大韓民國臨時政府議政院議員。

16 李益星, 又名李義興, 李復興(李桓星)之弟, 1911年生于朝鮮咸北鏡城郡龍城面水北洞。曾在中央軍校洛陽分校軍官訓練班受訓, 1934年8月考入南京本校第10期步科, 并加入金九特務隊。他是朝鮮革命同志會主要成員之一, 1938年當選爲朝鮮民族革命黨候補執行委員。歷任朝鮮義勇隊第2區隊隊長、華北支隊第2隊隊長, 1946年歸國。

17 沈星雲, 原名沈相徽, 又名林福州、沈權、松岡相徽, 原籍朝鮮京城府通仁町72號。1937年進入中央軍校特別訓練班第6期受訓, 朝鮮義勇隊第1支隊隊員。1941年9月進入太行山, 在晉察冀軍區第三分區政治部工作。1942年12月兩次潛入敵佔區天津, 翌年3月3日被天津警察署逮捕遣送朝鮮京城(首爾)。

18 趙少卿, 原名李聖根, 原籍朝鮮京城府錦町94號, 先後畢業于朝鮮革命幹部學校第3期和中央軍校特別訓練班第6期, 朝鮮民族革命黨黨員, 朝鮮義勇隊流動宣傳隊歌手。

19 尹治平, 原名尹瑞童, 朝鮮民族革命黨特務隊隊員, 中央軍校特別訓練班第6期畢業, 朝鮮義勇隊第1區隊隊員。先後與金英淑(金蘭英)、寺本朝子(權赫)同居。

20 關鍵, 原名黃載衍, 又名黃載然, 1910年生于吉林省雙陽縣, 1935年加入朝鮮民族革命黨。朝鮮民族革命黨內原有一名叫關鍵的通信特派員, 原名金炳益, 又名關東林, 朝鮮平北人, 1926年遼寧省新賓縣"正義府"附屬華興學校畢業, 1931年參加東北"國民府"朝鮮革命軍, 1933年在南京加入朝鮮義烈團, 1935年加入民族革命黨, 并考入中央軍校第11期騎兵科, 因患肺結核住院治療, 搶救無效, 于同年11月23日死亡。經民族革命黨出面介紹, 黃載衍冒其名頂替, 但因畢業前夕與敎官爭吵動手而被開除學籍。

21 馮中天, 原名李東林, 中央軍校特別訓練班第6期畢業, 朝鮮義勇隊第1區隊隊員, 華北朝鮮青年革命學校幹事。

22 庫圖佐夫(1745-1813), 俄國卓越的軍事家、統帥、軍事理論家、俄軍元帥。1812年衛國戰爭時期, 他用空城計打敗了侵入俄國境內的拿破倉剛軍隊。

23 西施, 名夷光, 春秋戰國時期出生于越國, 今浙江諸暨苧蘿村人。西施是中國古代四大美女之一, 亦稱西子。西施與王昭君、貂蟬、楊玉環并稱爲中國古代四大美女, 其中西施居首。

24 生活書店于1932年7月在上海成立, 鄒韜奮、胡愈之創辦, 1938年3月15日在桂林成立分店。

25 1938年秋, 新知書店總管理處從廣州遷往桂林桂西路(今解放西路), 曾爲《朝鮮義勇隊通訊》通信處。

26 鄒韜奮(1895-1944), 福建永安人, 中國著名的政論家、新聞記者、出版家。曾負責《生活》週刊和《時事新報》副刊編務, 建立生活書店, 創辦《大衆生活》週刊及《全民抗戰》三日刊。

27 德國近代作曲家中有兩位理查德, 其一爲威廉·理查德·瓦格納(Wilhelm Richard Wagner, 1813-1883), 其二爲理查德·施特勞斯(Richard Strauss 1864-1949)。

28 亞當·斯密士(Adam Smith, 1723-1790), 蘇格蘭人, 經濟學家。著有《道德情操論》《國富論》等。

29 黑格爾(1770-1831), 德國哲學家, 德國古典唯心主義的集大成者。

30 臧克家(1905-2004), 山東諸城人, 中國現代著名詩人。抗日戰爭時期, 歷任第五戰區抗敵青年軍團宣傳科教官, 司令長官部秘書, 戰時文化工作團團長, 30軍參議, 第31集團軍參議, 三一出版社社長等職。他有關春天的詩作可舉《古城的春天》《依舊是春天》《血的春天》等, 但不見《開花的春天》。

31 黃琪翔(1898-1970), 廣東梅縣人。抗日戰爭時期, 歷任第7集團軍副總司令, 第8集團軍副總司令, 參加淞滬會戰。上海淪陷後, 隨軍撤到武漢, 擔任國民政府軍事委員會政治部副部長。1939年擔任第11集團軍總司令, 進駐湖北襄樊, 并兼任第22集團軍總司令, 但在棗宜會戰中受挫。

32 猶大(Ioudas), 據基督教《新約·馬太福音》的傳說, 是受了三十塊銀幣出賣自己老師耶穌的叛徒, 一般用做叛徒的同義語。

33 田漢(1898-1968) 湖南長沙縣人, 戲劇家, 寫出多部著名話劇, 國歌《義勇軍進行曲》作詞者。

34 安娥(1905-1976), 河北獲鹿人, 劇作家, 歌詞作家, 曾創作出大批反映社會生活的作品。

35 《陣中日報》, 系中國第五戰區李宗仁長官司令部機關報。

36 金煒, 原名金基淑, 又名金威娜, 朝鮮京城人, 金昌滿之妻, 朝鮮義勇隊第一個女隊員, 朝鮮義勇隊流動宣傳隊隊員, 朝鮮義勇隊華北支隊淪陷區聯絡員。

37 金焰(1910-1983), 原名金德麟, 朝鮮京城人, 電影明星。隨父來華定居。15歲時, 進入天津南開中學讀書。1927年, 在上海民新影片公司就職。後又進入南國藝術劇社、明星影片公司和聯華影片公司。30年代前期, 在中國影迷評選中, 榮獲"電影皇帝"之譽。

38 古希臘傳說, 特洛伊王子帕裡斯訪問希臘, 誘走了王後海倫, 希臘人因此遠征特洛伊。圍攻九年後, 到第十年, 希臘將領奧德修斯獻了一計, 就是把一批勇士埋伏在一匹巨大的木馬腹內, 放在城外後, 佯作退兵。特洛伊人以爲敵兵已退, 就把木馬作爲戰利品搬入城中。到了夜間, 埋伏在木馬中的勇士跳出來, 打開了城門, 希臘將士一擁而入攻下了城池。後來, 人們在寫文章時, 就常用"特洛伊木馬"這一典故, 用來比喻在敵方營壘裡埋下伏兵裡應外合的活動。

39 板垣征四郎(1885-1948), 曾參加過日俄戰爭。歷任駐華日軍參謀、關東軍高級參謀、滿洲國執政顧問、關東軍副參謀長、參謀長、第5師團師團長、指揮太原會戰及徐州會戰。

40 磯谷廉介(1886-1967), 曾任日本陸軍省軍務局長, 日本駐中國公使館副武官。1938年3月, 指揮日軍第十師團進攻華北, 跟第五戰區司令長官李宗仁部在臺兒莊會戰。

41 胡維伯, 原名南基東, 原籍朝鮮慶南統營郡巨濟面明珍里31號, 16歲時求學日本東京, 兩年後回國, 加入朝鮮紅色工會。1935年進入南京朝鮮革命幹部學校第3期學習, 同時加入朝鮮民族革命黨和朝鮮革命同志會。中央軍校特別訓練班第6期畢業, 朝鮮義勇隊第2支隊政治指導員。1941年秋赴太行區加入華北朝鮮青年聯合會, 幷被派到新一旅敵工部工作, 1942年在山西長治突破敵佔區時壯烈犧牲, 時年28歲。

42 孫連仲(1893-1990), 河北雄縣龍灣村人, 第二集團軍總司令。1938年春, 率部參加臺兒莊戰役, 大獲全勝。1940年, 孫部配合張自忠第33集團軍在湖北棗陽、宜城地區對日軍作戰。

43 猶太區, 即猶太人區(Jewish quarter), 指在歐洲和中東地區市區中因社會, 政治或經濟等因素而劃分出來作爲猶太人居住的地區。現在一般用來稱呼市區中的貧民區或少數民族的聚居區。

44 李達, 原名鄭鳳翰, 又名洪明赫、金明赫、尹炳植, 鄭鵬翰(鄭如海、張達之、馬維新, 1938年3月8日病故)之弟, 原籍朝鮮咸北明川郡上古面浦下洞, 1935年在南京金九特務隊預備訓練所受訓, 同時加入朝鮮革命同志會。不久進入南京國立中央大學旁聽。1938年中央軍校特別訓練班第6期畢業, 隨後編入朝鮮義勇隊第2區隊。

45 姜震世, 原名金億麟, 又名洪順官、崔鉉淳、金柔軟、金億、南政彦、金正一、金葉正等, 1913年生於朝鮮平北定州郡定州邑城內洞248號, 京城第一高普畢業。1933年進入南京朝鮮革命幹部學校第2期學習, 翌年末被保送中央軍校洛陽分校軍官訓練班受訓, 1935年8月考入廣州中山大學, 先後在醫學院和英國語言文學系讀書, 1937年末轉入中央軍校特別訓練班第6期受訓。歷任朝鮮義勇隊第2區隊第2分隊長、朝鮮獨立同盟晉西北分盟委員。

46 海涅(1797-1856), 德國著名詩人、出身猶太商人家庭。主要作品有抒情詩《歌集》,《旅行記》、長詩《德國, 一個冬天的童話》、文藝論著《論浪漫派》等。

47 馬雅可夫斯基(1893-1930), 蘇聯詩人, 劇作家, 代表作有長詩《穿褲子的雲》, 還有劇本《宗教滑稽劇》、諷刺喜劇《臭蟲》《澡堂》等。

48 1939年1月, 中共中央中原局以李先念爲新四軍豫鄂邊獨立遊擊大隊大隊長, 開闢豫鄂邊區抗日根據地。3月, 第五戰區司令長官部下令撤銷豫鄂邊區抗敵工作委員會。1940年1月, 駐隨北第五戰區第一縱隊抗日游擊獨立大隊整編爲新四軍豫鄂挺進縱隊應信游擊總隊。4月, 新四軍豫鄂挺進縱隊平漢支隊進入隨南白兆山區, 開闢大洪山抗日民主根據地。支隊司令部駐隨縣洛陽店九口堰武氏祠。

49 胡哲明(1913-1943), 原名韓仁燮, 化名林虎山、韓復、韓震, 原籍朝鮮京畿道高陽郡龍
　　仁面阿峴里470號。"9·18"事變時, 當過日軍汽車司機。1935年進入南京金九特務隊預
　　備訓練所受訓, 不久考入國立中央大學就讀。1938年中央軍校特別訓練班第6期畢業,
　　隨後編入朝鮮義勇隊第2區隊, 任第2分隊隊附。1939年末在新四軍豫鄂挺進縱隊加入中
　　國共產黨。1940年夏任朝鮮義勇隊新編第一支隊政治助理員, 1941年夏任華北朝鮮青
　　年聯合會晉冀豫邊區支會第一分會長, 1943年7月任朝鮮義勇軍華北支隊第3隊政治指導
　　員。1943年12月患傷寒症, 安逝于太行山。

50 桐峪鎮位于山西省左權縣(原遼縣)城東南35公里處, 129師司令部及八路軍總部機關所
　　在地。

51 太行山位于北京、河北、山西、河南4省、市之間, 北起北京西山, 南達豫北黃河北崖,
　　西接山西高原, 東臨華北平原, 綿延400餘公里, 爲山西東部、東南部與河北、河南兩省
　　的天然界山。太行山根據地包括山西、河北、河南廣大區域在內的抗日根據地。

52 武亭(1905-1952), 姓金, 朝鮮咸北鏡城人, 山西太原北方軍校炮科畢業, 中共上海韓人支
　　部委員。1933年任紅軍特科學校校長兼炮兵營營長, 1934年任中央軍委第一縱隊第三
　　梯隊司令員兼政委, 1935年任紅軍總部作戰科科長, 1936年入中國人民抗日軍政大學第
　　一期高級幹部科學習。抗日戰爭爆發後, 調任第18集團軍總司令部炮兵主任, 1938年任
　　軍委炮兵團團長。1941年任華北朝鮮青年聯合會會長, 1942年當選爲華北朝鮮獨立同
　　盟執行委員, 兼任華北朝鮮青年革命學校校長。1945年5月任朝鮮義勇軍總司令。妻爲
　　中國女性藤綺, 後在太行山與金英淑(金蘭英)姘居。同年末回國。

53 冼星海(1905-1945), 生于澳門, 音樂家, 作曲家。1938年任延安魯迅藝術學院音樂系主
　　任, 并創作了《黃河大合唱》《生產大合唱》等作品。合唱曲《在太行山上》(桂濤聲詞)創作
　　于1938年。歌詞: "紅日照遍了東方, 自由之神在縱情歌唱, 看吧, 千山萬壑, 銅壁鐵墙,
　　抗日的烽火燃燒在太行山上, 氣焰千萬丈, 聽吧, 母親叫兒打東洋, 妻子送郎上戰場, 我們
　　在太行山上, 山高林又密, 兵強馬又壯, 敵人從哪里進攻, 我們就要他在哪里滅亡。"

54 中國古代民間傳奇故事中的女英雄, 她女扮男裝, 替父從軍。故事來源于北朝民歌《木蘭
　　辭》。

55 楊界, 朝鮮獨立同盟宣傳部宣傳科長、晉東南支部委員、朝鮮義勇隊華北支隊淪陷區聯絡員。

56 沈清, 又名沈清澤, 日本大學預科畢業, 朝鮮獨立同盟太行支部委員, 延安朝鮮革命軍政學校分隊長。

57 高哲, 又名高相喆, 朝鮮獨立同盟晉察冀支部委員。解放後, 在延邊大學任教。

58 金東求, 朝鮮義勇軍華北支隊員, 解放後任《延邊日報》社總編輯。

59 히틀러 집정 시기의 선전부장. 戈培爾(1897-1945), 1929年任德國納粹黨宣傳部長。希特勒掌權後, 參與策劃國會縱火案。1933年3月, 任國民教育和宣傳部長, 吹捧希特勒, 實行法西斯文化專制主義和狂熱的反猶排猶主義。

60 姚文元(1931-2005), 浙江諸暨人, 原中共中央政治局委員, "四人幫"成員之一。

61 金台俊(1905-1949), 號天台山人, 朝鮮平北雲山人, 文學家, 思想家。1931年京城帝國大學中國文學科畢業, 參加朝鮮語文學會活動, 致力于朝鮮文學遺產挖掘整理工作, 1939年起在京城帝大講授朝鮮文學, 并從事社會主義運動, 1944年與朴鎭洪結婚, 同年11月一同赴延安考察, 翌年11月回國。

62 朴鎭洪, 1914年生于朝鮮咸北明川, 1931年讀女子高普(女中)時, 接受社會主義思想, 主導學生罷課, 被勒令退學。此後, 在京城當工人, 并組織領導工人運動和女性團結運動, 因涉嫌RS協定會事件被判處有期徒刑兩年。獲釋後, 由于參與朝鮮共產黨重建運動和赤色勞動組合(紅色工會)運動, 多次被捕。

63 金史良(1914-1950), 原名金時昌, 朝鮮江原道原州人, 日韓文小說家。1931年赴日本在佐賀高等學校讀書, 1936-1939年在東京帝國大學就讀, 1940年回國在江原道地區進行社會調查, 并着手創作。1944年在平壤大同工業專門學校講授德文, 1945年作爲學徒兵慰問團成員被派往中國, 趁機逃奔延安。

64 李承晚(1875-1965), 號雲南, 黃海道海州人, 早年求學美國, 先後獲得哈佛大學碩士學位和普萊斯頓大學博士學位, 獨立運動家, 上海大韓民國臨時政府首任大統領。建國後, 連任三屆大韓民國大統領。

65 柳新, 原名金容燮, 又名張維輔, 原籍朝鮮咸北鐘城郡古邑面龍山洞, 其夫爲牧師, 延邊龍井恩眞中學畢業。1935年來南京在金九特務隊預備訓練所受訓, 同時加入朝鮮革命同志會。1936年8月被朝鮮民族革命黨保送廣東中山大學法學院經濟系學習, 1937年轉入中央軍校特別訓練班第6期受訓。朝鮮義勇隊第2區隊隊員, 朝鮮獨立同盟晉冀豫支部委員, 作曲家, 曾用口琴爲《朝鮮義勇軍悼歌》譜曲。

66 鄭律成(1914-1976), 原名鄭富恩, 化名劉大振, 作曲家。原籍朝鮮全南光州郡光州邑錦町101號, 1933年來南京加入朝鮮義烈團, 朝鮮革命幹部學校第2期畢業, 加入朝鮮義烈團、朝鮮民族革命黨和朝鮮民族解放同盟, 同時在上海國立音樂專科學校學習聲樂和小提琴。1937年經八路軍西安辦事處進入延安, 先後在陝北公學、魯迅藝術學院和抗大學習或任教, 1941年來到太行山任朝鮮革命青年學校教務主任。

67 柳文華, 又名鄭元衡, 朝鮮慶南人, 廣州興華中學高中部畢業, 1937年8月被朝鮮民族革命黨保送中山大學文學院史學系學習, 不久轉入中央軍校特別訓練班第6期受訓。朝鮮義勇隊第2區隊隊員, 朝鮮獨立同盟晉察冀支部成員。

68 李克, 又名周雲龍, 朝鮮平北新義州人, 京城徽文高普中退, 先後畢業于朝鮮革命幹部學校第3期及中央軍校特別訓練班第6期, 朝鮮義勇隊第2區隊隊員, 朝鮮獨立同盟淪陷區聯絡員。

69 張振光, 生于美國夏威夷, 美術家。曾在上海從事除奸工作, 被日本總領事館警察逮捕遣送日本長崎監獄, 服刑三年。中央軍校特別訓練班第6期畢業, 1938年赴延安進入抗日軍政大學學習, 1941年來到晉東南出席華北朝鮮青年聯合會成立大會, 并當選爲經濟部長, 歷任獨立同盟宣傳幹事、宣傳部長、候補執行委員。

70 李景山, 原名李殷豪, 又名李蘇民, 1904年生于朝鮮平北江界從南面長坪洞。曾在上海先後加入丙寅義勇隊、僑民團義警隊, 1933年8月刺殺韓奸石鉉九, 1934年8月考入中山大學文學院社會學系, 韓國獨立黨廣東支部庶務主任。1937年轉入中央軍校特別訓練班第6期受訓。後任朝鮮義勇隊金華獨立分隊分隊長兼韓臺劇團團長。

71 康秉學, 原名康秉鶴, 化名丸山鶴吉、王鳳山、張雲, 張重光, 1916年生于朝鮮平壤鏡齋里47號, 雙親早逝, 有一姐姐在朝鮮黃海道信川淪爲妓女。1933年春, 他來到上海, 在日本寡婦經營的海寧路256號森村洋行當駕駛員助手。1934年3月3日, 在韓國獨立黨的指揮下, 他和孫一峰策劃上海神社炸彈事件。未遂後, 他們倆被韓國獨立黨保送中央軍校洛陽分校學習。1935年8月他又進中央軍校廣東第四分校、特別訓練班第6期及西南游擊幹部訓練班受訓, 歷任朝鮮義勇隊第1區隊第1分隊隊附、北進支隊隊長。

72　上海市舊街道名稱。蒲石路(1914-1943)現名長樂路, 位于徐家匯靜安區。朝鮮第一位
神父金大健(金安德勒)曾住過金神父路(1907-1943), 因此得名, 現名淮海中路, 位于盧灣
區。

73　阿Q(A Qiu), 魯迅著名小說《阿Q正傳》的主人公, 是"精神勝利者"的典型。

74　愛倫坡(Allan Poe, 1809-1849), 美國著名詩人、小說家(偵探、恐怖、科幻)和文學評論
家。

75　崔庸健(1900-1976), 又名金龍首、崔秋海、崔石泉、金志剛等, 朝鮮平北龍川郡外面西
石洞人, 1923年來到上海進入南華學院學習中國語。1924年6月被大韓民國臨時政府外
務部和勞兵會保送雲南陸軍講武學校第18期步兵科學習, 1925年6月畢業。隨後來到廣
東黃埔軍校歷任第5期學生隊區隊長、第6期特務營第2連連長。1926年加入丙寅義勇
隊, 從事除奸工作。1927年當選爲韓國獨立黨關內促成會聯合會執行委員會候選人、中
國本部韓人青年同盟中央執行委員(廣州), 年末作爲中共黨員參加了廣州起義。1928年
赴東北從事反日武裝鬪爭, 後來歷任東北抗聯參謀長、軍長等職務。

76　19세기 말 프랑스의 극단적인 폭력주의자.

77　李疆, 原名李鍾乾, 又名李東初、李世章、李鍾範、李南乾, 李鍾坤之哥, 1906年生于
朝鮮京畿道平澤郡振威面下北里, 後遷至忠南天原郡修身面凍倉里。徽文高普畢業後來
華, 1928年進入山西太原成成中學學習, 1931年9月來北平加入韓族同盟會, 刺殺韓奸崔
承萬。三十年代前期先後在上海、南京等地加入僑民團義警隊、韓人獨立運動青年同
盟、韓人青年黨、朝鮮義烈團、韓國獨立黨南京支部, 并當選爲韓國臨時政府議政院議
員。1935年洛陽分校韓人班畢業後, 在南京加入金九俱樂部, 1937年末編入中央軍校特
別訓練班第6期受訓。朝鮮義勇隊主力北上後, 仍留在重慶總隊部工作, 1946年歸國。

78　義烈團, 系朝鮮民族反日恐怖組織, 1919年11月10日成立于吉林, 團長爲金元鳳(金若
山)。不久把本部先後遷至北京、上海、廣州等地。三十年代前期, 以朝鮮義烈團的名義
主要在南京、上海等地從事反日恐怖活動, 于1935年7月改組爲朝鮮民族革命黨, 總書記
仍爲金元鳳。

79　李奉昌(1901-1932), 原籍朝鮮京城新錦町118號, 龍山文昌普通學校畢業, 1924年東渡日

本, 化名木下昌藏, 在大阪、東京、名古屋、横浜等地打工。1931年1月來到上海結識金

九, 同年12月13日誓以韓人愛國團員炸死日本天皇裕仁。年末乘船東渡日本東京, 翌年1

月8日在櫻田門外謀殺日皇未遂。

80 裕仁, 年號昭和。1901年4月29日生于日本東京, 1916年立爲皇太子。1921年11月25日

開始攝政。1926年12月25日大正天皇病逝後即位。1989年1月7日病逝, 享年87歲。

81 石正, 原名尹世胄, 小名尹小龍, 化名尹正浩、石田、石井、石生、石鼎等, 1901年生于

朝鮮慶南密陽郡密陽面內二洞880號, 義烈團創始人之一。1920年春籌劃炸毀朝鮮總

督府和日本東洋拓殖會社, 不幸事前被捕。1921年5月在京城地方法院被判處有期徒刑

7年, 1927年2月期滿獲釋, 歷任密陽青年會執行委員, 新幹會密陽分會總務幹事、朝鮮

《中外日報》記者、慶南株式會社社長。1932年來到南京進入朝鮮革命幹部學校第1期學

習, 1933年4月畢業留校任教, 幷代表朝鮮義烈團參加朝鮮革命團體統一運動。歷任朝

鮮革命幹部學校第2-3期教官、朝鮮民族革命黨中央執行委員、民族革命黨資金委員會

主任、朝鮮民族戰線聯盟幹事、朝鮮義勇隊政治組指導員、訓練主任兼編輯委員會韓文

刊主編、民族革命黨宣傳部長、朝鮮義勇隊第三支隊政治指導員兼民族革命黨華北特派

員、華北朝鮮青年革命學校教師、華北朝鮮青年聯合會晉冀豫邊區分會副會長。1942

年5月28日在晉東南偏城花玉山與日軍遭遇, 不幸中彈負重傷, 6月3日犧牲, 葬于河北省

涉縣石門村山麓。晉冀魯豫邊區政府撥款30萬元爲烈士建墓立碑。

82 趙素昂(1887-1958), 原名趙鏞殷, 朝鮮京畿道坡州人, 理論家。1912年日本明治大學畢

業, 1913年流亡上海從事朝鮮獨立運動, 大韓民國臨時政府主要內閣成員之一, 1926年編

撰《三均制度》, 1929年韓國獨立黨創始人之一, 1935年參與民族革命黨成立活動, 隨後

重建韓國獨立黨。1940年參與遠東三黨(韓國獨立黨、韓國國民黨、朝鮮革命黨)統一

活動, 歷任韓國獨立黨中央執行委員會副委員長、委員長、韓國臨時政府外務部長兼宣

傳委員會主任委員, 1946年歸國。

83 일본에서 매년 9월 20일 전후의 추분날에 역대 천황들의 혼령을 위로하기 위해 지내

는 제사.

84 일본 고유의 민족 종교인 신도의 신주를 모시는 사당.

85 指1932年"1.28"上海事變陣亡將士招魂祭典, 當日主要出席者有日本駐華公使有吉明、

第三艦隊司令官官今村信次郎中將、日本駐華陸軍武官鈴木美通、上海居留民會行政委員長安井及其他留滬日本高官。

86 신사로 통하는 대문.

87 孫武, 字長卿, 後人尊稱其爲孫子、孫武子, 古代齊國人, 公元前527年, 完成《孫子兵法》。

88 19세기 초 독일의 저명한 군사이론가.

89 韓青, 原名愼益晟, 化名愼海龍, 申億、蔣元福, 1912年生于朝鮮慶南居昌, 先後畢業于朝鮮革命幹部學校第3期、中央軍校洛陽分校韓人班、中央軍校特別訓練班第6期及延安抗日軍政大學第5期。1935年加入朝鮮民族革命黨, 朝鮮義勇隊第1區隊隊員, 曾任華北朝鮮青年聯合會晉察冀支部書記。

90 崔約翰, 化名李明善、文鐘三, 朝鮮全北全州人, 1933年來到南京加入朝鮮義烈團, 先後畢業于朝鮮革命幹部學校第2期、中央軍校洛陽分校韓人班及中央軍校特別訓練班第6期。朝鮮義勇隊第1區隊隊員, 朝鮮獨立同盟淪陷區工作委員會聯絡員。

91 陳濟棠(1890-1954), 廣東防城人, 粤系軍閥代表, 一級上將, 中國國民黨中央執行委員、中華民國農林部部長。曾長時間主政廣東, 政治上與南京中央政府分庭抗禮, 有南天王之稱。

92 即楊鶴齡, 雲南人, 中央軍校特別訓練班第2期畢業, 第6期第1大隊第4中隊上尉區隊長。

93 即上官業保, 湖南人, 中央軍校特別訓練班第1期畢業, 第6期第1大隊第4中隊上尉區隊長。

94 呂正操, 1905年生于遼寧海城。抗日戰爭時期, 任冀中人民自衛軍司令員, 八路軍第三縱隊司令員兼冀中軍區司令員、冀中行署主任, 冀中區總指揮部副總指揮, 晉綏軍區司令員, 中共中央晉綏分局委員。

95 布拉姆斯(1833-1897), 德國作曲家, 主要作品《德意志安魂曲》《D大調小提琴協奏曲》《匈牙利舞曲》《學院典禮序曲》《搖籃曲》等。

96 張樂平(1910-1992), 浙江海鹽縣人, 三十年代開始在《時代漫畫》等刊物上發表漫畫, 抗戰時期參加 "抗戰漫畫宣傳隊" 的活動。代表作有《三毛流浪記》。

97 華君武, 1915年生于浙江杭州, 美術活動家, 漫畫家。抗日戰爭時期, 先後在延安陝北公
　　學、魯迅藝術文學院任教。作品有《磨好刀再來》《死豬不怕開水燙》《假文盲》等。

98 鄭滄波, 又名朱文坡, 申翼熙(王海公)之侄, 中央軍校特別訓練第6期畢業, 朝鮮義勇隊第
　　2支隊隊員, 華北朝鮮青年聯合會陝甘寧邊區分會宣傳幹事。

99 黄埔軍校校歌 : "怒潮澎湃, 黨旗飛舞, 這是革命的黄埔。主義須貫徹, 紀律莫放鬆, 預
　　備做奮鬪的先鋒。打條血路, 引導被壓迫民衆, 携着手向前行。路不遠, 莫要驚。親愛精
　　誠, 繼續永守, 發揚吾校精神。"

100 恰巴耶夫(1887-1919), 蘇維埃俄國英雄, 紅軍指揮員。1917年加入布爾什維克黨。國
　　　內戰爭時期, 在烏拉爾一帶指揮作戰, 多次擊退高爾察克白衛軍。1919年9月5日在勒
　　　比咸斯克村(今恰巴耶夫市)戰鬪中犧牲。蘇聯作家富曼諾夫將其事蹟寫成長篇小說《恰
　　　巴耶夫》, 舊譯《夏伯陽》。

101 周世敏, 又名金雲學, 朝鮮咸北人, 先後畢業于朝鮮革命幹部學校第2期、中央軍校洛陽
　　　分校韓人班及中央軍校特別訓練班第4期, 任特別訓練班第6期組訓員, 留渝朝鮮義勇隊
　　　總隊部播音員。1944年任大韓民國臨時政府學務部教育科長。

102 崔敬洙, 原名崔奉信, 1911年生于朝鮮平南江西郡星合面硯谷里, 父爲崔能賢(曾在江西
　　　沙川刺殺憲兵)。中央軍校第8期炮科畢業, 南京炮兵第一旅第五團炮兵少尉, 不久又
　　　進憲兵司令部所屬憲兵學校學習, 畢業後歷任南京憲兵補充團憲兵中尉、憲兵學校教
　　　官、中央軍校特別訓練班第6期上尉區隊長。曾在南京加入鐵血團, 從事除奸工作。後
　　　來又加入朝鮮民族革命黨。叛變后, 任《上海時報》總經理。

103 金輝, 原名金錫洛, 又名李輝, 朝鮮平安北道江界人, 江界英實中學畢業, 1936年被朝鮮
　　　民族革命黨保送廣東中山大學文學院社會學系學習, 1937年秋轉入中央軍校特別訓練
　　　班第6期受訓。朝鮮義勇隊政治組組員, 1939年1月15日奉命離開桂林隊本部, 29日潛
　　　入上海着手招募朝鮮青年, 4月11日被日本駐上海總領事館警察逮捕, 6月24日遣送朝鮮
　　　仁川警察署。同年11月17日, 朝鮮平安北道新義州地方法院一審判處金錫洛有期徒刑7
　　　年。

104 葉鴻德, 原名李德相, 朝鮮京城人, 京城帝國大學預科畢業, 朝鮮民族革命黨中堅人物。
　　　1938年朝鮮義勇隊成立後, 被任命爲第1支隊第3分隊長, 1939年末帶領朝鮮義勇隊第3

支隊南路工作隊參加了桂南崑崙關戰役。1941年從重慶帶領朝鮮義勇隊一個分隊前往前線, 因勞累過度住進洛陽一家醫院, 搶救無效病逝。

105 李鐵重, 原名李福仁, 又名李哲俊、程毅夫, 1916年生于朝鮮京畿道仁川府栗木里98號。1935年加入南京金九特務隊, 朝鮮革命同志會幹部。曾在南京與金英淑(金蘭英)同居, 進入太行山後分居。歷任朝鮮義勇隊第2支隊隊員、朝鮮義勇隊華北支隊留守隊員、朝鮮義勇軍華北支隊第3隊隊員。

106 李志剛, 原名李相勛, 又名李定洙, 李春岩之侄, 1916年生于朝鮮黃海道鳳山郡舍人面小梧洞575號。朝鮮革命幹部學校第2期畢業。歷任朝鮮義勇隊宣傳隊長, 朝鮮義勇隊第1支隊第3分隊隊附、西南游擊幹部訓練班少校區隊長、朝鮮義勇隊華北支隊第1隊第2分隊長。

107 趙烈光, 原名金龜泳, 又名金鐵城、金海鐵、李英秀, 馬鐵雄, 1911年生于朝鮮黃海道信川郡弓興面三泉里562號。在京城徵新學校讀書時, 參加光州學生運動, 被勒令退學。東渡日本門司, 後來廣島私立松本中學畢業。1934年9月考入中央軍校南京本校第11期炮科, 1937年10月畢業, 并被朝鮮民族革命黨保送到中山大學法學院經濟系學習, 不久暫時棄學從軍。在對敵宣傳工作中, 腿部受重傷, 不便在前線工作, 于1939年5月由金若山保送到中山大學經濟系復學, 1942年6月畢業。歷任朝鮮義勇隊第1支隊第2隊長、華北支隊第2隊第1分隊長、延安朝鮮革命軍政學校學生隊第1區隊長。

108 李世榮, 原名申應南, 又名申箕星、申繼胥(申啓瑞), 1912年生于朝鮮江原道通川郡歙穀面新興里13號, 朝鮮義勇隊第1區隊第1分隊分隊長。1939年潛入河南新鄉從事地下工作, 不幸被日軍殺害。

109 金枓奉, 號白淵, 1889年生于朝鮮慶南東萊郡機張面東部里, 語言學家周時經先生之高徒。曾就讀于京城畿湖學校和培材學校, 參加過大同青年團和光文會, 編撰少年雜誌《紅衣》《青春》。1919年流亡上海, 先後加入新韓青年黨和高麗共產黨, 歷任《新大韓新聞》編輯、韓國臨時政府議政院議員、仁成學校校長、韓國獨立黨秘書長、朝鮮民族革命黨中央執行委員。妻趙鳳元, 1935年在南京離婚。1941年秋, 他把長女金尚燁留在重慶, 帶着次女金海燁(海燕、海軍)來到延安, 當選爲朝鮮獨立同盟主席, 兼任朝鮮軍政學校校長。1945年末歸國, 著有《精解朝鮮語》。

110 韓斌, 又名王志延, 俄羅斯名韓密哈伊爾, 1902年生于俄羅斯海參威浦鹽斯德, 朝鮮革命團體"國民議會"副議長韓昌熙之子。曾在海參威遠東國立大學文科學習哲學。1923年進入莫斯科共產大學速成班學習, 1924年5月被派到海參威布爾什維克黨高麗局工作, 歷任蘇聯共青團沿海州文化部長、海參威蘇維埃學務部政治文化科員, 1925年4月來到黑龍江寧古塔加入大震青年會, 同年9月潛入朝鮮加入高麗共產青年同盟。1926年3月參與列寧主義同盟, 8月返回蘇聯進入列寧格勒國立大學, 1928年春轉入莫斯科國立大學, 年末退學回到海參威。1929年春來到吉林省從事朝鮮共產黨重建工作。1930年2月進入朝鮮, 3月在釜山被捕。5月在京城地方法院被判處有期徒刑5年, 1935年9月獲釋。同年末, 來到南京加入朝鮮民族革命黨, 并當選爲中央執行委員。1940年夏在洛陽脫離民族革命黨, 加入朝鮮民族解放鬪爭同盟, 1941年秋從洛陽北渡黃河進入太行山, 加入華北朝鮮青年聯合會, 并在八路軍129師任指導員。1942年赴延安在抗日軍政大學任教, 并當選爲朝鮮獨立同盟副主席。妻文正元。

111 左權(1905-1942), 湖南醴陵人, 第18集團軍副總參謀長。1942年5月25日在山西省遼縣(今左權縣)十字嶺指揮部隊突圍時中彈犧牲。

112 王雄(1889-1980), 原名金弘壹, 又名崔世平、王逸曙、王復高, 朝鮮平北龍川郡人。1916年定州五山學校畢業, 在黃海道微新學校任教。1920年貴州陸軍講武學校步科畢業。二十年代前期, 在俄羅斯遠東地區和中國東北地區從事反日武裝獨立運動, 歷任韓國義勇軍事委員會委員長、韓國義勇軍第二中隊長、韓國義勇軍武官學校教官、蘇聯高麗特別步兵大隊大隊長。1926年來到廣東被任爲東路軍總指揮部少校參謀, 1927年任駐杭州獨立警備團上校副團長, 并作爲團長代理參加龍潭戰鬪。此後歷任蔣介石總司令部軍械處統計科長、吳淞要塞司令部參謀長、上海兵工廠兵器科主任(王伯修爲技師)、軍政部軍需署設計委員、第四軍102師參謀長、中央軍校特別訓練班朝鮮隊監督。1939年晉陞第19集團軍總司令部少將參謀處長。曾任朝鮮民族革命黨中央執行委員。

113 金九(1876-1949), 號白凡, 又名金龜、金昌洙, 朝鮮黃海道安岳人, 1919年流亡上海, 歷任大韓民國臨時政府警務局長、內務總長、國務領、財務長、大韓僑民團團長、韓人愛國團團長、韓國國民黨理事長、韓國獨立黨理事長、韓國臨時政府主席等職務,

1945年歸國。著有《白凡逸志》。

114　狄更斯(1812-1870), 英國小說家, 代表作有《艱難時代》和《雙城記》(即《兩個城市的故事》)。

115　朴茂, 原名朴泳瑀, 朝鮮黃海道海州人。海州第二公立普通學校(小學)畢業, 海州公立高等普通學校(中學)肄業四年, 上海惠靈中學高中二年肄業。1933年8月被韓國獨立黨保送轉學中山大學高中部三年級, 1934年8月考入中山大學文學院社會學系, 1937年轉入中央軍校特別訓練班第6期受訓。歷任朝鮮義勇隊第2區隊政治指導員、華北支隊第3隊政治指導員、朝鮮獨立同盟太行分盟宣傳部材料科長。

116　金昌滿, 別號史夫, 朝鮮咸北永興人, 京城中東學校畢業。1934年來到廣州補習一年, 翌年8月考入中山大學工學院電氣工程系, 1937年轉入中央軍校特別訓練第6期受訓。歷任朝鮮青年前衛同盟中央委員、朝鮮義勇隊宣傳隊長、華北朝鮮獨立同盟中央執行委員、華北支隊政治指導員、淪陷區聯絡員。

117　胡一華, 原名金燦奎, 又名金波、李俊、金澤明、李相朝, 朝鮮平壤崇實學校畢業。1935年在南京加入朝鮮革命同志會及朝鮮民族革命黨, 同時到廣東報考中山大學文學院英文系, 因畢業證書不明確而未能獲准, 1937年8月經朝鮮民族革命黨保送才被錄取爲英文系學生, 不久轉入中央軍校特別訓練第6期受訓。歷任朝鮮義勇隊新編第1支隊(洛陽)政治指導員、朝鮮獨立同盟北滿特委書記。

118　李維民, 又名李澄來, 1914年生於朝鮮全南寶城郡兼白面南陽里, 李秉熟次子。1932年進入上海同濟大學學德語, 并加入中國共產黨。中央軍校特別訓練班第6期畢業, 朝鮮青年前衛同盟中央委員, 延安抗日軍政大學畢業。1941年初在晉東南出席華北朝鮮青年聯合會成立大會, 并當選爲組織部長, 後任華北朝鮮獨立同盟執行委員兼組織部長。

119　張毅, 原名權泰杰, 1917年生於朝鮮慶北尚州, 權晙長子, 1938年5月中央軍校特別訓練班第6期畢業, 1942年6月中央軍校第14期第10總隊步兵科畢業, 服務于中國軍。

120　權晙(1895-1959), 號百忍, 原名權重煥, 又名張樹華, 權揚武, 朝鮮慶北尚州人。東北新興武官學校畢業, 義烈團創始人之一。黃埔軍校第4期步科畢業, 投身北伐戰爭。曾任南京朝鮮革命幹部學校教官。在中國軍內歷任連長, 營長, 團長, 少將參謀長, 副師長。日本投降後, 任武漢地區韓僑宣撫團團長, 1946年歸國。長子權泰杰(張毅), 長女權彩玉(陳嘉明妻)。

121 法捷耶夫(1901-1956), 蘇聯作家。1918年加入布爾什維克黨。歷任《真理報》記者, "拉普"(俄羅斯無產階級作家協會)領導工作。曾兩次獲得列寧勳章。主要作品有短篇小說《逆流》, 中篇小說《泛濫》, 長篇小說《青年近衛軍》《毀滅》等。

122 高峰起, 中央軍校特別訓練班第6期畢業, 朝鮮義勇隊第2支隊隊員, 朝鮮獨立同盟太行分盟組織部敵區科兼聯絡科科長。1945年末回國。

123 米丘林(1855-1935), 蘇聯園藝學家, 植物育種學家, 米丘林學說的創始人, 蘇聯科學院名譽院士和蘇聯農業科學院院士, 著有《工作原理和方法》《六十年工作總結》等。

124 舒群(1913-1989), 原名李書堂, 黑龍江阿城人, 作家。1935年在上海參加左聯。曾任八路軍總司令部隨軍記者、延安《解放日報》副刊主編、延安魯藝文學系主任等職。著有短篇小說集《沒有祖國的孩子》, 中篇小說《秘密的故事》, 長篇小說《這一代人》等。

125 馬德里, 西班牙首都。1936-1939年西班牙內戰中, 共和國軍隊爲抗擊叛軍和武裝干涉者而進行了首都保衛戰。馬德里軍民爲保衛首都浴血奮戰、寧死不屈的精神, 鼓舞了歐洲各國人民的反法西斯鬥爭。

126 1937年8月21日, 中蘇兩國簽訂了《中蘇互不侵犯條約》。根據《中蘇信用易貨借款合同》, 從1937年到1941年, 蘇聯援華航空志願隊來華飛機一千多架, 志願飛行員一千多名, 被稱爲"正義之劍"。

127 漢口江漢關是一座具有歐洲建築風格的海關建築物, 1863年由英國建立。

128 朴一禹, 化名王巍, 原籍朝鮮, 生于東北延邊, 龍井大成中學畢業, 從事反日地下活動。中日戰爭爆發後, 到晉察冀邊區任縣長, 1940年中共中央黨校畢業, 1942年任華北朝鮮獨立同盟延安支部書記, 1944年任延安朝鮮革命軍政學校副校長。1945年代表韓籍中共黨員出席中共七大。此後, 歷任朝鮮義勇軍副司令兼政委、東北朝鮮義勇軍第五支隊政委, 1946年回國。

129 1939年9-10月, 在第一次長沙會戰中, 中國第九戰區部隊(第8軍、第20軍第133及134師、第79軍)在湖南省東部幕阜山地區抗擊日軍第11軍進攻的防禦戰。

130 尹公欽, 又名李哲、李契, 1913年生于朝鮮平北博川郡西面金鷄洞74號, 日本立川飛行學校畢業, 二等飛行員。1933年8月來到上海, 1934年朝鮮革命幹部學校第2期畢業, 同時奉命潛入朝鮮平北定州, 6月被捕入獄, 服刑兩年半。獲釋後, 又回到南京繼續從事革命工作。朝鮮青年前衛同盟成員, 1941年出席華北青年聯合會成立大會。朝鮮義勇隊華北支隊淪陷區聯絡員。妻趙明淑。

131 로마의 정치가이자 웅변가.

132 隨縣位于湖北省北部的中間, 淮河源頭南麓, 南接隨州市曾都區, 東鄰廣水市, 河南省信陽、北部與河南省桐柏縣接壤, 西接棗陽。

133 崔啓源, 原名崔重基, 又名崔英錫、崔啓元、張源一、劉獻, 1912年生于朝鮮全北全州府老松町494號, 全州高等普通學校畢業。1934年9月進入中央軍校南京本校接受入伍生教育, 1935年夏赴粵補習報考中山大學, 翌年8月被朝鮮民族革命黨保送中山大學文學院史學系學習, 1937年秋轉入中央軍校特別訓練班第6期受訓。朝鮮義勇隊第2區隊隊員, 華北支隊隊員。

134 楊大峰, 又名郭震, 中央軍校特別訓練班第6期畢業, 朝鮮義勇隊第2區隊隊員, 朝鮮獨立同盟延安支部成員。

135 全文:"危樓設宴賞櫻花, 傳杯勸盞月影斜, 千載松枝難遮住, 昔日清輝照誰家? 軍營秋夜遍霜華, 飛鴻過眼晰可查, 城頭劍叢泛光影, 昔日清輝照誰家? 此刻荒城夜半月, 清輝依舊爲誰照? 唯余藤蔓繞殘垣, 又聞風鼓唱松梢。天上月影雖未改, 人間世態幾更迭, 欲照河山猶熠熠, 嗚呼夜半荒城月!"

136 宜城位于湖北省西北部, 漢江中游, 東界隨縣、棗陽, 南接鐘祥, 荊門, 西鄰南漳, 北抵襄樊。

137 鍾祥位于湖北省中部, 漢江中游, 東北鄰隨縣, 東接京山, 南連天門, 西鄰荊門, 西北與宜城接壤。京山地處大洪山南麓, 東臨安陸, 應城, 西接鍾祥, 南連天門, 沙洋, 北倚隨縣。安陸位于湖北省東北部, 南連武漢, 北抵襄樊, 西接京山, 東鄰孝昌。

138 張家集鎮位于湖北省襄樊市東郊襄陽區。

139 餘海岩, 中央軍校特別訓練班第6期畢業, 朝鮮義勇隊第二支隊隊員。當主力部隊進入華北時, 仍留在國統區被編入韓國光復軍第一支隊(原朝鮮義勇隊)第2分隊, 分隊長金昌國, 隊員沈世華、洪順愛、崔桂華、餘海岩、金聲烈、韓讚琚, 1943年被派往安徽省六安社會服務社, 其中餘、金、韓3名隊員被捕。

140 金鼎熙, 又名金正熙, 1914年生于朝鮮平北定州郡葛山面鼎陽洞一個農家, 1933年京城中東學校畢業, 1935年8月被朝鮮民族革命黨保送廣東中山大學工學院土木工程學系學習, 1936年8月轉學工學院機械工程系留級。他是中山大學足球隊運動員。1937年末奉命轉入中央軍校特別訓練班第6期受訓。朝鮮義勇隊第2區隊隊員, 患肺結核, 1939年3月從桂林經重慶、老河口到洛陽帶病工作, 1940年9月3日在西安紅十字醫院病故, 在家鄉有老母和三個弟弟。

141 金永新, 原名金文燦, 又名金正水、李永新, 原籍朝鮮平安道, 生于中國吉林, 曾加入金九特務隊、韓國國民黨和朝鮮青年前衛同盟, 先後畢業于洛陽分校韓人班及中央軍校特別訓練班第6期, 朝鮮義勇隊第2區隊第3分隊長, 朝鮮義勇軍華北支隊員, 1943年病逝于太行山。

142 徐覺, 原名張道成, 又名朴照出、吳均, 朝鮮平北宣川郡合山面圓峰洞, 張益洙長子, 朝鮮民族革命黨特務隊員, 先後畢業于朝鮮革命幹部學校第3期和中央軍校特別訓練班第4、6期, 朝鮮義勇隊第2區隊隊員、華北支隊隊員。1940年失蹤于山西省鄉寧縣店兒坪附近。

143 朴喆東, 又名張杰, 清吉, 原籍朝鮮忠北清州郡米院面桂院里291號, 曾參加忠州學生運動, 1931年12月流亡東北瀋陽當店員, 1934年1月考入中央軍校洛陽分校韓人班, 1935年7月在南京加入朝鮮民族革命黨, 1936年1月到上海加入南華韓人青年聯盟(無政府主義團體)。同年4月在福建廈門碼頭被臺灣總督府警察逮捕押往日本九州監獄服刑3年, 1938年秋獲釋, 隨即回到中國在山西運城從事反日活動, 1939年在洛陽參加了朝鮮義勇隊。1941年12月12日他在胡家莊戰鬪中犧牲。

144 崔鐵鎬, 原名崔明根, 又名韓清道, 1915年生于朝鮮忠南大田一個屠夫家庭, 1929年大田第二普校畢業, 參加衡平社運動, 1936年5月經餘海岩介紹來到南京參加朝鮮民族革命黨和朝鮮革命同志會, 先後畢業于洛陽分校韓人班畢業及中央軍校特別訓練班第六期, 朝鮮義勇隊西安辦事處主任, 1940年在洛陽加入朝鮮民族解放鬪爭同盟, 1941年夏進入太行山, 12月12日在河北省元氏縣胡家莊戰鬪中犧牲。

145 王現淳, 原名李正淳, 又名王現複、李萬甲、韓大成, 其大哥叫李英駿(陳義櫓、王現之, 病故于重慶), 其二哥叫李明俊(戴天德、王現德), 1917年生于朝鮮平北碧潼郡松西面四西洞63號, 1933年來到上海加入朝鮮反帝同盟, 朝鮮革命幹部學校第3期畢業, 1935年加入朝鮮民族革命黨, 廣東中山大學附中及仲元中學肄業, 先後在中央軍校特別訓練班及西南游擊幹部訓練班受訓, 1941年12月在胡家莊戰鬪中犧牲。

146 陳光華, 原名金昌華, 1911年生于朝鮮平壤平川里14號。平壤崇仁中學, 南京五州中學畢業, 南京韓僑會執行委員。1937年6月廣東中山大學文學院教育系畢業, 同年9月進入延安中央黨校學習, 翌年調到晉東南歷任宣傳劇團團長、北方局黨校組織科長、朝鮮青年聯合會晉冀魯豫分會會長, 1942年5月28日在山西偏城黑龍洞附近中彈犧牲。

147 韓樂山(1915-1941), 原名千龍九, 又名千水峰、陳樂山、陳樂三、陳義山、韓洛山、崔萬聲, 1915年生于朝鮮忠南扶餘郡扶餘面佳增里317號, 中央軍校第11期騎兵科畢業, 1938年進入延安在抗日軍政大學學習, 畢業後在華中新四軍任軍事教官。1941年4月6日在河南省永城縣萬樓戰鬪中壯犧牲。

148 陳少敏(1902-1977), 女, 原名孫肇修, 山東壽光縣孫家集鎮範于村人。1938年5月調任中共河南省洛陽特委書記, 7月任中共河南省委組織部部長。1939年同李先念率領小部隊, 先後到達鄂中地區創建抗日根據地, 任中共鄂中區委書記兼任新四軍鄂豫挺進支隊政治委員。1940年1月改任中共豫鄂邊區黨委書記。1941年1月皖南事變發生後, 部隊改編爲新四軍第五師, 她任副政治委員。

149 楊秀峰(1897-1983), 河北省遷安縣人。抗日戰爭時期, 組建冀西抗日游擊隊, 歷任冀西抗日游擊隊司令員、河北抗戰學院院長、冀南太行太岳行政聯合辦事處主任、晉冀魯豫邊區政府主席等職務。

150 曹禺(1910-1996), 天津人, 劇作家、戲劇教育家。主要作品有《雷雨》《日出》《原野》《蛻變》等。

151 果戈里(1809-1852), 俄國諷刺作家。《檢察官》又名《欽差大人》。

152 文正一(1914-2003), 原名李雲龍, 化名金澤, 生于吉林琿春, 1934年到南京進入中央大學旁聽, 同時加入朝鮮革命同志會, 1937年秋到中央軍校特別訓練班第6期受訓。1939年接任朝鮮義勇隊第2區隊第1分隊分隊長, 1941年末被派到八路軍前總豫北辦事處工作, 1943年調任朝鮮獨立同盟太行總部秘書處處長, 不久接任晉西北分盟主任, 并當選爲晉綏邊區參議員。

153 張海雲, 原名魯琚, 又名魯民、魯海, 1917年生于朝鮮平南鎮南浦。1934年秋來廣東進入廣州私立第一中學補習班學習, 1935年8月考入中山大學文學院社會學系, 1937年末轉入中央軍校特別訓練班第六期受訓, 因病中途退學。1938年編入朝鮮義勇隊第2區隊, 1939年進入延安抗大第5期學習, 1941年來到晉東南出席華北朝鮮青年聯合會成立大會, 1942年任該會山東支部書記兼朝鮮革命軍政學校山東分校副校長。

154 葉淺予(1907-1995), 浙江桐廬人。1929年開始創作漫畫, 後集成《王先生別傳》和《小陳留京外史》。1936年出版《旅行速寫》《淺予速寫集》。

155 中央軍校特別訓練第6期共有4名姓謝的教職員：第18中隊區隊附謝學安, 遼寧新賓人, 後調任教務組中尉科員謝學安; 少校聘任政治教官謝善繼, 湖南岳陽人; 政治部第一科上尉科員謝秀倫, 湖南寧鄉人; 第16中隊區隊附謝繼賢, 湖南湘潭人。因此, 暫時難以判明。

156 馬春植, 又名李鴻炎, 朝鮮京城人, 先後畢業于朝鮮革命幹部學校第3期和中央軍校特別訓練班第6期, 朝鮮義勇隊第2支隊隊員。延安抗日軍政大學畢業, 1941年初出席華北朝鮮青年聯合會成立大會, 隨後編入朝鮮義勇隊華北支隊第3隊, 曾任朝鮮獨立同盟宣傳部長。

157 張重鎮, 朝鮮京城人, 先後畢業于中央軍校洛陽分校韓人班及中央軍校特別訓練班第6期, 朝鮮青年前衛同盟成員, 朝鮮義勇隊第2區隊第1分隊隊副, 華北支隊第1隊隊員。

158 金仁哲, 原名具在洙, 又名愼陽律、金一剛、姜一, 原籍朝鮮慶南居昌郡居昌面東洞757號, 1935年在南京金九特務隊預備訓練所受訓, 朝鮮革命同志會會員, 1937年秋轉入中央軍校特別訓練班第6期受訓, 留渝朝鮮義勇隊總隊部隊副, 1940年秋當選爲朝鮮民族解放鬪爭同盟執行委員。1944年任大韓民國臨時政府宣傳部宣傳委員兼發行科科長。

159 金景雲, 朝鮮平壤第二高普畢業, 1936年到廣州在中山大學法學院旁聽一年, 1937年8月被朝鮮民族革命黨保送該大學法學院政治系學習, 同年秋轉入中央軍校特別訓練班第6期受訓。朝鮮義勇隊第2區隊隊員, 朝鮮獨立同盟山東支部委員。

160 韓得志, 原名李昌萬, 又名李雲南、金明道、李根山, 1909年生于朝鮮平北定州郡鹽浦面東路洞623號。先後畢業于中央軍校洛陽分校及特別訓練班第6期, 朝鮮義勇隊第2區隊第1分隊隊副。延安抗日軍政大學畢業, 1941年初出席華北朝鮮青年聯合會成立大會, 并當選爲經濟部長, 後任獨立同盟組織部幹事。

161 陳一平, 又名陳一浩, 曾就讀于南京中央大學, 朝鮮革命同志會幹部, 中央軍校特別訓練
　　班第6期畢業, 成績名列榜首, 1939年4月在桂林乘車前往前線, 途中從路旁落石遇難,
　　時年25歲。

162 朱然, 原名裴俊逸, 麻子, 中央軍校特別訓練班第6期畢業, 朝鮮義勇隊第1支隊分隊長,
　　曾在西南游擊幹部訓練班受訓, 華北支隊第2隊隊員。

163 張文海, 原名李孝相, 朝鮮黃海道金川人, 1933年上海仁成學校畢業, 上海保中學校
　　(法國人創辦)肄業。其父李光福(李溟玉)曾在上海秘密從事洛陽分校韓人班招生工作,
　　1935年3月被日本總領事館逮捕遣送朝鮮黃海道地方法院, 以殺人及違反治安維持法爲
　　罪名判處有期徒刑13年, 在京城西大門監獄服刑。1938年張文海從中央軍校特別訓練
　　班第6期畢業, 隨即編入朝鮮義勇隊第1區隊, 曾兩次參加湘北會戰, 博得模範少年軍人
　　稱號。1939年被派往新四軍接受6個月短期訓練, 并作爲朝鮮義勇隊獨立分隊隊員在
　　第三戰區金華一帶工作, 1941年8月奉命潛入上海, 不幸被日本總領事館逮捕, 因嚴刑拷
　　打致死。

164 李東學, 又名李嬰如、金東學, 中央軍校特別訓練班第6期畢業, 朝鮮義勇隊第一區隊隊
　　員。

165 尹海燮, 原名尹行燮, 1901年生于朝鮮忠南洪城郡洪州面五官里801號。與崔成章一起
　　來到南京, 在李溟玉、金枓奉等人的勸導下, 從事朝鮮革命幹部學校招生工作。

166 李春岩, 原名李範奭, 化名潘海亮, 1905年生于朝鮮黃海道鳳山郡舍人面大龍里575
　　號。1925年進入南京東明學院學習, 1926年經上海大韓勞兵會介紹考入黃埔軍校第6
　　期步科, 同時加入義烈團。後來在北平列寧主義政治學校學習。"9·18"事變後, 到南京
　　憲兵司令部警務處郵電檢查所任職(上尉), 負責檢查信件書刊。歷任朝鮮義勇隊機要組
　　人事主任、朝鮮獨立同盟中央執行委員。

167 金世光, 又名金世日, 1909年生于朝鮮平北龍川郡楊下面五松洞, 與金弘壹之侄金英哉
　　(飛行員)同名異人, 朝鮮革命幹部學校第1期畢業, 留校任第2期教官。曾在中央軍校特
　　別訓練班第4期和西南游擊幹部訓練班受訓, 朝鮮民族革命黨中央執行委員, 歷任朝鮮
　　義勇隊第1支隊隊附、第3支隊隊長、華北支隊第2隊隊長, 1941年12月在胡家莊戰鬥中
　　失去了一支胳膊。任朝鮮獨立同盟晉西北分盟主任。

168 王子仁, 原名崔能善, 原籍朝鮮平南江西郡星臺面峴谷里, 生于東北延邊, 龍井大成中學
　　　畢業。朝鮮革命同志會員, 中央軍校第10期步科畢業, 歷任朝鮮義勇隊第2支隊隊附、
　　　華北支隊第3隊隊長。

169 朱革, 又名朱赫, 中央軍校特別訓練班第6期畢業, 朝鮮義勇隊第1區隊隊員, 朝鮮獨立同
　　　盟山東支部委員。

170 王克強, 原名金昌奎, 朝鮮江原道人, 先後在朝鮮革命幹部學校第3期及中央軍校特別訓
　　　練班第6期受訓。朝鮮靑年前衛同盟中央委員, 朝鮮義勇隊洛陽通訊處主任。1941年初
　　　出席華北朝鮮靑年聯合會成立大會, 朝鮮獨立同盟延安支部成員。

171 黃民(1915-2008), 原名金勝坤, 又名胡英、金海, 黃埔軍校第4期畢業生金鐘(金容宰)之
　　　侄, 原籍朝鮮全南潭陽郡潭陽面客舍里, 1933年來到南京進入朝鮮革命幹部學校第2期
　　　學習, 1934年末被保送中央軍校洛陽分校韓人班受訓, 因墜馬受傷而中途退學。1938年
　　　編入朝鮮義勇隊第1區隊, 1941年朝鮮義勇隊主力北渡黃河進入太行山時, 離開隊伍從洛
　　　陽繞道西安前往重慶, 在總隊部任本部區隊長。

172 韓國光復軍, 大韓民國臨時政府國軍, 1940年9月17日在重慶成立總司令部, 下轄三個支
　　　隊。1942年5月, 朝鮮義勇隊總隊部及留渝隊員奉命改編爲韓國光復軍第一支隊。

173 孟津位于河南省中西部丘陵山區, 位居黃河中下游分界地段, 南與洛陽毗鄰, 北臨滔滔
　　　黃河。

174 合澗鎭位于河南省林縣(今林州市)西南部, 距縣城10公里, 其西部與山西省壺關, 平順相
　　　鄰。

175 李承燁(1905-1953), 朝鮮京畿道富川人。1919年參加"3·1"運動, 被勒令退學。1925年
　　　加入朝鮮共產黨, 任《朝鮮日報》記者。三十年代從事朝鮮共產黨重建運動, 多次被捕入
　　　獄。解放後, 當選爲朝鮮共產黨中央委員, 南勞黨機關報《解放新聞》主編。1948年當選
　　　爲朝鮮最高人民會議首屆代議員, 幷被任命爲首屆內閣司法相(部長), 朝鮮戰爭爆發後,
　　　歷任朝鮮臨時人民委員會委員長、人民檢閱委員會委員長。

176 馬德山, 原名李元大, 又名孔文德、李源泰, 平山明熙, 1911年生于朝鮮慶北永川郡華北
　　　面梧山洞139號。先後在朝鮮革命幹部學校第2期、中央軍校洛陽分校韓人班及特別訓
　　　練班第6期受訓, 朝鮮義勇隊第1區隊隊員, 朝鮮獨立同盟淪陷區聯絡員。1942年5月2日

在河北石家莊被日本憲兵隊逮捕。1943年6月17日被日本駐北平憲兵隊槍殺身亡。

177 朱東旭, 朝鮮平北鐵山人, 先後畢業于朝鮮革命軍政學校第3期及中央軍校特別訓練班第6期, 外號"黃牛", 中國戰友們稱之"坦克"。朝鮮義勇隊第1區隊隊員。歷任朝鮮獨立同盟經濟委員會土地生產部主任、延安朝鮮革命軍政學校分隊長。

178 金石溪, 原名金光求, 化名金山光一, 原籍朝鮮全南寶城郡筏橋邑固定里629號, 1931年3月釜山公立商業學校中退, 來到天津在建築承包業大森組石門(石家莊)辦事處就職, 1939年5月在洛陽加入朝鮮義勇隊, 1941年夏編入華北支隊, 1942年5月2日月在石門被捕, 1943年6月在北平日本憲兵隊英勇就義。

179 張平山, 又名申聖鳳, 原籍朝鮮平北定州郡阿耳浦面石山洞。1935年4月從中央軍校洛陽分校韓人班畢業後, 進入上海哈門英語專科學校學習, 1937年秋轉入中央軍校特別訓練班第6期受訓。朝鮮義勇隊第1區隊隊員, 華北支隊第3隊分隊長。

180 戴笠(1896-1946), 浙江江山人。1932年任"中華復興社(藍衣社)"特務處處長。1938年特務處擴大爲國民政府軍事委員會調查統計局(簡稱軍統), 任副局長。

181 陳國華, 朝鮮平北郭山人, 朝鮮革命幹部學校第3期畢業, 南京無線電學校肄業。1937年秋轉入中央軍校特別訓練班第6期受訓。朝鮮義勇隊第1區隊隊員, 華北支隊第3隊隊員。

182 崔采, 化名黃允祥, 原籍朝鮮黃海道信川郡斗羅面社稷里91號, 崔重鎬(黃勛)長子。上海仁成學校畢業, 曾任韓人反帝同盟宣傳部長。1934年到南京電影攝影場就職。1939年在重慶參加朝鮮義勇隊, 1941年夏進入太行山, 任朝鮮獨立同盟冀西支部委員。

183 白正, 原名金泳烈, 又名白日正, 金革, 伯丁, 洪林, 1912年生于朝鮮平北定州郡臨海面元下洞295號。先後畢業于朝鮮革命幹部學校第2期, 中央軍校洛陽分校韓人班及中央軍校特別訓練班第六期, 朝鮮義勇隊第2區隊隊員, 朝鮮獨立同盟經濟委員會特別支部負責人。

184 楊貴妃(公元719-756年), 原名楊玉環, 唐玄宗李隆基的寵妃, 道號太眞, 與西施、王昭君、貂蟬并稱爲中國古代四大美女。

185 卓別林(1889-1977), 英國電影演員, 導演, 製片人。

186 李華林, 原名李春實, 朝鮮平壤人, 經金九介紹到廣東中山大學附屬醫院護士學校就讀,并與中大韓籍學生金昌國(金昌祚)結婚, 生一子雨星, 1936年離婚, 來到南京加入朝鮮民族革命黨, 與李集中(黃埔軍校第4期步科畢業)同居, 1937年末又分手, 隨後經武漢赴重慶在朝鮮民族革命黨及朝鮮義勇隊婦女服務團工作。1941年夏進入太行山, 擔任北韓獨立同盟大衆醫院護士。

187 寺本朝子, 日本女性, 中國名權赫, 李光(原名李鍾哲, 美國芝加哥大學畢業, 1945年在太行山失蹤)妻。1940年秋, 夫妻倆從重慶軍政部俘虜收容所獲得解放, 同時編入朝鮮義勇隊第3支隊前往洛陽。1941年進入太行山在第18集團軍總司令部工作, 不久離婚。權赫與尹治平再婚, 于1942年6月抵達延安。解放後又分手, 與李達再婚。

188 中條山位于山西省西南部, 因居太行山及華山之間, 山勢狹長, 故名中條。中條山與太行、呂梁、太岳三山互爲犄角。自1938年以來, 日軍曾13次圍攻中條山, 但均未得逞。

189 晉城位于山西省東南部, 東枕太行, 南臨中原, 西望黃河。壺關縣位于山西東南部, 東與河南林縣相連, 西與長治爲鄰, 北與平順縣隔界。平順縣地處太行山南端, 突兀于晉、冀、豫三省的黎城、潞城、涉縣、壺關、林縣環繞之中。

190 金鐵遠, 疑爲鄭求麟, 又名鄭麟、鄭伯齡、高士, 原籍朝鮮平南龍岡, 先後畢業于平壤上需公立普通學校新義州公立高普, 京城醫學專門學校一年肄業, 1932年來上海進入眞茹東南醫學院修業1年, 翌年上學期轉入中山大學醫學院學習。1938年特訓班第6期畢業, 朝鮮義勇隊第2區隊隊員, 1940年在洛陽朝鮮民族解放鬪爭同盟。朝鮮獨立同盟太行大衆醫院醫生。

191 趙壽山(1894-1965), 陝西戶縣人。1938年任國民黨軍隊第38軍軍長, 在中條山地區堅持抗日作戰, 曾指揮所部挫敗了日軍11次掃蕩。

192 老子(前600年-前470年), 姓李名耳, 字伯陽, 又稱老聃, 古代楚國哲學家和思想家, 道家學派創始人, 著有《道德經》(又名《老子》), 道教尊之爲"太上老君"。

193 孫一峰, 原名朴孝敬, 又名朴志雄、田中五郎、橫山五郎、孫逸, 1912年生于朝鮮平北義州郡威化面下端洞。1931年來到山東靑島打工兩年, 1933年初南下上海, 在虹口森村汽車洋行當庶務員, 化名三郎(即さぶろう, 音譯"沙布羅")。1934年上海神社炸彈事件時, 他擔任聯絡工作。1935年4月中央軍校洛陽分校畢業, 同年7月考入廣東四分校。曾參加長沙會戰和信陽會戰, 1940年8月在洛陽參加朝鮮義勇隊。

194 1937年, 國民政府組建高射炮兵第41、42兩個團, 第41團裝備德國制博福斯75mm口徑高射炮28門, 德國制十八年式37mm口徑高射炮36門、瑞士製造的索羅通高平兩用機關炮(Solothurn)20mm口徑, 48門; 第42團裝備瑞士制索羅通20mm口徑高平兩用機關炮108門。

195 趙丹(1915-1980), 原名趙鳳翱, 生于江蘇南通, 中國著名電影表演藝術家。

196 晉文公(前636-前628年), 名重耳, 春秋時期著名政治家, 晉國國君, 爲春秋五霸之一。

197 廖天鐸, 原名朴成律, 朝鮮江原道人, 朝鮮革命幹部學校第3期畢業。1936年10月到漢口無電檢查所就職。1937年到中央軍校特別訓練班第6期受訓, 畢業後在國民黨軍隊炮兵部隊服務。

198 文明哲, 原名金逸坤, 又名韓光, 1913年生于朝鮮全南潭陽郡金城面大成里, 黃埔軍校第4期畢業生金鐘(金容宰)之侄。曾參加光州學生運動, 1933年來到南京, 先後畢業于朝鮮革命幹部學校第2期及中央軍校洛陽分校韓人班。朝鮮義勇隊第1支隊隊員, 曾在湘北之戰中立功受獎。1942年9月任晉西北分盟組織委員, 1943年4月14日在山西省忻州市合索鄉黃龍王溝村被日軍重重包圍, 最後中彈犧牲。

199 尹卜駒, 又名尹峰, 朝鮮義勇隊中國籍女隊員, 原來是第19集團軍勞動婦女服務團團員。從淞滬抗戰時期開始一直從事抗戰後援工作。當朝鮮義勇隊第3支隊活動在江西前線的時候, 她與文明哲結爲情人。

200 李大成, 又名蔡東龍、孫廷杰, 原籍朝鮮平南江西郡星臺面元塘里, 1934年7月在營口被捕, 不久獲釋。先後在中央軍校特別訓練班第6期及西南游擊幹部訓練班受訓。朝鮮義勇隊第1區隊隊員, 曾任政治指導員, 華北支隊第2隊隊員。

201 李東浩, 原名李貞達, 原籍朝鮮慶北達城郡花園面檢谷裡, 李斗山(李顯洙)次子, 李貞浩之弟。1933年進入中山大學附屬中學讀書, 加入中山大學韓籍學生進步團體"勇進學會", 1937年末轉入中央軍校特別訓練班第6期受訓。朝鮮義勇隊第1區隊隊員。

202 王連, 又名王蓮、王璉, 金學鐵妹夫, 1935年9月赴蘇聯進入莫斯科東方大學及列寧學院學習, 1939年4月烏拉爾奧倫堡蘇軍第三航空學校畢業, 1940年經新疆進入延安, 指揮修建延安機場。朝鮮第一任軍司令。

203 朱德海(1911-1972), 原名吳基涉, 化名吳東元、姜道一等, 生于俄羅斯遠東沿海州。

1931年在東北延邊加入中國共產黨, 從事反日地下鬪爭。1937年赴蘇聯進入莫斯科共產大學學習。1939年經新疆來到延安在八路軍359旅任指導員, 1941年任華北朝鮮青年聯合會延安分會會長, 1943年任延安朝鮮革命軍政學校總務科長。日本投降後, 歷任東北朝鮮義勇軍第三支隊政委、東北行政委員會民族事務處處長、中共延邊地委書記兼專員、延邊朝鮮族自治區政府主席、延邊州委第一書記兼州長、延邊大學校長等職務。

204 孔明宇, 又名朱星, 曾涉嫌朝鮮赤色勞組事件, 服刑兩年。華北朝鮮青年聯合會晉察冀支部成員。

205 劉一平, 又名劉光雲, 原籍朝鮮平壤將別里80號, 南京香山中學畢業。1932年虹口公園炸彈事件後, 在鎮江中山路開辦私立千世醫院, 後來回到上海在法國租界葛羅路A二號開辦永生醫院, 住處爲法租界聖母院路241弄2號, 朝鮮民族革命黨上海特區黨員, 後任上海僑民團第12區區長。

206 抗敵演劇隊, 全稱國民政府軍事委員會政治部抗敵演劇隊。1938年8月, 在武昌宣布成立10個抗敵演劇隊, 4個抗敵宣傳隊和1個孩子劇團。

207 黃起鳳, 又名黃基鳳、黃奇鳳, 中央軍校特別訓練班第6期畢業, 叛逃後不詳。

208 金鑫, 又名金興, 中央軍校特別訓練班第6期畢業, 朝鮮義勇隊第1區隊隊員, 朝鮮獨立同盟經濟委員會聯絡組負責人。

209 崔成章, 原名盧喆龍, 又名李德武, 盧一龍之弟, 1914年生于朝鮮忠南洪城郡洪州面五官里295號, 1932年10月陪同其母來南京, 與中央軍校教育總隊第四隊副隊長盧一龍(黃埔軍校第4期步科畢業, 1935年在鄭州被殺)同居。先後畢業于朝鮮革命幹部學校第1期、中央軍校特別訓練班第6期畢業、延安抗日軍政大學。朝鮮義勇隊第1區隊隊員, 華北支隊隊員、蘇中新四軍第1師敵工科科長、朝鮮獨立同盟華中分盟委員。

부록

《항전별곡》 인물, 사건 고증

최봉춘 | 계림 광서사범대학교 역사문화와 관광학원 교수

목차

요점

머리말

맺는말

요점

《항전별곡》은 작가 김학철 선생의 작품이다. 책 속의 내용은 중국 항일 전쟁 시기의 사실에 토대하여 소재를 취했으며 거의 다 저자와 그 전우들이 몸소 겪은 일들이다. 이 책은 〈무명용사〉, 〈두름길〉, 〈작은 아씨〉, 〈맹진나루〉, 〈항전별곡〉 등 다섯 부분으로 구성되어 있다. 책 속에 나오는 역사 인물(맨 성씨만 있거나 또는 맨 이름만 있는 자)들은 다른 책 속의 인물과 추상적 인물(전설 속의 인물)을 포함하여 도합 223명이다.

그중 조선사 인물은 총 125명이고 중국사 인물은 총 59명이며 서양사 인물은 총 27명이고 일본사 인물은 총 12명이다. 이 책은 필경 40여 년 후에 써낸 회고록이므로 이야기가 전부 완벽하게 사실에 들어맞을 수는 없다.

본고는 사료에 의거하여《항전별곡》에 나오는 모든 역사 인물과 주요 역사 사실을 일일이 실증하여 진면모를 회복함으로써 우리와 우리 후대들이 역사를 단단히 기억하고 정의를 배우고 정의를 진작시키고 정의감이 있는 인간으로 되며 오늘을 살아감에 있어서 마음의 자세를 바로잡도록 한몫 거들고 싶다.

[주제어] 별곡, 추억, 전가, 실증

머리말

전기문학《항전별곡》은 1983년에 출판된 책으로, 내용이 매우 생동적이고 해학적이다.* 이 책은 비록 문학적 색채가 짙기는 하지만 그보다 사료적 가치가 더 많다. 다음의 실증을 통하여 표명하듯이 이 책 내용 전부가 항일 전쟁 시기 저자와 그 전우들이 몸소 겪은 사실 그대로이며 다만 문학적인 대화를 넣어 소설화했을 뿐이다. 이 책은 명실상부한 항일 전기이고 불후의 전장 실록이다.

책 출판을 앞두고 저자는 그 시대의 국제적 정치에 억눌려 터무니없

---

* 　김학철 저,《항전별곡》(조선문), 흑룡강조선민족출판사, 1983년.

이 날조하는 현상과 엉뚱한 문제 발생을 방지하고자 막부득이 부분적 인물들의 본명을 숨겨 놓았다. 저자가 이렇게 한 목적은 결코 자신의 안전을 위해서가 아니라 그의 전우들을 보호하기 위해서였다.[*]

저자는 일찍 항일 전장에서 불행히도 중상을 입고 일본군의 포로가 되어 네 해 동안 징역을 살고 일본제국이 무조건항복을 한 후에야 비로소 자유의 몸이 되기는 하였으나 상처를 입은 한쪽 다리는 나중에 수술하여 잘라서 일본 나가사키형무소 묘지에 묻어 버렸다. 중국 '문화대혁명' 시기에 저자는 또 십 년이라는 긴 세월을 속절없이 철창 안에서 살아야 했다.

이 책은 저자의 청춘 활력과 추억의 정으로 가득 차 있다. 저자는 풍채와 재능이 한창이던 청춘 시절을 그리워하였고 한 전호 속에서 생사고락을 함께하던 전우들을 그리워하였으며 피 흘려 싸우던 항일 전장을 그리워하였다. 이 책에서 저자는 심금을 울리는 한 구절을 네 번이나 중복하였다. — 항일의 봉화 타오르는 태항산!

이 책에 나오는 대부분의 일반 역사 인물들은 표로써 설명하고 주인공과 주요 역사 사건에 관해서는 사료의 기재에 따라 보충 설명을 하겠다(편집자주 – 부록 303쪽 인물 해설 주석 참고). 그리고 책 속의 인물들을 순서에 따라 표에 기입하되 중복되어 나오는 인물은 다시 기입하지 않기로 한다.

---

[*] 책 속의 인물들은 전부 실재했던 역사 인물로서 그 절대다수가 항일 전쟁 시기의 전위투사들이었다. 광복 후 그들은 자신이 설치한 정치 무대에서 중요한 역할을 하면서 지울 수 없는 피의 교훈을 남겨 놓기도 하였다. 이 책을 집필하던 무렵까지만 해도 저자의 전우들이 적잖게 건재하고 있어 잘못하면 액운을 끌어올 수도 있었다. 그래서 저자는 고려하던 끝에 이야기를 자유로 전개하는 데 편리하도록 일부 주인공들의 본명을 숨겨 놓았다.

책 속의 대다수 조선사 인물들은 별명이 너무 많아 표 내에 별명을 하나만 기입하되 필요에 따라 주석으로 설명할 것이다. 또 어떤 본명과 별명은 꼭 맞을지도 모르므로 본고에서는 당시의 이름을 기준으로 삼는다. 그리고 다음과 같은 어휘들을 약칭한다: 특별반은 중앙육군군관학교 특별훈련반을, 연합회는 화북조선청년연합회를, 독립동맹은 화북조선독립동맹을, 화북 지대는 조선의용대(군) 화북 지대를, 청년학교는 화북조선청년혁명학교를, 군정학교는 연안 조선혁명군정학교를, 민혁당은 조선민족혁명당을, 동지회는 공산주의혁명동지회(10월회)를, 전위동맹은 조선청년전위동맹을, 전선연맹은 조선민족전선연맹을, 투쟁동맹은 조선민족해방투쟁동맹을, 분회는 연합회 분회를, 분맹은 독립동맹분맹을 각각 가리킨다.

본 부록의 인명과 지명은 연구용으로서 한자 번체를 유지한다.

1. 조선사 인물, 사건

책 속의 조선사 인물 125명은 조선의용대(군) 대원과 대원이 아닌 자 두 가지로 나뉘는데 전자는 도합 108명이고 후자는 도합 17명이다. 거듭 말하면 〈무명용사〉에 총 35명이 등장하고 〈두름길〉에 9명이 새로 등장(이미 등장한 인물은 제외, 아래도 같음)하며 〈작은아씨〉에 43명이 새로 등장하고 〈맹진나루〉에 25명이 새로 등장하며 〈항전별곡〉에 13명이 새로 등장한다.

가. 무명용사

인물 일람표(35명)

별명/호	본명	본적	학력	직무
김학철 (金學鐵)	홍성걸 (洪性杰)	함남 원산	중앙육군군관학교 특별훈련반 6기 경성 보성고보 중퇴	조선의용대(군) 분대장, 작가 광복 후 중국에 정착(연변)
김학무[1] (金學武)	김준길 (金俊吉)	함북 온성	중앙육군군관학교 특별훈련반 6기 남경 중앙대학 중퇴	조선의용대(군) 지도위원, 부대장 열사-태항산
매헌 (梅軒)	윤봉길 (尹奉吉)	충남 례산	덕산공립보통학교 오치서숙	조선의용대(군) 대원이 아님. 한인애국단원, 열사-일본
안응칠 (安膺七)	안중근 (安重根)	황해 해주	신천 청계동 서당	조선의용대(군) 대원이 아님. 조선 의병대장, 열사-려순
약산 (若山)	김원봉 (金元鳳)	경남 밀양	황포군관학교 4기 보병과	조선의용대(군) 교장, 총서기, 총대장
리웅 (李雄)	림병웅 (林炳雄)	함남 함흥	북평 민국대학	조선의용대(군) 대원이 아님. 원 중공 당원, 반역자
해운 (海雲)	박효삼 (朴孝三)	함남 함흥	황포군관학교 4기 보병과	조선의용대(군) 구대장, 지대장, 부대장, 부사령
왕통 (王通)	김탁 (金鐸)	함북 명천	남경 조선혁명간부학교 3기 중앙육군군관학교 특별훈련반 4기, 6기	조선의용대(군) 정치지도원
리의흥 (李義興)	리익성 (李益星)	함북 경성	중앙육군군관학교 10기 보병과	조선의용대(군) 구대장, 부대장, 대장
심성운[2] (沈星雲)	심상휘 (沈相徽)	서울	중앙육군군관학교 특별훈련반 6기	조선의용대(군) 대원 피검자-천진
조소경 (趙少卿)	리성근 (李聖根)	서울	남경 조선혁명간부학교 3기 중앙육군군관학교 특별훈련반 6기	조선의용대(군) 대원, 가수 광복 후 중국에 정착(심양)
윤치평[3] (尹治平)	윤서동 (尹瑞童)	길림 화룡	중앙육군군관학교 특별훈련반 6기	조선의용대(군) 대원 광복 후 중국에 정착(연변)
관건[4] (關鍵)	황재연 (黃載衍)	길림 쌍양	남경 조선혁명간부학교 2기 중앙육군군관학교 11기 중퇴	조선의용대(군) 분대장 광복 후 중국에 정착(연변)
풍중천[5] (馮仲天)	리동림 (李東林)	황해 해주	중앙육군군관학교 특별훈련반 6기 서남유격간부훈련반	조선의용대(군) 정치지도원
김위[6] (金煒)	김기숙 (金基淑)	서울		조선의용대(군) 대원
김염 (金焰)	김덕린 (金德麟)	서울	천진 남개중학 중퇴	조선의용대(군) 대원이 아님. 중국 영화 황제 광복 후 중국에 정착(상해)
호유백[7] (胡維伯)	남기동 (南基東)	경남 통영	남경 조선혁명간부학교 3기 중앙육군군관학교 특별훈련반 6기	조선의용대(군) 정치지도원 열사-산서성 장치

별명/호	본명	본적	학력	직무
리달[8] (李達)	정봉한 (鄭鳳翰)	함북 명천	중앙육군군관학교 특별훈련반 6기	조선의용대(군) 대원
강진세[9] (姜震世)	김억린 (金億麟)	평북 정주	남경 조선혁명간부학교 2기 중앙육군군관학교 락양분교 조선인 반(군관훈련반) 3기 광주 국립중산대학 중퇴 중앙육군군관학교 특별훈련반 6기	조선의용대(군) 분대장 광복 후 중국에 정착(서안)
호철명[10] (胡哲明)	한인섭 (韓仁燮)	경기 고양	중앙육군군관학교 특별훈련반 6기 남경 중앙대학 중퇴	조선의용대(군) 분대장 열사~하북성 섭현
무정[11] (武亭)	김병희 (金炳禧)	함북 경성	산서 북방군관학교 포병과	조선의용대(군) 회장, 교장, 총사령
양계 (楊界)				조선의용대(군) 독립동맹 선전과장
심청 (沈淸)	심청택 (沈淸澤)		일본대학 예과	조선의용대(군) 분대장
고철 (高哲)	고상철 (高相喆)			조선의용대(군) 대원 광복 후 중국에 정착(연변)
김동구 (金東求)				조선의용대(군) 대원 광복 후 중국에 정착(연변)
정문주 (鄭文珠)	허정숙[12] (許貞淑)	함북 명천	일본 관서학원	조선의용대(군) 분맹주임, 교원
천태산인 (天台山人)	김태준 (金台俊)	평북 운산	조선 경성제국대학	조선의용대(군) 대원이 아님. 문학가, 사상가
박진홍 (朴鎭洪)		함북 명천	명천 사립 동덕여학교	조선의용대(군) 대원이 아님. 사회주의 여류 활동가
김사량 (金史良)	김시창 (金時昌)	강원 원주	일본 도쿄제국대학	조선의용대(군) 대원이 아님. 소설가
운남 (雲南)	리승만 (李承晩)	황해 해주	미국 프린스턴대학	조선의용대(군) 대원이 아님. 임시 대통령, 대통령
류신[13] (柳新)	김용섭 (金鎔燮)	함북 종성	중앙육군군관학교 특별훈련반 6기 광주 국립중산대학 중퇴	조선의용대(군) 분맹주임 작곡가
정률성 (鄭律成)	정부은 (鄭富恩)	전남 광주	남경 조선혁명간부학교 2기 연안 로신예술학원	조선의용대(군) 교무주임 광복 후 중국에 정착(북경)
정원형 (鄭元衡)	류문화 (柳文華)	경남	중앙육군군관학교 특별훈련반 6기 광주 국립중산대학 중퇴	조선의용대(군) 대원
주운룡 (周雲龍)	리극 (李克)	평북 의주	남경 조선혁명간부학교 3기 중앙육군군관학교 특별훈련반 6기	조선의용대(군) 대원 피검자~경성
장진광 (張振光)		하와이	중앙육군군관학교 특별훈련반 6기	조선의용대(군) 연합회 선전부장 미술가

설명:

1) 저자 김학철

김학철(金學鐵, 1916년 11월 4일~2001년 9월 25일)은 본명이 홍성걸(洪性傑)이고 별명이 려건(黎健)이며 본적이 조선 함경남도 원산부 남산동 96번지다. 그는 원산에서 보통학교를 마치고 경성 보성고보에 입학하였으나 1931년 가을 3학년 때 병에 걸려 중도퇴학하고 고향에서 한동안 요양했다. 그 후 가업인 광산업을 잠시 돕고 있다가 재학 시절부터 열망해 오던 영문학 연구를 목적으로 1936년 4월 상해로 가서 다음해 3월경까지 미국인 교원에게서 영어를 공부하는 동안 집에서 광산업에 실패하여 송금이 끊어지게 되었다. 그 무렵 김학철은 우연히 조선민족혁명당 상해 특구 당원 심성운을 만났는데 그가 남경 금릉대학에 급비생(관비생)으로 입학할 수 있다는 중요한 소식을 알려 주었다. 1937년 6월 그는 심성운을 따라 남경으로 가서 입학 시기를 기다리고 있던 중 중일전쟁이 발발하였다. 그는 심성운의 소개로 민혁당에 입당하여 상해에서 당원을 획득하고 밀정을 제거하는 비밀공작에 종사하다가 특별반 제6기에 편입되어 단기 군사훈련을 받고 1938년 5월에 졸업하였다. 그해 10월에 그는 조선의용대 제1구대에 배속되어 중국 제1 전투 구역 장사, 형양 일대에서 대적 선전 공작에 종사하였으며 1939년 10월에 북상하여 로하구, 서안, 락양 일대에서 유동 선전대의 일원으로 활약하였다.

1941년 여름 그는 태항산으로 들어간 후 진기예 분회 소속 제2분회 선전위원(회장 류신, 조직위원 허금산)으로 당선되었고 화북 지대에서는 제2대 제2분대에 배속되었다. 그해 11월경에 산서성 료현(좌권현) 동욕진 상무촌을 출발하여 하북성 찬황현을 거쳐 원씨현으로 가서 팔로군과

협력하여 12월 1일부터 중국 민중 및 일본군에 대한 항일 선전 활동을 전개하였으며 12일 새벽 숙영 중 일본군의 습격을 받아 퇴각 도중 왼쪽 다리에 중상을 입고 포로가 되었다.* 그는 석가장 헌병대 유치장에 일시 수감되어 있다가 1942년 4월에 다시 석가장 일본 총영사관 경찰서로 이송되었다.

1943년 4월 9일에 이르러 석가장 일본 총영사관 총영사는 비로소 '홍성걸에 대한(조선민족혁명당 관계) 치안유지법 위반 피고 사건 예심 종결'을 결정하였다. 그 후 김학철은 곧 기차 편으로 천진을 경유하여 부산까지 압송되고 다시 연락선으로 일본 나가사키에 압송되어 4월 29일 시내 형무소 지소에 수감되었다. 다음 날 나가사키 지방형무소에서 곧 본안을 수리하였고 6월 14일에는 공판이 개정되어 검사가 '홍성걸에 대한 항적 및 치안유지법 위반 피고 사건 판결' 보고를 하였다. 즉 '피고인의 소위는 치안유지법에 해당되는 외에도 형법 81조 후단에 해당되므로 사형을 구형한다'는 것이다. 그러나 6월 22일 공판에서는 치안유지법 제1조와 형법 제86조를 적용, 처단하기로 확정되었는데 결국 나가사키 지방재판소 형사부에서는 주문으로 '피고인을 징역 10년에 언도하되 미결 구류일수 중 200일을 본형에 계산하여 넣는다'고 공표하였다.**

그 후 기결수 김학철은 곧 나가사키형무소 이사하야(諫早) 본소에 이감되어 징역을 살았다. 조선이 이미 광복이 되었으나 미군 사령부의 규정에 의해 그는 1945년 10월 9일에야 비로소 풀려나왔다. 그리고 호가장 전투에서 총상을 입고 썩기 시작했던 그의 한쪽 다리는 광복

---

* 　[일본]《思想月報》第103號, 昭和十八年六月, 97-101頁.
** 　[일본]《思想月報》第101號, 昭和十八年三, 四月, 65-69頁.

을 반년 앞둔 1945년 2월에 수술하여 잘라서 형무소 묘지에 묻어 버렸다.

2) 리웅 암살 사건

리웅(李雄)은 별명이 왕중일(王中一)이며 1920년에 간도 룡정촌 조선은행 지점의 지폐 16만 원을 겁탈했던 림국정(林國禎)의 아우이다. 19세 때 룡정촌 은진중학을 졸업하고 북경으로 가서 민국대학에 입학하여 24세 때에 졸업하였다. 일찍 중국공산당에 입당하여 활동하다가 신변에 위험을 느끼고 변절하였다. 1930년경에 그는 산동성 제남으로 가서 국민당 산동성 당부 및 교제(膠濟), 진포(津浦) 두 노동조합에 가입한 다음 조선 독립운동을 빙자하여 사기 활동을 하였으며 산동성 주석 한복거(韓復渠)의 고문으로 되어 매달 700원의 사례금을 받기도 하였다. 1934년 2월경에 그는 천진으로 가서 일본 밀수 회사인 아동회사(亞東公司)에 들어가 일본 간첩이 되어 천진 주재 일본 특무 기관장 오사코(大迫) 대좌의 직접적인 지휘하에 중국 혁명자로 위장하여 조선 독립운동을 파괴하거나 또는 왜놈의 기관을 파괴할 듯이 위장하여 이간을 조성함으로써 중일 양국 관계를 악화되게 하였다. 1936년 1월 31일 리웅은 제남 위일로 홍운리 116호 셋방에서 김학무에게 살해되었다.

3) 조선의용대

조선의용대는 1938년 10월 10일 호북성 한구에서 창립된 중국 관내 지역 조선인의 첫 항일 무장 부대로서 조직상에서 중국 국민정부 군사위원회 정치부에 예속되어 있었고 정치부 측의 대표와 조선민족

전선연맹 측의 대표로 지도위원회를 구성하여 조선의용대의 모든 활동을 직접 지도하였다. 조선의용대의 조직 구성을 보면 대본부 산하에 제1구대와 제2구대가 있었는데 이듬해 10월에 재편성을 거쳐 제3지대가 증설되었으며 대본부는 총대부로, 구대부는 지대부로, 대장은 총대장으로, 구대장은 지대장으로 각각 개칭되었다. 창립된 지 오래지 않아 대본부는 국민정부 군사위원회 정치부를 따라 광서 계림으로 이동하였다가 1940년 3월에 중경으로 재이동하였고 제1구대는 제9 전투 구역인 장사 방면으로 배속되어 구대부를 잠시 호남성 평강현 상탑시에 설치하였으며 제2구대는 제5 전투 구역인 호북 로하구 방면과 제1 전투 구역인 하남성 락양 방면에 배속되어 구대부를 로하구에 설치하였다. 1942년 7월에 조선의용대 총대부는 지령에 의해 한국광복군 제1지대로 재편성되어 산하에 3개 구대와 금화(金華) 독립 분대를 두었다.

4) 대홍산 정진종대와 진소민(陳少敏)

호북성 북부의 대홍산(大洪山)은 경산현과 종상현과 수현이 접경한 곳에 자리하였으며 그 대부분이 수현 경내에 있다. 1941년 1월에 수현 북부 주둔 제5 전투 구역 제1종대 항일 유격 독립 대대는 신사군 예악 정진종대 응신(應信) 유격 총대로 재편성되었다. 4월에 신사군 예악 정진종대 평한 지대는 수현 남부로 들어가 대홍산 항일 근거지를 개척하였으며 지대 사령부는 수현 락양점에 설치하였다.

저자가 책에서 언급한 여성 부사령원이란 진소민(1902~1977)을 가리키는데 본명은 손조수(孫肇修)이며 산동성 수광현 손가집진 우가촌 사람이다. 1938년 5월에 중공 하남성 락양 특위 서기로 전임하였고 7월에는 중공 하남성위 조직부 부장으로 발탁되었다. 1939년에 리선념(李先念)과 더불어 소부대를 거느리고 호북성 중부에 이르러 항일 근거지를 개척하고 중공 악중구위 서기 겸 신사군 예약 정진지대 정치위원으로 있었다.

나. 두름길

인물 일람표(9명)

별명/호	본명	본적	학력	직무
리경산[14] 李景山	리소민 (李蘇民)	평북 강계	광주 국립중산대학 중퇴 중앙육군군관학교 특별훈련반 6기	조선의용대(군) 판사처 주임, 독립 분대장
장중광 (張重光)	강병학 (康秉學)	평양	중앙육군군관학교 락양분교 조선인 반(군관훈련반) 3기 중앙육군군관학교 특별훈련반 6기 광동 제4분교	조선의용대(군) 분대장, 지대장
최추해 (崔秋海)	최용건 (崔庸健)	평북 룡천	운남강무학교 18기 보병과	조선의용대(군) 대원이 아님. 황포군관학교 구대장
리강[15] (李疆)	리종건 (李鍾乾)	경기 평택	중앙육군군관학교 락양분교 조선인 반(군관훈련반) 3기 중앙육군군관학교 특별훈련반 6기	조선의용대(군) 대원
	리봉창 (李奉昌)	서울	룡산 문창보통학교	조선의용대(군) 대원이 아님. 한인애국단원
석정[16] (石正)	윤세주 (尹世冑)	경남 밀양	남경 조선혁명간부학교 1기	조선의용대(군) 훈련주임, 교관 열사-태항산
조소앙 (趙素昂)	조용은 (趙鏞殷)	경기 파주	일본 메이지대학 법학과	조선의용대(군) 대원이 아님. 한국독립당 간부
한청[17] (韓青)	신익성 (愼益晟)	경남 거창	남경 조선혁명간부학교 3기 중앙육군군관학교 락양분교 조선인 반(군관훈련반) 3기 중앙육군군관학교 특별훈련반 6기	조선의용대(군) 분맹주임 광복 후 중국에 정착(심양)
문종삼 (文鐘三)	최요한 (崔約翰)	전북 전주	남경 조선혁명간부학교 2기 중앙육군군관학교 락양분교 조선인 반(군관훈련반) 3기 중앙육군군관학교 특별훈련반 6기	조선의용대(군) 대원 피검자-경성

설명:

1) 강병학과 상해신사 폭탄 사건

강병학은 일명 강병학(康秉鶴), 마루야마 쓰루키치(丸山鶴吉), 장운(張雲)이며 1916년에 조선 평양 경재리 47번지에서 출생하였다. 그의 부친 강주한(康周翰)은 평양에서 과실 행상을 하며 생활하고 있었는데 1923년에 별세하였다. 강병학은 1922년 4월 평양 상수공립보통학교에 입학하였으나 1927년 3월 모친의 사망으로 학비가 궁해 부득이 퇴학하게 되자 누나 강병숙(康秉淑, 당시 24세)은 학자를 얻기 위해 황해도 신천에서 기생으로 350원에 몸을 팔아 동생의 양육을 평양의 친척 강진규에게 그 몸값과 같이 위탁해 두었더니 강 씨는 그 돈을 착복하고 강병학을 등교시키지 않고 평안남도 안주읍에 사는 숙부 곽영철에게 맡겨 버렸다. 그 후 강병학은 1931년까지 곽 씨네 가사를 돕다가 황해도 사리원 읍내 태창여관에서 손님을 끄는 일에 종사하였다. 1933년 3월에 누나가 그를 신천으로 동반하여 학교에 입학시키려 하였으나 입시에 불합격이 되었으므로 그해 4월 10일 동생의 소원에 따라 여비 38원과 신의주까지의 승차권을 사서 주고 상해에 가도록 하였다. 이 듬해 4월 20일경 강병학은 강병숙에게 통신을 하여 3년 후에는 누님을 상해로 모셔 와 안락한 생활을 하게 할 것이라고 하였다.

상해 도착 후 강병학은 우선 한인 교민단 의경대(義警隊) 대장 박창세(朴昌世) 댁에서 일시 머무르고 있다가 미구에 일본인 과부가 운영하는 해녕로 256호 모리무라양행(森村洋行)의 자동차 수선공으로 취직하였으며 동료 박효경(朴孝敬)과 친구로 사귀었다. 그 무렵 한국독립당은 절강성 정부의 원조하에 항주를 본거지로 삼고 반일 활동에 열중하고 있었다. 박창세는 중국 측의 원조를 크게 받고자 윤봉길 폭탄 사건을 모방하여 재차 반일 테러 사건을 획책하고 있었는데 강병학과 박효경 두 젊은이가 그 번 테러 계획의 집행자로 박창세에게 선정되었던 것이다.

1934년 3월 3일 상해 시내 일본 관민 합동으로 1932년 '1·28' 상해 사변에서 전사한 관병들을 위해 초혼제(오전 10시~10시 50분)를 개최하였는데 아리요시 아키라(有吉明) 공사를 비롯하여 이마무라(今村) 제3함대 사령장관, 스즈키(鈴木) 육군 무관, 야스이(安井) 거류민회 행정위원장 및 기타 재상해 일본인 유력자들이 참석하였다. 무사히 폐식을 하고 주요한 참석자들이 순차로 퇴출하게 되어 각 단체 대표의 일부와 각 학교 학생 대표들도 퇴산하려던 찰나에 강병학은 강만(江灣) 노상에서 식장 중앙의 허공에 원통형의 폭탄 하나를 점화하지도 않고 그대로 투척하고 즉각 모습을 감추었다. 폭탄이 낙하한 근처에는 아직도 이백여 명의 참석자가 있었으나 폭탄이 불발로 끝나 피해는 없었다. 사건이 발생하자 당시 식장 경계 중인 공부국 가흥로 경찰서 근무 순사 2명은 재빨리 범인으로 지목되는 인물을 인정하고 추적했으나 그 모습이 사라져 체포하지 못했는데 황륙로 43호 근처에서 모리무라양행의 배지가 붙어 있는 흰색 작업복과 검은색 모자 그리고 회중시계 1개를 유기한 것을 발견하고 곧 수사를 진행한 결과 그 유류품의 소유자는 모리무라양행 자동차 수선공 강병학이라는 것이 판명되었다. 또 모리무라양행을 조사해 보았으나 강병학은 당일 8시경 무단가출을 한 채 돌아오지 않았고 거실에는 서류와 조소앙의 《유방집》 그리고 조선 독립을 운운한 유서가 남아 있었을 뿐이었다.[*]

* [한국] 日本外務省陸海軍省文書,《韓國民族運動史料(中國篇)》, 제808-809페이지.

3월 10일 한국독립당은 조소앙이 미리 작성한 '강의사의 홍구척탄(虹口擲彈)에 대한 선언'을 중국 측에 살포하여 이번 사건은 윤봉길 사건과 리봉창 사건에 버금가는 의거라고 공표하였다

2) 박효경과 호가장 전투

박효경은 일명 박지웅(朴志雄), 다나카 고로(田中五郎), 요코야마 고로(橫山五郎), 손일봉(孫一峰)이며 1912년에 조선 평안북도 의주군 위화면 하단동에서 출생하였다. 1931년에 산동 청도로 가서 2년 동안 일하고 1933년 초에 상해로 남하하여 사부로(三郎)라고 변성명하고 홍구 모리무라자동차양행의 서무원으로 취직하였다.* 상해신사 폭탄 사건 당시 그는 주로 연락 사무를 담당하였다. 폭탄 사건이 미수로 끝나자 박효경과 강병학은 한국독립당의 보증 추천을 받아 각각 손일(孫逸)과 장중광(張重光)으로 변성명하고 중앙군관학교 락양분교에 입학하여 한 해 동안 훈련을 받고 1935년 4월에 졸업하였다. 그해 7월에 그들은 또 광주로 남하하여 중앙군관학교 광동제4분교에 입학하였다. 졸업 후 박효경은 다시 단기 포병훈련반에서 학습하였다. 중일전쟁이 발생한 후 박효경은 중국 포병 제53연대(단) 탄약대장, 제56연대 간부훈련반 교관, 제54연대 전차방어포중대(연) 중대장을 역임하였고 1939~1940년 사이에는 선후로 장사 전역과 신양 전역에 참전하였으며 같은 해 8월 초에 장중광의 편지를 받고 곧 락양으로 가서 조선의용대에 입대하였다. 1941년 여름 그는 부대를 따라 태항산으로 들어갔다.

---

* 　연안《해방일보》, 1942년 9월 20일.

1941년 12월 12일 화북 지대 무장 선전대는 하북성 원씨현 호가장에서 갑자기 일본군에게 포위되어 손일봉(박효경), 박철동, 최철호, 왕현순 등 4명이 포위를 돌파하다가 적탄을 맞고 장렬히 희생되었고 대원 김학철은 다리에 중상을 입어 포로가 되었으며 대장 김세광과 분대장 조렬광은 각각 팔과 다리에 중상을 입었다.

다. 작은아씨

인물 일람표(43명)

별명/호	본명	본적	학력	직무
정창파 (鄭滄波)	주문파 (朱文坡)	경기 광주	중앙육군군관학교 특별훈련반 6기	조선의용대(군) 선전간사
김운학 (金雲學)	주세민 (周世敏)	함북	남경 조선혁명간부학교 2기 중앙육군군관학교 락양분교 조선인반(군관훈련반) 3기 중앙육군군관학교 특별훈련반 4기	조선의용대(군) 조훈원 아나운서
최경수[18] (崔敬洙)	최봉신 (崔奉信)	평남 강서	중앙육군군관학교 8기 포병과 남경헌병학교	조선의용대(군) 분대장 〈상해시보〉 총경리
김휘[19] (金輝)	김석락 (金錫洛)	평북 강계	광주 국립중산대학 중퇴 중앙육군군관학교 특별훈련반 6기	피검자-상해
엽홍덕[20] (葉鴻德)	리덕상 (李德相)	서울	중앙육군군관학교 11기 보병과	조선의용대(군) 분대장 열사-락양
리철중[21] (李鐵重)	리복인 (李福仁)	경기 인천	중앙육군군관학교 11기 포병과	조선의용대(군) 분대장
리지강[22] (李志剛)	리상훈 (李相勳)	황해 봉산	남경 조선혁명간부학교 2기 중앙육군군관학교 11기 기병과	조선의용대(군) 구대장, 선전대장
조렬광[23] (趙烈光)	김구영 (金龜泳)	황해 신천	남경 조선혁명간부학교 2기 중앙육군군관학교 11기 포병과 광주 국립중산대학 졸업	조선의용대(군) 분대장, 구대장
리세영[24] (李世榮)	신응남 (申應南)	서울	중앙육군군관학교 10기 보병과	조선의용대(군) 분대장 열사-신향
김백연 (金白淵)	김두봉 (金枓奉)	경남 동래	경성 배재학교	조선의용대(군) 군정학교 교장, 독립동맹 주석
왕지연 (王志延)	한빈 (韓斌)	해삼위	모스크바공산대학	조선의용대(군) 대원 독립동맹 부주석
왕웅 (王雄)	김홍일 (金弘壹)	평북 룡천	귀주 강무학교 보병과	조선의용대(군) 대원 특별훈련반 교관

별명/호	본명	본적	학력	직무
백범 (白凡)	김구 (金九)	황해 안악	서숙	조선의용대(군) 대원이 아님. 애국단 단장, 임시정부 주석
박무 (朴茂)	박영우 (朴泳瑀)	황해 해주	광주 국립중산대학 중퇴 중앙육군군관학교 특별훈련반 6기	조선의용대(군) 정치지도원
사부 (史夫)	김창만[25] (金昌滿)	함남 영흥	광주 국립중산대학 중퇴 중앙육군군관학교 특별훈련반 6기	조선의용대(군) 선전대장, 선전부장
호일화[26] (胡一華)	리상조 (李相朝)	경남 동래	광주 국립중산대학 중퇴 중앙육군군관학교 특별훈련반 6기	조선의용대(군) 대원 독립동맹 북만특위 서기
리유민 (李維民)	리형래 (李瀅來)	전남 보성	중앙육군군관학교 특별훈련반 6기 상해 동제대학 중퇴	조선의용대(군) 대원 연합회 조직부장
장의[27] (張毅)	권태걸 (權泰傑)	경북 상주	중앙육군군관학교 특별훈련반 6기 상해 대하대학 중퇴	조선의용대(군) 대원이 아님. 중국군
고봉기 (高峰起)			중앙육군군관학교 특별훈련반 6기	조선의용대(군) 과장
왕외 (王巍)	박일우 (朴一禹)	간도 룡정	모스크바공산대학	조선의용대(군) 대원 조선의용군 부사령 겸 정위
림평[28] (林平)		충남	중앙육군군관학교 특별훈련반 6기 할빈공업학교	조선의용대(군) 정치지도원 열사-하북성 부평
주창손 (朱昶孫)	안창손 (安昌孫)		중앙육군군관학교 특별훈련반 6기 상해 인성학교 교원	조선의용대(군) 분맹주임
리철 (李哲)	윤공흠 (尹公欽)		남경 조선혁명간부학교 2기 일본 다치카와비행학교	조선의용대(군) 대원 군정학교 협리원, 비행사
최계원 (崔啓源)	최중기 (崔重基)	전북 전주	광주 국립중산대학 중퇴 중앙육군군관학교 특별훈련반 6기	조선의용대(군) 대원
양대봉 (楊大峰)	곽진 (郭震)		광주 국립중산대학 중퇴 중앙육군군관학교 특별훈련반 6기	조선의용대(군) 대원
여해암 (余海岩)			중앙육군군관학교 특별훈련반 6기	조선의용대(군) 적공과장 열사-안휘성 륙안
김정희[29] (金鼎熙)	김정희 (金正熙)	평북 정주	광주 국립중산대학 중퇴 중앙육군군관학교 특별훈련반 6기	조선의용대(군) 대원 열사-서안
김영신[30] (金永新)	김문찬 (金文燦)	평안도	중앙육군군관학교 락양분교 조선인 반(군관훈련반) 3기 중앙육군군관학교 특별훈련반 6기	조선의용대(군) 분대장 열사-태항산
오균 (吳均)	서각[31] (徐覺)	평북 선천	남경 조선혁명간부학교 3기 중앙육군군관학교 특별훈련반 4기, 6기	조선의용대(군) 대원 열사-산서성 향녕현
손일봉 (孫一峰)	박효경 (朴孝敬)	평북 의주	중앙육군군관학교 락양분교 조선인 반(군관훈련반) 3기, 광동제4분교	조선의용대(군) 분대장 열사-호가장
장걸 (張傑)	박철동 (朴喆東)	충북 청주	중앙육군군관학교 락양분교 조선인 반(군관훈련반) 3기	조선의용대(군) 대원 열사-호가장

별명/호	본명	본적	학력	직무
최철호[32] (崔鐵鎬)	최명근 (崔明根)	충남 대전	중앙육군군관학교 락양분교 조선인반(군관훈련반) 3기 중앙육군군관학교 특별훈련반 6기	조선의용대(군) 서안 판사처 주임 열사-호가장
왕현순[33] (王現淳)	리정순 (李正淳)	평북 벽동	남경 조선혁명간부학교 3기 광주 국립중산대학 중퇴 중앙육군군관학교 특별훈련반 6기	조선의용대(군) 대원 열사-호가장
진광화[34] (陳光華)	김창화 (金昌華)	평양	광주 국립중산대학 교육학부 졸업	조선의용대(군) 분맹주임, 부교장 열사-태항산
문명철[35] (文明哲)	김일곤 (金逸坤)	전남 담양	남경 조선혁명간부학교 2기 중앙육군군관학교 락양분교 조선인반(군관훈련반) 3기 중앙육군군관학교 특별훈련반 6기	조선의용대(군) 조직위원 열사-산서성 흔주
한락산[36] (韓樂山)	천룡구 (千龍九)	충남 부여	남경 조선혁명간부학교 2기 중앙육군군관학교 11기 기병과	조선의용대(군) 군사교관 열사-하남성 영성
마덕산 (馬德山)	리원대 (李元大)	경북 영천	남경 조선혁명간부학교 2기 중앙육군군관학교 락양분교 조선인반(군관훈련반) 3기 중앙육군군관학교 특별훈련반 6기	조선의용대(군) 분대장 열사-북평
김석계 (金石溪)	김광구 (金光求)	전남 보성	부산공립상업학교 중퇴	조선의용대(군) 대원 열사-북평
장봉상 (張鳳翔)	장봉산 (張奉山)	함북	남경 조선혁명간부학교 3기 중앙육군군관학교 특별훈련반 6기	조선의용대(군) 대원 열사-무한
류광운 (劉光雲)	진일평[37] (陳一平)			조선의용대(군) 대원 열사-계림
장문해[38] (張文海)	리효상 (李孝相)	황해 금천	중앙육군군관학교 특별훈련반 6기 상해 중법학당 중퇴	조선의용대(군) 대원 열사-경성
진원중 (陳元仲)	림인준 (林仁俊)	평북 룡천	남경 조선혁명간부학교 3기 중앙육군군관학교 특별훈련반 6기 동제대학 중퇴	조선의용대(군) 제2구대 부대장 열사-중경
리건우 (李健宇)	최창익 (崔昌益)	함북 온성	일본 와세다대학 사회학과	조선의용대(군) 대원 독립동맹 부주석

설명:

1) 특별훈련반 제6기 조선 중대

중일전쟁이 발발한 후 중한 쌍방은 협상을 거쳐 중국 군사 당국에서 조선인 학생을 위탁, 양성하기로 합의를 보았다. 1937년 가을 사이에 민혁당은 증기선을 이용하여 약 90여 명의 조선 청년(교관과 군교 졸업생을 포함)을 특별반 소재지인 강서성 성자현 해회사로 집단 운송하였다. 그 특별반 제6기에는 도합 5개 대대, 25개 중대가 있었는데 1937년 12월 1일에 이르러 편성을 끝냈다. 조선인 학생은 제1대대 제4중대에 편입되었고 그 반수는 중국인 예비역 장교였으며 교관은 전부 중국인이었다. 조선인 직원으로는 학생 감독 왕웅(王雄), 조훈원(助訓員) 리정호(李貞浩), 김세일, 주세민 등 4명이 있었다.

1937년 12월 29일 특별반 조선인 학생 전원과 기타 중국 학생은 지령에 의해 성자현성을 떠나 다음 해 1월 6일부터 호북성 강릉에서 훈련을 계속하였다. 3월 1일에는 새로운 편제가 발표되어 학생 제3대(조선인구대)는 조선인 학생 83명과 한문(韓文)구대 중국 학생 21명을 포함하여 도합 104명이었는데 후에 조선인 학생 장해운만은 병으로 말미암아 중도퇴학하였다. 조선인 교관으로는 김두봉, 한빈, 석정, 왕웅 등 4명이 있었다. 학생 제3대 상위 대장은 리익성이었고 중위 부대장은 왕수의(王守義)였다. 그리고 리세영, 최만성(崔萬聲), 정의부(程毅夫), 리지강 등 4명의 견습군관이 있었는데 그중 리세영은 중앙군교 제10기 졸업생이었고 그 밖의 3명은 동교 제11기 졸업생이었다. 그해 5월 24일 특별반 제6기 학생 제3대 전원은 성대한 졸업식을 개최하였다.[*]

2) 박금철과 박철동

저자는 책에서 조선의용대 열사 24명을 열거하였는데 그들 중에 박금철(朴金喆)이라는 인물이 있다. 그는 일명 박시성(朴時星), 아라이

---

[*] [일본] 高等法院檢事局思想部《思想彙報》제22호, 1940년 3월.

금철(新井金喆)이며 1911년에 조선 함경남도 단천에서 출생하였다. 1930년대에 그는 함경남도 일대에서 반일 지하활동에 종사하였으며 1943년 12월에 경성복심법원에서 치안유지법 위반이라는 죄명으로 무기형에 언도되어 서대문형무소에서 징역을 살았다. 따라서 박금철은 본 책의 인물과 아무 관련이 없는데 실은 박철동(朴喆東)의 오기이다.

박철동은 일명 장걸(張傑), 청길(淸吉)이며 일찍 충주학생운동에 참가한 적이 있었다. 1931년 12월 그는 동북 심양으로 망명하여 점원을 지냈고 1934년 1월초 중앙군교 락양분교 조선인특별반에 입학하였다. 1935년 7월에 그는 남경에서 민혁당에 입당하였고 1936년 1월에는 상해로 가서 남화조선인연맹(아나키스트 단체)에 가담하였으며 오래지않아 복건성 하문으로 갔다가 부두에서 대만총독부 경찰에게 체포되어 일본으로 압송되었다. 그는 규슈(九州)형무소에서 3년 동안 징역을 살고 1938년에 풀려나오자 곧 중국으로 돌아가 산서성 운성 일대에서 반일 활동에 종사하였으며 1939년에 락양에서 조선의용대에 입대하였다. 1941년 12월 12일 그는 호가장 전투에서 장렬히 희생되었다. 덧붙여 말하면 저자와 박철동은 태항산에서 처음으로 사귀었을 것이다.

라. 맹진나루

인물 일람표(25명)

별명/호	본명	본적	학력	직무
문정일[39] (文正一)	리운룡 (李雲龍)	길림 훈춘	중앙육군군관학교 특별훈련반 6기 국립중앙대학 중퇴	조선의용대(군) 분대장 광복 후 중국에 정착(북경)
로민 (魯珉)	장해운[40] (張海雲)	평남 진남포	광주 국립중산대학 중퇴 중앙육군군관학교 특별훈련반 6기 중퇴	조선의용대(군) 분맹부주임, 부교장 광복 후 중국에 정착(북경)
마춘식 (馬春植)	리홍염 (李鴻炎)	서울	남경 조선혁명간부학교 3기 중앙육군군관학교 특별훈련반 6기	조선의용대(군) 선전부장

별명/호	본명	본적	학력	직무
장중진 (張重鎭)		서울	중앙육군군관학교 락양분교 조선인 반(군관훈련반) 3기 중앙육군군관학교 특별훈련반 6기	조선의용대(군) 분대장
김인철[41] (金仁哲)	신양률 (愼陽律)	경남 거창	중앙육군군관학교 특별훈련반 6기	조선의용대(군) 위원장, 부대장
김경운 (金景雲)		평양	광주 국립중산대학 중퇴 중앙육군군관학교 특별훈련반 6기	조선의용대(군) 대원
정혐 (鄭嫌)	정희석 (鄭熙奭)		중앙육군군관학교 특별훈련반 6기	조선의용대(군) 대원
한득지 (韓得志)	리근산 (李根山)	평북 정주	중앙육군군관학교 락양분교 조선인 반(군관훈련반) 3기 중앙육군군관학교 특별훈련반 6기	조선의용대(군) 부분대장, 연합회 경 제부장
하진동 (何振東)	하봉우 (河奉禹)	평북 벽동	남경 조선혁명간부학교 2기 중앙육군군관학교 특별훈련반 6기	조선의용대(군) 분대장
주연 (朱然)	배준일 (裵俊逸)		중앙육군군관학교 특별훈련반 6기 상해 중법학당 중퇴	조선의용대(군) 분대장
리영여 (李嬰如)	김동학 (金東學)		중앙육군군관학교 특별훈련반 6기 상해 중법학당 중퇴	조선의용대(군) 대원
윤해섭 (尹海燮)	윤항섭 (尹行燮)	충남 홍성		조선의용대(군) 대원이 아님. 반역자
리춘암[42] (李春岩)	리범석 (李範奭)	황해 봉산	황포군관학교 6기 보병과	조선의용대(군) 동맹집행위원
김세광 (金世光)	김세일[43] (金世日)	평북 룡천	남경 조선혁명간부학교 1기 중앙육군군관학교 특별훈련반 4기	조선의용대(군) 지대장, 대장, 분맹주 임
왕자인[44] (王子仁)	최능선 (崔能善)	평남 강서	중앙육군군관학교 락양분교 조선인 반(군관훈련반) 3기 중퇴 중앙육군군관학교 10기 보병과	조선의용대(군) 지대장, 대장, 구대장
주혁 (朱革)	주혁 (朱赫)		중앙육군군관학교 특별훈련반 6기	조선의용대(군) 대원
왕극강 (王克强)	김창규 (金昌奎)	강원도	남경 조선혁명간부학교 3기 중앙육군군관학교 특별훈련반 6기	조선의용대(군) 락양통신처 주임
황민 (黃民)	김승곤 (金勝坤)	전남 담양	남경 조선혁명간부학교 2기 중앙육군군관학교 락양분교 조선인 반(군관훈련반) 3기 중퇴	조선의용대(군) 대원
리승엽 (李承燁)		경기 부천		조선의용대(군) 대원이 아님. 조선공산당 당원
주동욱 (朱東旭)		평북 철산	남경 조선혁명간부학교 3기 중앙육군군관학교 특별훈련반 6기	조선의용대(군) 분대장
장평산 (張平山)	신성봉 (申聖鳳)	평북 정주	중앙육군군관학교 락양분교 조선인 반(군관훈련반) 3기 중앙육군군관학교 특별훈련반 6기	조선의용대(군) 분대장

별명/호	본명	본적	학력	직무
진국화 (陳國華)		평북 곽산	남경 조선혁명간부학교 3기 중앙육군군관학교 특별훈련반 6기	조선의용대(군) 대원
황윤상 (黃允祥)	최채[45] (崔采)	황해 신천	상해 인성학교 혜중중학	조선의용대(군) 선전간사 광복 후 중국에 정착(연변)
백정[46] (白正)	김영렬 (金泳烈)	평북 정주	남경 조선혁명간부학교 2기 중앙육군군관학교 락양분교 조선인 반(군관훈련반) 3기 중앙육군군관학교 특별훈련반 6기	조선의용대(군) 대원 삼일방사공장 공장장
리화림[47] (李華林)	리춘실 (李春實)	평양	광주 국립중산대학 부속병원 간호원 학교	조선의용대(군) 간호원 광복 후 중국에 정착(대련)

설명:

1) 특별반 중국 교관

저자는 〈맹진나루〉에서 3명의 중국 교관을 언급하였는데 그 한 사람은 '상관'(上官)이라는 복성을 가진 직일관이고 다른 한 사람은 본적이 사천성인 구대장 양 중좌이며 또 한 사람은 본적이 광동성이고 성이 '사'(謝) 씨인 직일관이다. 제6기 제1대대 제4중대 소좌, 대장 문계창(文啓蒼)은 사천 사람이고 전임 대장 소중걸(邵中傑)은 호남 사람이며 구대장은 도합 7명이 있었는데 즉 상위 구대장 룡곤(龍錕, 사천 사람), 맹성(孟醒, 료녕 사람), 전임 구대장 최경수(崔敬洙 즉 崔奉信), 리검삼(李劍森 즉 李益星), 양학령(楊鶴齡, 운남 사람), 상관업보(上官業保, 호남 사람), 당사립(唐思立, 강서 사람)이다. 전임 부구대장은 도합 3명이었는데 즉 조국무(曹國武 즉 葉鴻德), 마철웅(馬鐵雄 즉 趙烈光), 조경업(趙敬業, 하북 사람)이다. 그리고 특무장은 강서 사람 류거(劉渠)이고 사서(司書)는 산동 사람 위빈(魏斌)이다. 따라서 복성 상관은 곧 상관업보일 것이고 양 중좌는 곧 양학령에 해당될 것이다. 제6기에는 사씨 성을 가진 군관이 도합 4명이 있었는데 즉 료녕 사람 사학안(謝學安)과 호남 사람

사선계(謝善繼), 사수륜(謝秀倫), 사계현(謝繼賢)이다.[*] 따라서 광동 출신의 직일관 사 씨의 이름을 잠시 고증할 방법이 없다.

2) 마덕산과 김석계의 피살

마덕산은 본명이 리원대(李元大)이고 별명이 공문덕(孔文德), 리원태(李源泰), 히라타 명희(平田明熙)이며 1911년에 조선 경상북도 영천군 지곡면(화북면) 오산동에서 출생하였다. 김석계는 본명이 김광구(金光求)이고 별명이 가나야마 광일(金山光一)이며 본적이 조선 전라남도 보성군 벌교읍 고정리 629번지다.

마덕산과 김석계는 1941년 10월 석가장에 잠입하여 지하활동에 종사하다가 이듬해 5월 2일 일본 헌병대에 체포되었다.[**] 그 후 그들은 북평의 일본 헌병대에 이송되어 이른바 군법회의에서 심리를 거쳐[***] 1943년 6월 17일 동창골목(東廠胡同) 28호 일본군 감옥에서 피살되었다.

그 무렵 독립동맹과 화북 지대에서 파견한 적후 공작원들이 평진 지역에서 크게 활약하였고 또 그들의 선전 활동에 의해 일본군의 멸망을 내다본 조선인 통역들마저 팔로군 부대로 찾아가는 경우도 있었다. 하지만 어느 조선인 통역이 마덕산과 김석계의 비장한 최후를 팔로군 지역에 전달하였는지 여태껏 분명히 전해지지 않고 있다.《최후의 분대장》에 의하면 김학철은 석가장 헌병대에서 '특무기관의 고원 신용순(申容純)'을 만났다고 한다.[****] 신용순(별명 류빈(劉斌))은 조선의

---

[*]   《중앙육군군관학교 특별훈련반 제6기 동학록》, 1939년.
[**]   [일본] 內務省警保局保安課,《特高月報》, 昭和十七年(1942년)五月分.
[***] [일본] 內務省警保局保安課,《特高月報》, 昭和十八年(1943년)一月分.
[****] 김학철 자서전《최후의 분대장》, 서울, 문학과 지성사, 1995년, 제278페이지.

용대 주력이 태항산으로 입산하기 전에 이미 조선의용대에 입대하였고 또 김성숙(金星淑)이 맹주로 있는 조선민족해방동맹의 맹원이기도 하였다. 입산한 후에 신용순은 화북 지대 제2대 제1분대 대원 겸 진기예변구 분회 제2분회 제1소조원이었고 김학철은 제2분대 대원 겸 제2분회 선전위원이었다.* 신용순과 같은 분대, 같은 소조에 배속되어 있었던 장례신(張禮信)은 '피 어린 그날의 싸움'에서 호가장 전투에 참전한 제2대 대원 약 19명을 열거하였는데 신용순은 빠져 있다.** 따라서 십상팔구는 신용순이 사전에 도주하여 조선의용대가 호가장에서 숙영하게 된다는 첩보와 화북 지대 지하공작원 마덕산과 김석계의 석가장 잠입 상황을 일본군에게 밀고했을 것이다.

3) '후위사령의 공술'

'후위사령의 공술'은 중국 '문화혁명' 시기 문정일의 이른바 '공술서'인데 일명 '문정일 약전'이라고도 한다. 저자는 원문에서 요점을 뽑아 한글로 옮기면서 적당히 가공하고 개제하였다.

마. 항전별곡

인물 일람표(13명)

별명/호	본명	본적	학력	직무
김철원[48] (金鐵遠)	정구린 (鄭求麟)	평남 룡강	광주 국립중산대학 중퇴 중앙육군군관학교 특별훈련반 6기	조선의용대(군) 대원 태항 대중병원 의사
료천탁 (廖天鐸)	박성률 (朴成律)	강원도	남경 조선혁명간부학교 3기 중앙육군군관학교 특별훈련반 6기	조선의용대(군) 대원이 아님. 중국군 광복 후 중국에 정착(안휘)

---

* [일본] 內務省警保局保安課, 《特高月報》, 昭和十八年(1943년) 一月分.
** 《중국의 광활한 대지우에서》, 연변인민출판사, 1987년, 제284페이지.

별명/호	본명	본적	학력	직무
채동룡 (蔡東龍)	리대성 (李大成)	평남 강서	중앙육군군관학교 특별훈련반 6기	조선의용대(군) 정치지도원
리동호[49] (李東浩)	리정달 (李貞達)	경북 달성	광주 국립중산대학 부속중학 중앙육군군관학교 특별훈련반 6기	조선의용대(군) 대원
홍성자 (洪性子)		함남 원산	원산고등보통학교	조선의용대(군) 대원이 아님. 김학철의 여동생, 왕련의 처
왕련 (王璉)	왕련 (王連)	연해주	소련 오륜보제3항공학교	조선의용대(군) 대원, 비행사
주덕해 (朱德海)	오기섭 (吳基涉)	연해주	모스크바 동방대학	조선의용대(군) 분맹주임, 총무조장 광복 후 중국에 정착(연변)
공명우 (孔明宇)	주성 (朱星)			조선의용대(군) 태항분교 교무간사
긍인 (兢人)	허헌 (許憲)	함북 명천	일본 메이지대학 법과	조선의용대(군) 대원이 아님. 변호사, 허정숙의 부친
류일평[50] (劉一平)	류광운 (劉光雲)	평양	남경 향산중학	조선의용대(군) 대원이 아님. 병원 원장, 상해 특구 당원
황기봉 (黃起鳳)	황기봉 (黃奇鳳)		중앙육군군관학교 특별훈련반 6기	조선의용대(군) 대원 밀수범, 실종
김흠 (金鑫)	김흥 (金興)		중앙육군군관학교 특별훈련반 6기	조선의용대(군) 대원
최성장 (崔成章)	로철룡[51] (盧喆龍)	충남 홍성	남경 조선혁명간부학교 1기 중앙육군군관학교 특별훈련반 6기	조선의용대(군) 부대장

설명:

1) 별곡

별곡은 조선 고유 시가체의 일종으로서 중국식 표현으로 말하면 별전(別傳)인 셈이다. 무엇보다 40여 년이 지난 인물들의 이야기를 사실에 가깝게 그대로 표현한다는 것은 그리 쉬운 일이 아니다. 오직 마음속에 피로 아로새긴 이야기만이 영원히 잊히지 않을 것이다.

2) 항적 선전대

전칭은 국민정부 군사위원회 정치부 항적 연극대이다. 1938년 8월

무창에서 발족하였는데 10개 항적 연극대와 4개 항적 선전대, 1개 어린이 극단이 있었다.

2. 중국사 인물, 사건

가. 중국국민당 인물 일람표(18명)

이름	직무
손중산 (孫中山)	중화민국 제1임 임시 대통령
장개석 (蔣介石)	중국 국방최고위원회 주석, 동맹국 중국 전투 구역 최고 통수
진제당 (陳濟棠)	국민정부 최고국방위원회 위원, 농림부장
왕정위 (汪精衛)	남경괴뢰국민정부 행정원 원장, 주석
하응흠 (何應欽)	제4전구 사령장관, 군사위원회 참모총장
리종인 (李宗仁)	제5전구 사령장관, 안휘성 정부 주석
위립황 (衛立煌)	제1전구 사령장관, 제14집단군 총사령
방병훈 (龐炳勳)	제1전구 제11집단군 총사령
황기상 (黃琪祥)	제5전구 제3집단군 제40군단 군단장 겸 제39사단 사단장
손련중 (孫連仲)	제1전구 제2집단군 총사령
조수산 (趙壽山)	제2전구 제4집단군 제39군단 군단장
대립 (戴笠)	군사위원회 조사통계국 부국장
곽기기 (郭寄崎)	위립황 장관 사령부 참모장
양학령 (楊鶴齡)	특별반 제6기 제4중대 상위 구대장
상관업보 (上官業保)	특별반 제6기 제4중대 상위 구대장
사 중위 (謝中尉)	특별반 제6기 제4중대 직번 군관
랭 상위 (冷上尉)	통신중내장
왕삼모 (王參謀)	중앙군관학교 제13기 졸업생, 위립황 장관 사령부 참모처 소장

나. 중국 고대 정치가, 사상가, 군사가, 소설가, 시인, 미녀 일람표(8명)

이름	설명
진문공 (晉文公, 기원전 697~기원전 628)	춘추시기 정치가
노자 (老子)	춘추시기 사상가
손무 (孫武)	춘추시기 군사가
리백 (李白)	당나라 시인
두보 (杜甫)	당나라 시인
양귀비 (楊貴妃, 719~756)	당나라 미녀
서시 (西施)	춘추전국시기 월나라 미녀
오경재 (吳敬梓, 1701~1754)	청나라 소설가

다. 중국 고금 작품 중의 인물 일람표(5명)

이름	설명
손오공 (孫悟空)	고전소설 《서유기》 중의 신화 인물
화목란 (花木蘭)	북조 민가 '목란사'(또는 '목란시') 중의 역사전기 인물
로지심 (魯智深)	고전소설 《수호전》 중의 양산박 제13위 장수
아큐 (阿Q)	로신의 소설 《아큐정전》 중의 주인공
왕선생 (王先生)	엽천여의 만화 《왕선생별전》 중의 주인공

라. 중국 현대 출판가, 화가, 시인, 예술가, 작곡가, 극작가, 작가 일람표(13명)

이름	설명
추도분 (鄒韜奮, 1895~1944)	정론가, 출판가
전한 (田漢, 1898~1968)	신극 작가, 희곡 작가, 영화 극본 작가, 소설가, 시인
안아 (安娥, 1905~1976)	가사 작가, 시인, 기자
장락평 (張樂平, 1910~1992)	만화가
화군무 (華君武, 1915~2010)	만화가

이름	설명
엽천여 (葉淺予, 1907~1995)	만화가
조단 (趙丹, 1915~1980)	영화 연기 예술가
선성해 (冼星海, 1905~1945)	음악가, 작곡가
조우 (曹禺, 1910~1996)	극작가
장극가 (臧克家, 1905~2004)	시인
서군 (舒群, 1913~1989)	작가
로신 (魯迅, 1881~1936)	작가
곽말약 (郭沫若, 1892~1978)	시인, 극작가, 고고학자, 고문자 학자

마. 중국공산당 팔로군과 백성 일람표(15명)

이름	직무
주은래 (周恩來)	중공 중앙 대표와 남방국 서기, 국민정부 군사위원회 정치부 부부장
팽덕회 (彭德懷)	팔로군 부총지휘(제18집단군 부총사령)
좌권 (左權)	팔로군 부총참모장
라서경 (羅瑞卿)	팔로군 야전정치부 주임
장국도 (張國燾)	섬감녕변구 정부 부주석, 1938년에 탈당하여 중국국민당에 가담
려정조 (呂正操)	기중군구 사령원 겸 팔로군 제3종대 사령원
양수봉 (楊秀峰)	진기로예변구 정부 주석
곽대광 (郭大光)	팔로군 락양 주재 판사처 사무원, 해방 후 길림에 거주
양개소 (楊介素)	팔로군 락양 주재 판사처 사무원, 해방 후 중국 외교부에서 임직
손초 (孫超)	팔로군 락양 주재 판사처 사무원, 해방 후 중앙통전부에서 임직
한화성 (韓華盛)	조선의용대 문정일의 근무원, 1942년에 태항산에서 전사
리수영 (李秀英)	조선의용대 부녀복무단 단원, 제1구대장 박효삼의 중국 처
윤복구 (尹卜駒)[52]	제19집단군 노동부녀복무단 단원
두 노인 (杜 老人)	호북의 백성, 조선의용대 분대장 강진세의 양부
요문원 (姚文元)	중국 당대 4인 무리의 구성원

3. 일본사 인물, 사건

가. 인물 일람표(13명)

이름	설명
히로이토 (裕仁, 1901~1989))	쇼와(昭和) 천황
이토 히로부미 (伊藤博文, 1841~1909)	내각총리대신(수상)
시라카와 요시노리 (白川義則, 1868~1932)	중국 파견군 사령관
노무라 기치사부로 (野村吉三郎, 1877~1964)	일본군 제3함대 사령
시게미쓰 마모루 (重光葵, 1887~1957)	중국 주재 일본 공사, 외무대신
이타가키 세이시로 (板垣征四郎, 1885~1948)	일본군 육군 제5사단장
이소가이 렌스케 (磯谷廉介, 1886~1967)	일본군 육군 제10사단장
이토 스스무 (伊藤進)	일본 나고야 상인, 제3사단 1등병 기관총수, 포로
오타케 요시오 (大竹良夫)	일본 시즈오카 상인, 2등병 치중병, 어릿광대, 포로
마쓰이 마사오 (松井正夫)	농민 출신, 기병 1등병, 포로
이무라 츠키오 (井村月雄)	평한선 일대에서 장사하다가 중국군에 포로되다.
이무라 요시코 (井村芳子)	평한선 일대에서 장사하다가 중국군에 포로되다.
데라모토 아사코 (寺本朝子)	군정부 제2 포로수용소 포로, 리광(리종철) 처

설명:

1) 일본 포로

저자는 〈작은아씨〉에서 일본 포로 오타케 요시오(大竹良夫), 노구치(野口), 이토 스스무(伊藤進), 이무라 요시코(井村芳子) 4명을 언급하였다. 그중 노구치는 오기로 추정되는데 실은 마쓰이 마사오(松井正夫)일 것이다. 1939년 초에 일본 병사 이토 스스무(21세), 아라키(荒木, 31세), 이케다(池田, 22세) 등은 대별산 전투에서 포로가 되어 호북성 북부 번성의 중국 헌병사령부에서 조선의용대 제2구대에 인도되었다. 그들 중 이토는 일본 나고야(名古屋) 상인(사진기 재료) 출신이었고 워낙

일본군 제3사단 소속 일등병 기관총수였으며 아라키는 일본 미에현
(三重縣) 농민 출신이었고 원래 일본군 보병 아라키 사단의 일등병이
었으며 이케다는 미장공 출신으로서 병들고 허약한 나팔수였다. 오
타케 요시오는 일본 시즈오카(靜岡) 태생으로서 중학교를 나온 후 도
쿄에서 상업에 종사하다가 중일전쟁이 발발하자 징병에 걸려들어 중
국으로 왔다. 그는 워낙 이등병 치중병으로서 1939년 호북성 북부를
진공할 때 술을 과음한 탓으로 그만 중국 게릴라부대에 포로되었던
것이다. 그는 말과 행동거지가 익살맞고 또 어릿광대 놀음을 잘해서
늘 뭇사람들의 폭소를 자아내곤 하였다. 마쓰이 마사오도 제2구대 대
원들의 교양을 받고 반전 선전 활동 등에 참여하였다. 그리고 이무라
요시코(18세)는 언니 이무라 츠키오(井村月雄, 27세)와 같이 평한(북평-
무한)선 일대에서 장사를 하던 중 1940년 초에 중국 게릴라부대에 붙
잡혀 제5 전투 구역 장관 사령부로 끌려왔다. 이토, 이무라 자매 등은
후에 중경으로 가서 아오야마 가즈오(靑山和夫)가 주최하는 일본혁명
민주협의회 아오야마 연구실 사무원으로 있었다.

2) 데라모토 아사코와 리광

데라모토 아사코(寺本朝子)는 일본 여성으로 중국식 이름이 권혁(權
赫)이며 1937년경에 남편 리광(李光)을 따라 중국으로 왔다.

리광은 본명이 리종철(李鍾哲)이며 미국 시카고에서 출생하였다.
소년 시절에 그는 조선 서울에서 공부하였고 1930년에 시카고대학
을 졸업하고 본교에 남아 교편을 잡았다. 1933~1935년 사이에는 일
본 도쿄에서 발명소 소장, 교통국 국장과 광산국 국장을 역임하였다.
1937년에 중국 남경으로 가서 국민정부 군정부에서 군사 공작에 종

사하였다. 후에 무슨 까닭인지 그들 부부는 군정부 제2 포로수용소에 수용되어 있다가 1940년 가을에 이르러 비로소 해방을 받고 조선의 용대 제3지대에 배속되었다. 중경에서 락양을 거쳐 태항산으로 들어간 후 데라모토 아사코는 리광과 이혼하고 윤치평의 애인으로 되었으며 1942년 6월에 조렬광, 김연군(金燕軍, 김두봉의 차녀) 등과 함께 연안으로 갔다.

리광은 태항산에서 제18집단군 총사령부 제3과(통신연락과)에 배속되어 전신기술 공작을 지도하다가 1944년 초에 진기로예변구 정부 공상관리총국 공정처로 파견되어 기사로 있으면서 근거지의 군민들을 위해 3개소의 수력발전소(집단군 총사령부, 군구, 공상국)를 건설하였다. 그해 11월 26일 태항구 항일 근거지에서 개최된 군영회에서 리광은 기술 능수로 추대되었다. 1945년 1월 13일 리광이 갑자기 도주하자 변구 정부에서는 20만 원이라는 거액의 현상금을 걸고 지명수배하기로 결정하였고 1월 18일에는 리광에 대한 지명수배령을 철회함을 통지하였다.* 그러나 지명수배 결과가 어떻게 되었는지 그 이상 전해지지 않고 있다. 그해 5월 9일 무정이 팔로군 총사령 주덕과 중공 중앙 해외공작위원회에 드리는 공작 경과 보고서에서 반특 공작의 대상으로 리광의 이름만 언급하였다.

광복 후 데라모토 아사코는 리달(李達)에게 재가하였으나 리달이 폐결핵으로 죽은 까닭에 다시 과부가 되어 슬하에 일점혈육이 없었다고 한다.**

---

* 河南省檔案館 所藏: 邊區政府檔案G13-03-0248.
** 김학철 자서전《최후의 분대장》, 문학과 지성사, 제259페이지.

4. 서양사 인물, 사건

가. 인물 일람표(27명)

이름	설명
미켈란젤로 (1475~1564)	이탈리아 화가, 조각가, 건축가, 시인
쿠투조프 (1745~1813)	러시아 군사가, 통수
카를 마르크스 (1818~1883)	독일 사상가, 이론가
프리드리히 엥겔스 (1820~1895)	독일 사상가, 이론가
블라디미르 일리치 레닌 (1870~1924)	러시아 사상가, 이론가, 혁명가
리하르트	독일 근대 작곡가
애덤 스미스 (1723~1790)	스코틀랜드 경제학자
헤겔 (1770~1831)	독일 철학가
유다	예수의 12사도 가운데 한 사람, 예수의 배반자
하이네 (1797~1856)	독일 시인
마야콥스키 (1893~1930)	러시아 시인
히틀러 (1889~1945)	독일 제3제국 원수, 정치가, 군사가
괴벨스 (1897~1945)	독일 나치스 두목 중의 한 사람, 국민교육과 선전부 부장
크로폿킨 (1842~1921)	러시아 혁명가, 지리학자, 아나키스트
앨런 포 (1809~1849)	미국 시인, 문학평론가, 탐정소설가
블랑키 (1805~1881)	프랑스 혁명가, 공상사회주의자
클라우제비츠 (1780~1831)	독일 군사이론가, 군사역사학자
뒤링 (1833~1921)	독일 베를린대학 강사, 사상가
브람스 (1833~1897)	독일 작곡가, 피아니스트
차파예프 (1887~1919)	소비에트 국내 전쟁 시기의 영웅, 홍군 지휘원
디킨스 (1812~1870)	영국 소설가
파데예프 (1901~1956)	소련 작가
스티코프	북조선 주재 소련군 중장 사령관, 북조선 주재 대사
미추린 (1855~1935)	소련 원예학자, 식물육종학자
고골 (1809~1852)	러시아 풍자작가, 비판현실주의 문학가
흘레스타코프	고골 〈검찰관〉에서 나오는 페트로그라드의 귀공자
채플린 (1889~1977)	영국 영화배우, 영화감독, 영화 제작자

설명:

리하르트(Richard)

독일 근대 작곡가 중에 2명의 리하르트가 있다. 그 한 사람은 빌헬름 리하르트 바그너(Wilhelm Richard Wagner, 1813~1883)이고 다른 한 사람은 리하르트 슈트라우스(Richard Strauss, 1864~1949)이다.

5. 잡록

가. 중국과 외국의 가요(13곡)

곡명	작사, 작곡
인터내셔널	프랑스, 외젠 포티에 작사, 피에르 드게테르 작곡
애국가	한국의 국가, 안창호 작사
라 마르세예즈	프랑스의 국가, 클로드 조제프 루제 드릴 작곡
자장가	독일, 브람스 작곡
어광곡	중국, 안아 작사, 임광 작곡
황포군관학교 교가	중국, 진조강 작사, 림경배 작곡
태항산 위에서	중국, 선성해 작곡
조선의용군 추도가	김학철 작사, 류신 작곡
조선 동요	미상
도라지타령	중국, 연변 조선족 민요
새타령	조선 민요
황성의 달	일본 가요
반딧불(즉 '이별가')	일본 가요

설명:

황포군관학교 교가

가사 원문:

怒潮澎湃, 黨旗飛舞, 這是革命的黃埔。

主義須貫徹, 紀律莫放松, 預備作奮鬪的先鋒。

打條血路, 引導被壓迫民衆, 携着手, 向前進。

路不遠, 莫要驚, 親愛精誠, 繼續永守。發揚吾校精神!

가사 역문:

노한 물결 팽배하고 당의 깃발 휘날린다, 이는 혁명의 황포. 주의는 관철해야 하며 기율은 늦추지 말고 분투하는 선봉으로 될 준비를 하라. 혈로를 헤치고 피압박 민중을 인도하여 손에 손을 잡고 앞으로 나가자. 길은 멀지 않으니 두려워하지 말라. 친애 정성을 이어서 영원히 지키자.

저자는 책에서 원문의 당기(黨旗)를 붉은 기(홍기, 紅旗)로 고쳐 놓았다.

나. 중, 조, 일 3국 신문 잡지(9부)

신문, 잡지명	설명
〈마이니치신문 (每日新聞)〉	일본 신문
〈주간아사히 (周刊朝日)〉	일본 신문
〈진중일보 (陣中日報)〉	중국 제5전구 사령장관부 기관지
〈참고소식〉	중국 제5전구 장관 사령부의 임시적 신문
〈인민화보〉	중국 대형 화보, 1950년에 발간
〈민주조선〉	조선노동당 기관지
〈조선중앙통신〉	조선중앙 기관지
〈조선의용대통신〉	조선의용대 대본부 기관지
〈조선의용대통신—한수판(漢水版)〉	조선의용대 제2지대 기관지

다. 중국 고금의 작품(13편/부)

작품명	설명, 작가
《손자병법》	병서, 손무(孫武)
《동주열국지》	경전소설, 명나라 통속소설가 풍몽룡(馮夢龍)
《삼국지》	기전체 국별사, 진나라 사학자 진수(陳壽)
《수호전》	장편 고전소설, 원말 명초의 시내암(施耐庵)
《홍루몽》	장편 고전소설, 청나라 건륭년간의 조설근(曹雪芹)
《유림외사》	장편 풍자소설, 청나라 오경재(吳敬梓)
《홍파곡》	곽말약의 자서전, 천진백화문예출판사, 1959년
《조국이 없는 어린이》	단편소설집, 서군(舒群)
〈망각을 위한 기념〉	산문, 1935년에 로신이 좌익연맹 5열사를 위해 지음.
'꽃피는 봄날'	시, 장극가(臧克家)
《일출(日出)》	4막극, 극작가 조우(曹禺)
《왕선생별전》	만화, 엽천여(葉淺予)
'동방 각 민족의 해방을 위해 분투하자'	조선의용대 발대식에서 한 정치 보고, 주은래

설명:

1) 꽃피는 봄날

항일 전쟁 시기 장극가는 제5 전투 구역 항적 청년 군단 선전과 교관, 사령장관부 비서, 전시문화공작단 단장, 제30군 참의, 제31 집단군 참의, 삼일출판사 사장 등 직무를 역임하였다. 봄날에 관한 그의 시 작품으로는 '옛 도시의 봄날', '의구한 봄날', '피의 봄날' 등이 있으나 '꽃피는 봄날'은 보이지 않는다.

2) 주은래의 정치 보고

조선의용대 창립 대회 당일 군사위원회 정치부 부부장 주은래가

'동방 각 민족의 해방을 위해 분투하자'라는 제목의 정치 보고를 하였다고 하지만 문헌 자료는 지금 전해지지 않고 있다.* 창립 대회에 참석했던 대원들의 회고록에만 언급되어 있을 뿐이다. 그리고 창립 대회에서 군사위원회 정치부 제3청 청장 곽말약이 시를 읊어 축하를 하였다고 하지만 역시 문헌 자료에 기재되어 있지 않다.**

라. 경전 저작과 서양 소설(12부)

제목	작가
《마르크스, 엥겔스 서한집》	영문판, 미상
《프랑스내전》	마르크스
《철학의 빈곤》	마르크스
《반뒤링론》	엥겔스
《국가와 혁명》	레닌
《공산주의 좌익 소아병》	레닌
《괴멸》	소련 작가 파데예프
《두 도시의 이야기》	일명 《쌍성기》, 영국 소설가 찰스 디킨스
《검찰관》	일명 《흠차대신》, 러시아 소설가 고골
《차파예프》	일명 《하백양》, 소련 작가 푸르마노프 지음, 보후(葆煦) 옮김
《크로폿킨전》	오극강(吳克剛), 파금(巴金) 같이 옮김
《미추린문집》	조선 주세민(周世敏) 옮김, 미상

---

* 그 무렵 군사위원회 정치부 부장은 진성(陳誠)이었고 부부장은 주은래와 장력생(張厲生)이었으며 비서장 겸 제1청 청장은 하충한(賀衷寒)이었고 제2청 청장은 강택(康澤)이었다.
** 로민 '청춘 시절의 추억', 《중국의 광활한 대지우에서》, 연변인민출판사, 1987년, 제142페이지.

마. 중국 고대 시구와 성구

1) 전국(戰國) 형가(荊軻)《역수가(易水歌)》

風蕭蕭兮易水寒 , 壯士一去兮不復返。

풍 소 소 혜 역 수 한　　　장 사 일 거 혜 불 부 반

바람 소리 쓸쓸하고 역수는 찬데,

한번 떠난 장사는 다시 돌아오지 않네.

2) 당(唐) 고적(高適)《연가행(燕歌行)》

大漠窮秋塞草腓 , 孤城落日鬪兵稀。

대 막 궁 추 새 초 앵　　　고 성 낙 일 투 병 희

사막의 늦가을에 새초가 시들고,

외로운 성에 해 저물어 투사가 드물구나.

3)《회남자(淮南子) 인간훈(人間訓)》

塞翁失馬 , 焉知非福。

새 옹 실 마　　　언 지 비 복

새옹이 말을 잃기는 했어도 화와 복이 엇바뀜을 어찌 알리.

4)《노자 제58장(老子 第五十八章)》

福兮禍之所倚 , 禍兮福之所伏。

복 혜 화 지 소 의　　　화 혜 복 지 소 복

화 속에 복이 깃들어 있고, 복 속에 화가 숨어 있다.

5)《구당서(舊唐書) 배도전(裵度傳)》

勝敗乃兵家常事 (一勝一負 , 兵家常勢) 。

승 패 내 병 가 상 사 (일 승 일 부 , 병 가 상 세)

승패는 곧 병가의 상사다.

6) 당(唐) 장약허(張若虛)《춘강화월야(春江花月夜)》

不知乘月幾人歸 , 落月搖情滿江樹。

부 지 승 월 기 인 귀   낙 월 요 정 만 강 수

달빛 타고 몇 사람이나 돌아갈지 알지 못하니

달을 보며 한숨 짓고 나뭇잎 흔드는 바람 소리에 눈물을 뿌린다.

7) 위(魏) 조조(曺操)《보출하문행(步出夏門行)》

老驥伏櫪 , 志在千里 , 烈士暮年 , 壯心不已。

노 기 복 력   지 재 천 리   열 사 모 년   장 심 불 이

늙은 말이 구유에 엎드려 있어도 뜻은 천리에 있고

장사는 만년이어도 원대한 포부는 의구하다.

8)《손자병법(孫子兵法) 모공편(謀攻篇)》

知彼知己 , 百戰不殆。

지 피 지 기   백 전 불 태

상대편과 자신의 사정을 다 알면 백 번 싸워도 위태롭지 않다.

9)《손자병법(孫子兵法) 모공편(謀攻篇)》

不戰而屈人之兵 , 善之善者也。

불 전 이 굴 인 지 병   선 지 선 자 야

싸우지 않고 적을 굴복시키는 것이 상수 중의 상수이다.

10) 당(唐) 이백(李白)《송맹호연지광릉(送孟浩然之廣陵)》

故人西辭黃鶴樓, 煙花三月下揚州。

고 인 서 사 황 학 루　　연 화 삼 월 하 양 주

孤帆遠影碧空盡, 唯見長江天際流。

고 범 원 영 벽 공 진　　유 견 장 강 천 제 류

옛 친구는 서쪽의 황학루를 떠나

아름다운 삼월에 양주로 가는구나.

외로운 돛배의 먼 그림자는 푸른 하늘로 사라지고

바라보이는 건 하늘가를 흐르는 장강의 물줄기뿐이로다.

11) 당(唐) 잠삼(岑參)《호가가송안안진경사부하롱(胡笳歌送顔顔眞卿使赴河隴)》

邊城夜夜多愁夢, 向月胡笳誰喜聞。

변 성 야 야 다 수 몽　　향 월 호 가 수 희 문

변방 도시는 밤마다 근심스런 꿈 많은데

달을 향해 부는 피리 소리 누가 듣고 즐거워할까.

12) 당(唐) 조송(曹松)《기해세(己亥歲)》

憑君莫話封侯事, 一將功成萬骨枯。

빙 군 막 화 봉 후 사　　일 장 공 성 만 골 고

제후로 봉 받을 일은 말도 마소,

한 장수가 공을 이루자면 만 사람이 죽어야 하나니.

13) 《사기(史記) 중니제자열전(仲尼弟子列傳)》

君子死而冠不免。

군 자 사 이 관 불 면

군자는 죽어도 관을 벗지 않는다.

14) 당(唐) 이백(李白) 《정야사(靜夜思)》

擧頭望明月 , 低頭思故鄕。

거 두 망 명 월   저 두 사 고 향

머리 들어 명월을 쳐다보고, 머리 숙여 고향을 그린다.

15) 《삼국지(三國志) 오지(吳志) 여몽전(呂蒙傳)》

士別三日 , 當刮目相看。

사 별 삼 일   당 괄 목 상 간 .

선비가 사흘을 갈라지면 눈을 비비고 다시 보아야 한다.

16) 당(唐) 두보(杜甫) 《춘망(春望)》

烽火連三月 , 家書抵萬金。

봉 화 연 삼 월   가 서 저 만 금 .

전쟁이 오래도록 그치지 않으니,

집 소식이 귀하기가 만 냥 값이 나간다.

17) 당(唐) 허혼(許渾) 《함양성동루(咸陽城東樓)》

溪雲初起日沉閣 , 山雨欲來風滿樓。

계 운 초 기 일 침 각   산 우 욕 래 풍 만 루 .

시냇물에 구름이 일기 시작하니 해가 누각 뒤로 넘어가고
뭇 산에 비가 오려 하니 성루에 바람이 가득 차는구나.

맺는말

요컨대 작가 김학철 선생은 당사자로서 놀라운 기억력으로 감격적
이고 눈물겨운 항일 전장을 여실히 회고하였다. 선생은 사람 됨됨이
매우 솔직하고 애증이 분명하며 품성이 고상하다. 선생은 책에서 자
신이 사랑하는 전우들을 언급하였고 자신이 존경하는 인물들을 언급
하였으며 자신이 미워하는 인물들을 언급하였고 자신이 탐독한 작품
들을 언급하였으며 자신이 즐기는 이야기들을 언급하였으나 자신이
좋아하지 않는 인물과 사건은 그가 누구든, 그것이 뭐든 물론하고 제
기하지 않았다. 문장의 구절구절마다 희로애락이 충만되어 있다. 논
자는 말한다. — 선생은 위대하고 진정하고 보기 드문 공산주의자로
되기에 손색이 없고 조선 민족의 우수한 아들로 되기에 일점 부끄럼
이 없다.

인물 해설 주석

1 김학무는 일명 김준길(金俊吉)이며 동지회(전위동맹의 전신)의 창시자의 한 사람이다. 선후로 북평(북경)평민대학과 중앙육군군관학교 락양분교 한 인반과 남경 국립중앙대학을 중도퇴학하였으며 남경에서는 선후로 김 구특무대(일명 한국독립군 특무대)와 민혁당에 가입하였다. 그는 민혁당 중 앙집행위원, 전위동맹 위원장, 전선연맹 이사, 조선의용대 지도위원, 정 치조장, 부대장, 투쟁동맹 중앙위원, 청년학교 교무주임, 화북 지대 정치 지도원, 독립동맹 상무집행위원 겸 선전부장을 역임하였다. 1943년 5월 일본군의 소탕 작전 시기 그는 태항산에서 희생되었으나 그 유체를 찾 아내지 못했다.

2 심성운은 일명 심운(沈雲), 심권(沈權), 림복주(林福州), 마츠오카 소우키 (松岡相徽)이며 심인(沈仁)의 셋째 아들이다. 민혁당 상해 특구 당원이었 고 조선의용대 제1구대 대원이었다. 1940년 그는 락양에서 투쟁동맹에 가입하였으며 태항산에서는 화북 지대 제2대 및 진찰기분맹에 편입되 었다. 1943년 3월 3일 천진에서 일본 경찰에게 체포되었다.

3 윤치평은 조선의용대 제1구대와 화북 지대 제1대 대원이다. 남경에서 는 김영숙(金英淑, 일명 김한영(金蘭英))과 동거하다가 오래지 않아 갈라지 고 태항산과 연안에서는 데라모토 아사코(寺本朝子)와 동거하였다. 광복 후 윤치평은 연변 화룡에 정착하였다.

4 민혁당 내에 관건(關鍵)이라고 부르는 통신특파원이 있었는데 그는 본명 이 김병익(金炳益)이고 별명이 김병일(金炳日), 관동림(關東林)이며 조선 평북 정주 태생이었다. 그는 1926년에 남만 신빈현 정의부 부속 화흥학 교를 졸업하고 1931년에 국민부 조선혁명군에 참군하였으며 1933년에

남경에서 조선의열단에 입단하였다. 1935년에 그는 민혁당에 입당하였고 아울러 중앙군교 제11기 기병과에 입학하였으나 폐결핵병에 걸려 치료하다가 효과를 보지 못하고 그해 11월 23일에 별세하였다. 민혁당의 소개를 거쳐 당원 황재연이 관건의 이름을 도용하여 기병과에서 교육훈련을 계속 받다가 졸업할 무렵 교관과 언쟁 끝에 손찌검을 한 탓으로 학적에서 제명되고 말았다. 황재연은 1910년에 길림성 쌍양현에서 출생하였다.

5 풍중천은 서남유격간부훈련반 제3기 졸업생이며 조선의용대 제1구대 분대지도원, 화북 지대 제2대 정치지도원, 청년학교 정치교원, 화북 지대 적후공작원을 역임하였다.

6 김위는 본명이 김기숙(金基淑)이고 별명이 김위나(金威娜)이며 조선의용대 유동선전대 대장 김창만의 애인이자 영화배우 김염의 여동생이다.

7 호유백은 16세 때 일본에 건너가서 유학한 적이 있었으며 2년 후 조선적색노동조합에 가입하였다. 남경으로 망명한 후 그는 조선의열단, 민혁당과 동지회에 가입하였다. 1941년 여름 그는 태항산으로 들어가 연합회에 가입하였고 아울러 신편 제1여(新一旅)에 배속되어 대적 선전 공작에 종사하였으며 1942년 5월 산서성 장치에서 포위를 돌파하다가 적탄에 맞아 희생되었다.

8 리달은 일명 홍명혁(洪明赫), 김명혁(金明赫), 윤병식(尹炳植)이며 1939년 3월 8일 중경에서 병고한 정붕한(鄭鵬翰, 별명 정여해(鄭如海), 마유신(馬維新))의 아우이다. 리달은 1935년에 남경의 김구특무대 예비 훈련소에서 훈련을 받았으며 선후로 동지회와 민혁당에도 가입하였다. 그는 조선의용대 제2구대에서 활동하였으며 태항산에서는 화북 지대 유수대장을 지내기도 하였다. 조선의용대에는 동성동명의 리달이 2명 있었는데 다

른 한 사람은 본명이 리인덕(李仁德)이고 별명이 송일주(宋一舟)이며 조선혁명자연맹(아나키스트 단체) 중앙위원이다.

9 강진세는 일명 홍순관(洪順官), 김유연(金柔軟), 김억(金億), 남정언(南政彦), 최현순(崔鉉淳), 김정일(金正一), 김엽정(金葉正)이다. 1935년에 그는 국립중산대학 의학원에 입학하였고 이듬해에 문학원 영문학부로 전공을 바꾸어 유급하였으며 1937년 2월에 비준을 받고 휴학하였다. 그는 조선의용대 제2구대 제2분대장이다.

10 호철명은 일명 림호산(林虎山), 한복(韓復), 한진(韓震)이며 본적이 조선 경기도 고양군 용인면 아현리 470번지다. 그는 전위동맹 중앙위원, 조선의용대 제2구대 제2분대 부분대장, 조선의용대 신편 제1지대 정치조리원, 조선의용대 내부 중공 당지부 서기, 진기예변구 분회 제1분회 회장과 화북 지대 정치지도원을 역임하였다. 1943년 12월 하북성 섭현 중원촌에서 장티푸스로 사망하였다.

11 무정은 20년대 후기에 중공 상해 한인지부에서 활동하다가 미구에 강서 중앙 소비에트 구역으로 가서 홍군에 참군하였고 대장정 후 팔로군 포병단 제1임 단장(연대장)으로 보직되었다. 처는 중국 여성 등기(藤綺)이다. 그는 일찍 태항산에서 독립동맹 조직과장 김영숙(金英淑)과 사통한 적이 있었다.

12 허정숙은 변호사 허헌의 장녀이고 원 조선공산당 중앙위원 림원근(林元根)의 처이다. 〈동아일보〉 기자, 〈신여성〉 편집을 역임하였으며 1929년 광주학생운동을 지도하다가 검거, 투옥되었다. 석방 후 부친을 동반하여 유럽과 미국을 두루 돌아다녔다. 1936년에 원 조선공산당 중앙위원 최창익과 함께 남경으로 망명하여 동거 생활을 하면서 민혁당(전위동맹을 포함)과 전선연맹에서 여성 사업을 담당하였다. 1938년 말에 허정숙은

또 최창익과 함께 서안을 거쳐 연안으로 가서 항일군정대학에서 학습하였다. 그 후 허정숙은 최창익과 갈라져 팔로군 제120사에서 정치 공작에 종사하였으며 광복 무렵에는 연안 군정학교에서 교원을 지내기도 하였다.

13 류신은 일명 김용섭(金容燮), 장유보(張維輔)이고 그 부친은 목사이다. 그는 북간도(연변) 룡정 은진중학교를 졸업하고 남경으로 가서 김구특무대 예비 훈련소에서 훈련을 받았으며 동지회와 민혁당에도 가담하였다. 1938년 10월 그는 조선의용대 제2구대에 배속되었고 1941년 1월 10일 연합회 창립 대회에 참석하였다. 그는 또 진기예 분회 회장을 지내기도 하였다. 그는 하모니카로 '조선의용군 추도가'를 작곡하였다고 한다.

14 리경산은 일명 리은호(李殷豪), 리의(李毅), 리영(李英)이다. 1933년 8월 상해교민단 의경대(義警隊) 대원으로 있을 때 간첩 석현구(石鉉九)를 살해하고 광주로 가서 국립중산대학 문학원 사회학부에 입학하였다. 1940년 가을 절강성 금화로 파견되어 조선의용대 독립 분대 분대장 겸 한대(韓台)극단 단장을 담당하였다.

15 리강은 별명이 리동초(李東初), 리세장(李世章) 등이고 조선의용대 제1구대 대원이며 일찍 북평에서 간첩 최승만(崔承萬)을 살해한 후부터 내내 정신이상을 겪고 있었다.

16 석정은 아명이 윤소룡(尹小龍)이고 별명이 석정(石鼎, 石井), 석생(石生), 윤정호(尹正浩)이며 의열단의 창립 단원이다. 일찍 검거되어 서울 서대문 형무소에서 약 7년 동안 징역을 살면서 일본 경응대학 통신교육을 받았다. 그는 조선의열단 중앙위원, 조선혁명간부학교 정치교관, 민혁당 중앙집행위원, 전선연맹 간사, 조선의용대 총대부 정치조 훈련주임 겸 편집위원회 한문간 주필, 제3지대 정치지도원 겸 민혁당 화북 특파원, 진기예변구 분회 부회장을 역임하였다. 1942년 5월 반소탕 전투 시기 그

는 산서성 동남부 마전 화옥산에서 적탄을 맞고 희생되었다.

17 한청은 별명이 장원복(蔣元福), 신해룡(愼海龍), 신억(申億) 등이며 연안 항일군정대학 제5기를 졸업하고 진찰기 분회 회장으로 있었다. 유작《한청항일혁명회고록》(연변인민출판사, 2011년)이 있다.

18 최경수는 조선 평안남도 강서군 사천에서 헌병을 살해한 최능현(崔能賢)의 장남이다. 선후로 중앙군교 제8기와 남경헌병학교를 졸업하였고 중국군 제88여 견습군관, 남경포병 제1여 제5단 소위, 헌병보충단 중위, 헌병학교 교관, 특별반 제6기 제4중대 상위 구대장, 조선의용대 제1구대 제1분대 분대장을 역임하였다. 1939년 변절한 후〈상해시보〉총경리로 되었다.

19 김휘는 일명 리휘(李輝)이며 조선 평안북도 강계 영실중학교를 졸업하였다. 1938년 10월 그는 조선의용대 대본부 정치조에 배속되었고 1939년 1월 지령을 받고 상해에 잠입하여 조선 청년들을 모집하다가 4월 11일 일본 경찰에게 체포되어 6월 24일 조선으로 압송되어 징역 7년형을 언도받았다.

20 엽홍덕은 별명이 조국무(曹國武)이고 조선 경성제국대학 예과 출신이며 조선민족혁명당의 중견 인물이다. 1937년 10월 그는 중앙군교 제11기 보병과를 졸업하고 특별반 제6기 제4중대 부구대장, 조선의용대 제1구대 제3분대장과 제3지대 남로공작대 대장을 역임하였다. 1941년 초에 과로로 말미암아 락양의 어느 한 병원에 입원하여 치료했으나 끝내 효과를 보지 못하고 별세하였다.

21 리철중은 일명 정의부, 리철준이며 일찍 남경에서 김구특무대와 동지회에 가입하였다. 그는 특별반 제6기 학생, 제3대 견습군관이었고 조선의용대 제2구대 분대장이었다.

22 리지강은 일명 리정수이며 특별반 제6기 학생, 제3대 견습군관, 조선의
　용대 제1구대 제3분대 부분대장, 유동선전대 대장, 서남유격간부훈련
　반 제2대대 제5대 소좌, 구대장을 역임하였다.

23 조렬광은 일명 리종호(李鐘浩), 김해철(金海鐵), 김철성(金鐵城), 마철웅(馬
　鐵雄), 리영수(李英秀) 등이며 일본 히로시마(廣島) 마츠모토(松本)중학교
　출신이다. 1937년 10월 그는 중앙군교 제11기 포병과를 졸업하고 광주
　로 가서 국립중산대학 경제학부에 입학하였다. 그 후 그는 조선의용대
　제1구대 제2분대장과 화북 지대 제2대 제1분대장을 역임하였다. 그는
　1941년 12월 호가장 전투에서 다리에 중상을 입어 전선 공작에 불편하
　므로 중산대학으로 돌아가 복학하여 1942년 6월에 졸업하고 곧 연안으
　로 갔다. 광복 무렵 그는 군정학교 제1구대 구대장이었다.

24 리세영은 일명 신기성(申箕星), 신계서(申啓瑞, 申繼瑞, 申繼胥)이고 본적은
　조선 강원도 통천군 흡곡면 신흥리 13번지다. 1934년 8월 중앙군교 락
　양분교 한인특별반을 중퇴하고 중앙군교 제10기 보병과에 입학하였으
　며 아울러 동지회와 김구특무대에도 가입하였다. 1937년 10월 그는 특
　별반 제6기 제4중대 견습군관으로 배속되었고 다음 해 10월에는 조선
　의용대 제2구대 제1분대장으로 발탁되었다. 1939년 하반년에 하남성
　신향 부근에서 실종되었다.

25 김창만은 조선 경성 중동학교 출신이다. 선후로 민혁당, 한국청년전위
　단, 전위동맹과 연합회에 가입하였으며 조선의용대 유동선전대 대장, 화
　북 지대 정치지도원, 독립동맹 중앙집행위원 겸 선전부장을 역임하였다.

26 호일화는 일명 김파(金波), 김서남(金瑞南), 리준(李俊), 김택명(金澤明), 리
　상조(李相朝)이며 조선 평양 숭실학교 출신이다. 남경에서 동지회와 민
　혁당에 가입하였다. 1937년 가을 국립중산대학 문학원 영문학부를 중도

퇴학하였다. 조선의용대 제1지대 정치지도원, 독립동맹 북만특별위원회 서기를 역임하였다.

27 장의는 황포군관학교 제4기 보병과 졸업생 권준(權晙)의 장남이자 권채옥(權彩玉)의 동생이다.

28 림평은 일찍 경성 보성고보와 보중전문학교에서 공부하였으며 1929년 광주학생운동에 참가하였다. 그 후 하얼빈으로 가서 공업학교에 입학하였고 조선공산당 만주총국에도 참가하였다. 1934년에 남경으로 가서 오래지 않아 동지회와 민혁당에 가입하였다. 그는 전위동맹 중앙위원, 조선의용대 제2지대 정치지도원, 진찰기변구 분회 선전위원을 역임하였다. 1942년 8월 15일 그는 장티푸스로 사망하여 하북성 부평현 성남장에서 장사 지냈다.

29 김정희는 조선 경성 중동학교 출신이고 국립중산대학 축구 선수이며 조선의용대 제2구대 대원이다. 폐결핵병으로 앓고 있었으나 1939년 3월 계림에서 중경과 로하구를 거쳐 서안으로 가서 공작하다가 1940년 9월 3일 서안적십자병원에서 별세하였다.

30 김영신은 일명 김정수(金正水), 리영신(李永新)이고 재만 한국독립군 출신이며 일찍 남경에서 동지회와 김구구락부에 가담하였다. 1938년 10월 그는 조선의용대 제2구대 제3분대장으로 발탁되었고 1941년 여름 부대를 따라 태항산으로 들어갔으며 1943년경에 병고하였다.

31 서각은 본명과 별명이 분명하지 않다. 조선총독부 경무국편《소위조선인군관학교상황(所謂朝鮮人軍官學校狀況)》(1937년 4월)에 의하면 서각은 본명이 장도성(張道成)이고 별명이 박희출(朴熙出)이며 본적이 평안북도 선천군 합산면 원봉동이고 조선혁명간부학교 제3기 졸업생이며 오표(吳杓 즉 오균(吳均))는 본명이 임덕재(任德宰)이고 별명이 황영주(黃永周)이며

본적이 강원도 양구군 양구면 상리 338번지이고 조선혁명간부학교 제2기 졸업생이라고 한다. 고증한 바에 의하면 서각과 오균은 이명동인으로 1937년 2월 중앙군교 특별훈련반 제4기를 졸업하고 이어서 1938년 5월 동 훈련반 제6기를 졸업한 후 곧 조선의용대 제2구대에 배속되었다. 1941년에 그는 부대를 따라 태항산으로 들어간 후 오래지 않아 산서성 림분시 향녕현 점아평 근처에서 실종되었다.

32 최철호는 일명 한청도(韓淸道)이며 대전제2보통학교를 졸업하였다. 1938년 10월 그는 조선의용대 제2구대에 배속되었고 1940년 서안 판사처 주임으로 발탁되었으며 부대를 따라 태항산으로 들어가 진기예 분회 제2지회 제1소조장을 담당하였다.

33 왕현순은 일명 왕현복(王現復), 한대성(韓大成), 리창선(李昌善), 리만갑(李萬甲)이라고 부르며 큰형은 리영준(李英駿, 별명 왕현지(王現之), 정의로(陳義櫓))이고 둘째 형은 리명준(李明俊, 별명 왕현덕(王現德), 대천덕(戴天德))이다. 그는 일찍 상해에서 한인반제동맹에 가입하였으며 광주 국립중산대학 부속중학교와 중원(仲元)중학교에서 공부하였다. 1938년 10월 그는 조선의용대 제1구대에 배속되었으며 다음 해 10월 서남유격간부훈련반 제3기를 졸업하고 조선의용대 제3지대에 배속되었다. 1941년 여름 그는 부대를 따라 태항산으로 들어가 화북 지대 제2대에 배속되었다.

34 진광화는 선후로 평양 숭인중학교, 남경 오주중학교, 국립중산대학 교육학부와 연안 중앙당학교를 졸업하였고 1941년 태항산으로 가서 선전극단 단장, 북방국당학교 조직과장, 진기예 분회 회장 겸 청년학교 부교장을 역임하였으며 1942년 5월 반소탕 전투 시기 산서성 동남부 마전 화옥산에서 적탄을 맞고 희생되었다.

35 문명철은 일명 한광(韓光)이며 일찍 상북(湘北) 대전에 참전하여 공을 세

위 수상한 적이 있었다. 1942년 9월 진서북분맹 조직위원을 맡고 활동하다가 다음 해 4월 14일 산서성 흔주에서 적들에게 포위되어 나중에 총에 맞아 희생되었다. 그의 유체를 흔주시 합색향 황룡왕구촌 동산에 매장하였다.

36 한락산은 일명 천수봉(千水峰), 한락산(韓洛山), 최만성(崔萬聲), 진락삼(陳樂三)이며 중앙군교 제11기 제2총대 기병과를 졸업한 후 특별반 제6기 제4중대 견습군관으로 배속되었다. 1938년 말 연안 항일군정대학에 입학하였고 졸업 후 산동분맹과 화북 지대에 편입되었다. 그 후 그는 화중 신사군 제4사 사령부 군사교원과 교육참모를 지내다가 1941년 4월 6일 하남성 영성현 만루 전투에서 희생되었다.

37 진일평은 일찍 남경에서 국립중앙대학 청강생으로 있으면서 동지회에도 가입하였다. 특별반 제6기 졸업 시험에서 성적이 으뜸으로 꼽히었고 졸업식에서 수상까지 하였다. 1939년 4월 6일 그는 계림에서 중요한 사명을 지니고 전선으로 가다가 길옆의 암석이 자동차에 떨어져 차 안의 사람들과 함께 수난당하였다.

38 장문해는 리광복(李光福, 경성 서대문형무소에서 수감 중)의 장남이고 상해 인성학교 졸업생이며 조선의용대 제1구대 대원이다. 그는 일찍 상북(湘北) 대전에 2차 참전하여 용감했으므로 모범 소년군인이라는 칭호를 수여받았다. 1939년에 그는 신사군에 파견되어 단기 훈련을 받고 조선의용대 독립 분대에 배속되었다. 1941년 그는 상해에 잠입하여 지하활동에 종사하다가 체포되어 옥사하였다.

39 문정일은 1934년에 남경으로 가서 국립중앙대학 청강생으로 있으면서 동지회에 가입하였다. 1939년에 그는 조선의용대 제2구대 제1분대 분대장에 발탁되어 제1 전투 구역 락양 장관 사령부에서 대적 선전 공작

에 종사하였다. 1941년 가을 그는 조선의용대 최종 북상 부대를 지휘하여 태항산으로 들어갔다. 그 후 그는 독립동맹 서기부 선전간사, 팔로군 예북 판사처 적후공작원, 진서북분맹 주임, 연안 군정학교 조직과장을 역임하였다.

40 장해운은 선후로 광주 국립중산대학과 특별반 제6기를 중도퇴학하였고 1939년 연안 항일군정대학 제5기에 입학하였다. 졸업 후 연합회 창립대회와 제2차 대회에 참석하였다. 그는 산동분맹 부주임 겸 군정학교 산동분교 부교장을 지냈다.

41 김인철은 일명 구재수(具在洙), 강일(姜一)이며 남경 김구특무대 예비 훈련소에 들어가 훈련을 받는 한편 동지회의 활동에도 참가하였다. 그는 민혁당 중앙검사위원, 전위동맹 중앙위원, 조선의용대 총무조 조원, 투쟁동맹 중앙집행위원장, 조선의용대 부대장을 역임하였다.

42 리춘암은 일명 반해량(潘海亮), 리흠(李欽)이며 일찍 남경 동명학원에서 공부하다가 1926년에 상해로 가서 노병회에 가입하였다. 다음 해에 황포군관학교 제6기 보병과에 입학하여 1929년에 졸업하였다. 그해에 북평에서 의열단에 가입하였으며 1931년에 레닌주의정치학교를 졸업하고 남경으로 가서 헌병사령부 우전검사소에 취직(헌병 상위)하였다. 그는 조선혁명간부학교 교관, 민혁당 중앙집행위원, 조선의용대 기요조 인사주임, 독립동맹 중앙집행위원, 연안 군정학교 정치교관을 역임하였다.

43 김세일은 일명 김철웅(金鐵雄), 김영재(金英哉)이며 조선혁명간부학교 군사교관, 민혁당 군사학 편찬위원, 민혁당 중앙집행위원, 특별반 제6기 제4중대 조훈원, 조선의용대 제1구대 부구대장, 제3지대 지대장, 민혁당 화북 특파원, 화북 지대 제2대 대장, 진수분맹 주임을 역임하였다.

44 왕자인은 일명 최인(崔仁)이고 일찍 남경에서 동지회와 김구구락부에 가

입하였으며 전위동맹 중앙위원, 조선의용대 신편 제1지대 지대장, 화북 지대 제3대 대장, 연안 군정학교 제2구대 구대장을 역임하였다.

45 최채는 중공 상해 한인지부 서기이며 상해 인성학교 교장인 최중호(崔重鎬, 별명 황훈(黃勳))의 장남이다. 일찍 중국공청단 상해 한인지부와 상해 한인반제동맹에 가입하였고 1933년에 남경으로 가서 중앙영화촬영장의 직원으로 취직하였으며 1940년 중경에서 조선의용대에 입대하여 정치조선전간사로 있었다. 다음 해에 조선의용대 제3지대를 따라 태항산으로 들어가 팔로군 120사 선봉극단 예술지도원과 진수분맹 주임을 역임하였다.

46 백정은 일명 김혁(金革), 백일정(白日正), 홍림(洪林)이고 조선의용대 제2구대 대원이며 1941년 여름 부대를 따라 태항산으로 들어간 후 진찰기 분회 위원, 태항분맹 경제부장 대리, 삼일방사공장 공장장을 역임하였다.

47 리화림은 광주 국립중산대학 부속병원 부속간호원학교 학생이었으며 중산대학 조선 학생 김창국(金昌國)과 결혼하여 아들 우성(雨星)을 낳았다. 1936년에 그녀는 남편과 이혼하고 남경으로 가서 민혁당에 입당하였고 당 간부 리집중(李集中)과 한 해 동안 동거하다가 또 갈라져 중경으로 가서 조선의용대 부녀복무단에 가입하였다. 1941년 여름 그녀는 태항산으로 들어가 대중병원의 간호원으로 있었다.

48 김철원은 일명 정린(鄭麟), 정백령(鄭伯齡), 고사(高士)이며 조선에서 선후로 평양 상수공립보통학교와 신의주공립고보를 졸업하였고 경성의학전문학교에서 1년 수학하였다. 1932년에 상해 진여동남의학원에서 1년 공부하고 1933년에 국립중산대학 의학원에 입학하였다. 1938년 10월 그는 조선의용대 제2구대에 배속되었고 1940년에 락양에서 투쟁동맹에 가입하였으며 1941년 여름 태항산으로 들어가 대중병원의 의사로 근무하였다.

49 리동호는 일명 리인천(李仁川), 리지성(李志成)이고 리두산(李斗山, 본명 리현수(李顯洙))의 장남이며 리정호(李貞浩)의 아우이다. 일찍 국립중산대학 부속중학교에서 수학하였다.

50 류일평은 남경 향산중학을 졸업하고 상해 전차회사의 승무원으로 취직하였다. 1932년 윤봉길 폭탄 사건 후 그는 강소성 진강에서 사립 천세(千世)병원을 개업하였고 오래지 않아 상해 프랑스 조계로 돌아와 영생(永生)병원을 운영하면서 민혁당 상해 특구의 활동에도 참가하였다. 40년대 전반기에 그는 상해교민단 제12구 구장(區長)으로 있었다.

51 로철룡은 별명이 리덕무(李德武), 로철용(盧哲用)이며 황포군관학교 제4기 졸업생 로일룡(盧一龍)의 아우이다. 그는 1938년 10월 조선의용대 제1구대에 배속되었고 1941년 여름 태항산을 거쳐 연안으로 가서 항일군정대학에 입학하였다. 졸업 후 그는 화중 신사군 제1사 적공과(敵工科) 과장, 조선의용군 화중 지대 부대장을 역임하였다.

52 윤복구는 일명 윤봉(尹峰)이며 원래 제19집단군 노동부녀복무단의 단원으로서 1932년 송호 항전 시기 항전 후원 사업에 종사하였다. 조선의용대 제3지대가 강서 전장에서 활동할 때 윤복구는 대원 문명철과 애인으로 사귀었다. 1941년 여름 조선의용대 제3지대를 따라 태항산으로 들어간 후 오래지 않아 윤복구는 문명철과 갈라져 연안으로 갔다. 해방 후 윤복구는 하얼빈에서 생활하였다.

우리 겨레 항일의 엘리트들

:김학철 저 전기문학 《항전별곡》 연구

박충록 | 북경대학 교수

《항전별곡》은 모두 5편의 작품으로 엮어졌는데 작가가 처절하고 피 어린 항일 투쟁의 체험에 근거하여 주로 항일투사—조선의용군 전우들의 전기를 펼쳤다.

1

전기문학 〈무명용사〉에서는 주로 김학무의 항일의 위훈과 작가 김학철과의 전우애를 보여 주었다.

작품에서는 화자 '나' 즉 김학철이 군관학교 시기 학교 뒷문에서 보초 서고 있을 때 가치담배 한 갑 코 아래 진상하고 그를 알게 된 때부터 시작된다.

작품에서의 주인공 '나'가 처음 본 김학무는 몸차림은 하지 않았으나 침착하고 소박하고 '미켈란젤로의 준수한 조각상을 연상케' 하는 매력 있는 청년 군인이었다.

바로 이 김학무를 김학철이 안 때부터 막역의 벗으로 그가 전사할 때까지 그와 줄곧 자별나게 지냈다. 그가 8년 항전 승리를 한 해 앞두고 전사했을 때는 33세의 풋내기였다. 작품은 김학무의 순진하고 강의하고 소박한 전우에 대한 회상 전기이다.

김학무는 한때 윤봉길(尹奉吉)과 상해 프랑스 조계의 한 자그마한 아파트에서 함께 지냈다.

두 사람은 다 피 끓는 조선의 망명 청년이어서 다 불타는 애국심을 가지고 있었으나 정치적 견해가 서로 달랐다. 윤봉길은 김학무보다 네 살 위인데 그야말로 철두철미한 민족주의자였다면 김학무는 이미 마르크스–레닌주의를 상당히 접수한 사람이었다. 이런 서로 다른 정치적 견해 때문에 옥신각신 변론을 하기도 하였다. 김학무가 장엄한 '인터내셔널'을 부를 때면 윤봉길은 격앙하게 '애국가'를 부르곤 하였다. 그래서 그들은 제각기 제가 갈 애국의 길을 걸었다.

1932년 4월 9일 일본 침략군이 상해 홍구공원에서 상해를 점령한 뒤 경축 대회를 할 때 윤봉길은 일본인 전공 차림을 하고 들어가 주석대 복판에 보온병 폭탄을 던져 시라카와(白川) 대장 놈을 즉사시키고 노무라(野村) 연합함대 사령관 놈의 눈깔 하나가 달아나게 했고 후에 외무대신이 된 시게미쓰 마모루 놈의 한쪽 다리가 떨어지게 했다. 윤봉길은 체포되어 오사카(大阪) 감옥에서 처형자가 되었다.

김학무는 〈마이니치신문〉에서 윤봉길의 의거의 보도를 보았다. '윤봉길은 태연자약', '싱긋 웃고 교수대에 오르다'라는 기사를 보고 김학무는 사나이의 울음을 터뜨렸다. 이처럼 윤봉길은 '나는 그래도 내 갈 길을 걸'은 것이었다.

이처럼 윤봉길은 일제 침략군 괴수를 암살하기 위하여 면밀한 준비와 책략을 써서 맨 처음 먹은 뜻을 관철하고 실현한 열렬한 애국자였다.

김학무는 윤봉길을 추모하고 사랑하였으나 그가 걸은 그 길로는 가지 않았다.

김학무는 북평에서 공산당 지하조직을 찾으려고 애썼으나 끝내 찾지 못하였다. 김학무는 열렬한 애국자이고 공산주의자였으나 혁명 실천이 결핍하여 일본 간첩 리웅이를 공산주의자로 믿기도 하였다. 이것은 김학무가 맨 처음부터 세련된 공산주의자가 되지 못하고 혁명 실천 과정에서 적과의 투쟁 방법을 점차적으로 세련시켜 나간 것을 말해 준다.

김학무는 제남에서 마침 당 조직의 연락원이라고 자칭하는 리웅이를 만나 그의 감동적인 설교와 장개석을 해치우면 입당시켜 준다는 바람에 활동비까지 받고 그렇게 하기로 약조하였다.

김학무는 그 이튿날 남경에 와서 조선 혁명 단체의 영도자이고 황포군관학교 제6기 졸업생 김원봉을 찾았다.

남경 시내 화로강 절간 뒤채 2층 조용한 방에서 김학무는 김원봉에게 제남에서 만난 리웅의 이야기를 하고 자기의 계획을 말하였다.

김학무는 김원봉의 교육하에서 리웅의 정체를 알게 되었다. 그자는 원래 북평 중국 대학 졸업생으로 원래 공산당원이었는데 적에게 체포된 뒤 변절하여 혁명 동지를 물어넣어 목숨을 잃은 동지들이 많은데 아직 손을 빌려 내란의 불을 질러 항일 투쟁을 파탄시키고 국민당 내부에서는 왕정위, 하응흠 따위 친일파들이 그 기회를 노리고 있다는 사실을 알게 되었다.

김학무는 김원봉의 교육하에서 혁명가로 자라나게 된다. 김학무는 행장을 수습해 가지고 2주일 전에 떠나온 제남으로 다시 가서 리웅을 요정 냈다. 이때의 김학무는 투쟁 예술을 장악한 혁명가의 솜씨를 보여 주었다.

1938년 가을에 조선 청년들에 의해 조선의용대가 건립되었다.

김학무는 조선의용대의 시기에는 벌써 제2지대 정치위원으로 장성하였다. 이때 주인공 '나' 즉 김학철은 제1지대에 소속되었기 때문에 잠시 김학무와 갈라져 있게 되었다. 그 이듬해 가을에 김학철이 소환되어 제2지대에 조동되게 되어 다시 김학무를 만나게 되었다.

그들 두 젊은 군관은 주주(珠洲)에서 발동선을 타고 소상강의 흐름 따라 내려갔다. 뱃전 난간에 기대서서 황홀한 눈으로 소슬한 강색을 바라보는데 선객들 중에서 몸매가 날씬한 초나라 서시(西施)를 발견하고 낭만적인 로맨스의 농담을 하기도 한다.

김학철이 김학무에게 전에 더러 여자 친구를 사귄 일이 있지 하고 물으니 김학무는 "어디 그런 게…… 없어, 없어." 하고 쑥스러운 듯이 얼굴을 붉히며 웃었다. "사실 말이지, 난…… 여자들하고 맞서기만 하면 왜 그런지 주눅이 들어서 당초에."

김학무는 간첩 놈 리웅 같은 놈을 처단해 버리는 용감하고 대담한 청년이면서도 여자 앞에서는 주눅 드는 사람이었다.

이때 김학철과 김학무는 광서 부대의 대대부에 머물러 대적군 선전 사업을 하였고 광서군 병사들과 하사관들에게 일어를 배워 주기도 하였다.

어느 날 김학철이 볼일이 있어 방어선 좌익을 담당하고 중대에 갔다 오는 길에 과수원 길을 들어서서 군마 위에서 군모가 과수나무 가지에 걸려 땅바닥에 떨어져 사달이 났다. 군마가 참호를 뛰어넘어 적진에 뛰어갔다. 이 때문에 김학철은 파김치가 되어 낙심하여 너무나도 괴로와 개울가 잔디밭에 누워 저지른 일을 되새겨 보는데 김학무가 와서 위로해 주었다. "그게 무슨 큰일이라고 그래. 대대장이 벌써 그 말이 지뢰에 걸려서 폭사했다고 보고를 냈는데. 사내대장부란 게 고만한 일에 한숨은 다 뭐고 눈물 콧물은 다 뭐야." 하고 엉너리를 부리며 김학철의 목을 끌어안는 것이었다.

이처럼 김학무는 김학철의 가장 친근한 전우로 전우애에 넘쳤고 전우의 괴로움을 자기 괴로움처럼 여기고 제때에 위로해 주었다.

한 주일 지난 어느 날 국민당군은 패전하고도 경축 대회를 열었다. 그날 밤 당 회의에서 김학무는 전원이 북상하여 해방구로 들어갈 것을 강력히 주장하였다. 여기서도 김학무의 진짜 혁명가다운 모습을 보게 된다.

"이런 가짜 항일 전선에 계속 머물러서 우리의 아까운 청춘을 허송한다는 것은 수치스러운 일입니다!"

작품에서는 이때의 김학무의 모습을 다음과 같이 묘사하였다.

'군관학교에서 서로 사귄 뒤 그가 그렇게 격동하는 것을 나는 이날 처음 보았다. 그의 평소의 상냥한 성품은 간데온데없어지고 그 대신 드러난 것은 마파람에 갈기를 휘날리며 버티고 선 수사자의 기백이었다.'

김학무는 이처럼 혁명적 기백이 수사자처럼 사나왔고 용감하였다.

김학무의 강력한 주장에 의하여 그 이듬해 봄에 전체 대원들은 세 부분으로 나누어 태항산 항일 근거지에 들어갔다. 그리하여 그들은 전후의 연안 ─ 동욕의 땅을 밟게 되었다.

1941년 6월 초순의 어느 맑게 갠 날 오전에 조선 동지 환영회가 열리었다. 환영 대회에서 팽덕회 동지의 환영사를 들었다. 환영사가 끝난 뒤 팔로군 총사령부에서는 신입 대원에게 무기를 나누어 주었는데 무기고에 가서 제 마음대로 무기를 골라잡게 하였다.

여기서 그들은 '오직 고매한 품격을 지닌 인민의 군대만이 간고한 생활을 달게 받을 수 있음'을 느끼었다고 쓰고 있다.

오후에는 연회를 베풀었는데 네 사람 앞에 고기반찬 한 양푼 그리고 밥은 강조밥이고 술은 없었다. 그리고 밥공기와 젓가락은 상하급을 막론하고 각자가 지참해야 하는 것이었다.

여기서 인민 군대와 국민당 군대는 성질이 판연 다른 군대임을 천명하였다. 국민당 군대가 인민을 압박하고 착취하며 호의호식한다면 인민 군대는 자기들의 두 손으로 자력갱생하여 풍의족식하며 인민과 군대는 혈연적 관계에 놓였고 상하급 군대 간에도 서로 동지로 얽혀졌다.

그해 초여름에 독소전쟁이 발발되자 레닌이 창건한 첫 사회주의 소련 하나만의 운명에 관한 일이 아니기에 각별한 관심을 돌렸다. 그리하여 조선의용군은 정치 공세의 일부분으로 삐라를 많이 찍어 냈다. 이 삐라의 기초 공작은 김학무가 총책임을 맡았다. 그때 근거지에는 인쇄 설비가 마련이 없어 원시적인 석판인쇄였으나 그 효과는 참말 신통하였다.

김학무는 어학에도 재간둥이였다. 그는 일어, 한어, 영어에 다 능통하였다. 영어 수준만은 미국 유학생이었던 허정순 대원에 비하면 다소 손색이 있기는 했다.

그들이 인쇄한 삐라를 살포한 후 신통한 효과를 거두었다. 그것은 양계(楊界), 심청(沈淸) 등 많은 지식인들과 고철, 김동구 등 많은 학도병들이 그 삐라에 끌려서 죽음을 무릅쓰고 팔로군에 넘어온 데서 보게 된다. 김학무네는 적 진영에서 지식인, 학도병을 쟁취했을 뿐 아니라 또 이해 가을에 김학무는 적 점령구 북평으로 공작 나가 경성제국대학 교수 김태준(金台俊), 저명한 프로 작가 김사량(金史良), 여혁명가

박진홍(朴鎭洪) 등을 지하 연락망을 통하여 쟁취해 와서 팔로군에 넘어와 조선의용군에 입대하게 하는 데 공을 세웠다. 여기서 우리는 김학무가 지하공작원으로서의 뛰어난 활약을 하여 조선의용군에 새로운 혈액을 보충하게 된 것을 보게 된다.

김학무는 그 이듬해 봄에 태항산 동욕에 돌아왔다. 그간 김학철에게는 '베르테르의 번뇌'가 생기었다. 유명한 영화배우 김염(金焰)의 여동생 김위(金煒)에게 홀딱 반하여 그를 사랑하고 있었으나 '그 마음에 난 두 겹의 문 중에서 바깥문만 열어 주고 정작 들어가야 할 안문은 꼭 닫아걸고 열어 주지 않은 것'이었다. 이 때문에 김학철은 번뇌에 싸여 있었다. 김학무가 돌아와 '잠자코 축이 몹시 간 내 얼굴만 뜯어보았다. …… 그는 묵묵히 내 손을 잡았다.' 해도 그 말 없는 동정에서 크나큰 따사로움을 느꼈다고 쓰고 있다.

진정한 지기(知己)는 동지가 곤난할 때 돕는 것이다. 그러므로 김학철은 '나는 입만 열면 설교가 쏟아져 나오고 예언과 장담이 쏟아져 나오는 그런 정치가는 질색이다. 내가 좋아하는 것은 김학무 같은 사람이다. 나는 그를 존경하고 사랑한다. 기꺼이 그에게 복종하고 기꺼이 그의 지도를 받는다'라고 쓰고 있다.

1944년 초겨울의 일이다. 적들이 해방구에 쳐들어와 혁명의 태항산은 화약 냄새에 휘감기었다.

김학무는 아름드리 노목 밑에 앉아서 각반을 치면서 김학철과 농담하였다. "우리가 명월관에 가서 신선로를 먹어 볼 날도 인제 멀지 않았네." 이렇게 혁명 군인은 낙관적이었다.

이날 오후의 간단한 교전 중에 한 알의 적의 포탄이 우리 정치위원 김학무의 목숨을 앗아 갔다. 그 이튿날에도 그의 시체를 찾지 못하였다.

'우리의 김학무는 죽은 뒤에 한 자리의 무덤조차 남기지 않았다. 묘비 같은 것은 더 말할 것도 없는 일이다. 하지만 아아하고 엄준한 태항산이 바로 그의 불후의 묘비가 아닐 건가? 나는 심심한 애도의 정으로 이 서투른 만가를 그 태항산에다 적으련다.'

그렇다, 그는 태항산의 한 줌 흙이 되었다. 그의 빛나는 위훈은 하북 땅에 우뚝 솟은 태항산처럼 높고 그의 이름은 민족해방 투쟁, 항일 전쟁의 청사에서와 의용군의 깃발에 영원히 아로새겨져 있고 후세에 길이길이 혁명 인민의 가슴속에 불사조마냥 살아 숨 쉬고 있다.

이 작품은 김학무의 사적을 노래한 전기문학으로 김학철의 개성적인 예술적 수법을 잘 보여 주었다. 이 작품에서도 에피소드와 해학적 수법, 세부 묘사, 대비적 수법 등을 재치 있고 능란하게 쓰고 있다. 에피소드로는 군마가 참호를 뛰어넘고 적진에 뛰어간 거세마 유다의 이야기, 리달과 강진세의 회의 기록 이야기, 호유백이 시체와 같이 잔 이야기, 국민당 광서 부대가 참패하고도 경축 대회 연 이야기이고 대비적 수법으로는 국민당 구역과 태항산의 대비, 김학무와 윤봉길의 정치적인 정견 차이로 두 갈래의 딴 길을 걸은 대비적 수법을 씀으로써 김학무의 성격적 특질을 두드러지게 부각하였다. 세부 묘사로는 김학무의 초상 묘사, 팽덕회 장군의 초상 묘사와 그의 환영사, 주은래 동지의 연설에 대한 묘사와 그의 초상 묘사 등이다.

이 밖에도 그의 언어 구사는 감칠맛 있는 말들을 골라 썼는데 몹시 세련되었다. 이런 예는 이루 다 들 수 없다. 투항한 군마를 유다에 비한 것, 적군이 군마 얻은 것을 호박이 떨어진 것 등으로 표현했고 김학철이 김위 여사와의 실연을 '그것은 외국 군함더러 다르다넬스해협은 통과해라 해 놓고 보스포루스해협의 통과는 허가하지 않는 거나 마찬가지'로 표현한 데서 그의 해박성을 보게 된다.

작품 〈작은아씨〉는 모두 20소절로 되었는데 주로 '작은아씨' 강진세(姜震世)의 성격적 특질과 그의 재능 그리고 김학철과 전우애를 주선으로 군관학교 다른 동창들과 의용대, 의용군 용사들도 묘사하였는데 많은 에피소드가 삽입되어 있다.

'작은아씨' 강진세와 김학철은 중앙군관학교 동창생으로 한때 갈라져 있다가 그 뒤 줄곧 같이 지내었고 태항산 동욕에서도 같이 지냈다.

김학철이 류신(柳新)에게 물었더니 강진세는 '작은아씨'라고 하였다. "그건 '작은아씨'라구, 누구하고도 말을 안 하는 '작은아씨'란 말이야. 한번 말을 시키려면 품이 이만저만 들잖아!" 강진세는 이처럼 과묵하고 침착한 여성적인 인물이다.

작품에서는 '작은아씨' 강진세와 김학철의 성격적 차이를 보여 주면서 그들의 공통성도 보여 주었다. 그러므로 그들은 뜻이 맞게 된 것이다. 그들 두 사람은 성격이 팔팔결 달라 두 극단이다. 김학철은 덜렁쇠였다면 강진세는 언제나 새색시같이 안존하고 침착했고 좀체로 성내지 않았다. 그런데 그들이 뜻 맞는 친구가 된 것은 두 사람 다 술 담배는 쓴 외 보듯 하고 사탕, 과자를 좋아하는 공통성이 있었다. 그 당시 김학철은 디킨스의 《두 도시의 이야기》, 오경재의 《유림외사》 같은 책들도 강진세 작은아씨의 소개를 거쳐서 비로소 읽어 보았다. '그 분야에 있어서 — 아니, 모든 분야에 있어서 — 그는 나의 어엿한 선배였다'라고 쓰고 있다.

'작은아씨' 강진세는 군관학교 시절에 학생들의 군중심리를 잘 알고 그들을 대변하여 희생양이 되려고 한 일이 있다. 그것은 군관학교 장난꾼들이 남의 군모에다 자라 한 마리(왕바) 그린 것이 발단이 되어 일장 검거 선풍이 일어났는데 선코 뗀 사람이 자기라고 책임지고 나섰다. 중대장이 물으니 강진세는 "어차피 책임질 사람이 하나 나와야 하겠기에 그랬습니다. 외출이 금지되면 모두들 낙심합니다."라고 대답했다.

'작은아씨' 강진세는 문학 소양에서도 김학철의 선배였다. 저녁 자습 시간에 그는 교실에서 책뚜껑에 《하백양(夏伯陽)》이라 씌어진 소설책을 읽고 있었다. 그래서 김학철이 "그게 무슨 뜻이지?" 하고 물으니 인명인데 차파예프라고 하며 소설 내용은 소련 국내 전쟁이라고 알려 주었다. 그 후 김학철은 강진세와 친하게 되어 일요일이면 같이 거리에 나가기도 하였다.

'작은아씨' 강진세는 노어에도 능숙하여 파데예프의 《괴멸》의 원서를 보고 있었다. 그런데 한번은 이런 일이 있었다. 교관 한빈(韓斌)은 소련 태생으로 본명은 한미하일이기에 노어에 능숙하였다. 한빈이 자습 시간에 교실에 들어와 강진세가 읽고 있는 《괴멸》을 보고 한 단락 소리 내어 읽게 하고 번역시켜 보았다. 그랬더니 강진세가 그 단락을 막힘없이 줄줄 내리읽고 나서 또 멋지게 번역까지 하였다. 한빈은 너무나도 기특하여 강진세의 등을 두드리며 "어 됐어, 훌륭해. 완전히 합격이야. 정말 생각 밖인걸!" 하고 칭찬하였다.

1938년 여름에 조선의용대가 한구에서 건립되자 김학철과 강진세는 소속이 달라 갈라졌다가 이태 만에 다시 만났다. 강진세는 이태 만에 전우 김학철을 만나 그를 찻집에 데리고 가서 김학철이 좋아하는 '얼음사탕 연밥'으로 초대하고 그간 어떤 책들을 읽었는가고 물으니 《프랑스 내전》을 읽고 깊은 감명을 받았다고 하니 강진세는 엥겔스의 《반뒤링론》을 한번 읽어 보라고 권유하였다.

여기에서도 강진세가 마르크스주의 노작 학습에서 김학철의 선배 격이고 계몽자이기도 하다.

그해 봄 김학철 소속 부대에서 강진세가 지도원이 되고 김학철이 분대장이 되었다. 이 시기 김학철 분대는 수원 전선에서 대적군 선전 공작을 대대적으로 벌리었다.

조선의용대 총지휘부에서는 부정기 간행물 〈조선의용대통신〉을 간행하였고 제2지대에서도 〈조선의용대통신〉 한수판이 간행되었다. 그 주필은 김학무였고 강진세, 김학철 등은 상무 편집이었다. 그해 원고료가 없었지만 윤공흠, 박무, 김위 등이 글을 썼다. 재무를 겸하여 맡아보는 '작은아씨' 강진세는 따로 간소한 위로연을 베풀어 노고를 풀어주었다. 여기서도 강진세가 군중심리를 잘 아는 다정다감한 사람임을 알게 된다.

늦은 가을 김학철이 '작은아씨' ― 강진세와 함께 적구 나들이를 할 때에도 강진세는 김학철의 선배 격이었다. 적구에 들어가서는 편복, 삿갓을 갈아 썼고 적구 지방의 사투리로 말할 줄 알아야 의심을 받지 않는다. 어떤 마을 외딴집에 가서 하룻밤 자기로 하였다. 주인은 해가 저물었으니 내일 새벽에 떠나라고 할 때 김학철은 자고 가면 노고도 풀릴 듯하여 자고 가려고 하는데 강진세는 긴한 볼일이 있어 밤길 떠나야 한다고 주인에게 말하였다. 그래서 김학철이 강진세에게 왜 묵지 않는가고 물으니 그 주인이 예사 농민 같지 않고 수상하여 그렇게 했다고 말하였다. 여기서도 강진세가 적구 나들이에 경험이 있었다. 그래서 그날 밤 풍찬노숙하였다. 한낮에 강을 건너려는데 100미터 하류에서 일본군 십여 명이 멱을 감고 있고 한 놈만 총 들고 보초 서고 있었다. 김학철은 이때 어쩌나 하고 어쩔 바를 몰랐다. 그때 강진세는 잽싸게 바지를 벗으며 김학철더러 바지를 벗으라고 재촉하니 김학철은 입은 채로 물속에 뛰어들었다. 강을 건너자 강진세는 옷을 입고 길을 다우쳤다. 그런데 벌거숭이 일본병들이 손짓했으나 그들은 줄행랑을 놓았다. 후에 알고 보니 그것은 그놈들이 놀리느라고 한 수작이었다.

그날 밤 한 농촌 집에서 세상모르고 잤다. 강진세는 일 년 전에 그 집 두 노인을 수양부모로 정했기에 매번 적구 나들이 때 꼭 들려서 묵곤 하였다. 두 노인은 신사군을 동정하고 왜놈들을 미워하였다. 강진세는 거리에 나가 금계랍 따위 약품을 사서 그 집 두 노인에게 주었다. 거기는 의사도 약도 구경하기 어렵고 여름철에 학질이 많기 때문이라 하였다. 하기에 이웃에서도 수양아들을 잘 두었다고 칭찬하였다.

여기서 우리는 강진세의 인민들과의 혈연적 관계를 보게 된다. 혁명대오는 인민대중에 의거하고 인민 군중은 혁명 군대를 지원한다. 그는 그 두 노인을 친부모처럼 공경하고 진심으로 생각하고 약까지 사다 드리기에 두 순박한 늙은이는 우리들을 친자식같이 살뜰히 돌봐 주었다고 쓰고 있다.

1941년 봄에 조선의용대 대부분 성원이 태항산 항일 근거지에 들어 갔다. '작은아씨' 강진세도 물론 김학철과 함께 태항산에 온 것이었다. 한번은 로신예술학교 선생과 학생들이 공연하는 것을 함께 볼 때 김학철이 그 연극을 보고 자발머리없이 큰 소리로 깔깔 웃으니 옆에 앉은 강진세는 김학철 대신 무안해서 얼굴이 홍당무가 되어 팔꿈치로 김학철의 옆구리를 직신직신 다치었다. 이처럼 그들의 전우애는 깊었다.

작가는 이 작품을 끝맺으면서 강진세와의 전우애를 아래와 같이 썼다.

'강진세 작은아씨는 오랜 세월 나하고 짝을 지어 다니며 나 때문에 얼을 입은 적이 한두 번이 아니다. 해도 그는 원망도 투정도 한 일이

없다.'

이처럼 그는 무던한 마음씨의 소유자였다.

'나는 그에게 숱한 우정의 빚을 지고도 갚을 염을 안 하는 도척이 노릇만 하고 살아왔다. 그의 나이가 나보다도 두 살이 위니까 '내리사랑은 있어도 치사랑은 없는 법'이라고 쓱싹 수염을 내리쓸 수도 없다. 내 마음 한구석에는 항시 그에 대한 미안한 느낌이 둥지를 틀고 있다. 죽어서 눈을 감기나 하면 잊힐는지……'

이처럼 김학철은 전우애가 따사롭고 무던한 '작은아씨' 강진세를 한시도 잊은 적이 없었다.

이 작품에서는 또 팽덕회 장군에 대한 인상을 감명 깊게 묘사하였다. 팽덕회의 행차, 그의 우스갯소리, 팔로군이 적을 이길 수 있는 원천, 전사들의 팽덕회 장군에 대한 경앙의 심정들을 썼다.

작품에서는 이 밖에도 군관학교의 많은 동창생들을 회상하면서 그들의 에피소드를 해학적 필치로 묘사하였다. 벽창호 별명 가진 윤치평(尹治平)이 발목이 탈 나서 병가 요청했으나 허락해 주지 않아 안간힘을 쓰고 달린 결과 다리가 팅팅 부은 데다가 그 이튿날에 위병근무를 하게 되었다. 그런데 전날 병가 요청을 들어주지 않은 직일관이 들어왔을 때 차렷 자세로 경례도 하지 않아 사달이 났을 때 날창을 그에게 들이댄 때문에 영창 두 주일의 처분을 받았다. 그런데 이 윤치평이 영창 안에서 한 주일 지내고 중대장에게 두 주일 더 연장해 달라는 청원서 내용이 걸작이었다. 이 대목을 읽으면서 우리들은 웃음주머니가 흔들흔들하게 된다. 왜냐하면 윤치평은 중대에서의 책벌을 자기가 발목병 치료의 좋은 용약으로 알고 있기 때문에 중대의 의도와는 상반되는 의도와 효과의 불일치로 인한 데서 오는 웃음이다.

작품에서는 술주정뱅이 박무가 저녁 식사 시간이 되어 술 먹고 비틀거리며 식당에 들어왔을 때 직일관이 꾸짖으며 서라고 하는데도 그 명령에 복종하지 않고 "당신은 어째 차렷 자세 안 하지? 당신 먼저 차렷!" 하고 대꾸하니 부아통이 난 직일관이 박무더러 밖에 나가 두 시간 동안 벌을 서되 잠시도 쉬지 말고 계속 '차렷'을 부르라고 명령하였다. 그래서 학생들은 창문 밖에서 박무 주정뱅이가 목청껏 불러 대는 '차렷' 소리를 권주가가 아닌 '권식가'로 들으며 그 한 끼 저녁밥을 먹었다는 에피소드이다. 그리고 또 여해암의 수채 배설 에피소드가 있다.

한번은 군관학교 교장 장개석이 무려 2시간 40분에 걸친 긴 훈화를 할 때 적지 않은 사람이 생리적인 곤난에 부딪치게 되었는데 여해암도 그중의 한 사람이었다.

'방광이 파열 직전의 상태에 놓여 있었으므로 ― 마침내 결심을 채택하고 과감한 조치를 취하였다. 즉 허리에 찬 빨병을 앞으로 끌어당겨서 마개를 빼고 거기다 배설하기로 한 것이다. 그 결과 위에서는 숙연히 훈화를 삼가 듣고 아래에서는 수채가 거침새 없이 폐수를 방출하였다. '오줌 대장'이란 그의 별명은 여기서 유래한 것이다.' 이 대목도 해학적인 묘사이다.

작가는 이들 사랑스런 전우들을 생각할 때마다 가슴이 찡해나고 '내 마음을 지져서 지난 30여 년 동안 쉴 새 없이 나를 앞으로 내닫게 하였다'라고 쓰고 있다.

작가는 희생된 전우들을 생각하면 가슴이 찡해나서 '망각을 위한 기념'으로 그들을 추모하며 이 전기문학을 썼고 그들을 추모하면서 그 어떤 곤난도 타승하고 나간다.

작가 김학철은 자기 전우들의 전기를 다음과 같이 썼다.

'나는 혁명자를 마치 타고난 천재처럼, 초인간처럼, 그 언제나 낙관적 정신이 포만한 신적 존재로 묘사하는 데는 동의하지 않는다. 최소한 내 전우들 중에서는 그런 굉장한 인물을 보지 못하였다.'

이러한 견해는 작가 김학철의 인물 형상 부각에서의 일관적인 견해이고 또 그의 창작 실천에서도 이런 견해를 관철하였다.

작가 김학철은 자기의 전우 의용군 용사들을 '신적 존재'로 신화하여 묘사하지 않았다. 우리 주위에서 보는 보통 사람처럼 훌륭한 점도 있고 결점도 있으면서도 혁명 정신이 주도적 사상인 그런 보통 사람으로 부각하였다. 그러기에 위에서 본 강진세는 '작은아씨', 박무는 '술고래', 여해암은 '오줌 대장', 윤치평은 '벽창호' 등 다 별명을 가지고 있으나 그들은 조국과 인민을 극진히 사랑하는 용사들이다. 우리 겨레 항일의 엘리트들이다. 이런 별명을 달아 그 인물들의 성격적 특질을 더 두드러지게 보여 주고 있다.

작가 김학철은 이 작품에서도 에피소드와 해학적 수법을 재치 있게 썼으며 언어 구사도 세련되었다.

작품 〈맹진나루〉에서는 주로 문정일(文正一)을 처음 만났을 때의 인상과 그 후 조선의용대가 북상하여 태항산으로 들어갈 때에도 문정일의 관건적 역할과 공로를 쓰고 있으며 그 외에도 의용대 인물들을 그리고 있다.

작품에서는 30년대 중앙군관학교를 다닐 때 문정일은 완전무장하고 달릴 때 빈 칼집만 허리에 차고 달리는 꾀를 부렸으며 '산병반군' 강행할 때 눈깔고 있는 문정일이를 중대장이 지적하여 무슨 뜻인가 하니 "전쟁할 때 쓰는 겁니다."라고 대답하여 별명이 '전쟁할 때'로 되었다.

김학철이가 하진동에게 "그치 좀 덜돼 먹잖았어?" 하니 하진동이가 "덜돼 먹다뿐이야? 애당초에 사람질 못할 물건짝인데!" 하고 혹독한 평가를 내렸다. 이것이 김학철이 지금까지 인식한 문정일에 대한 인상이었다. 그러나 사람은 결함만 있는 것이 아니라 훌륭한 점도 많다. 한 사람에 대한 평가는 전면적이어야 하며 그의 전 혁명 실천 가운데서의 표현을 봐야 한다.

이제부터는 김학철이 문정일에 대한 견해가 달라지게 된다. 그것은 교관 김두봉과 농담할 수 있는 인물은 문정일 한 사람뿐이었기 때문이다.

'그의 그러한 독특한 기량은 아무도 따라 배우지 못하는 절묘의 기량이랄밖에 없었다.'

문정일은 이런 절묘한 기량이 있을 뿐 아니라 조직적 재능이 뛰어났다.

1940년 말에서 그 이듬해 2, 3월 사이에 화중, 화남 각 전장에 분산되었던 조선의용대의 각 지대들과 부대들이 속속 북상하여 락양에 집결한 뒤 황하를 북으로 건거가서 태항산 항일 근거지로 넘어가게 되었다. 당시 조선의용군 락양 분대 분대장이 문정일이었다. 그는 연이어 당도하는 부대를 접대할 중책을 받았다. 그것은 영사를 마련하고 먹을 것과 입을 것을 보장하는 외에 연락과 통신에 지장이 없도록 하는 문제, 또 통행증과 도하 증명서의 교부 신청 등등 사업을 해야 했다. 갈피를 잡기 어려운 번다한 사업들을 하느라고 문정일은 '밤이고 낮이고 팽이같이 팽글팽글 돌아야 하였다'. 그런데 그 모든 사업들을 경각성을 늦추지 않고 국민당 특무들의 이목을 피해 가며 해냈다.

문정일은 1940년 1월에 입당하였다. 그는 무산계급 전사로 장성하였다. 그런데도 그는 사업상의 필요 때문에 제1전구 사령장관 위립황의 사령부에 주재하고 있었다. 이처럼 그는 중공 당원이 국민당 군대 사령부에 잠복해 있은 것이다.

문정일은 조선의용대의 두 개 지대와 여러 분대 전원을 네 패로 나누어 6개월에 걸쳐서 띄엄띄엄 떠나보냈는데 한 사람도 빠짐없이 안전하게 다 항일 근거지에 이동시켰다. 여기서 문정일의 뛰어난 조직 사업의 재능을 남김없이 과시하였다.

그러기에 작가 김학철은 그를 아래와 같이 평가하였다.

'우리는 일찌기 아무도 그 출중하지 못한 문정일이가 전원이 북상을 할 때 관건적 역할을 놀 줄은 예측하지를 못했었다. 시대가 영웅을 낳는지, 아니면 질풍이 불어야 억센 풀을 아는지 아무튼 죽고 사는 문제가 걸려 있는 고비판에 그는 일약 판국을 주름잡는 풍운아로 되었다. 그래서 그런지 그의 홀쪽한 얼굴도 금빛의 후광이 엇비낀 듯 생기가 발랄해 보였다.'

문정일은 책임성이 강하였다. 김학무가 영솔하는 선견대가 맹진나루에 당도했을 때 총지휘관 김학무가 요령부득으로 나룻배가 차례지지 않았다. 이런 고비판에 구원자 문정일이 나타났다. 문정일은 김학무 등을 떠나보내고 마음이 안 놓여 뒤쫓아 왔던 것이다. 그가 오자마자 옭맺혔던 매듭이 풀리었다. 그는 제 군복 앞가슴에 달린 제1전구 장관 사령부의 출입증을 가지고 어리석은 국민당 관원들을 혼쌀 내고 배를 얻어 떠나보냈다. 그리고 그 배를 바래었다. 이때의 감정을 김학철은 다음과 같이 썼다.

'나는 홀제 가슴속에 뜨거운 그 무엇이 북받치는 것을 느꼈다. ― 그것은 동지에 대한 나의 진지하고도 은근한 우정이었다.'

문정일은 이런 사업을 맡았기에 반년 후에야 태항산에 도착하였다. 김학철은 문정일과 다시 만났다. 김학철은 반가와 태항산의 명물인 감 몇 개를 마련하여 초대하고 농담을 하였다.

가을의 익은 감처럼 그들의 전우애는 더욱 익어 완숙해졌고 그들도 전란 속에서 성숙해 갔다.

이 작품에도 가담가담 에피소드를 삽입하고 해학적 묘사를 하였다. 어떤 부락에 갔을 때 마덕삼, 주동욱이 비누졸임이 된 에피소드와 해학적 수법, 김학철, 박무가 샘물터를 양귀비의 목욕탕 — 화청지로 여기고 목욕한 에피소드와 해학적 묘사가 있다.

2

전기문학 〈두름길〉에서는 대부분 항일 투사들이 두름길을 걸어서 조선의용군에 들어간 그들의 성장 과정을 그리었다. 말하자면 민족주의자들로부터 사회주의자로 된 성장 과정을 그리었다.

이런 두름길을 걸은 리경산, 강병한(장중광), 석정, 조소앙, 김학철 등의 전기를 쓰고 있다.

그들이 민족주의자로 항일 테러활동을 하던 시기는 1933년이다.

이 작품에서는 맨 처음 리경산을 쓰고 있다.

리경산은 조선 청년 망명가로 테러분자이다. 그는 숱한 특무와 반역자들을 처단했기에 경찰에 잡혀가기만 하면 모가지가 날아 나기에 늘 경각성을 높이고 지냈다. 그런데 하루는 자기 방에서《동주열국지》를 읽고 있는데 강병한이라는 17~18세가량 되는 애가 찾아와서 자기도 혁명해 보자고 찾아왔다고 했다. 강병한은 후지모리(藤森) 자동차부에서 일하고 있다고 하였다. 리경산은 그 애를 특무로 여기고 뺨을 후려 갈기고 쫓아 버렸다. 그리고 그날 밤 짐을 꾸려 가지고 포석로에서 금신부로로 거처를 옮기었다. 리경산이 일주일 후에 자기의 한고향 사람이며 선배인 최 선생을 찾아 여반로에 갔을 때 거기에는 먼저 온 손님이 있었는데 바로 자기를 벼락이사시킨 강병한이 앉아 있었다. 리경산은 최 선생을 통해 강병한이 믿음직한 청년이란 걸 알게 되었으나 종내 마음을 놓지 않았다. 그리고 도리어 최 선생이 경각성을 상실하여 사람을 잘못 보지 않았는가고 여기었다. 그러나 시간과 혁명 실천은 가장 좋은 재판관이었다.

그날 최 선생을 방문했던 두 사람은 후에 서로 사귀어 뜻 맞는 동지로 되었고 그 후에 마르크스주의적인 계급적 형제로 장성하였다.

리경산은 초기에는 테러분자이기는 하였으나 독서가로《삼국지》,《수호전》은 말할 것도 없고《홍루몽》,《유림외사》까지 독파하고《크로폿킨전》, 앨런 포의 탐정소설을 파고들었고 로신 선생을 몹시 숭배했다.

최 선생은 중국 운남강무당 출신으로 황포군관학교에서 주은래 동지가 정치부 주임으로 사업하실 때 중대장이었는데 교장 장개석이 혁명을 배반하자 상해 프랑스 조계에 와 반일 활동을 하고 계시었다. 후에 그는 동북항일연군의 군단장으로 활약하였다.

강병한과 최 선생의 상종은 그리 길지 않았다. 최 선생은 떠나기에 앞서 강병한을 조소앙(趙素昻)에게 소개하였다. 조소앙은 조선 망명가로서 테러리즘에 골몰한 반일 민족주의자였다. 강병한(후에 장중광으로 이름을 고침)도 초기에는 테러활동을 하다가 조선의용군 전사로 되었다.

작품에서는 강병한이 테러활동할 때의 이야기를 쓰고 있다.

매년 9월 20일 전후의 추분날에 일본 역대 천황들의 혼령을 위로하기 위한 제사로 상해 홍구에 있는 왜놈 신사에서 지신밟기가 벌어진다. 이날에 왜놈들에게 한번 본때를 보여 주자고 조소앙이 강병한과 같이 꾀하였다.

이 거사를 하기 위하여 조소앙은 강병한에게 권총 쏘는 법, 폭탄 던지는 법 등을 가르쳐 주었다. 강병한은 상해에 머물러 있다가 그날 밤에 거사하기로 하고 조소앙은 먼저 항주에 가 있다가 강병한이 무사히 탈출한 다음에 뒤처리하기로 약정하였다.

조소앙은 강병한에게 거사에 쓸 권총과 회중전등형 폭탄, 1원짜리 지전 100장을 넘겨주었다.

드디어 거사하는 날이 왔다. 그는 작업복 앞가슴에 달린 큰 호주머니에서 회중전등형 폭탄을 꺼내어 뚜껑을 비틀어 열고 일본 놈들이 가장 많이 붐비는 곳에다 힘껏 뿌렸다. 강병한은 너무나도 급히 서두르는 바람에 도화선을 잡아 뽑는 것을 잊어버리고 뿌렸다. 조소앙이 그처럼 거듭거듭 주의시킨 것을 깜빡 잊어버렸다. 강병한은 폭탄이 손아귀에서 막 날아 나는 찰나에 저도 모르게 "아차!" 소리를 지른 것이다.

거사가 글러진 것을 알고 강병한은 타고 뛰려고 몰고 온 자동차를 팽개치고 줄행랑을 놓았다. 그는 대통로를 건너 육전대 병영을 끼고 왼쪽으로 돌아 갑북 방향으로 뛰다가 병사 후측 문에서 보초 서는 놈을 만나 권총을 보초에게 겨누고 "손 들엇!" 하고 일어로 호령하니 그 보초병은 총을 놓고 두 손을 들었다. 강병한은 그 보총을 집어 들고 뛰었다. 그러는데 등 뒤에서 호각 소리와 고함 소리가 났다. 거리가 멀어질수록 사이드카까지 발동하는 소리가 났다. 강병한이 젖 먹던 힘까지 내어 철길 건널목까지 왔을 때 마침 저쪽에서 화물열차가 오고 있었다. 그는 거의 기관차를 스치다싶이 훌쩍 건너뛰어 철길 경사면에 굴러떨어졌다. 그는 인차 일어나 또 들고 뛰었다.

다우쳐 오던 사이드카는 여러 바구니 단 화물열차가 지나가서야 철길을 건너니 강병한은 온데간데없었다.

강병한은 그 사이 거리 안에 도망쳐 어떤 가게에 뛰어들어 주인에게 권총을 바싹 들이대고 호주머니에서 돈 묶음 — 1원짜리 100장을 꺼내 주고 자기를 빨리 숨겨 달라고 하였다. 강병한은 그 집 움 속에 숨었다가 살아났다. 동틀 무렵에 권총도 케이스채로 길가 논에다 던지고 맹물만 마시면서 밤과 낮을 이어 항주까지 걸어갔다. 그가 조소앙 집에 닿자 첫마디가 "조 선생님, 난 배고파 죽겠어요."였다. 조소앙은 신문에서 강병한이 일을 저지른 것을 알고 있었다. 그는 조소앙 집에서 고기만두 60개를 배 터지도록 먹고 이튿날 저녁까지 잤다.

보는 바와 같이 강병한이 테러활동의 첫 시련에서 실패한 사실과 구사일생으로 살아난 것을 흥미진진하게 해학적으로 엮었다. 여기서 작자는 반일 전사도 맨 처음에는 실패의 맛을 본다는 것과 혁명 투쟁에는 실패도 있고 성공도 있음을 말해 주고 있다.

작품에서는 군관학교 시기 김학철이 식생활에서 편식을 극복한 이야기와 강병한 즉 장중광이 식사할 때 기도를 드렸기에 반찬 없이 맨밥을 먹다가 그 종교의식을 집어치운 에피소드를 적고 있다.

그리고 장중광이 독서회를 꾸릴 제의를 한 다음 김학철에게 《국가와 혁명》이란 책을 갖다주었는데 그 책을 보니 장중광이 긴요하지 않은 대목에 빨간 줄, 파란 줄을 그어 놓고 긴요한 대목은 처녀지로 남아 있었다. 여기서도 장중광이 학습 열정은 높으나 이론 수준이 그닥잖은 것을 보여 주었다.

그 후 장중광은 항일 전쟁 시기 중공 당원으로 되고 태항산 항일 근거지에서 5년 남짓한 동안 전투의 세례를 받았다. 그도 세상을 떴다.

작가 김학철은 영웅 인물이라 하여 미화하거나 이상화하지 않았다. 영웅 인물도 결함도 있고 훌륭한 점도 있는 인물이란 것을 잘 말해 주고 있다.

작품에서는 리강의 비극적 운명을 보여 주었다. 한번은 노련한 테러 분자가 특무 놈을 처단하러 가는데 신인 육성을 위해 견습생 리강을 데리고 갔다.

리강의 선배 두 테러분자는 특무 놈을 옴짝 못하게 양쪽에서 붙들고 리강에게 요놈의 대가리를 쏘라고 명령하였다. 리강이 그 명령대로 쏜 결과 온몸에 선지피를 뒤집어썼다. 피비린내에 구역질이 났다. 이 일이 있은 뒤 리강은 종신 정신이상 환자가 되었다.

그 뒤 리강에게는 괴벽한 습관이 생겼다. 그것은 달마다 생활비가 나오면 리강은 으레 거리에 나가서 다홍빛 물감을 사 가지고 와서는 자기의 옷과 침대보, 수건에 붉은 물을 들이고 짜지 않은 채로 빨랫줄에 널고는 걸상에 앉아 그것을 흡족한 마음으로 바라보는 것이었다. 이 같은 해괴망측한 행동은 달마다 해마다 되풀이되고 거듭되었다. 이것이 테러로 인해 생긴 정신이상이다. 그래서 비극적인 행동을 하였다.

작가 김학철은 개인 테러의 제한성을 지적하고 선진적인 혁명 경험을 섭취한 것을 아래와 같이 썼다.

'이 세상에는 벌써 혁명에 성공한 경험이 있건만 후래자들은 흔히 그 교훈을 받아들이지 않고 지름길을 걸으려고 애를 쓴다. 왕왕 적지 않은 민족들이 전철을 밟으면서 선진 민족들이 이미 경과한 유치한 계몽 계단을 되풀이하느라고 비싼 대가들을 치르곤 한다.'

장진광의 성장 과정도 맨 처음에는 테러활동으로부터 시작되었다. 그는 북미합중국 개발 시기 미국에 이주한 조선인 제2세로 하와이 태생이었다. 그 뒤 홀어머니를 따라 중국 상해 프랑스 조계에 와서 뿌리를 내렸다. 18세 때 조선 반일 테러 단체인 의열단에 참가하여 그 활동 경비를 조달하는 데 수단과 방법을 가리지 않고 하였다.

그는 어느 날 조계 뒷골목에서 순경 하나를 돌연 습격하여 그자가 기절하여 넘어지자 면도칼을 꺼내어 권총을 케이스채 뭉청 잘라 가지고 도망쳤다.

며칠 후 그 권총 위력을 시험하려고 밤이 으슥하였을 때 인력거 타고 집에 가는 미국 여자를 만나 벼락같이 뛰어나가 그 여자에게서 손목시계, 반지, 목걸이 등을 빼앗아 냈다.

그 후 두 주일 후에 영국 조계 어느 전당포에 가서 앗아 온 보석 반지를 전당 잡히려다가 체포되었다. 공보부에서 조사한 결과 그가 조선 사람임을 알고 미성인이며 초범이라는 데서 7년형에 처하고 일본으로 압송하였다.

그가 형무소에서 7년 복역하고 만기 출옥한 뒤 상해에 돌아왔을 때는 25세였다.

장진광은 항일 전쟁 시기 중국공산당에 가입하였고 조선의용군의 골간으로 태항산에서 5년 남짓 간고한 전투 생활을 겪은 끝에 항전의 승리를 맞이하였다.

이 작품에서도 많은 에피소드와 해학적 수법을 썼고 언어 표현이 세련되었고 비유적 수법도 재치 있게 썼다. 그러므로 우리들은 그의 작품을 읽으면서 속으로 웃음을 금치 못한다. 언어 표현에서도 해학적인 언어 표현 수법을 썼다.

3

작품 〈항전별곡〉은 '막심 각뜨기', '포병과 기병', '배우 모집', '유물론자의 기우제', '대공사격', '여름에 기르고 겨울에 깎고', '아니, 아니……', '밤눈 어두운 사격 능수', '우편 대리인', '망명의 길에서', '배반도주' 등 11편의 소절로 된 전기문학이다. 매 소절마다 호상 연관성 없는 하나하나의 독립적인 전기문학이면서도 '배반도주'를 제외하고는 다 항일 투사 — 조선의용군 당사들이란 공통성을 갖고 있다.

작품 '막심 각뜨기'에서는 막심중기 사수 김원의 전투담을 묘사하고 있다. 한번 전투에서 중기관총 사수가 적탄에 맞아 전사한 위기일발의 시기에 그 사수를 대신해 싸울 때의 전투담이다.

중조산에서 싸웠는데 그 산은 절벽이 많고 가파로왔다. 그는 수랭식 막심중기를 벼랑 끝에 가져다 걸어 놓고 산병선을 향해 사격을 안기었는데 그 기세는 대단하였다.

김원은 신바람 나서 철탄의 불벼락을 안기는데 낭떠러지 밑으로 올라온 적들이 막심중기의 한쪽 발목을 거머쥐고 당기었다. 살펴보니 적병 세 놈이었다. 김원의 머리에서 퍼뜩 떠오른 것은 도마뱀식 방식을 취하기로 한 것이었다. 꼬리를 내주고 동체를 보존하자고 생각하였다.

김원은 달아난 중기의 총신을 탈아 뽑고 잡아당기는 발목을 활 놓아 뜨렸다. 적병들은 막심 아가씨의 '발목'을 잡고 곤두박질쳐 벼랑 밑에 떨어졌다. 이 광경을 보고 전우 리조가 수류탄 두 개를 안겨 '야스쿠니신사(靖國神社)로 직행을 하였다'라고 죽은 것을 이렇게 감칠맛 있게 풍자적으로 묘사하였다.

그 후부터 김학철은 김원을 보면 '그저 손짓으로 총신을 탈아 뽑는 시늉만 해 보이면 되었다'라고 쓰고 있다. 작품에서는 막심중기의 각뜨기하여 적 세 명을 소멸한 전공을 그리고 있다. 작품에서는 그다음 김원이 1950년 여름 기갑부대 지휘관이 된 것과 우군 부대와 함께 그의 고향인 서울 해방 시기에 혁혁한 무훈을 세웠다고 쓰고 있다.

작품 '포병과 기병'에서는 포병대로 기병대를 격퇴한 손일봉의 무훈담을 쓰고 있다.

작품 '배우 모집'에서는 신사군에서 중대장을 지냈고 그 후 조선의용대 중공 지하조직의 서기로 사업한 호철명이가 22세 때 조단 제2세가 되려는 꿈을 품고 영화배우가 되려고 배우 모집에 응모하여 시험받던 이야기를 썼다.

작품 '유물론자의 기우제'에서는 최채와 몇몇 친구들이 해방구 태항산에 들어온 뒤 어느 날 천연적인 소 하나를 발견하고 거기서 먹 감고 즐기었다. 그들이 갑자기 소에 뛰어드는 바람에 여메기가 놀라 갈팡질팡하는 것을 두 마리 잡아 모래톱 모닥불을 피워 놓고 구워 먹고 농민들의 기우제에 참가한 이야기를 썼다.

농민들은 그 메기를 '하늘의 수도 관리국장 ― 용왕님'으로 보호하고 모셔 왔다. 이것은 농민들의 미신적 관념, 몽매로 과학적 안광이 없는 것과 관련된다. 그날 먼발치에서 본 농민이 주둔군 사령부에 가 고자질하였다. 그래서 박 대장이 조사한 결과 최채를 비롯한 몇 사람인 것이 판명되었다. 그런데 사달은 그해에 가물이 들어 '천상의 수도꼭지를 아주 닫아 버렸던 것'이다. 꼬박 한 달 기다려도 용왕님께서 노염이 나서 벼락을 내리시는 것이라고 생각하고 농민들은 기우제를 지내기로 하였다. 그래서 조직에서는 백성들을 안위하기 위하여…… 죄인들을 기우제에 참례시켜 속죄하기로 결정한 것이었다.

그 결과 유물론자 최채는 두 손에 향연이 가물거리는 향로를 받들고 행렬을 따라서 백성들이 하는 대로 국궁하고 절하고 하였다는 해학적 에피소드이다.

여기서 혁명 군인의 모든 행동은 농민 군중의 의식 수준에서 출발해야 함을 말하고 있다. 아무리 유물론자라 하더라도 군중이 의식 못 하고 있을 때에는 군중심리에 맞추어야 한다. 그렇지 않으면 군중과 탈리되기 때문이다. 군중을 각성시켜 그것이 몽매하고 비과학적인 미신적 행위임을 깨달았을 때 우리의 주장을 내세워야 한다. 혁명 대오는 군중에 의거하고 군중을 발동시켜야 그 어떤 원쑤도 타승할 수 있다. 그러므로 군중 노선을 걸어야 한다.

작품 '대공사격'에서는 말을 너무도 빨리 하는 버릇이 있어 '기관총'이란 별명을 가진 묘천탁(본명 박성률)이 국민당 군대 고사포 부대에서 소위 소대장으로 있을 때 고사포는 내버려 두고 권총을 빼서 적기를 갈긴 것을 묘사하고 있다.

작품 '여름에 기르고 겨울에 깎고'에서는 '땅딸보' 문명철이 여름에 머리를 기르고 겨울에 머리를 홀딱 깎아서 중머리를 만드는 버릇이 있음을 쓰고 있다. 전우들이 왜 그렇게 하는가고 물으니 문명철은 겨울에는 더운물이 없어 머리 감기 귀찮아 그런다고 대답하였다.

문명철은 태항산에 와서 두 해 지내고 태항산 거친 풀 속에 묻혔다. 피투성이 된 그의 시체를 안장할 때 전우들이 구슬픈 영결의 노래 '조선의용군 추도가'를 불렀다. 이 추도가의 가사는 김학철이 작사했다. 여기서도 김학철의 문학적 재질을 보여 주었다.

작품 '아니, 아니……'에서는 7·7 사변 전에 '대추씨' 호유백이 일본 총사령관 밀정 놈이 스쳐 지나가며 "조선 분이시지요?" 하고 조선말로 묻는데 고개를 흔들어 "아니, 아니⋯⋯." 하고 중국말로 부인한 탓으로 정체가 발각된 사실과 그의 개성과 성미, 진정한 공산주의 혁명자의 특질을 보여 주었다.

호유백은 태항산에서 적군에게 포위당하였을 때 혁명가다운 장렬한 최후를 마치었다. 그는 적들이 투항하라고 손짓할 때 코웃음치고 마지막 남은 권총탄으로 자기의 관자놀이를 겨눠 쏘고 쓰러졌다.

호유백은 '대추씨'라는 별명을 가졌다. 마치 옹골차게 영근 대추씨라는 뜻인 듯싶다. 그는 경상도 사람으로 경상도 사투리로 폭포수같이 열변을 토하여 가관이었다. 그는 정의감이 강하고 원칙성을 견지하기 때문에 친구들의 오해를 사는 경우도 종종 있기는 하였지만 그에 대해 아랑곳하지 않는 성미였다. 정말 정의와 원칙에 들어서는 비타협적인 화신이었다.

작품 '밤눈 어두운 사격 능수'에서는 리대성이 사격 명수로 이름난 것과 그의 기관총 분해와 조립의 재능, 그의 성격적 특질과 생리적 병집에 대한 재미나는 일화로 엮어졌다.

리대성은 키가 1미터 80센티나 되는 키꺽다리로 경상북도 대구 사람이다. 그는 조카 리동호와 군관학교 동기 동창이었고 팔로군에 참군하였다. 그런데 애석하게도 1950년 조선 전쟁에서 전사하였다.

리대성은 유명한 사격 명수이면서도 비상한 재주가 있어 눈을 감거나 불을 켜지 않은 어둠 속에서 기관총을 분해했다가 조립할 수 있는 재능을 가졌다.

그의 성격적 개성이라면 만년필에 남다른 흥취가 있는 것이었다. 그의 눈에 띄는 만년필은 누구의 것이나 할 것 없이 한번 분해해 봐야 직성이 풀리는 성미였다. 그 누가 새로 산 만년필이라도 그에게 내맡겨 뜯어보게 하지 않고는 배겨 내지 못한다. 만년필 임자가 그에게 내맡기지 않으면 그 사람이 잘 때 슬쩍 갖다가 실컷 뜯어보고는 도로 맞추어 이튿날에 돌려준다. 돌려줄 때에는 그 만년필에 대한 감정을 한다. "아무 이상 없소."라든가 "병집이 있는 걸 내가 고쳐 놓았으니 인제 잘 써질 게요."라고.

이런 흥취가 있기 때문에 그의 손에나 옷자락에는 늘 잉크 자국이 가실 날이 없었다.

리대성이 사격 명수로 명중률이 가장 높은 것은 낮이다. 낮에 저격탄으로 적들에게 본때를 보여 주곤 하였다. 그러나 밤이면 맥을 쓰지 못한다. 그는 생리적 결함으로 야맹증 환자였기 때문이다. 그러므로 밤 행군은 그에게 있어서 괴로운 일이었다. 이런 생리적 병집이 있는 것을 안 전우들은 그의 병집을 이용하여 몹쓸 장난을 시작하였다.

밤 행군 할 때 몇몇 장난꾼들이 짜고 들어서 리대성이 앞에 서기로 하였다. 그래 가지고 물도랑이 있어 건너뛰는 것은 물론이거니와 평평한 마른 땅에서도 홀쩍홀쩍 건너뛰어 하룻밤 밤 행군에 무려 40번 또는 50번이나 건너뛰게 되었다.

날이 밝아 농가에서 대충 조반을 먹고 잘 때 리대성은 혼자 투덜거린다. "별 망할 놈의 고장 다 봤지, 웬 놈의 물도랑이 그리도 많담!" 리대성의 옆에 누운 김학철이 그 소리를 듣고 하도 참을 수 없어 웃음보를 터뜨렸다. 리대성이 그 웃음소리를 듣고 눈치를 챘다. 그리고 김학철을 큰 주먹으로 막 쥐어박으며 "다 늬가 주동이 돼서 한 노릇 앙이가!"

리대성이가 밤 행군에 장난꾼 때문에 골탕 먹은 뒤에는 아무도 믿지 않았다. 그래서 다른 날 밤 행군 할 때에는 앞사람이야 물도랑을 뛰거나 말거나 속지 않으려고 예사 걸음으로 걷다가 그의 발목이 첨벙 물속에 들어갔다. "이키나, 이건 진짜였구나!"

우리들은 이 대목을 읽으면서 웃음을 금할 수 없다.

이렇게 우리의 전사들은 장난도 잘하지만 진짜 전투에서는 용감하고 날랜 용사요, 명사수이다.

그들은 장난꾼이면서도 전우애에 넘치는 전사들이다. 한 것은 총탄에 죽은 일본 병정의 소지품에서 뒤져낸 어간유정을 그에게 주어 그의 야맹증이 하루빨리 낫기를 바란 데에서도 보게 된다.

작품 '우편 대리인'에서는 '전쟁이 오래도록 그치지 아니하니 집 소식이 귀하기 만 냥 값이 나간다(烽火連三月 家書抵萬金)'는 두보의 시 '춘망(春望)'에서 묘사한 것처럼 집 소식을 몰라 조선의용군 용사들이 속 태우고 있을 때 조선의용군 제2지대 락양 분대의 문정일이가 우편 대리인으로 된 것이다.

문정일은 조선의용군 용사들의 편지를 우편물 검사에 통과되기 쉽게 하느라고 조선문 편지를 다 한문으로 번역하여 부쳤다. 그래서 김학철, 김영만 등이 집 소식을 알게 되었다. 김학철도 로하구에 있을 때 편지하였더니 답장이 왔다. 이런 사연을 김학철은 해방 후 누이동생 성자를 통하여 알게 되었다고 쓰고 있다.

문정일은 제1전구 위립황 장관 사령부에 주재하고 있으면서 서신 거래를 할 수 있는 구멍수를 뚫었다. 그때 우정권은 프랑스제국주의 손아귀에 장악되었는데 그들의 힘을 입었던 것이다.

김학철은 달포 지나서 문정일의 손을 거쳐 온 누이동생의 답장을 받고 둘째 사촌 형에게서 편지를 받았다.

여기에서 문정일이 전우들을 위하여 공을 세운 것을 알게 된다.

작품에서는 집에서 온 편지가 '걸작'이어서 전우들 앞에서 읽은 것을 썼다.

작품에서는 또 누이동생에 얽힌 웃음거리도 적었다. 전우들이 누이동생이 고운가 미운가 하고 묻기에 김학철은 "소문난 미인"이라고 대답하여 전우들이 다투어 가며 달라고 하여 장래 매부 예닐곱 되었고 천진 고기만두 같은 턱도 몇 번 얻어먹은 얘기를 썼다. 그러고는 김학철이 아무에게도 누설을 말라고 하니 그들은 저만이 유일한 합격자인 듯 생각하였다. 누이동생은 이들과는 관계없이 소련 항공학교 졸업생 왕련과 결혼하였다.

여기서도 전우들의 낭만적 환상과 김학철의 어수룩한 심리를 간취하게 된다.

작품 '망명의 길에서'에서는 한빈이와 공명우가 조선에서 망명하여 남경 중앙대학 김학무를 찾을 때까지의 고생스럽고 우스운 과정을 그리었다.

공명우는 키가 후리후리한데 고집이 센 젊은이였다. 그는 조선에서 한때 적색 노조의 삐라 살포 사건으로 체포되어 2년간의 옥고를 치르고 나서 역시 8년의 형기를 마치고 중국 망명의 길에 올랐다.

한빈은 소련에서 나온 분으로 후에 황포군관학교 교관으로도 있었다. 그들 두 사람이 같이 중국 망명의 길에 올랐다.

그들의 노자는 당시 국내에서 명성을 떨친 허헌 변호사의 부인이 마련해 주었다. 그 부인은 자기의 딸 허정숙과 환난을 같이하는 동지라고 해서 한빈을 친자식같이 보살펴 주었다.

그들이 중국에 왔을 때 한마디의 중국말도 몰랐다. 그래서 물건을 살 때 손짓 형용을 했고 값을 묻는 법이 없고 눈치놀음으로 돈을 치르다 보니 늘 비싸게 샀다. 그들에게만 중국의 물건값이 예상외로 비쌌다. 하여 장사꾼들이 그들을 속인 것을 알고 벙어리 냉가슴 앓듯 하기도 하였다.

두 망명객이 동행하여 조선에서 북평 전문 정거장에 내렸다. 역 구내에 내려 보니 생각 밖에 일본 헌병 두 놈이 서 있었다. 한빈은 한시 바삐 그놈들을 피할 생각에서 얼른 제일 가까이 있는 인력거에 올라타고 공명우더러 빨리 타라고 눈짓했으나 그는 올라탈 생각은 하지 않고 그냥 버티고 서 있기만 했다.

그는 인력거 타는 것을 "인간의 존엄을 멸시하는 일…… 난 못 하겠습니다!"라고 했다. 이처럼 그는 고집이 셌다. 작가 김학철은 이런 고집을 '그의 혁명적인 인도주의는 가히 좌익 소아병의 전범이라고도 할 만하였다'라고 쓰고 있다.

이때 한빈이 그 일본 헌병이 묻는 말에 대답은 잘하여 위태로운 장면을 벗어나 동성 구역 어느 자그마한 여관방에 들었다.

여관방에서 한빈이 공명우에게 인간의 존엄에 대하여 많이 설복하였으나 공명우는 어찌나 고집이 센지 죽어도 인력거는 타지 않는다고 하였다.

두 망명객은 북평에서 여러 날 묵으면서 지하조직의 연줄을 수소문해 봤으나 종시 찾을 사람을 찾지 못하여 도로 천진에 갔으나 거기서도 헛물켰다. 그래서 그들은 배를 타고 상해에 갔다. 상해 프랑스 조계지에서 다행히도 류일평이라는 사람을 만나 남경 중앙대학 기숙사의 김학무라는 조선 학생을 찾아가라는 권고를 받았다. 류일평은 개업의사로 마르크스주의자는 아니었으나 민족적 절개를 가진 인격자이고 애국자였다.

두 망명객은 류일평의 제의를 접수하고 배를 타고 중국옷으로 변복하고 남경에 가기로 하였다.

그런데 그들이 입은 중국옷이 가관이었다. 이 중국옷은 공명우가 거리에서 사 온 것이었다. 원래 그들이 입은 옷이 여복 차림이었기에 붐비는 삼등실 한구석에 앉았을 때 웬 망나니가 입짓 콧짓 하는 것을 발견했던 것이다.

남경 부두에 내리자 그들은 택시 한 대를 불러 타고 중앙대학으로 직행했다.

한빈은 자기와 공명우가 입은 옷이 여자 옷이라는 것을 김학무에게서 듣고 얼굴이 화끈 달아올라 몸 둘 바를 몰라 하며 망신당했다고 하였으나 공명우는 태연자약하게 못 들은 척하고 먼산만 바라보았다.

이 작품에서는 한빈과 공명우가 망명길에서 지하당 조직을 찾기 위하여 고생한 것과 중국 여자 옷 입고 남경까지 간 극적이고 해학적인 장면들을 보여 주었으며 애국자 류일평을 만나 끝내 김학무를 찾은 과정을 묘사하였다.

작품에서는 공명우의 성격적 특질을 두드러지게 보여 주었다. 이상 항일 투사들과 조선의용군은 우리 겨레의 엘리트들이다.

작품 '배반도주'에서는 조선의용대에 있던 황기봉이가 배반도주한 것과 의용대원들의 낙천적인 성격과 정열에 넘치는 청년들임을 보여 주었다.

4

《항전별곡》은 1983년 흑룡강민족출판사에서 펴냈다. 그리고 장편소설《격정시대》는 1986년에 료녕민족출판사에서 출판되었다.

작자는 장편소설《격정시대》를 쓰기 위하여 먼저 이《항전별곡》을 썼다.《항전별곡》에는《격정시대》의 기본 골격이 갖추어졌다. 다시 말하면 이것을 집을 짓는 데 비유하면 집의 초석, 기둥, 엉터리 등이 마련되었다. 이제 이 골격에 살을 붙이고 허구를 보태면 장편소설《격정시대》가 창작되게 된다.

작가 김학철이 본격적으로 창작을 시작한 서울 시기부터 시선을 중국 대륙에 돌렸으며 조선의용군의 주제를 틀어쥐고 소설화하려는 끈질기고 집요한 집념을 보게 된다. 그가 서울 시기에 쓴 단편소설〈균열〉,〈밤에 잡은 부로(포로)〉,〈담뱃국〉,〈야맹증〉과 1950년대 중국에 온 뒤부터 지금까지 이 방면 단편소설을 많이 썼다. 또 이《항전별곡》은 다 조선의용군 전우와 자신에 대해 묘사한 문장이다. 그러므로 서울 시기의 단편소설과 50년대 이후의〈담뱃국〉,〈태항산록〉,〈전란 속의 여인들〉,〈발가락이 닮았다〉 등은 다 항일 전쟁 시기의 체험에 근거한 작품이거나 조선의용군의 주제이다. 이들 작품 더우기《항전별곡》은 장편소설《격정시대》의 원형이라고 할 수 있다. 그의 창작의 샘솟는 원천은 항일 전쟁 시기의 체험이고 조선의용군 전우들이다.

전기문학《항전별곡》은 항일 전쟁 시기 김학철의 전우였던 실제적 인물들을 그 원형으로 하였다. 작품은 변증법적 역사주의 원칙에 입각하여 진실하게 조선의용군과 두름길 걸은 전우들의 형상을 예술적으로 재현하였다. 작품은 이 전우들의 불타는 애국주의 사상과 그들의 전우애, 항일의 불타는 투지를 노래하면서 전기적 인물들의 개성적 성격을 두드러지게 부각하였다. 그리고 거의 모든 의용군 용사들의 별명을 지어 그 개성적 성격을 두드러지게 표현하였으며 인물의 돌출한 세부를 전형화하는 수법을 썼으며 에피소드와 해학적 수법을 써서 흥미진진하게 묘사하였다.

작품은 우리 겨레 문학에서 조선의용군 용사들을 주제로 한 전기문학으로 또 이 전기문학 장르의 시초를 열어 놓은 개척적인 성과작으로도 의의가 있다.

김학철 연보

1916년

11월 4일, 함경남도 원산에서 누룩 제조업자의 아들로 태어남. 당시 이름은 홍성걸. (식민지 조선 함경남도 덕원군 현면 용동리, 현재 원산시 용동.)

1917년 (1세)

11월, 러시아사회주의 10월혁명 일어남.

1919년 (3세)

3월, 조선 3·1운동. 5월, 중국 5·4운동.

11월, 김원봉 길림성에서 의열단 조직.

1922년 (6세)

아버님 홍두표의 타계로 홀어머니 김상련(28세) 슬하에서 삼 남매가 자람. 여동생 성선, 성자.

1924년 (8세)

4월, 원산제2공립보통학교 입학.

1929년 (13세)

1월, 원산총파업. 3월, 원산제2공립보통학교 졸업. 서울 외갓집(관훈동 69번지) 도움으로 서울 보성고등학교 입학.

11월 3일, 광주학생운동.

1931년 (15세)

9월, 중국 9·18사변. 일본, 중국 동북3성 점령.

1932년 (16세)

4월, 윤봉길 상해 홍구공원 의거에 큰 충격을 받음.

1934년 (18세)

서울 보성고등학교 졸업. 이상화의 〈빼앗긴 들에도 봄은 오는가〉와 입센의《민중의 적》영향으로 빼앗긴 땅을 총으로 찾으려 결심. 문학지 〈조선문단〉에 소설한 편 써냈다가 퇴짜 맞음. 다시는 소설을 안 쓰기로 결심함.

1935년 (19세)

상해 임시정부를 찾아 중국 상해로 망명. 상해에서 심운(일명 심성운)에 포섭되어의열단에 가입. 석정(본명 윤세주)의 영도 아래 반일 지하 테러 활동 종사. 상해에서 리경산(일명 리소민)과 친해짐.

7월, 조선민족혁명당 성립.

1936년 (20세)

조선민족혁명당 입당. 당시 조선민족혁명당 중앙 본부 소재지는 남경 화로강(花

露崗). 행동대 대장은 로철룡(일명 최성장), 대원으로는 서각, 라중민, 왕극강, 안창손, 김학철 등. 행동대는 상해에서 반일 테러 활동 전개. 조선민족혁명당 김원봉의 편지를 가지고 김구 선생을 만남. 화로강의 동료로는 반일 애국자 최성장, 반해량(리춘암), 로철룡, 문정일, 정율성, 로민, 김파, 서휘, 홍순관, 한청, 조서경, 리화림, 안창손, 라중민 등. 루쉰 선생을 몹시 숭배하여 리수산과 함께 어반로(呂班路) 루쉰 선생 저택 문앞까지 갔다가 용기 부족으로 돌아옴.

1937년 (21세)

7월, 중국 호북 강릉 중앙육군군관학교(황포군관학교, 교장 장개석) 입학. 당시의 교관으로는 김두봉(호 백연), 한빈(일명 왕지연), 석정, 왕웅(본명 김홍일), 리익성, 주세민. 김두봉, 한빈, 석정의 진보적 사상 영향으로 마르크스주의자가 됨. 동창생으로는 문정일, 리대성, 한청, 조서경, 홍순관, 리홍빈, 황재연, 요천택, 리상조 등.

7월 7일, 노구교사건 중일전쟁 발발.

1938년 (22세)

7월, 중앙육군군관학교 졸업하고 소위 참모로 국민당 군대에 배속.

10월, 무한에서 조선의용대(조선의용군의 전신, 총대장 김원봉) 창립, 창립 대원으로 제1지대 소속. 조선의용대 창립 대회에는 무한 팔로군 판사처 책임자 주은래와 국민혁명군사위원회 정치부 제3청 청장 곽말약 참석.

화북 항일 전장에서 분대장으로서 활약, 전우로는 김학무, 문명철, 문정일 등.

1939년 (23세)

상반년, 호남성 북부 일대에서 항일 무장 선전 활동 전개.

하반년, 호북성 제2지대로 옮겨 중국 국민당 제5전구와 서안 일대에서 교전.

1940년 (24세)

8월 29일, 중국공산당에 가입.

1941년 (25세)

연초, 조선의용대 제1지대원으로서 낙양 일대에서 참전.

여름, 화북 팔로군 지역으로 들어가 조선의용군 화북 지대 제2분대 분대장으로 참전.

12월 12일, 하북성 원씨현 호가장 전투에서 일본군과 교전 중 부상, 포로가 됨.

태항산 시기 항전 일선에서 가사, 극본 등 창작. 김학철 작사, 류신 작곡 〈조선의용군 추도가〉, 김학철 극본, 최채 연출 〈등대〉 등.

1942년 (26세)

1월부터 4월까지 석가장 일본 총영사관에서 심문받음. 당시 '일본 국민'으로 10년 수감 판결, 죄명은 치안유지법 위반.

5월, 북경에서 열차로 부산까지, 부산에서 다시 배를 갈아타고 일본으로 연행. 일본 나가사키형무소에 수감. 단지 전향서를 쓰지 않는다는 이유로 총상당한 다리를 치료받지 못함. 옥중에서 같이 수감된 송지영(KBS 전임 이사장)과 알게 됨.

1943년~1944년 (27세~28세)

일본 나가사키감옥 수감.

1945년 (29세)

수감 3년 6개월 만에 왼쪽 다리 절단.

8월 15일, 일본 항복.

10월 9일, 맥아더사령부의 정치범 석방 명령으로 송지영 등과 함께 출옥. 송지영과 함께 서울로 감. 송지영의 소개로 소설가 리무영을 알게 됨. 리무영은 김학철의 문학 '계몽 스승'이 됨.

11월 1일, 조선독립동맹 서울시위원회 위원으로 좌익 정치 활동을 하면서 소설 창작 활동. 문학가동맹에서 조벽암, 리태준, 김남천, 리원조, 안희남 등을 알게 됨.

12월 1일, 처녀작 단편소설 〈지네〉를 서울 〈건설주보〉에 발표.

1946년 (30세)

서울서 창작 활동. 〈균렬〉(〈신문학〉 창간호), 〈남강도구〉(〈조선주보〉), 〈아아 호가장〉(〈신천지〉), 〈야맹증〉(〈문학비평〉), 〈밤에 잡은 부로〉(〈신천지〉), 〈담배국〉(〈문학〉 창간호), 〈상흔〉(〈상아탑〉), 그 밖에 〈달걀(닭알)〉, 〈구멍 뚫린 맹원증〉 등 십여 편 단편소설을 서울에서 발표.

11월, 좌익 탄압으로 부득이 월북.

1947년 (31세)

로동신문사 기자, 인민군 신문 주필로서 창작 활동.

경기도 인천시 부평 사람 김혜원(본명 김순복) 여사와 결혼.

단편소설 〈정치범 919〉, 〈선거 만세〉, 〈적구〉, 〈똘똘이〉, 〈꼼뮨의 아들〉 등을 신문, 잡지에 발표. 중편소설 〈범람(氾濫)〉 조선문학예술총동맹기관지 〈문학예술〉에 발표.

1948년 (32세)

2월, 외아들 김해양 출생, 인천 부평.

외금강휴양소 소장 맡음. 이때 김일성이 어린 김정일을 데리고 수차 찾아옴.

고골의 《검찰관》 번역 출판, 시나리오로 개편. 황철, 문예봉 등 연출 준비 완료, 전쟁으로 중단. 정율성과 합작하여 〈동해어부〉, 〈유격대전가〉 등 창작.

1950년 (34세)

6·25 한국전쟁 발발.

10월, 압록강을 건너 중국행, 국경에서 문정일의 도움을 받음.

1951년 (35세)

1월부터 중국 북경 중앙문학연구소(소장 정령)에서 연구원으로 창작 활동.

1952년 (36세)

10월, 주덕해, 최채의 초청으로 연변에 정착.

연변문학예술계연합회 주비위원회 주임으로 활동.

중편소설 《범람》(중문), 단편소설집 《군공메달》(중문) 인민문학출판사 출판. 루쉰 단편소설집 《풍파》 번역, 연변교육출판사 출판.

1953년 (37세)

6월, 연변문학예술계연합회 주임직 사퇴하고 전직 작가로 창작 활동.

단편소설집 《새집 드는 날》 연변교육출판사 출판. 정령 장편소설 《태양은 상건 하를 비춘다》 번역. 루쉰 중편소설집 《아큐정전》 번역, 연변교육출판사 출판.

1954년 (38세)

장편소설 《해란강아 말하라》(상, 중, 하) 연변교육출판사 출판.

1955년 (39세)

루쉰 중편소설집《축복》번역, 연변교육출판사 출판.

1957년 (41세)

반동분자로 숙청당해 24년 동안 강제노동에 종사.

단편소설집《고민》북경민족출판사 출판. 중편소설《번영》연변교육출판사 출판.

1961년 (45세)

북경 소련대사관 진입 시도 사건.

1962년 (46세)

주립파 장편소설《산촌의 변혁》(상) 번역, 연변인민출판사 출판.

1964년 (48세)

주립파 장편소설《산촌의 변혁》(하) 번역, 연변인민출판사 출판.

1966년 (50세)

중국 문화대혁명 시작.

7월, 홍위병의 가택수색으로 개인숭배, 대약진을 비판한 장편소설《20세기의 신화》원고 발각, 몰수.

1967년 (51세)

12월부터《20세기의 신화》를 쓴 죄로 징역살이 10년.

연길 구치소(미결), 장춘 감옥, 추리구 감옥 감금, 복역.

1977년 (61세)

12월, 만기 출옥. 향후 3년간 반혁명 전과자로 실업.

1980년 (64세)

12월, 복권. 24년 만에 64세의 나이로 창작 활동 재개.

1983년 (67세)

전기문학《항전별곡》흑룡강조선민족출판사 출판.

1985년 (69세)

11월, 중국작가협회 연변 분회 부주석으로 당선.

《김학철단편소설집》료녕민족출판사 출판.

1986년 (70세)

중국작가협회 가입.

장편소설《격정시대》(상, 하) 료녕민족출판사 출간.

전기문학《항전별곡》한국 거름사 재판.

1987년 (71세)

《김학철작품집》연변인민출판사 출판.

1988년 (72세)

장편소설 《격정시대》(상, 중, 하), 《해란강아 말하라》(상, 하) 한국 풀빛사 재판.

1989년 (73세)

1월 29일, 중국공산당 당적 회복.

9월 22일~12월 18일, 월북 후 첫 서울 나들이. 12월, 부부 동반 일본 방문.

보고문학 《김일성의 비서실장 고봉기의 유서》 한국 천마사 출판. 단편소설집
《무명소졸》 한국 풀빛사 출판. 산문집 《태항산록》 한국 대륙연구소 출판.

1991년 (75세)

6월 21일~7월 3일, 서안 옛 전우 서휘, 강진세 등을 방문.

1993년 (77세)

5월~7월, 부부 동반 일본 방문.

1994년 (78세)

3월, KBS해외동포상(특별상) 수상. 2월~4월, 부부 동반 한국 방문.

산문집 《누구와 함께 지난날의 꿈을 이야기하랴》 한국 실천문학사 출판.

1995년 (79세)

자서전 《최후의 분대장》 한국 문학과지성사 출판.

1996년 (80세)

산문집 《나의 길》 북경민족출판사 출판. 장편소설 《20세기의 신화》 한국 창작
과비평사 출판.

12월, 창작과비평사 초청으로 한국 방문 출판기념회 참석.

1998년 (82세)

4월, 장춘 〈장백산〉 잡지사 방문.

6월, 우리민족 서로돕기 운동본부 초청으로 서울 방문.

10월, 서울 보성고교 초청으로 한국 방문. '자랑스러운 보성인' 수상.

《무명소졸》 료녕민족출판사 재판. 〈김학철 문집〉 제1권 《태항산록》, 제2권

《격정시대》 연변인민출판사 출판.

1999년 (83세)

10월, 우리민족 서로돕기 운동본부 초청으로 서울 방문.

〈김학철 문집〉 제3권 《격정시대》, 제4권 《나의 길》 연변인민출판사 출판.

2000년 (84세)

5월, NHK 서울지사 초청으로 서울 방문.

2001년 (85세)

한국 밀양시 초청으로 한국 방문. 석정(윤세주 열사) 탄신 100주년 기념 국제학술

회 참석. 서울 적십자병원 입원.

2001년 9월 25일 오후 3시 39분, 연길시에서 타계. 유체는 화장하여 두만강에

뿌려짐. 일부는 우편함에 담아 동해바다로 보냄. 우편함에는 '원산 앞바다 行 김

학철(홍성걸)의 고향 가족, 친우 보내 드림'이라고 씀.

산문집 《우렁이 속 같은 세상》 한국 창작과비평사 출판.

2005년

8월 5일, '김학철·김사량 항일문학비' 중국 하북성 호가장 옛 전투장에 세움.

2006년

11월 4일, 중국 연변 도문시 장안촌 용가미원에 '김학철문학비' 건립.

장편소설 《격정시대》(1·2·3) 한국 실천문학사 출판.

2007년

《김학철 평전》(김호웅, 김해양) 한국 실천문학사 출판.

2009년

중국 내몽골사범대학 내 중국소수민족문학관에 '김학철 동상' 건립.

2014년

중문 〈김학철 문집〉 제1집 출판.

2020년

일문 〈김학철 선집〉 제1집 출판.

2022년

《격정시대》(상, 하), 《최후의 분대장》(〈김학철 문학 전집〉 1~3권) 한국 보리출판사 출판. 이후 〈김학철 문학 전집〉 4권~12권(보리출판사) 순차로 출판 예정.

김학철 문학 전집 제 4권

항전별곡

2023년 1월 2일 1판 1쇄 펴냄

글쓴이 김학철
편집 김로미, 박은아, 이경희, 임현 | **디자인** 서채홍, 이종희
제작 심준엽 | **영업** 나길훈, 안명선, 양병희, 조현정 | **독자 사업(잡지)** 김빛나래, 정영지
새사업팀 조서연 | **경영 지원** 신종호, 임혜정, 한선희
인쇄와 제본 (주)상지사P&B

펴낸이 유문숙 | **펴낸 곳** (주)도서출판 보리 | **출판등록** 1991년 8월 6일 제9-279호
주소 (10881)경기도 파주시 직지길 492
전화 031-955-3535 | **전송** 031-950-9501
누리집 www.boribook.com | **전자우편** bori@boribook.com

ⓒ 김해양, 2023

보리는 나무 한 그루를 베어 낼 가치가 있는지 생각하며 책을 만듭니다.

ISBN 979-11-6314-277-5 04810
     979-11-6314-244-7 04810(세트)